ALASTAIR REYNOLDS

REVELATION SPACE

天启空间

上

[英]
阿拉斯泰尔·雷诺兹
著

何锐
译

CNS 湖南文艺出版社 HUNAN LITERATURE AND ART PUBLISHING HOUSE 博集天卷 CS-BOOKY

著作权合同登记号：图字 18-2023-119

图书在版编目（CIP）数据

天启空间 /（英）阿拉斯泰尔·雷诺兹（Alastair Reynolds）著；何锐译 . -- 长沙：湖南文艺出版社，2023.9
书名原文：Revelation Space
ISBN 978-7-5726-1273-2

Ⅰ. ①天… Ⅱ. ①阿… ②何… Ⅲ. ①幻想小说－英国－现代 Ⅳ. ① I561.45

中国国家版本馆 CIP 数据核字（2023）第 121204 号

上架建议：畅销·科幻

TIANQI KONGJIAN
天启空间

著　　者：［英］阿拉斯泰尔·雷诺兹
译　　者：何　锐
责任编辑：匡杨乐
监　　制：董晓磊
策划编辑：公瑞凝
特约编辑：公瑞凝
营销编辑：木七七七
版权支持：王媛媛
版式设计：李　洁
封面设计：尚燕平
内文排版：百朗文化
出　　版：湖南文艺出版社
（长沙市雨花区东二环一段 508 号　邮编：410014）
网　　址：www.hnwy.net
印　　刷：三河市百盛印装有限公司
经　　销：新华书店
开　　本：680 mm × 955 mm　1/16
字　　数：594 千字
印　　张：39
版　　次：2023 年 9 月第 1 版
印　　次：2023 年 9 月第 1 次印刷
书　　号：ISBN 978-7-5726-1273-2
定　　价：102.00 元（全两册）

若有质量问题，请致电质量监督电话：010-59096394
团购电话：010-59320018

目 录

Contents

第一章

2551 年，孔雀六太阳系，复生星，北涅赫贝特，曼特尔附近

一场剥皮风暴[①]即将袭来。

西尔维斯特站在发掘现场边缘，心中怀疑今夜过后，自己的劳动成果是否能有些许残存。这块考古挖掘场地是一片方形竖井的阵列，深邃的竖井被陡峭的土层隔开：经典的惠勒[②]方箱网格。竖井下探数十米，四壁是用超金刚石[③]线编成的透明围堰。一百万年的地质历史层层叠叠，压在这些薄薄的织物上。只要一次大规模的降尘——一场大规模的剥皮风暴——这些竖井差不多就会被彻底填平。

① 作者虚构的专有气象名词。详细描述见后文。（如无特殊说明，以下均为译者注。）

② 莫蒂默·惠勒（1890—1976），英国著名考古学家。考古发掘方箱网格方法的创立者。我国考古常用的探方发掘法即此方法的变种。

③ 作者虚构的一种高强材料，由碳纳米管交织而成，结构类似纤维素或甲壳素。

“确认了，先生。”一名队员从最前头的爬行车[①]里冒出头来，对他说道。他的声音从呼吸面罩后传来，有些瓮声瓮气。“居维叶城刚刚发出了恶劣天气预警，对象是北涅赫贝特全境。他们建议所有的地表作业人员返回最近的基地中。”

“你是说，我们应该卷起铺盖，开车回曼特尔去？”

“这次剥皮风暴会很强的，先生。”那人不安地挪动着脚步，用手紧了紧围在他脖子上的外套领口，“我要不要发布总撤退令？”

西尔维斯特低头看了看发掘网格。布置在场地周围的泛光灯把每个竖井的侧壁都照得通明。在这个纬度上，孔雀六升起时从来都不会高到能提供可用的照度的地步；更何况它现在正朝着地平线彼端落下，在巨大的尘云笼罩下，看起来不过是一片锈红色的斑块，很难用双眼看清。很快，恶魔般的尘卷将会来临，它们会像发条上过了头的玩具陀螺一样，在羽翼荒原上四处乱窜。风暴的主力则会像一根黑色的铁砧，矗立其后。

“不，”他说，“我们没必要离开。在这里我们也完全可以躲避狂风——如果你没有注意到的话，现在我来告诉你。在那些大石头上，几乎没有侵蚀的痕迹。假如风暴太强的话，我们就躲到爬行车里去。”

那人看了看岩石，摇摇头，好像在怀疑自己所听到的证据。“先生，居维叶城一两年才会发出一次这么严重的警报——比我们之前经历过的任何一次都要高出一个量级。”

“随你怎么说，”西尔维斯特说话时注意到，那人不自觉地瞟向他的眼睛，然后又尴尬地移开了目光，“听着。我们不能放弃这次挖掘。明白了吗？”

对方扭头看了看发掘网格。“先生，我们可以用超金刚石膜覆盖保护已经发掘出来的部分。然后埋下应答器。哪怕所有的方井都被尘埃掩埋，我们也能再次找到发掘现场，回到现在所在的地方。”这人在防尘镜后面的眼神在狂热地乞求，“再回来的时候，我们可以在整片网格上加盖一个穹顶。先生，难道

① 作者虚构的一种全地形陆上交通工具。因它依靠几条长腿爬行而得名。

那不比让人员和设备冒险留在这里要好吗？”

西尔维斯特向那人走近一步，逼得他向网格中最近的方井退了一步。“你要执行以下任务：通知所有的挖掘小组，除非我说停止，不然他们就要继续工作，并且，禁止谈论撤往曼特尔的事。同时，我希望只把那些最敏感的仪器装上爬行车。你听明白了没？”

“可是，先生，人呢？”

“继续发掘。人们来这里就是为了这个。”

西尔维斯特用责备的眼神盯着那人，几乎像是在邀请他质疑这个命令。但那人犹豫了好一阵子之后，一个向后转，在竖井间的“田埂”上熟练地飞跑，奔向发掘网格对面。网格周围布置着些精密引力仪，好似炮口朝下的加农炮；此刻随着风力开始增大，它们微微晃动起来。

西尔维斯特等了一会儿，然后沿着同一条路进入发掘网格，走过几个方箱之后换了个方向。在靠近挖掘中心的地方，有四个方箱扩大形成了一个单板面的坑，宽达三十米，深度也差不多。西尔维斯特踏上通向坑内的梯级，沿着斜坡迅速向下走去。在过去的几个星期里，他已经在这个梯子上上上下下走了很多次，如今已然习惯了，眩晕的感觉不再，这倒几乎跟眩晕感本身一样令他不适。他沿着围堰的侧面下行，穿过一层层地质时间分层。从“大灭绝”算起，时间已过去了九十万年。大部分地层都是永久冻土——这是复生星亚极地纬度区域的典型土层：被永久冰封，永远不会解冻的土壤。在更深的地方——靠近大灭绝本身的年代——是随之而来的碰撞中形成的碎石。大灭绝本身所在则是一条细如发丝的黑色分界线——燃烧的森林形成的灰烬。

探坑的底面并不平坦，而是延伸出一道狭窄的台阶，直通地面下四十米的最深之处。下面装了些额外的泛光灯，让光线照进阴暗之中。在坑壁的庇护下，底部完全风平浪静，人们挤在这一小片非同寻常的区域繁忙地工作。在近乎寂静的环境中，挖掘队正在作业。他们跪在地垫上，用精确到在过去的时代足以用作外科手术道具的工具在忙活着。其中有三名是来自居维叶城的年轻学生——生于复生星的本地人。一台机仆[1]在他们旁边晃晃悠悠，等待着命令。虽然在挖掘的早期阶段机器人有其用处，但最终的工作绝不能完全托付给它们。一个女人坐在发掘队伍边上，腿上平放着一台平板电脑，屏幕上正展示着阿玛兰汀[2]人头骨的亲缘分析谱图。她骤然一眼看到西尔维斯特——他爬下来的时候没发出声音——一吃惊站了起来，啪的一声关上了电脑。她穿着一件军大衣，额前的黑发剪成几何形状的流苏，垂在双眉之上。

“好吧，你是对的，”她说，“这玩意不管是什么，总之很大。而且看上去保存得好到令人吃惊。”

“帕斯卡尔，你有什么假说吗？”

“这是你要做的事，不是吗？我只是来做实况报道的。”帕斯卡尔·杜波伊斯是位来自居维叶城的年轻记者。她从这次发掘开始就一直在跟踪报道，经常和真正的考古学家一起让手指沾满泥垢，也学到了他们说话的腔调。“不过，这些尸体的样子很可怕，不是吗？虽然是异星种族，但它们的痛苦几乎谁都可以一望而知。”

在发掘坑的一侧，就在地面通往下方的台阶前方，他们发掘出了两个石砌的墓室。尽管在地下掩埋了至少九十万年，这两个墓室仍然几乎完好无损，里面的尸骨仍然能看出解剖结构之间大致的联系。它们是典型的阿玛兰汀人的骨骼。任何人乍一看——除非这人恰好是个训练有素的人类学家——都可能会把它们当作人类遗骸。因为这些生物生前是有四肢，双足步行的动物，体型跟人类差不多，骨架结构表面上也很相似。头骨体积相当，感知、呼吸和表达的器官位置也很相似。但两副阿玛兰汀人的头骨都是长条形的，类似鸟头，有一条突出的颅脊，从两个巨大的眼窝之间向前延伸，一直连到喙状上颚的顶端。骨头上覆盖着一绺绺干枯的褐色组织，这些组织令身体变形，把它们拉扯成痛苦的姿态——或者说是看似如此。这两具尸骨并不是通常意义上的化石：没有发

---

① 本书中对机器人的常用称呼。

② 作者虚构的外星种族。

生过任何矿化作用。墓室中，除了骨头和与之一起被埋葬的寥寥几件实用制品外，空空如也。

“也许吧，”西尔维斯特边说边伸手摸了摸其中一个骷髅，“我们本来就是这么想的。”

“不，”帕斯卡尔说道，“是组织在干燥过程中让尸骨变形了。”

“除非它们埋下去时本来就是这样。”

他透过手套抚摸着头骨，感受着触感——手套会将触觉数据传输到他的指尖——心中回忆起了渊堑城高处的一个黄色房间。那里的墙壁上有甲烷冰景观的蚀刻版画。房间里曾有涂有专用涂装的机仆，携带着甜品和利口酒穿梭在宾客之间；彩色绉绸的窗帘横跨在观景天花板上；炽天使、小天使、蜂鸟、仙女……当时流行的这些令人生厌的景象投影在人眼内部，让空气显得熠熠生辉。他想起了那些客人，他们中的大多数人都是他家人们的同事；这些人他几乎都不认识，也谈不上厌恶，因为他的友人寥寥无几。他的父亲像往常一样迟到了；当加尔文大大咧咧地出现时，聚会已经接近尾声了。这很正常，当时加尔文正在进行自己最后也是最伟大的计划，实施本身就是种慢性死亡；在计划抵达终点时，他所做的事情不亚于实施自杀。

他记得父亲拿出了一个盒子，盒侧嵌有相互缠绕的核糖核酸链图案。

“打开它。”加尔文说。

他记得自己接过了盒子，感觉它很轻。他一把掀开盒子的顶盖，露出一个由包装材料纤维构成的“鸟巢”，里面是一个斑斑驳驳的圆顶状物体，底色是跟盒子一样的棕褐色。那是一个头骨的上半部分，显然属于人类，只是缺少下颌骨。

他记得，整个房间里陷入了一片寂静。

“就这？”西尔维斯特当时说话的声音很大，让房间里的每个人都能听到，“一块陈年旧骨？嗯，谢谢你，爸爸。我真是受之有愧啊。”

“你确实应该感到惭愧。”加尔文说。

糟糕的是，西尔维斯特几乎立刻意识到，加尔文是对的。这个头骨价值连城，它有二十万年历史——他不久就得知，这是个来自西班牙阿塔普埃卡[①]的女人。她的死亡时间从尸体所在的区域就能判断得很清楚，但发掘她的科学家们还是用当时最好的技术让这种估计变得更加精确：对埋葬她的洞穴中的岩石做了钾－氩定年，对墙壁上的石灰岩沉积物用铀系法测年，对火山玻璃做了裂变径迹年代测定，对烧焦的燧石碎片用热释光法定年。如今复生星的挖掘队仍然在使用这些技术，只在测量和方法上有所改进。物理学只提供了这么些确定物体年代的方法。西尔维斯特本该在一瞬间就看出这一切，认出这头骨的真面目：这是黄石星上最古老的人类遗物，它在几个世纪前被带到了天苑四太阳系，然后在殖民地的动荡中消失无踪。加尔文让它重见天日，这本身就是一个小小的奇迹。

然而，他所感到的羞愧之情，与其说是出于忘恩负义，不如说是出于他允许他的无知像那样自我暴露——在本可以轻易隐藏起来之际。他永远不会允许自己再次暴露这样的缺点。多年后，这颗头骨伴随着他一同来到了复生星，时刻提醒他那个誓言。

他决不能再次失败。

“如果你是在暗示这个案例正是如此，”帕斯卡尔说，“那他们被这样子埋葬个中必有原因。”

“也许是要警示后人。”西尔维斯特边说边朝下边那三个学生走去。

“我就估摸你会说出这种话来，”帕斯卡尔跟在他身后说道，“那么，这个可怕的警告到底可能在针对什么？”

西尔维斯特很清楚，这些问题基本上是在反问。他对阿玛兰汀人的看法，帕斯卡尔了解得一清二楚。她似乎甚至对于攻击他的这些信念乐在其中；就好像通过强迫他反复陈述这些信念，她最终可能会让他暴露出自己理论中的某些逻辑错误，某些即使是他也不得不承认会摧毁整套理论的错误。

---

① 欧洲著名考古遗址。在此发现的古人类化石（距今约九十万年）被认为属于智人和尼安德特人的共同祖先。

“大灭绝。”西尔维斯特边说边指向最近的围堰后面那根细细的黑线。

“阿玛兰汀人只是恰好遇上了大灭绝，”帕斯卡尔说，“那并不是他们能左右的。而且事情发生得很快。他们没有时间去通过埋葬尸体，对后人发出可怕的警告。他们甚至可能根本就不明白自己遭遇了什么。”

“他们激怒了众神。”西尔维斯特说。

“没错，”帕斯卡尔说，“我想我们在这点上是一致的：他们被局限于自己的信仰体系之中，应该会把大灭绝按有神论解释为神明不悦的证据——但他们灭绝得太快了，没时间以任何永久的形式来表达这种信仰，更不会专门为了未来其他物种的考古学家而埋葬尸体。”她把头巾举过头顶，拉紧了系绳——一些细小的尘埃正开始落入坑中，空气不再像几分钟前那样静谧了。“不过，你的想法有所不同吧，是不是？”她没等待回答，径自将一副笨重的大护目镜固定在眼睛上。这动作让她的刘海略有些抖动。而后她低头看向那个正在逐渐露出全貌的古物。

帕斯卡尔用护目镜调取出布置在惠勒方格周围的引力成像仪的数据，将埋在土中的物体的立体图像叠加在正常视野上。西尔维斯特不需要这个动作，只需要向自己的眼睛发出同样的指令。他们所站立的地面变成了透明而虚幻的东西——一块朦朦胧胧的基岩，里面埋藏着一个巨大的东西。那是一块方尖碑——由一整块巨大的石头制成。方尖碑的本体高达二十米，被包裹在几层石棺当中。目前只挖掘出了最顶上的几厘米。有证据显示，碑上一面有文字，字体属于标准的晚期阿玛兰汀象形文字。但引力成像仪的空间分辨率不足，无法显示出文字的内容。他们想进一步有所了解，就必须先把方尖碑挖出来。

西尔维斯特让自己的眼睛恢复到正常视野。“再干快点，”他对他的学生们说道，“哪怕会擦伤表面我也不在乎。我希望在今晚结束前至少有一米长的区域露出来。”

其中一个学生转向他，但没站起身来。“先生，我们听说要放弃发掘。”

“我怎么可能会放弃发掘？”

“风暴，先生。”

“让风暴见鬼去吧。”他正要转身离开，帕斯卡尔拉住了他的胳膊，动作有点粗暴。

“他们的担心是对的，丹。”她说话平心静气，完全是在为他着想，“我也听说了那个建议。我们应该掉头，回曼特尔去。”

“放弃这个发现？”

“我们还会再回来的。”

“我们很可能再也找不到这里了，即使埋下信标也一样。”他知道自己是对的：挖掘的地点并不确定，这个地区的地图也不是太详细，只是在四十年前，当劳瑞恩号从黄石星起飞进入前往此地的轨道时匆匆绘制的。那之后二十年，通信卫星环带在叛乱中被破坏了——当时有一半的殖民者选择偷船回家——从此人们再也没有办法在复生星上进行精确定位。而且一场剥皮风暴很可能会让信标失灵。

“那也不值得让人冒性命之危。”帕斯卡尔说。

“值，或许还远有过之。”他冲学生们打了个响指，“加快速度。如果必须的话就使用机仆。我希望在天黑之前看到方尖碑顶段。”

他的一位资深研究生斯卢卡口中喃喃自语。

“有什么意见吗？”西尔维斯特问道。

斯卢卡站起身来。她应该有好几个小时没站起来了。他从她的眼神中能看得出，她很紧张。她一直使用的小铲子掉在了地上，落在了她穿着的长筒靴边上。她扯开脸上的面罩，在复生星的空气中喘息着说道：“我得跟你谈谈。”

“谈什么，斯卢卡？”

斯卢卡戴上面罩，用力吸了几口气，然后再次开口。“你在让自己置身险境，西尔维斯特博士。”

“而你刚刚在让自己陷入危机。”

她恍若未闻。“你知道的，我们是真心在乎你的研究工作。我们和你有着共同的信念。所以我们才会在这里，为你累得腰都要断了。但你不应该把我们这样当成理所当然的。”她转头看向帕斯卡尔，眼镜上的反光拉出一道白色的弧线，“现在你需要所有能找到的盟友，西尔维斯特博士。”

“这是个威胁，对不对？”

“只是陈述事实。如果你多注意下殖民地其他地区发生的事情，你就该知道，热拉尔迪乌正计划对你采取行动。据说发动的时间会比你想象的要近得多。”

他的后颈汗毛倒竖。“你在说什么？”

“还能是什么？当然是政变。”斯卢卡推开他，登上坑侧的台阶。另外两个学生都在忙于自己的任务，低着头专心致志地发掘着方尖碑。斯卢卡把一只脚放在第一级台阶上，然后回过头来对他们说道：“你们想工作多久都随你们，但回头别说没人警告过你们。如果对陷入剥皮风暴会怎么样还有疑问的话，那就瞧瞧西尔维斯特吧。”

其中一个学生抬起头来，形容怯怯：“你要去哪儿，斯卢卡？”

“去和其他发掘小组谈谈。不是每个人都知道那条建议的。等他们听到之后，我想大多数人都不会太乐意留下来的。”

她开始往上爬，但西尔维斯特伸手抓住了她长筒靴的脚后跟。斯卢卡低头看着他。哪怕她现在戴着面罩，西尔维斯特也能看到她轻蔑的表情。“到此为止了，斯卢卡。”

“不，”她边说边往上爬去，“我这才刚开始。要我说，你还是多操心下你自个儿吧。”

西尔维斯特审视了一下自己的心境，然后完全出乎他意料地发现，他内心古井无波。但这就像是离孔雀六更远的气态巨行星的金属氢海洋上的平静——完全是由来自上下两方的巨大压力所致。

“如何？”帕斯卡尔说。

“我需要先跟某人谈谈。”西尔维斯特说。

西尔维斯特爬上活动梯，进入他的爬行车。另一台车子里挤满了设备架和样品容器，学生们的吊床只能见缝插针地挤在缝隙中。他们不得不睡在车上，因为有些发掘所在的地区——比如这个——距离曼特尔城区的行程超过一天。西尔维斯特的爬行车里的布局要好得多，内部有超过三分之一的专属空间，他自己用于待客起居。车里的其余部分属于加装的有效载荷空间，还有两个简陋些的宿舍，属于他手下的高级员工和宾客：比如在这里的斯卢卡和帕斯卡尔。不过现在，整辆爬行车都只属于他一个人。

舱室的内部装饰完全不像是在车里面。墙上贴着红色的天鹅绒，架子上点缀着科学仪器和文物的复制品。有大幅的复生星精确地图，使用墨卡托投影法绘制，图上标出了阿玛兰汀人遗迹的主要发现地点；墙上的其他区域则满是正缓慢刷新的文字：那些是正在准备中的学术论文。论文的大部分日常琐细工作正由他自己的贝塔级模拟人完成；西尔维斯特的这个模拟程序经过他的训练，模仿起他的文风来甚至比他本人犹有过之——特别在眼下他心不在焉的情况下。以后如果有时间的话，他还是得对这些文字进行校对，但这会儿他只略略瞥了一眼，就走进了里间的缮写室。这里有张华丽的写字台，上面饰有大理石和孔雀石，还有描绘早期太空探索场景的仿日式装饰画①镶嵌其中。

西尔维斯特打开一个抽屉，拿出一个模拟人格芯片盒。那玩意是一块上面没有任何标记的灰色方板，看起来就像块瓷砖。在写字台桌面上有个插槽。他只要把芯片盒插进去，就可以唤出加尔文。不过，他迟疑起来。他已经很久没再唤回死去的加尔文了——至少有几个月了——上一次见面的结果实在是太糟糕了。那时他对自己发誓，只有在迫不得已的危机之中才会再次召唤加尔文。现在要做的是，判断危机是否真的到来，以及它是否麻烦到应当进行召唤。加尔文身上还有个麻烦，他的建议只有一半的时间是可靠的。

他把芯片盒按进写字台中。

一群小仙女在房间中央用光编织出一个人影。加尔文坐在一张巨大的老板椅上。这个幻影比任何全息投影都更逼真，甚至包括了最细微的阴影效果，因为它是通过直接操纵西尔维斯特的视野生成的。这个贝塔级模拟呈现出的是加

① 欧洲十七至十八世纪出现的装饰风格。用多种材料进行修饰，模拟日本漆器。

尔文名声最盛之时的外貌，当时他在黄石星，将将五十，正值人生巅峰。奇怪的是，他看起来比西尔维斯特更老，尽管加尔文这个形象在生理上要年轻二十岁。西尔维斯特八年前就过了三百岁，但他在黄石星上接受过延寿治疗，加尔文那个时代没人有机会享用那么先进的技术。

除此之外，他们的体形和特征一模一样。两人都嘴角上翘，看似永远带笑。加尔文头发较短，身着民主全权主义者[①]“美好时代”[②]的服饰，而不是西尔维斯特那身相对简朴的远征服：蓬松的长衫，优雅的方格长裤向下延伸勾起，形成一双海盗靴，手指上闪烁着珠宝和金属的光芒。他脸上的胡须修剪得完美无缺，刚好沿着他的下巴边缘画出一道铁锈色的界线。他坐在那里，身形周围环绕着许多层细小的内视幻象[③]：布尔代数和三值逻辑的符号，还有二进制数字形成的绵长阶梯。他一只手摸着下巴颏底下的胡楂，另一只手在玩弄着座椅扶手末端的雕花卷。

一波波涟漪在投影上滑过，苍白的双眼中增添了饶有兴味的光芒。

加尔文抬起手指，懒洋洋地表示感谢。“那么……”他说，“看样子屎快撞到风扇所在方位了啊。[④]”

“你的想象力可真强。”

“亲爱的孩子，我没必要想象什么。我只是接入了网络，访问了最近几千条新闻报道。”他转动脖颈，打量着这间客房，“你这房间挺不赖的啊。对了，这双眼睛怎么样？”

“它们的工作状态一如预期。”

加尔文点了点头。“分辨率不高，但我当时迫不得已之下，使用那些简陋的工具只能做到这一步了。我大概只重新连上了你百分之四十的视神经通道，

---

① 作者虚构的一个人类支派，其中的人类以神经植入装置持续进行投票，决定各种事务和进行事后评判，各人手中的票数依照效用而变动，被外人讽刺为“行尸走肉”。

② 约2205—2510年，是黄石星上民主全权主义者文明的巅峰时期。

③ 作者生造词，指植入装置在视野中直接制造的幻象。

④ 意为“麻烦大了”“要一塌糊涂了”。

所以换装更好的摄像头也没有意义。如果你在这个星球上有半点像样的手术设备，我或许可以动手做些什么。但你总不能给米开朗琪罗一把牙刷，然后指望他给你抠出个西斯廷大教堂来吧。”

“你真会戳人痛处。”

“我绝对没那个意思，”加尔文一脸无辜地说，“我只是想说，就算你不得不让艾丽西娅开走劳瑞恩号，起码也应该可以说服她给我们多留下点医疗设备吧？”

二十年前，他的妻子率众发起了反对他的叛乱；加尔文绝对不想让西尔维斯特忘记这个事实。

“所以，我这算是做出了某种自我牺牲，”西尔维斯特挥舞着手臂，让这个幻影闭嘴，“抱歉，不过我唤醒你不是要找你围炉闲话的，加尔文。”

“我真心希望你能叫我声父亲。”

西尔维斯特只作未闻。“你知道我们在哪儿吗？”

“我估计是某处发掘现场吧。”加尔文暂且闭上眼睛，用手指顶住自己的太阳穴，假装在集中注意力，“是的。让我看看啊。两辆爬行车，来自曼特尔，停在羽翼荒原附近……一套惠勒方格……这可真是非同寻常的怪事！不过我估摸它对你的目的来说应该是够用了。这又是什么？高分辨率引力仪剖面图……地震图……你是真的有大发现了，对不对？”

这时，写字台上弹出一个通知小仙女，告诉他有曼特尔的来电。西尔维斯特一边举手向加尔文示意，一边犹豫着要不要接这个电话。试图联系他的人是亨利·雅内坎，一位鸟类生物学专家，也是西尔维斯特为数不多的公开盟友之一。雅内坎虽然认识加尔文本人，但西尔维斯特相当确定，他从未见过加尔文的贝塔级模拟人……更不可能见过自己向父亲的模拟程序寻求意见的样子。承认自己需要加尔[1]的帮助——甚至仅仅是承认他考虑为此激活模拟程序——可能是个承认自己软弱的致命之举。

① 即加尔文，此处和后面多次使用这个略称，系原文如此。

“你还在等什么？”加尔说，“接他的电话啊。”

“他不知道你的……不知道我们的状况。”

加尔文摇了摇头，然后骤然间，雅内坎的身影出现在房间里。西尔维斯特大吃一惊，竭力保持镇定自若的样子。不过，刚才发生了什么倒是很明显，加尔文一定是找到了向写字台的私密级组件发送命令的方法。

加尔文从前就一直是个狡猾的浑蛋，西尔维斯特想。说到底，这也是为什么事到如今他仍然能派得上用场。

雅内坎的全息投影比加尔文的清晰度稍逊一筹，因为雅内坎的影像是通过人们尽力勉强拼凑起来的卫星网络从曼特尔传来的。而且，拍摄他身影的摄像机可能性能也早就老化了——西尔维斯特觉得，复生星上的其他很多东西也一样。

“你总算在了，”雅内坎刚开始只注意到了西尔维斯特，“之前一个小时我一直在试图联系你。你在坑底下的时候难道没办法收到来电提醒吗？”

“能收到，”西尔维斯特说，“但我把提醒关了。太让人分心了。”

“噢，”雅内坎的语声中略带一丝恼怒，“这可真是明智之举啊。尤其对处于你眼下这种状况的人而言。你肯定知道我这话是什么意思吧。丹，你很快就会有麻烦了，也许不只是你……”这时雅内坎应该是终于注意到加尔了。他停下来打量了一下椅子上的那个身影，然后说：“天哪。是你？我没看错吧？”

加尔一言不发地点了点头。

“这是他的贝塔级模拟人。”西尔维斯特说。在谈话继续进行之前，这点必须先说清楚：阿尔法级和贝塔级模拟人是有本质差别的东西，老石人①的礼节当中对这二者的区分尤其一丝不苟。西尔维斯特如果让雅内坎误以为这是他暌违已久的阿尔法级模拟人，那他就犯了一个极其严重的社交错误。

“我在跟他……跟它商量些事。”西尔维斯特说。加尔文做了个鬼脸。

“商量什么？”雅内坎说。他是个老人——事实上，他是复生星上最年长的

---

① 黄石星民主全权主义者半开玩笑的自称。

人——年复一年，一点一点，他的样子似乎越来越接近某种典型的类人猿。他的头发、胡须都白了，衬上那张粉红色的小脸，就像是某种罕见的狨猴。在黄石星上，最为杰出的遗传学家都属于“混种大师”；有些人认为，就算在这个派系之内，雅内坎的才智也远胜其他任何一人，因为他的才能属于不显山不露水的那种，不依赖于任何闪光的辉煌时刻，而是在多年来毫不张扬的出色工作中厚积薄发。他现在已经活到了四百多岁，那一重又一重的延寿治疗开始明显出现了土崩瓦解的迹象。西尔维斯特觉得，用不了多久，雅内坎就会成为复生星上第一个老死的人。想到这点他心中满是悲伤。虽然雅内坎和他在很多事情上有分歧，但在所有重要事务上，他们总是意见一致。

“他有了重大发现。”加尔说。

雅内坎的眼睛亮了起来。科学发现的喜悦让他身上岁月的重负不翼而飞。“真的吗？”

“是的，我……”然后，怪事又来了。房间不见了。他们三个人站在了高空中的阳台上，西尔维斯特一眼就能认出下方正是当年的渊堑城。又是加尔文在搞鬼。写字台也像一条乖乖狗一样跟了过来。西尔维斯特寻思着，如果加尔文能进入它的私密级功能，那他自然也可以做到这种把戏，只要运行写字台的标准背景环境即可。这同样是高精度的模拟，甚至精确地模拟出了朝西尔维斯特扑面而来的风，以及城市中那种几不可察的气息。这种气息很难精确地定义，但在比较廉价的背景环境中，它的缺失总是很明显。

这是他儿时的城市：来自崇高的“美好时代”[①]。

宏伟得令人生畏的金色建筑向着远方绵延，好似凝固定型的朵朵云彩，其间繁忙的空中交通往来穿梭。下方，一层层公园和花圃逐级向下，形成一连串令人眼花缭乱的图景，在他们脚下数千米处化为一片青翠的霞光。

“重见旧时的风景是不是很棒？”老加尔说道，“想想看，这一切几乎曾是我们的囊中之物；这么多地方几乎就要落入我们的党派之手……如果我们当年

① 原文此处为法文。

掌握住了城市的大权，天晓得，我们能改变多少事情啊。”

雅内坎靠在栏杆上，稳住身形。“很好，但我不是来观光的，加尔文。丹，你本来是要告诉我什么的？在我们被这样……”

“被这样无礼地打断之前？”西尔维斯特说，“我本来想让加尔文从写字台里调出引力仪的数据，因为他显然有办法读取我的私人文件。”

“对处于眼下这种状况的我而言，这实在是轻松得不值一提。”加尔说道。晃眼之间，他调出了一幅如烟似雾的图像，是那件被掩埋的东西，方尖碑。它悬挂在他们面前的栏杆之外，和原物一般大小。

“哦，很有趣，”雅内坎说，“确实非常有趣！”

“还不错吧。”加尔说。

“只是还不错？”西尔维斯特说，“它比我们迄今为止发现的任何东西都更大，保存得也更好，好上一个数量级。这是个清晰的证据，表明阿玛兰汀人的技术进入了更先进的阶段……甚至可能是全面工业革命的先导阶段。”

“我想这确实可能是一个相当重要的发现，”加尔勉强承认，“你——嗯——打算把它发掘出来吧？”

“片刻之前都还是的，”西尔维斯特顿了一下，“但是，刚刚情况有变。我刚刚……我自己刚刚才发现，热拉尔迪乌可能在谋划对我下手，时间比我之前担心的要早得多。”

“没有探险理事会的多数票的话，他就动不了你。”加尔说。

“确实动不了，”雅内坎说，“前提是他要走这条路线的话。但丹的情报是对的。看起来热拉尔迪乌可能打算采取更直接的行动。”

“那我估计也就相当于某种……政变。”

“我想，从法律意义上确实该用这个词。”雅内坎说。

“你确定？”这时加尔文做出了一副集中注意力的表情，眉心皱起了几条黑线。“是的……你可能是对的。在刚过去的二十四小时里，很多媒体都在猜测热拉尔迪乌的下一步行动，加上丹在殖民地陷于领导层危机中，举步维艰之际跑去发掘的事情……还有，热拉尔迪乌那些知名支持者之间的加密通信明显增多。当然，我无法破解那些加密信息，但要推测出流量增加的原因还是很有把握的。”

“有什么事情正在筹划之中，对不对？”他心里觉得，斯卢卡是对的。这样看来，她是帮了他的大忙了——哪怕她威胁说要放弃挖掘。如果没有她的警告，他绝不会向加尔寻求帮助。

“看起来确实如此，”雅内坎说，“所以我才会试图联系你。加尔刚刚说的关于热拉尔迪乌的支持者的事情，恰恰证实了我的担心。”他握紧了栏杆。他外套的袖口上装饰着孔雀翎毛的图案，薄薄的一层织物挂在他嶙峋的骨架上。“我想我继续留在这里没有任何意义了，丹。我已经尽量减少和你联系的频率，不让人起疑，但我们完全有理由认为这次对话被窃听了。我真的不应该再多说什么了。”他转过身来，不再看向城市景观和悬空的方尖碑，然后对坐着的那个身影开了口，“加尔文……好久不见了。很高兴再次见到你。”

“照顾好自己，”加尔朝着雅内坎举起一只手，“还有，祝你的孔雀们好运。”

雅内坎的惊讶十分明显。“你知道我的小计划？”

加尔文笑而不答。西尔维斯特觉得，雅内坎的问题根本是多余的。

老人和他握了握手——运行中的这个界面可以支持完全的触觉互动——然后走出了他摄影设备的成像范围。

阳台上只剩下他们两个人。“那么？”加尔问道。

“我无法承受失去殖民地控制权的风险。”即使在艾丽西娅叛逃之后，西尔维斯特在名义上仍然是整个复生星探险队的总指挥。理论上而言，那些选择留在星球上而不是和她一起回国的人应该是他的盟友，也就是说，他的地位应该得到加强。但实际上并非如此。并不是每一个在争论中同情艾丽西娅一方的人，都能在劳瑞恩号离开轨道前及时登船。在那些留下来的人中，又有许多西尔维斯特之前的支持者觉得他处理危机的方式很糟糕，甚至是犯罪。他的敌人说，在他去见那些“天幕人”之前，那些图式幻戏藻对他的脑子所动的手脚，如今算是显出端倪了——结果是种近乎疯狂的病态。对阿玛兰汀人的研究一直在进行，但势头慢慢减弱，与此同时政治分歧和敌意则逐渐增强，到了无法弥补的地步。那些对艾丽西娅还残留着几分忠诚的人——其中以热拉尔迪乌为首——已经合并成了淹没派[1]。西尔维斯特这边的考古学家们处境日渐艰难，大有腹背受敌之感觉。两方都出现了很难用意外来解释的死亡。如今的局势已经到了紧要关头，西尔维斯特却身处一个很不利于解决危机的地方。“但我也不能放手，”他指着方尖碑说，“我需要你的建议，加尔。我会得到建议的，因为你绝对依赖于我。你很脆弱，记住这一点。”

加尔文在椅子上不安地动了动。“所以，总而言之，你是在给你老爹施加压力。这可太有爱啦。”

“不，”西尔维斯特咬牙切齿，“我想说的是，除非你给我指引，否则你可能会落入坏人之手。在暴徒们看来，你也是我们这臭名昭著的家族的一名成员。”

“不过你不一定同意这点，是不是？照你的看法，我只是一个程序，只是个被召来的死魂灵。你打算什么时候再让我接管你的身体？”

“别指望了。”

加尔文伸出一根指头指着他的鼻子。“不要胡搅蛮缠，孩子。是你召唤了我，而不是相反。你愿意的话就把我放回那个小亭子间里好了。我已经玩够了。”

“我会的。在你给我建议之后。”

加尔文坐在椅子上，倾身向前。“你先告诉我，你把我的阿尔法级模拟人怎么样了，然后我可能会考虑下给你建议。”他不怀好意地笑了笑。“该死的，我甚至可能会告诉你一些你不知道的关于八十子惨案的事情。”

“当时发生的事，”西尔维斯特说，“就是七十九个无辜的人死了。没什么未解之谜。但我不会找你追究责任。那就好像指控一个暴君的照片犯有战争罪

① 这一派的人认为应该将工作重心转向对星球表面进行地球化改造，在此过程中即使可能破坏阿玛兰汀人遗迹也在所不惜。改造步骤包括用人造洪水淹没大地，故而得名。

行一样荒唐。”

“是我让你拥有了视力，你这个忘恩负义的小浑蛋。”座椅旋转起来，用高高的实心椅背对着西尔维斯特。“我承认，你的眼睛很难说是最先进的，但你还能指望它更好吗？”座椅又转了回来。加尔文现在的穿着和西尔维斯特一样，头发弄成了类似的造型，脸上的胡子也同样刮得干干净净。“告诉我关于天幕人的事情，”他说，“告诉我你那些隐秘的罪孽，儿子。告诉我在拉斯凯尔天幕周围发生的真相，而不是你回来后一直在编织的那堆谎言。”

西尔维斯特挪到写字台前，准备弹出芯片盒。“等等，”加尔文忽然举起双手，“你想听听我的建议吗？”

“我们终于没再原地踏步了。”

“你不能让热拉尔迪乌赢。如果政变迫在眉睫，你就必须回居维叶城去。在那里，你或许还有些支持者，你可以把他们召集起来。”

西尔维斯特透过爬行车的窗户，向发掘网格那边看去。土埂上有身影穿过——员工们放弃了挖掘，悄无声息地朝着另一辆爬行车走去，寻求庇护。“这可能是我们到这里之后最重要的发现。”

“但你可能不得不舍弃它。如果你能阻止热拉尔迪乌，你至少还有机会回到这里，再度找到它。但如果热拉尔迪乌赢了，你在这里能找到什么就都不重要了。”

“我知道。”西尔维斯特说。这一刻他们之间没有敌意。加尔文的推理是无懈可击的，硬要吹毛求疵就太可鄙了。

“那么你会听从我的建议吗？”

他把手移到写字台上，准备弹出芯片盒。“我考虑考虑。”

第二章

2543 年，星际空间中，某艘拥光船[1]上

那些死人最麻烦的地方就在于，他们根本不知道该在什么时候闭嘴。飞船上三人团之一的伊利亚·伏尔约娃想道。

她刚刚离开舰桥，登上电梯。找船上那些活在很久以前的各色人物的模拟程序连续咨询了十八个小时后，她实在是疲惫不堪。她一直在试图抓住它们的破绽，希望其中的一个或几个能透露些关于秘藏武器源头的有意义的事实。这项工作甚为艰巨，尤其还有些古老的贝塔级模拟人甚至不会说现代诺特语[2]，而且出于某种原因，运行它们的软件也不愿意做任何翻译。整个会议期间伏尔

① 作者虚构的一种飞船。因其能接近光速飞行而得名。或作“近光船”。

② 作者虚构的未来时代使用的几种语言之一。诺特语主要由美式英语和中美洲人常说的西班牙语混合衍变而成，“诺特”即来自西班牙语的“北方”，在中美洲国家语言环境中指美国和加拿大。

约娃一直在吞云吐雾，一根接一根，挣扎着让自己的脑袋适应中古诺特语的特殊语法。她现在也没打算停下来。事实上，从紧张的交流中回过神来之后，她比以往任何时候都更需要抽烟。电梯的空调功能不够好，所以只过了几秒，她就让电梯内部整个云山雾罩一片。伏尔约娃扬起她羊毛衬里皮夹克的袖口，露出自己瘦骨嶙峋的手腕，朝上面戴着的手环开了腔。

“船长甲板。”她对无限眷念号说道。飞船接下来会将自己的一个微进程分配过来，执行控制电梯的简单任务。片刻之后，电梯下的甲板微微一震，消失无踪。“您希望在这段运输途中有音乐陪伴吗？”

“并不。还有，我之前大约提醒过你一千次了，我再说一遍：我希望的是安静。闭嘴，让我静静思考。”

她搭乘的电梯位于脊轴井，这根四千米长的空心长杆贯穿了整艘飞船，从头到尾。她登上电梯时的位置比较靠近竖井名义上的顶端（据她所知，这里一共只有一千零五十层），此刻正以每秒十层甲板的速度下降。电梯间是个玻璃墙的盒子，靠场力悬浮在空中；而且这个无轨电梯井的外板时不时会变成透明的，让她不必比对电梯里的地图就能知道自己的位置。这会儿她正穿过森林区：这里的阶梯式花园中生长着行星上的各种植物，由于无人照料，它们曾肆意生长，但如今正在纷纷死去，因为给林区提供阳光的紫外灯现在大多已破损，而如今又没人有那份闲心去修理。从林区再往下，就到了八百多层的区域，她在甲板间时隐时现。飞船上的各个广阔区域一度曾由船员们分头负责——那时船员的数量成千上万。过了八百层之后，电梯穿过了巨大的飞船枢纽，这块空间连接着飞船上可旋转的居住区和不可旋转的功能区，但现在前者也同样一动不动。然后她又下了两百层，这些是冬眠舱室，足以容纳十万人休眠——如果有那么多的人需要休眠的话。

伏尔约娃现在的位置已经比她的出发点低了一千多米，不过飞船的人造环境压力始终恒定：生命维持系统是船上仅有的几个仍能正常运作的系统之一。尽管如此，残存的些许本能还是在告诉她，她耳朵里应该随着电梯的急速下降砰砰作响。

“中庭层。”电梯报告道。它一直在访问记载着飞船原本布局的那份长得可怕的记录。“满足您娱乐和休憩的需求。”

“真好笑。”

“抱歉，我没听清？”

“我是说，你现在还这么说，可需要对休憩下一个非常奇怪的定义。除非你的概念当中，放松指的是穿上全套真空用宇航服，然后服用抗辐射药物作为润肠通便的养生疗法。这在我看来可并不是什么特别愉快的事。”

“抱歉，我没听清？”

“算了，没事。”伏尔约娃叹了口气。

接下来的一千米当中，她穿过的区域只偶尔有些地方是加压区。伏尔约娃觉得自己的体重变轻了，于是她知道自己正穿过引擎所在区域——这些引擎被精巧的后掠翼梁支撑在船体外部，它们张开巨口，吸进微薄的星际间氢气，然后把那点收获投入某些完全难以想象的物理过程中。没有外人敢于假装知道联合体引擎是如何工作的，伏尔约娃也一样。反正这也不重要，重要的是，它们确实能运转。另外一件重要的事情是，它们会稳定地发出温暖而微弱的光芒，放出些奇异的粒子辐射。虽然其中大部分辐射会被飞船船壳上的防护罩清除，但也有一部分会穿透进来。这也就是为什么电梯会在向下通过引擎区时暂时加速，然后一旦越过危险区域又会慢下来，恢复到通常的下降速度。现在她已经走过了全船三分之二的长度。她比其他船员都更熟悉这一区域：佐佑木[①]、赫加齐和其他人很少来这么远的地方，除非实在有不得已的原因。可谁又能责怪他们呢？他们往这边走得越远，就离船长越近。只有她一个人才不会仅仅想到船长在附近就恐惧不已。

不止于此；她不仅不惧怕飞船上的这一区域，甚至还把这里当成了自己的王国。到了六百一十二层，她可以溜出去，跑到蜘蛛房里头，把它开到船壳

---

① 原文为“佐佐木”略加变形所得的一个姓氏，可能和其他一些遣词造句一样，在暗示语言文字的演变。

外面去，在那里她可以倾听萦绕在星际间的幽魂啾啼。这很有诱惑力——每次来都有。但她现在有正事要做——她在执行一项特殊的使命——而且下次再来那些幽魂也还是会在。在五百层，她经过装备舰炮的这一层时，想起舰炮所代表的种种问题，又不得不强忍住停下略做些新调查的冲动。然后舰炮层过去了，她继续向下坠落，穿过秘藏室——舰内几个巨大的无压舱之一。舱室体积庞大，从一头到另一头，最长的距离足有五百米。但现在里面黑黝黝的，伏尔约娃只能靠自己的想象去描绘那里面收纳着的四十件物品。这从来都不难。虽然关于这些东西的功用和起源还有许多未解之谜，但伏尔约娃对它们的外形和相对位置了如指掌，就像是一个盲人了解自己卧室里精心摆放着的家具。即使在电梯里，她也有种感觉，觉得自己可以伸出手去，摸摸其中离她最近的一件合金外壳——只是为了让自己放心，确定它还在那里。自从她成为三人团成员后，大部分时间她都在尽可能学习关于这些东西的知识，但她不会宣称自己能够对其中任何一个放下心来。她靠近这些东西时，心情紧张得就像刚刚坠入爱河——她知道自己迄今为止搜集到的知识完全只是些肤浅的皮毛，而皮毛之下的东西可能会打破她所有的幻想。

离开秘藏室她从来都不会觉得有多后悔。

到四百五十层时，她又迅速穿过了另一个枢纽，这一个将功能区和船体渐渐变细的尾部间隔开来。锥形的尾部向下延伸出去也有一千米。电梯行经雷达所在的一片区域时，再度来了一阵冲刺，然后开始慢慢地长时间减速，一直减速到零。这会儿它正通过第二组低温休眠舱甲板，这一组包括两百五十层，能够容纳十二万人。不过当然，目前其中只有一个休眠者——如果你能大度地把船长的状态形容为“休眠”的话。电梯的速度越来越慢。在冬眠甲板组中部它停了下来，热情友好地宣布已经到达她的目的地。

“如您有在航程中进行低温休眠的需求，”电梯说，“请咨询乘客低温休眠层礼宾程序。感谢您使用本机服务。”

门开了，她跨过门槛，低头看了眼被框在巨大缺口中的电梯竖井明亮的外壁，它向下渐渐变细，直到化为一线。她几乎已经走完了整艘船的全部长度

（或者说是高度——很难不把这艘船想象成一幢巨大的高楼），可竖井看起来仍然在向下无限延伸。这艘船是这么大——这么不可思议地大——人类的思维甚至连它的一根小指头都难以正确把握。

“是的，是的。现在请亲切地滚远些。”

“抱歉，我没听清？”

“离开。”

当然，这样说电梯也不会真的离开，至少不会仅仅为了安抚她而无缘无故地离开。它除了等她之外也没什么事可做了。作为船上唯一清醒着的活人，伏尔约娃是唯一有理由要使用电梯的人。

从脊轴井到他们放置船长的地方要走很长的路。她还不能走最直接的路线，因为船上有些区域整个都不能进入——被电脑病毒搞得到处都是各种故障。有些地方被冷却液淹没，而有些则被四处流窜的监察鼠侵扰；还有些地方则有已经发狂的守卫无人机逡巡其中，所以除非伏尔约娃正好感觉要跟它们较量一番，不然也得避开。剩下的一些地方有的满是毒气，有的完全是真空，有的充斥着太多的高能辐射，还有的……据说会闹鬼。

伏尔约娃不相信闹鬼的说法（不过当然，她也有属于自己的鬼魂，还可以通过蜘蛛房拜访它们的世界），但其他那些区域她确实要认真看待。除非带着武器，否则船上有些区域她是绝不会进入的。但她对船长周边的环境了如指掌，这里可以不用采取额外的防范措施。只不过实在是太冷了。她提了提夹克的领子，紧了紧兜帽的系绳，帽子衬里的织网紧压在她的发楂上，嘎吱作响。她又点燃了一支卷烟，狠狠地吸了一口，消灭掉自己脑袋里的空白，用军人冷彻的警觉填补。独自一人蛮适合她的。她想要有人类的陪伴，但这种希冀也并不是太热切。如果这种陪伴还包括要应对纳戈尔尼的情况，那她更是压根不想要。也许当他们到达黄石行星系后，她会考虑去找一名新的火控官。

欸，这种担忧是怎么逃出她的心理隔离机制的？她现在要关心的不是纳戈尔尼，而是船长。而且船长就在这里，或者至少可以说，他现在变成的这东西的最外围已经延伸到了这里。伏尔约娃让自己冷静下来。冷静的态度是必要的。她不得不去检查那些每次都会让她感觉恶心的玩意。其他人的状况比她要好些，厌恶感没她这么强烈。她有些“娇气”[①]——神经过敏。

装盛布兰尼根的低温休眠装置居然还在工作，这真是个奇迹。伏尔约娃知道，这玩意的型号非常老旧——造得特别皮实。它依旧在努力地让布兰尼根体内的细胞保持在静滞状态，哪怕低温舱的外壳已经满是裂痕，犹如旧石器时代的古物，纤维状的金属蔓生物从中溢出。这些蔓生物来自低温舱内部，就像是侵蚀基底的真菌。布兰尼根的残骸就在这东西的中心部位。

低温舱附近寒冷彻骨，伏尔约娃很快就发现自己冷得发抖了。但有工作必须要完成。她从外套里摸出一根激光刮取器，用它烧下来一点点蔓生物以供分析。回到实验室后，她会用各种病毒武器攻击它们，指望能找到一种对这些蔓生物有特效的疗法。过去的经验告诉她，这套做法基本上是徒劳的——这些蔓生物有一种奇妙的能力，可以破坏她用来研究它们的分子工具。这事情倒也并不急：冷藏库将布兰尼根的温度保持在只比绝对零度高那么几百毫开尔文[②]，这种程度的低温似乎确实能阻碍瘟疫扩散。从消极的一面而言，伏尔约娃知道，从来没有哪个人类能从这么冷的环境中复活，但奇妙的是，鉴于船长目前的状况，这点倒没多大关系。

她对着手环用沉着的声调说话：“打开我那几篇有关船长的日志文件，加上新的条目。”

手环响起一声铃音，表示准备就绪。

“我复苏后第三次检查布兰尼根船长。检查他身上……”

她犹豫了一下，意识到一句用语不当就可能会激怒三人团成员赫加齐；对此她倒不是特别在意。如今黄石星人已经给那东西起了个名字，那她敢于用这个名字——“融合疫”——来称呼它吗？也许这样并不明智。

---

① 此处原文为俄语。

② 开尔文，简称“开”，国际单位制基本单位中的热力学温度单位，符号为K。1毫开尔文合0.001开尔文。开尔文温标的零点称为绝对零度，记为0K。0℃=273.15K。——编者注

“……疾病的扩散程度。上次记录至今似乎没有变化。没有超过毫米级的侵蚀。低温功能奇迹般地依旧良好。但我想，我们应该做好准备，在未来的某个时刻，机组不可避免地会出现故障……”她暗自心想，等它确实发生故障的时候，如果他们不尽快将船长转移到新的低温舱（具体要怎么做是个尚无答案的问题），那他这个麻烦从此肯定也和其他许多麻烦一样，不必再由他们操心了。他自己的麻烦应该也就此结束了——她真心希望会这样。

她告诉手环：“保存并关闭日志。”然后又加上了一句，“让船长的脑核升温五十毫开尔文。”此刻她是多么希望自己之前能少抽一根烟，留到这会儿啊。

经验告诉她，温度最少也要升高这么多。不到这个温度的话，他的大脑会依旧处于冰封静滞之中。但要再高点的话，瘟疫将开始迅速转变他的形体，那样子可不符合她的口味。

“船长？”她说道，“你能听到我说话吗？我是伊利亚。”

西尔维斯特迈步走下爬行车，向发掘网格走去。在他和加尔文会谈的这段时间里，风势明显又加大了；他能感觉到狂风在刺痛他的脸颊，刮起的灰尘冰冷得像是女巫的爱抚。

“我希望刚才那段短暂的交谈是有益的。”帕斯卡尔一把抓下自己的面具，在风中大叫。关于加尔文的事情她全都知道，尽管她从来没有和那家伙直接交谈过。“你现在可以表现得明白事理些了吗？”

“把斯卢卡叫到我这里来。”

平时她可能会拒绝像这样的命令，现在她则考虑到他的感受，回到了另一辆爬行车上。不久之后，她就从车里出来了，带着斯卢卡以及另外几位工人一起。

“我想，你已经准备好听取我们的意见了吧？”斯卢卡站在他面前，大风吹得她额前的一缕散发在她的护目镜上来回抽打。她从面罩中吸了几口气，拿下面罩用一只手捧着，另一只手叉在腰后。“这样的话，我想你会发现我们是很通情达理的。我们会考虑到你的名誉。回到曼特尔后，我们谁都不会提起这档子事。我们会说，你一接到建议就下了撤退令。功劳都是你的。”

“长期来看，你觉得这些破事会有什么重要性吗？”

斯卢卡咆哮起来：“一块方尖碑又能有什么见鬼的重要性？更何况，阿玛兰汀人又能有什么见鬼的重要性？”

“你从来都无法真正看清大局，不是吗？”

帕斯卡尔已经开始录下这次交流。她动作隐秘——但还没隐秘到西尔维斯特察觉不到——她站在旁边，一只手上拿着她平板电脑的可分离式摄像机。“有些人可能会说，这里压根就没有什么大局，”斯卢卡说，“说你夸大了阿玛兰汀人的意义，只是为了让考古学家们继续忙碌。”

“比如你就会这么说，是不是，斯卢卡？不过话说回来，你从一开始就不完全是我们中的一员。”

“这话是什么意思？”

“意思是，如果热拉尔迪乌想在我们中间安插一个异见分子，你会是一个极好的人选。”

斯卢卡回过头来，面向她身后那些人，西尔维斯特越来越觉得，这帮人全是她的同伙。“听听，这个可怜的家伙都说了些什么啊——已经沉浸在阴谋论中了。现在我们也算是尝到这滋味了，而殖民地其他人多年前早就见识过了。”然后她的注意力又回到了西尔维斯特身上。“和你说什么都没意义了。我们一收拾好设备就会离开——如果风暴加剧的话，会更快。你可以跟我们一起走。”她拿起面罩罩上口鼻，喘息片刻，脸上恢复了几分血色，“要不你也可以留在这里赌命。选择权完全在你手中。”

西尔维斯特的目光越过她，看向后面的那帮人。“那就走吧。离开吧。不要让忠诚这种微不足道的玩意挡住你们的去路。除非你们当中的某些人有胆量留在这里，完成他们前来此地目的所在的工作。”他逐个逐个地看着那些人，迎来的只有一双双尴尬地闪避开去的目光。他几乎不知道他们中任何一个人的名字。他认得他们，但只是来自最近的共同经历；毫无疑问，这些人中没有任何一个是从黄石星登船的；毫无疑问，他们里面没有一个人对复生星以外的世界有任何了解。这个世界上只有为数不多的几个人类定居点，像几颗红宝石，散落在原本荒凉一片的大地上。在他们看来，他一定是个可怕的老顽固。

“先生，”其中一个人说，这人可能就是最先提醒他注意风暴的那个，“先生，不是我们不敬重您。但我们也得为自己考虑啊。难道您还不明白吗？不管这里埋的是什么，都不值得我们冒这么大的风险。”

“你们正是在这点上搞错了，”西尔维斯特说，“它值得冒上你们能够想象到的任何风险，甚至不只如此。难道你们还不明白吗？阿玛兰汀人并不是偶然遭遇了大灭绝。是他们招来了大灭绝。是他们导致了大灭绝发生。”

斯卢卡缓缓摇头。“他们让自己的太阳耀斑大量爆发？你真的相信这种说法？”

“对此我只能说，是的。”

“那你陷入阴谋论的程度比我之前担心的更加深重，”斯卢卡转身背对着他，朝着她的党徒发话，“去预热爬行车引擎吧。我们这就离开。”

“设备呢？”西尔维斯特说。

“可以留在这里生锈，我不在乎。”人群开始朝着两台巨大的机器散去。

“等等！”西尔维斯特喊道，“听我说！你们只需要开走一台爬行车——一台车就够装下你们所有人了。只要你们把装备留在这里的话。”

斯卢卡转回身面对着他。“那你呢？”

“我会留在这里，完成工作——靠我自己，以及其他任何愿意留下来的人。”

斯卢卡摇了摇头，揭下自己的面具，厌恶地往地上吐了口唾沫。她起步追上了队伍里的其他人，并把众人引向最近的爬行车，把另一台——西尔维斯特的寝室所在的那台——留给了他一个人。斯卢卡那伙人钻进了车里，其中有几个人还带着些小东西，有些是装备，有些是盒子，里头装着发掘出来的文物和遗骨：即使在叛乱中，学者的本能也会占据上风。他看着爬行车的坡道和舱门折起、关闭，然后这台机器用腿站起来，笨拙地挪动身子，离开了发掘现场。不到一分钟，它就完全从视野中消失，发动机的噪声在狂风的咆哮中也已无法分辨。

他环顾四周，看看谁还和他在一起。

有帕斯卡尔，但这几乎是必然的；西尔维斯特怀疑，如果自己的坟墓里有个好故事，那她也会追进去的。少数抵制斯卢卡的学生，惭愧的是他完全不知道他们的名字。如果他运气好的话，也许惠勒方格里头还有六七个人。

他镇定下来，打了个响指，朝留下来的人群中的两人说："开始拆除引力仪，我们用不着它们了。"然后他对另外两人发出指示："去收集斯卢卡那帮逃兵留下的所有工具，还有现场笔记和任何已收纳的文物。从网格的后方开始。完成之后，你们可以到大坑底部和我会合。"

"你现在这是有什么打算？"帕斯卡尔关掉她的摄像机，让它呼啸着收回到她的平板电脑里。

"我本以为这应该显而易见，"西尔维斯特说，"我要去看清楚那块方尖碑上写的是什么。"

2524 年，天苑四太阳系，黄石星，渊堑城

安娜·扈利正在刷牙时，套房主控那儿响起了铃声。她从浴室里赶出来，嘴唇上还带着泡沫。

"早上好，凯斯[①]。"

这位密封人滑进公寓，他的旅行轿上装饰着华丽的涡纹，前方开着一扇黑色的小窗户。光线合适的时候，她可以辨认出 K.C. 吴[②]那张惨白的面庞，在一英寸厚的绿色玻璃后面晃晃悠悠。

"嘿，你的样子可真是太有精神了，"他说话的声音透过隔离箱的扬声器格

① 此人的绰号。一方面他负责交接"任务"，一方面他总是缩在"箱子"里，这两个词都是"case"（凯斯）。

② 此人全名不明。K.C. 加上他的绰号"凯斯"可能是在致敬威廉·吉布森《神经漫游者》的主角 H.D. 凯斯。

栅传来，“我要去哪里才能弄到让你这么有精神的东西？”

“是咖啡，凯斯。我喝这见鬼的东西喝多了。”

“只是个玩笑，”吴说，“你看上去完全是一团糟啊。”

她用手掌捂住嘴巴一拉，抹掉上面的泡沫。“我才刚醒，你这个浑蛋。”

“借口。”吴居然设法让他的话带上了一种语气，听起来好像“刚刚醒来”是个毫无用处的生理学借口，他本人早已抛弃的那种——就像是抛弃他曾经拥有的阑尾一样。这完全有可能：扈利从来没有仔细看过箱子里的那个人。密封人是过去几年中出现的那些越发古怪的瘟疫后派别之一。他们不愿放弃可能被瘟疫腐蚀的植入物，又相信即使在相对清洁的天蓬城内部，也依然存在痕量病原体；所以除非环境本身被严格密封，他们从不离开自己的箱子；因此他们的移动范围仅限于轨道上的几个旋转木马站[①]之中。

吴的声音变得粗嘎：“不好意思，但如果我没太记错的话，我们今天早上确实是安排了一场杀戮。你还记得过去两个月我们一直试图让他下单的那个塔拉斯基吗？恍然大悟了没有？很重要的是这事得由你来做，因为你恰好是被指派让他摆脱痛苦的人。”

“别在我耳边唠叨个没完，凯斯。”

“即便我想要让自己凑到你耳朵边上，也会遇到身体结构上的难题啊，亲爱的小扈利。不过，说正经的，我们有一个大有成功机会的杀戮地点，还估计出了有利时机。你现在的敏锐度是否堪称楷模？”

扈利往自己嘴里倒进最后几口咖啡，把剩下的咖啡留在炉子上等回来再喝。咖啡算是她唯一的嗜好，她在先手星[②]上当兵那会儿养成的癖好。关键是要让警觉如利刃锋锐，但又不能嗡嗡个没完，那样她就没法手持武器，毫不晃动地指向前方。

“我想我已经将咖啡因系统中的血液含量减少到了可以接受的水平。如果

① 作者虚构的未来社会中一些绕轴自转、为边缘区域提供人工重力的太空站的诨名。

② “斯凯先手星”的简称。该名称的由来详见作者另一本小说《渊堑城》。

你的意思是指这个的话。”

“那么让我们来讨论个终极问题——至少从塔拉斯基的角度而言是终极问题。”

吴开始向她讲述这场杀戮的最终细节。大部分早已列入计划，其他也没出乎她根据之前几次杀戮的经验自己私下进行的揣测。塔拉斯基将是她连续第五次刺杀的目标，所以她已经对这个游戏有了更广阔的视野。游戏有自己的规则，虽然并不总是很明显，但在每次杀戮的宏大行动中都一再微妙地复现。媒体投来的注意力越来越高，她的名字在暗影游戏的圈子里被提起得也越来越频繁，而凯斯显然是在为她接下来的几次狩猎设置一些美味的、高调的目标。她觉得，自己正在跻身于一个小团体之中：这个星球上最顶尖的大约一百名刺客组成的，真正的精英行会。

“好的，”她说，“纪念碑下，广场八层，西附楼，一小时后。再简单不过嘛。”

“你是不是忘记了一件事？”

“是啊。杀戮的武器在哪儿，凯斯？”

吴的身影冲着她身后点了点头。“牙仙子总会把东西留下的地方，亲爱的姑娘。”

然后他转过自己的轿厢，离开了房间，只留下一丝淡淡的润滑油味道。扈利皱着眉，伸出一只手，慢慢地摸进自己床上的枕头下面。就像凯斯所说的那样，那里有东西。她睡觉的时候还什么都没有的。但这些天来，她对这种事情已经几乎无动于衷了。行会做事的方式经常十分神秘。

很快，她就准备好了。

她到屋顶上叫来一辆缆车，那件杀人武器紧贴在她的外套下面。小车检测到了她的武器和头部存在的植入物，本来应该会拒绝她搭载——如果她没有向它展示出自己的欧米伽点公司标识的话。那是个移植在她右手食指指甲下的细小全息符号，一个仿佛在角蛋白层下舞动的标靶。“八十子惨案纪念碑。”扈利说道。

西尔维斯特爬下梯子，穿过方坑底部的台阶，最终抵达方尖碑露出来的顶端周围那一小片明亮的场地。斯卢卡和另一位考古学者抛弃了他，但剩下的一名工作人员——在机仆的帮助下——成功地把这东西又挖出了近一米高，剥离了层层嵌套在外的石棺，露出了巨大的黑曜石本体。阿玛兰汀人在切工精湛的石碑上用精细的线条雕出了众多图形。大部分都是文字：一行行的表意图形。虽然没有罗塞塔石碑来帮助考古学家，但他们对于阿玛兰汀人的语言还是有些基本了解。阿玛兰汀文明是人类在距离地球五十光年之内发现的第八个已经灭亡的外星文明，但没有证据表明这八个物种两两之间曾有任何接触。图式幻戏藻和天幕人也未能向人类提供帮助：人们没见到过这二者有任何跟书面文字哪怕有一点点相像的东西。跟这两家都有过接触——或者至少是接触过后者的技术——之后，西尔维斯特和别的任何人类一样对此大为庆幸。

阿玛兰汀文明则不然，计算机破解了它所用的语言文字。耗费了三十年的时间——对数百万件文物进行比对——但最终发展出了一个自洽的模型，能确定大多数铭文的大致含义。阿玛兰汀人只有一种语言——至少在他们文明世代的晚期是如此，而且变化非常缓慢，所以同一个模型可以解读相隔数万年的铭文，这对考古学家们大有帮助。当然，意义上的微妙差别要另当别论。这也正是人类的直觉——以及揣测——的用武之地。话说回来，阿玛兰汀人的文本和人类的旧有经验大相径庭。所有的阿玛兰汀文本都是有立体视觉效果的——它们由错综复杂的线条组成，读者必须在自己的视觉皮质层中将其整合为立体图像。阿玛兰汀人的祖先是些类似鸟类的生物——会飞的恐龙，但又拥有狐猴的智能。在历史上某个时期，他们的双眼位于头骨相对的两侧，结果他们的思维在很大程度上也是分化为二的，每个大脑半球各自拼合出自己对于世界的认识模型。后来他们成了捕猎者，进化出了双眼视觉，但他们的心智回路仍然有些部分来自进化的早期阶段。大多数阿玛兰汀人的文物都反映出了他们精神上的这种二元性，明显存在着垂直向的对称轴。

这座方尖碑也不例外。

西尔维斯特不需要同行们阅读阿玛兰汀图文时不可或缺的特制护目镜，他可以在自己的眼睛中轻松完成立体融合过程，只要调用加尔文的一个很有用的小算法。这种算法不止一个。但阅读起来仍然冗长而费解，需要格外地全神贯注。

“给我照个亮。”他说。于是那位学生解开一个便携式泛光灯，用手举到方尖碑侧旁。闪电在上空某处频频闪动：风暴中大片的尘云之间在交换电荷。

“你能读懂这些吗，先生？”

“我正在努力，”西尔维斯特说，“你要知道，这可算不上世上最简单的事情，尤其是如果你不能保持光线稳定的话。”

“抱歉，先生。我尽力了。但这里的风越来越大了。”

他是对的，就连发掘坑里也有旋风形成了。很快就会刮起大风，扬灰会越来越严重，直到它在空气中形成层层灰幕。在那样的条件下，他们不可能再工作太久。

“对不起，”西尔维斯特说，“我要感谢你的帮助。”他觉得说得还不够，于是补充了一句：“还有，我很感激你选择留下和我在一起，而不是跟斯卢卡走。”

“这并不为难，先生。并不是所有人都打算摒弃你那些看法。”

西尔维斯特从方尖碑上抬起头。“所有的看法吗？”

“我们至少都赞成，这些遗迹应该好好调查。毕竟，了解过去发生了什么对殖民地是大有好处的。”

“你是说，大灭绝？”

学生点点头。“如果它真的是阿玛兰汀人引发的……并且，如果这真的与他们实现太空飞行同时发生，那这可能不仅仅具有学术价值。”

“我讨厌那个词组——‘学术价值’，好像天然就比任何其他类型的价值要低贱些似的。但你是对的。我们必须知道。”

帕斯卡尔凑了过来。“确切地说，必须知道什么？”

“他们究竟做出了什么事情，才会让他们的太阳杀死了他们。”西尔维斯特转过身来面对她，用他那双假眼上显得过大的银色琢面死死盯着她，“这样我们就不会重蹈覆辙。”

“你的意思是，那是一次事故？”

“我真的不觉得他们会故意找死，帕斯卡尔。”

“这点我明白。”西尔维斯特知道，她讨厌自己对她居高临下的态度，连他也讨厌自己这个样子。“但我还知道，石器时代的外星人没有办法影响他们的恒星的行为，不管是有意还是无意。”

“我们都知道，他们没那么落后，”西尔维斯特说道，“我们知道他们有轮子和火药，为满足农业需要他们发展出了基础光学，对天文学大有兴趣。人类在不到五个世纪的时间里就从这个水平发展到了进行太空飞行。认为另一个物种不能做到同样的事情那是在歧视，不是吗？”

“但证据何在？”帕斯卡尔站起来，掸了掸她的大衣，积在上面的尘埃像一条条小溪般潺潺而下，“噢，我知道你要说什么——高科技文物无一幸存，因为它们天然就不如早期制品耐久。但即使有这种证据，结论能有多大变化？即便是联合体也没有开始摆弄恒星，而其他的人类——包括我们在内——都远不如他们先进。”

“我知道。这正是让我困扰的地方。”

“那么，这些铭文写的是什么？”

西尔维斯特叹了口气，再度看向碑文。他曾希望，暂时转移注意力能让他的潜意识更好地协同工作，接下来碑文的意义就会变得清晰明了，就像他们在远赴天幕人的地盘前接受的心理测试中某道题目的答案一样。但天启灵感的一刻顽固地拒绝降临，那些图形仍然看不出有什么意义。或许，是他的期望本来就有问题吧，他不由得想道。他一直在希望有什么重大发现，某个能证实他想法的东西，虽然那些想法是那么可怕。

但事与愿违，这些铭文似乎只是为了纪念在此地发生的某些事件，这些事可能在阿玛兰汀人的历史上非常重要，但与他的期望相反，这些事情的影响注定完完全全是局限于本地的。要完全确认铭文中的内容需要进行一整套计算机分析流程，而且他目前只能看到文本最顶上一米左右的内容，但他已经能感觉到自己在被失望压垮。无论这个方尖碑代表的究竟是什么，都不再能引起他的兴趣了。

“这里发生了某些事情，”西尔维斯特说，“也许是一场战役，或者是某位神明的现身。仅此而已——一块坐标石。我们把它完全挖出来，并确定周围地层的年代之后会了解到更多。我们也可以对这件制品本身做个束缚电子测试。”

“这不是你要找的东西，对吗？”

“我一度以为这可能是的。”然后西尔维斯特向下看去，朝着方尖碑暴露在外的最底下一部分看去。铭文在熔覆层顶端上方几英寸处完结了，再往下开始刻着另外的什么东西，向下一直延伸到看不见的部位。这是一张不知画着什么的图表，他可以看到几个同心圆最顶端的弧线，仅此而已。这到底是什么？

西尔维斯特完全无从猜测，他也不想猜。风暴越来越猛烈了。现在根本看不到星星了，他们头顶只有一片咆哮着的尘云，朦胧间犹如一只巨大的蝙蝠翅膀。他们离开坑底的话，面对的环境会恶劣得犹如地狱。

“给我些发掘工具。”他说。随后他立刻开始刮除石棺顶端熔覆层周围的永久冻土，像不得不在黎明前从牢房里挖通逃跑隧道的囚徒般急迫。片刻之后，帕斯卡尔和学生也开始动手和他一同工作，哪怕暴风正在他们上空怒号。

“我不太记得了，”船长说道，“我们还在布洛特附近吗？”

“不，”伏尔约娃说话的时候尽力不让自己的语气听起来会流露真相，这问题她已经向船长解释了十几次了，每次让他的大脑回暖的时候都得再来一遍，“我们离开克鲁格60A太阳系已经好些年了。赫加齐通过交涉给我们弄到护盾所需的冰之后我们就动身了。”

“噢。那我们如今是在哪儿？”

“去黄石星的路上。”

“为什么？”船长的男低音从扬声器中传出，那些扬声器被布置在离他的尸体有一定距离的位置上。计算机用复杂的算法扫描他的大脑结构，将结果转化为语言，并在必要的时候充实些细节反应。事实上，他根本就不可能真正恢复意识——当他的核心体温降到冰点以下之后，所有的神经活动按理来说都该终止了。但他的大脑中交织着无数微小的机器，所以在某种程度上，眼下在思考的是机器，它们甚至是在绝对零度以上不到半开尔文的环境下进行着思考。

“好问题。”她说。现在让她困扰的不仅仅是这次谈话了。“我们要去黄石星的原因是……”

“是什么？”

“佐佑木认为那里有个可以帮得了你的人。”

这话让船长陷入了思索中。她能从自己的手环上看到一张船长的大脑影像图：她可以看到色块正在图上蠕动，就像在战场上分分合合的军队。“那个人一定是加尔文·西尔维斯特。”船长说道。

“加尔文·西尔维斯特死掉了。”

“那就是另一个西尔维斯特——丹。佐佑木要找的人是他吗？”

“我想不出还有别的可能。”

“他不会乐意来的。上次他就不肯。”出现了片刻的沉默，量子效应导致的温度波动让船长失去了意识。“佐佑木肯定清楚这点。”他复苏之后继续说道。

“我相信佐佑木已经考虑了所有的可能。”伏尔约娃说话时的语气表现得很明确：她对这点压根没有任何把握。但她会小心谨慎地不出言反对另一位三人团成员。佐佑木一直是船长最亲密的心腹——他们俩的关系始于许久之前，比伏尔约娃加入船员组的时间还要早得多。据她所知，没有其他人曾经和船长说过话，甚至不知道有这样的办法。佐佑木也不例外。但没有必要愚蠢地冒这种风险——即便考虑到船长那飘忽不定的记忆力也是如此。

“有什么事情困扰着你，伊利亚。你可以向我倾吐一下的。是西尔维斯特的事情吗？”

“麻烦比那要近得多。”

“那就是飞船上出了什么问题？”

伏尔约娃知道，她永远也没法完全习惯像这样来拜访船长。但最近几周这种事已经明显开始带上了“正常”的色调。就好像前来看望一具感染了进展迟缓但足以将其全部吞噬的瘟疫，处于超低温冷藏下的躯壳，只是生活中诸多令人不快但不可或缺的元素之一，是某种每个人时常不得不做的事情。不过现在，她正把和船长之间的关系向前大大推进一步，并即将对某些风险置之不顾，虽然正是同样的风险刚刚令她停止表达对佐佑木的疑虑。

她说：“是关于火控室的。你还记得吧，那个可以控制秘藏武器的房间？”

“我想是的，我记得。那里出什么问题了？”

“我前段时间在训练一名新船员成为火控官；坐上火控席，通过神经植入物，接入秘藏武器操控界面。”

“这位新船员是什么人？”

“一个名叫鲍里斯·纳戈尔尼的家伙。不，你从来没有见过他——他是近来才上船的，而且我在力所能及的情况下，倾向于让他远离其他人。我绝不会把他带到这下面来的，原因很明显。”如果她让他们两个人走得太近，船长身上的传染病可能会传到纳戈尔尼的植入物上。伏尔约娃叹了口气。她现在已经到了坦白的关键时刻。“纳戈尔尼一直都有些不太稳定，船长。从不少角度而言，对我来说，一个边缘性精神病患者比一个完全正常的人更有用——至少，我当时是这么认为的。但我低估了纳戈尔尼精神问题的严重程度。”

“他的病情恶化了？”

“在我把植入装置放进去，让他接入火控系统后没多久就开始了。他开始抱怨说做噩梦了。非常糟糕的噩梦。”

“这可怜的家伙真不幸啊。”

伏尔约娃能理解这语气。船长所经历过的，并且他仍然在经历的遭遇确实会让大多数人的噩梦相形之下不过是些非常平淡的幻觉。他是否体验得到痛苦是个值得商榷的问题，但与知道自己正被某种难以言喻的异物活生生地吞噬——同时被扭曲改造——相比，痛苦又算得了什么呢？

“我无从揣测那些噩梦到底是什么样子，”伏尔约娃说，“我只知道对纳戈尔尼来说——他脑子里游荡着的恐惧在我们大多数人看来本来就够多的了——

它们让他不堪承受。”

“我改换了所有的东西——整个火控交互系统，甚至包括他脑袋里的植入装置。什么都没用。噩梦仍然继续。”

“你确定那些噩梦与火控室有关？”

“我一开始也不想承认这点，但噩梦的发生和我让他坐上火控席的时间存在明显的关联。”她又给自己点了根烟，那橙色的尖端是船长周围唯一勉勉强强可以算作有点温暖的东西。找到一包新鲜香烟那会儿是她最近几周里少有的快乐时刻。“所以我又更换了系统，但还是没用。要说有什么变化的话，只有一件，那小子状况更糟了。”她顿了一下，“于是那时候，我就把我的麻烦告诉了佐佑木。”

“而佐佑木的回答是？”

“我应该停止实验，至少在我们到达黄石星周边之前都不再继续。让纳戈尔尼去冷冻休眠个几年，看看那是否能治好他的精神问题。欢迎我继续试着修复火控室，但我不可以再让纳戈尔尼坐到那个座位上了。”

“在我听来是个很合理的建议。当然，没被你当回事。”

她点了点头，很矛盾地松了口气——船长猜到了她的罪行，不用她亲口说出来了。

“我比别人提前一年醒来，”伏尔约娃说，“好让我有时间监察系统，关注你的状况。前几个月我一直都在做那些事。直到我决定把纳戈尔尼也唤醒。”

“继续更多实验？”

“是的。直到一天前。”她用力吸着香烟。

“这就像拔牙，伊利亚。长痛不如短痛。昨天发生了什么事？”

“纳戈尔尼失踪了。”好了，她总算说出来了，“他有段时间病发得特别厉害，试图攻击我。我抵挡住了，但他逃走了。他在船上的其他地方。我完全不知道他在哪里。”船长沉思良久。伏尔约娃能看出他肯定是在琢磨着什么。这是一艘大船，而且有些区域整个都无法进行监控追踪——那些地方的传感器已经停止工作了。如果想找一个会主动躲藏的人，那就更困难了。

“你必须要找到他，”船长说，“你不能允许他在佐佑木和其他人醒来的时候依旧四处游荡。”

“然后呢？”

“你大概得杀了他。做得干净点，然后你可以把他的尸体放回低温休眠单元中，再安排那个单元出现故障。”

“你的意思是，让事情看起来像是意外事故？”

“没错。”和往常一样，她透过棺材窗能看到，船长的那片面孔完全没有任何表情。他改变自己表情的能力不比一尊雕像更强。

这是一个很好的解决方案。她自己的思维太过拘泥于这问题的对错如何，没能自己设计出解决办法。在此之前，她一直害怕与纳戈尔尼发生任何对抗，因为这可能将她置于不得不杀死对方的境地。这样的结果似乎是不可接受的；但就像往常一样，没有什么结果是不可接受的，只要你能用正确的角度去看待。

“谢谢你，船长，”伏尔约娃说，“你真是帮了大忙了。现在——如果你允许的话——我要给你重新降温了。”

“你还会回来的，对吧？我真的很喜欢跟你这样聊天，伊利亚。”

“无论发生什么我都会回来的。”她说完就告诉她的手环，将船长的大脑温度降低五十毫开尔文，这样就足以将他送入没有梦魇、无思无觉的沉睡之中。或者，只是她希望如此。

伏尔约娃默默地抽完了烟，然后扭过头去，不再看着船长，而是看着幽暗的弧形走廊。在外面的某个地方——飞船上的另一个位置——纳戈尔尼正等着她，要带着她所知的最深重的怨恨来报复她。那个人现在病得厉害，脑子出毛病了。

就像是只不得不被击毙的疯狗。

“我想我知道这是什么了。”西尔维斯特说。此时最后一块碍事的石头也已从方尖碑的包层上被移走，这东西顶上两米高的部分都露了出来。

“嗯？”

“这是一张孔雀六太阳系的星图。”

“我怎么感觉你之前就已经猜到了。”帕斯卡尔边说边眯起眼睛，透过护目镜看向这个复杂的图案。看上去像是两组稍有偏移的同心圆，但合并成立体景象后，它们变成了一组同心圆，看起来悬浮在黑曜石上方一段距离。毫无疑问，这些圆圈就是行星轨道。恒星孔雀六位于中心，上面标有正该用于此处的阿玛兰汀符号——一个看起来很像人形生物的五角星。然后是太阳系中所有主要天体的轨道，比例正确无误，在复生星上还标有代表“世界”的阿玛兰汀符号。如果说还有人怀疑只是一堆圆圈正巧排列成了这样，那被仔细标明的几颗大行星的卫星也足以驱散这种怀疑。

“我确实之前就有些疑心会是这样。”西尔维斯特说。他很疲惫，但今晚的工作以及所冒的风险绝对是值得的。他们挖掘第二米方尖碑所花的时间比第一米要长得多，而且有时候暴风看起来就像是一队报丧女妖，下一刻就会用一阵尖叫夺走他们的性命。但风暴从来没真的狂暴到居维叶城预报的那个程度——从前也发生过这种事，未来无疑也还会发生。现在最糟糕的时刻已经过去了，虽然天空中还飘荡着一条条带状的尘云，好似黑暗的旌旗，但粉红色的曙光已经在驱走夜色。看起来，他们总算是活下来了。

“但这并不能改变什么，”帕斯卡尔说，“我们一直都知道他们有天文学；这只是表明在某些时候他们发现了日心说宇宙模型。”

“它的意义不止于此。”西尔维斯特谨慎地说道，“图上这些行星并非全都是肉眼可见的，即使是考虑到阿玛兰汀人生理优势的情况下也是如此。”

“所以他们用了望远镜。”

“不久前，你刚把他们描述为石器时代的外星人。现在你准备承认他们知道如何制造望远镜了吗？”他觉得帕斯卡尔可能是笑了笑，但也说不好，因为她戴着呼吸面罩。反正她抬起头，朝着天空望去。从网格的埂梁间看得到有个东西穿过，一个明亮的三角体在尘云下移动。

“我想是有人来了。”她说道。

他们迅速爬上梯子，到顶上时已经上气不接下气了。尽管风势比几个小时前的高峰期减弱了不少，但在坑顶活动仍是种煎熬。发掘现场一片狼藉，泛光灯和重力计被风吹翻，摔得支离破碎，周围设备散落一地。

那架三角形的飞行器在他们上空盘旋，来回掉头寻找着降落地点。西尔维斯特立刻认出，这是架来自居维叶城的飞机；曼特尔的飞机没有这么大的。飞行器作为复生星上能越过几百千米以上距离的工具，十分稀缺。现存的所有飞机都生产于殖民地成立初期，由机仆们利用当地原材料制成。但那些建造飞机的机仆在兵变期间不是被破坏就是被盗走了，它们留下的制品就此成了殖民地的无价之宝。那些飞行器如果偶然出现了小问题，可以自我再生，永远无须维护；但它们仍然可能毁于有意破坏或无心疏失。年复一年，殖民地上可用的飞行机器存量在不断减少。

那三角形让他的眼睛受到了伤害。在飞机的机翼底部镶有数千个发热元件，它们发出炽热的白光，加热空气产生升力。对加尔文的算法而言，这样的光度对比太过强烈了。

“这是谁来了？”他的一个学生问道。

“我要知道就好了。”西尔维斯特说。但这架飞机来自居维叶城，仅仅这个事实就让他完全高兴不起来了。他看着它降低，那些加热元件的波长沿着光谱一路走低，在地面上投射出变幻的光影，飞机放下起落橇，停了下来。不一会儿，一条折叠坡道从机舱中伸展出来，几个人影从飞机中鱼贯而出。他的眼睛迅速切换到了红外线视野，然后他可以清晰地看到那些正在从飞机上朝他移动的人影了。他们身穿黑色的制服，戴着呼吸面罩和头盔，穿着的防弹衣似乎是绑带式的，身上政府部门的徽章闪闪发亮：这是殖民地上最接近正式武装的装备了。他们手里拿着家伙——长长的，外形凶狠的步枪，双手握持。每根枪管下都挂着个电筒。

“这看起来可不太妙。”帕斯卡尔的话十分准确。

队伍在离他们几米远的地方停了下来。“西尔维斯特博士？”一个人大声叫喊，声音被仍然相当可观的风势削弱了不少，“先生，我恐怕给你带来了些坏消息。”

他也没指望会有别的。“是什么？”

“先生，另一辆爬行车——今晚早些时候离开的那辆？”

“它怎么了？”

“他们没能回到曼特尔，先生。我们找到了他们。路上发生了滑坡——尘土在山脊上堆得太高了。他们毫无逃生机会，先生。”

“斯卢卡也没逃出来吗？”

“他们都死了，先生。”行政部门的人戴着重型呼吸面具，看起来像个象鼻神，“我很遗憾。你们所有人没都想一起回去，这真是幸运。”

“这不仅是运气的问题。”西尔维斯特说。

“先生？还有一件事。”警卫紧紧握住步枪，强调它的存在，而没有举枪瞄准，“你被捕了，先生。”

K.C. 吴的沙哑声音充塞着整个动力缆车的驾驶舱，仿佛有只黄蜂被困在里面似的。“你在学着欣赏它了吗？我是说，欣赏我们美丽的城市。”

“你能知道什么？”扈利说道，“我是说，你最后一次踏足那个该死的箱子之外是什么时候，凯斯？肯定已经没有任何活人记得了吧。”

当然，那家伙其实没跟她在一起——她坐的动力缆车上根本没有足够的空间容纳一顶轿子。缆车很小，这是理所当然的；在狩猎的终局已如此接近之际，不能有任何容易引人注意的东西。停在屋顶上时，这件交通工具看起来像一架没有尾翼、旋翼半卷成一团的直升机。但缆车上伸出的其实不是旋翼叶片，而是细长的可伸缩附件，每个的尽头都有一个钩子，弯曲得很厉害，就像树懒的前爪一样。

扈利进了车，车门重重关上，将雨声和城市低沉的背景噪声挡在外面。她已经说出了自己的目的地，那就是在腐木区[①]深处的八十子惨案纪念碑。车子

① 大瘟疫后渊堑城底层区域的诨名。

暂时停在原地，无疑是在根据当前的交通状况，以及承载它前往那里的索道大致的转运拓扑结构[①]计算最佳路线。这个过程需要一点时间，因为汽车的计算机大脑并不是特别聪明。

然后扈利感觉到动力缆车的重心微微偏移。透过鸥翼门的上层窗户，她看到缆车的三条手臂中有一条伸到了之前的两倍多长，直到带爪的那头能够抓住一条从大楼顶部上方经过的缆绳。接着另外一条手臂在相邻的一条缆绳上也找到了类似的抓点，然后它们猛力一拽缆绳，车子简直就是一下腾空而起。一时之间，缆车附着在两条缆绳下方，顺着它们往前滑去，不过仅仅几秒钟之后，两条缆绳就分道扬镳，后者距离缆车太远，要够不着了。它流利地松开了那只爪子，但还没等车厢开始下落，第三条手臂就猛然扑出，抓住了另一条顺手的缆绳，它恰好大致与车子的行进路线交叉。接下来它们又往前滑了几秒，然后往下坠落，又升起。于是乎，扈利的肚子里开始有种她实在是太过熟悉的感觉。缆车的悬垂摆动进程感觉十分随意，仿佛它是在前进的途中才匆匆编制自己的路径，仅仅是靠运气才能在需要的时候刚好找到缆绳——这可完全不会让她的感觉有所改善。为了让自己好过些，扈利开始进行呼吸训练，并不断地依次收紧她黑色皮革手套的每根手指。

“我承认，”凯斯说，“我确实已经有一段时间没有让自己暴露在这个城市本地特有的芬芳之中了。但你不应该对它进行不公正的指责。这里的空气并不像看上去那么污浊。瘟疫过后，还正常运行的少数几样东西里就有净化器。”

现在缆车已经从她所在街区的杂乱建筑上方荡了出来，渊堑城的大片建筑渐渐进入她开阔了许多的视野。这片由畸形建筑组成的扭曲丛林曾经是人类历史上最繁华的城市；在近两个世纪当中，大量的艺术和科学创新成果正是由此地源源涌出——这想起来真是不可思议。现在即便是当地人也承认，这地方已经好景不再。他们称它为“永不醒来的城市”，这话其实并不是出于讽刺，而

① “转运拓扑结构”是作者参考“运输拓扑”所造的词，指真实拓扑结构按移动速度进行加权变换后得到的拓扑结构。

是因为这城市中数千名从前的富人现在都被冰封在冷冻库中，他们打算在睡眠中跳过几个世纪，指望这段艰难时期只是这座城市暂时脱离了命运的常轨。

渊堑城的边界是环绕城市的天然火山口，从一边到另一边足有六十千米。在火山口内的城市呈环状，围绕着中心的渊堑本体，那无底的深渊。这座城市由十八个穹顶共同遮蔽庇护，它们扎根于火山内壁之中，向内延伸直至渊堑的边上。穹顶的边缘彼此相连，内部许多地方散布着起支撑作用的加强塔，宛如松松垮垮地垂下，覆盖着新死者家具的帷幕。当地人有个说法，管它叫作“蚊帐”，不过它在本地的十来种语言当中，至少还有和语言数量同样多的其他名字。穹顶对城市的存在至关重要。没有它们的话，黄石星的大气——一种冰冷而紊乱的混合体，主要是氮气和甲烷，掺有少许长链碳氢化合物——会立即造成致命的后果。幸运的是，火山口为城市遮挡了最猛烈的暴风和液态甲烷暴雨带来的洪水，而且从渊堑本身喷出的浓稠热气，还可以用相对廉价和坚固的大气处理技术裂解，得到可供呼吸的空气。在黄石星其他地方，还有另外一些定居点，都比渊堑城小得多。它们为了维持本身生物圈的运转，要克服的麻烦比这里还要多得多。

扈利初到黄石星那会儿，偶尔曾向几个当地人询问，既然这个星球如此不适合人类居住，为什么最开始会有人费尽心思在这里定居。斯凯先手星上或许确实战乱频繁，但至少没有穹顶和大气裂解系统，你也可以在那里生存。她很快就发现，即便这个问题不被视为一名外来者的无礼之举，你也别指望获得任何不自相矛盾的答案。不过，最终她还是明确了一些事情：渊堑引来了第一批探险者，他们在周围逐步建立起了一个永久性的前哨站，然后这里发展成了一个类似边疆小镇的地方。模糊的传说开始出现，说渊堑深处有着大量的财富，让疯子、投机者和野心勃勃的空想家们趋之若鹜。有些人梦想破灭后踏上了归乡路。有些人埋骨于渊堑深处的酷热和毒气之中。但还有少数人选择留在这里，因为这座新生城市危机四伏的位置确实对他们产生了某种吸引力。两百年匆匆而过，当初那堆杂乱无章的建筑变成了……眼前这座城市。

这城市看上去就像是一片密密麻麻的森林，盘根错节的建筑向四面八方无限延伸，逐渐消失在黑暗中。那些最古老的建筑还或多或少地保持着完整：盒子样的楼房在瘟疫期间维持住了自身的形状，因为它们从未包含任何自我修复或自主再设计的系统。现代的建筑则截然不同，它们如今好似一堆末端上翘的怪异浮木，或者是快要烂完的老树。那些摩天大楼曾经看起来纤长而对称，直到瘟疫让它们疯狂生长，身上冒出球状的突起物和一团乱麻般的附肢。所有这些建筑物现在都死气沉沉，它们最后凝固成的形状仿佛是经过精心计算，有意要引起观者的不安。贫民窟紧贴在它们身侧，较低的楼层已然隐没在棚户区和破败集市的脚手架迷宫中，里面篝火隐隐闪动。贫民窟里有些细小的身影在活动，他们沿着在旧废墟上铺设的杂乱无章的道路营生，或是步行，或是踩着黄包车。这里很少有动力车辆，扈利能看到的那些怪里怪气的动力装置似乎大部分也只是蒸汽驱动的。

贫民窟的楼房永远没法超过十层，在那之前它们就会因为自重倒塌。所以接下来的两三百米高度上，只有线条流畅的大楼继续向上——这个高度受到瘟疫的影响相对较少。这些城市中层的房屋里完全没有居民活动的迹象。只有在靠近城市顶端的地方，人类的存在才再次凸显出来：层层叠叠的建筑像鹊巢般盘踞在畸形建筑的枝丫顶上。这些新增建的楼层中财富和权力大放光彩；公寓的窗户灯火通明，户外的广告灯霓虹闪烁。探照灯从屋檐下扫过时，偶尔会照出其他在各区之间穿梭的缆车那些小小的身影。动力缆车在繁密的枝丫网络中穿行，像突触线一样将大楼交织在一起。当地人给这个高空上的城中之城也起了个名字：天蓬城。

扈利曾注意到，这里的天从来都不会大亮。在这里她永远都觉得自己没完全睡醒。既然整座城市似乎都陷入了永恒的暮色之中，那她又怎么醒得了呢？

“凯斯，他们打算什么时候才把蚊帐上的污垢刮掉？”

吴咯咯笑了，听起来就像在桶里搅动小石子发出的声音。“大概永远也不会吧。除非有人想出了能从中捞钱的办法。”

“这回是谁在对本市口出恶言？”

“我们有这个资格。一旦我们大功告成，我们就可以用最快的速度把这座城市都给拖回木马站去——连同所有其他出色的居民一道。”

“全都窝在各自的箱子里头。对不起，凯斯，统计那场特别聚会名单的时候别把我算上。不然我可能要被兴奋杀死了。”她现在可以看到渊堑了，因为缆车正从穹顶环的倾斜内缘附近绕过。渊堑是基岩中的一条深沟，风化的边沿先是沿着水平方向懒洋洋地蜿蜒，然后急转直下，岩壁上铺设着脉络状的管道，它们一直深入到底部喷出的蒸汽中，另一头通往为城市提供空气和热量的大气裂解站。“说到这个……我是说，杀死人——这武器是怎么回事？”

“我以为你能搞得定？”

“你给钱，我就会搞定。但我想知道，我这到底是在搞什么名堂。”

“如果你对这东西有意见，你最好去找塔拉斯基说。”

“是他指定了用这个怪东西？”

“指定了每一个细节。”

缆车现在正好位于八十子惨案纪念碑上空。扈利以前还从没有从这么个特别的角度看过它。事实上，没有了从街面上看它时的那种宏伟壮观的视觉效果，它显得饱经风霜，颇为悲凉。这东西是个四面体金字塔，外面石条状的阶梯让它看起来像个塔寺；最底下的几层周围满是贫民窟和加固结构，犹如黏附在船底的藤壶。在顶点附近的部分，大理石包材让位于彩色玻璃窗，但一部分玻璃已经碎了，还有些用大片的金属盖着，这些破损的地方从街面上你是永远也看不到的。显然，这里将成为杀戮的舞台。提前知道地点，这可不太正常——除非塔拉斯基居然把这也写到了合约里。通常而言，只有在客户认为自己有很大机会在合约确定的期限内躲过追杀的情况下，他们才会签订被暗影游戏刺客猎杀的合约。靠着这个办法，那些几乎永生不死的富人才可以抵御无聊，迫使自己的行为模式脱离可以预测的常轨；然后，当他们成功地活过合约规定的期限之后，就拥有可以向人吹嘘的资本。

扈利可以很准确地确定自己参与到暗影游戏中的日期，那就是她在黄石星轨道上的一个旋转木马式空间站中被复活的那一天。那个木马站是由一个冰封托钵僧团经营的。虽然斯凯先手星附近一直没有冰封托钵僧，但她早就听过他们的故事，也多少知道他们所充当的角色。这些人自愿结成了一个宗教性组织，致力于帮助那些在穿越星际空间时罹患了某种心理疾病的人，比如说得了复苏失忆症，这是低温休眠的一种常见副作用。

在这种地方醒来，本身就是一件非常糟糕的事情。也许是她的失忆症太严重了，以至于抹去了她之前多年的生活记忆，但扈利甚至都完全不记得自己曾经出发参加星际旅行。事实上，她最后的记忆相当详细。她当时在斯凯先手星地表的医疗帐篷里，躺在一张床上，旁边是她的丈夫法兹尔。他们俩都在一次交火中受了伤，伤势虽然不至于有真正的生命危险，但最好是去一家太空轨道医院进行治疗。一名医疗兵走过来，为他们俩施行短期浸入式低温休眠前的准备工作。他们将被降温冷却，用穿梭机运到轨道上，然后暂时存放在一处深冷储存设施中，等待医院有手术名额。整个过程可能需要几个月，但据那位医疗兵微笑着安慰他们时所说，等他们再度恢复服役能力时，战争肯定还在继续。扈利和法兹尔当时相信了医疗兵的话。他们俩毕竟都是职业军人。

然后，她苏醒过来了。但她并不是在太空轨道医院的休养病房中醒来，而是面对着一群操黄石星口音的冰封托钵僧。他们解释说，她没有失忆，也没有在低温休眠过程中受到任何其他伤害，但情况糟糕得多。

发生了一件领头的托钵僧称之为“文书错误”的事情。事情就发生在斯凯先手星附近，低温储存设施被导弹击中之后。只有少数幸运儿没有被导弹炸死，扈利和法兹尔就在其中。但这次攻击同时抹掉了设施中的所有数据记录。当地人已经尽了最大的努力去识别那些被冻结的人员，但还是不可避免地犯了些错误。具体到扈利而言，他们把她和一名来斯凯先手星研究战争的民主全权主义者观察员搞混了，后者准备返回家乡黄石星的时候，也遇上了同一次导弹攻击。扈利被迅速施行手术，然后安排到一艘即将出发的星际飞船上。不幸的是，他们在法兹尔的身上没有犯同样的错误。当扈利在沉睡中飞越若干光年的距离来到天苑四太阳系之际，法兹尔在不断地变老，她每飞一年，她丈夫就老一岁。当然，托钵僧们说，这个错误很快就被发现了，但为时已晚。这几十年当中都没有别的飞船计划沿着这条线路飞行。即便扈利现在立即返回斯凯先手星（鉴于现在停在黄石星附近的所有飞船既定的目的地都不是那里，这其实也是不可能的），在她再次见到法兹尔之前，至少也要花将近四十年。而在这段时间内，法兹尔基本上不可能知道她要回家；没什么能阻止他在扈利回来之前收拾起生活的碎片，再婚，生儿育女，甚至可能有了孙辈。到那个时候，扈利可能已经被他忘到了九霄云外，只是个来自他往日一段生活中的幽灵。当然，前提是他没有在回归战场后迅速死掉。

在冰封托钵僧向她解释清楚整个事情那一刻之前，扈利从未真正想到过，光速可能会显得太慢。宇宙中没有任何东西移动的速度比光更快……但是，正如她现在所看到的，与维持他们的爱情所需要的速度相比，光速也缓慢得犹如冰河。在这个残酷而清晰的瞬间，她明白了，这宇宙的基本结构，它的物理规律，正是它们的合谋带给了她这一刻的恐怖，这无可弥补的损失。如果她得知自己的丈夫已经死了，那反倒会好受得多，非常非常多。相反，他们之间是被可怕的鸿沟分离，这鸿沟存在于空间上，也存在于时间中。她的愤怒已经在她的内心化为利刃，这凶器要么从内部杀死她，要么就得向外释放。

当天晚些时候，当那个男人来给她提供一份成为签约刺客的工作时，她发现接受起来竟然很容易。

那个男人叫坦纳·米拉贝尔，和她一样，他也是一名来自斯凯先手星的前士兵。他是个猎头，专门寻找潜在的新刺客。他的网络分流器[①]在她解冻时就已经标明了她拥有士兵技能。米拉贝尔给了她一个业务联系人：一位姓吴的先生，一位著名的密封人。吴先生很快找她进行了一次面试，然后又做了一系列的心理测试。事实证明，刺客必须是这个星球上最理智、最善于分析的人之一。他们必须准确地知道什么情况下杀戮是合法的，而什么情况下会越过那条时而模糊的界限成为谋杀，并使公司的股票跌入腐木区。

她轻松地通过了所有心理测试。

然后还有其他类型的测试。契约者有时会给自己指定一些神秘的处刑方

---

① 将局域网中的信息发送到其他设备的硬件，常用于网络窃听等活动。

式，在心中暗自对自己保证，事情永远不会真的到那一步，因为他们总认为自己的聪明和机智能让他们逃脱刺客的追杀，哪怕是一连几周或几个月都行。不过扈利为此就得学会如何轻松地熟练掌握各种武器，结果她发现，自己在这方面很有天赋，她自己都始料未及。

但她从来没有见过任何跟这件“牙仙子”留下的武器类似的东西。

她只花了一分钟左右的时间，就弄明白了这把枪的精密部件是如何组装在一起的。组装起来以后，它的外形像一把枪管粗得滑稽可笑的狙击步枪。弹夹里装着许多飞镖子弹，做成了黑色剑鱼的样子。每颗鱼形弹头的吻部附近都有一个小小的生物危险标志。引起她疑虑的正是那个全息骷髅头。她还从来没有对目标用过毒素。

而且为什么这次任务会扯上那纪念碑？“凯斯，”扈利说，“还有另外一个问题……”

但就在这时，缆车砰地落到街面上，黄包车司机发疯似的四散奔逃，避开它的落点。车费数字在她的视网膜上蹦了出来。她把小指伸进信用卡插槽一划，从一个安全的天蓬城账户中扣款。该账户与欧米伽点公司没有可追踪的联系，这点至关重要。任何人脉深广的目标，都可以通过刺客在这颗星球破烂不堪的金融系统中留下的涟漪，轻松追踪他们的移动轨迹。必须保持信息屏蔽。

扈利推开鸥翼门，跳出车外。这里一如既往地下着绵绵细雨。人们管这叫作“帐内雨”。腐木区的气息瞬间袭向她的鼻腔，那是种污水和汗液、烹饪香料、臭氧、烟雾的混合体。嘈杂的声音也让你无处可逃。黄包车的车轮滚滚，和着铃铛和喇叭响个没完，构成了一个恒久的喧嚣背景，其中融进了小贩和笼中动物的叫声，时不时还有歌手或是全息影像的歌声响起，所用的语言从现代诺特到加拿亚语[①]，林林总总，不一而足。

她戴上一顶宽边浅顶呢帽，收拢过膝大衣的立领。缆车上升，抓住高处一

---

① 作者虚构的几种未来语言之一。加拿亚语主要由加拿大魁北克法语和汉语（被笼统视为亚洲语言）混合演变而成。

根悬空的缆绳。它很快和屋顶下深棕色天空中荡来荡去的其他小点混到了一起，无法分辨了。

“好吧，凯斯，”她说，“现在看你的表演吧。”

吴的声音透过她的头骨传来。“相信我。我感觉这次任务会非常棒的。”

伊利亚·伏尔约娃觉得，船长的建议非常之好。杀死纳戈尔尼确实是她唯一可行的选择。而且纳戈尔尼还先试图杀死她，这就完全排除了任何道德上的疑虑，让这个任务变得更加简单了。

按照船上的时间那是几个月之前的事了，而她一直忙于手头的工作，将这件任务搁置一旁。但很快飞船就会抵达黄石星附近，然后其他人也会从低温休眠中苏醒。在那之后，她再要通过让纳戈尔尼的低温舱发生一些合情合理的故障，维护他死于休眠的谎言，选择将会变得极为有限。

现在，她必须让自己坚强起来，采取行动了。她静静地坐在实验室里，希望自己能足够坚强，去完成必须完成的事。按照无限眷念号的标准，伏尔约娃的宿舍并不大：只要她想，她可以给自己分配一套豪宅作为居所。但这又有什么意义呢？她醒着的时间都耗在了武器系统上，别无他务。她睡觉的时候也会梦见武器系统。她只允许自己“消费”她尚有时间去“消费”的寥寥几件奢侈品——“享用”这个词都太过了——因此她现在的空间已经完全够用了。她有一张床，若干家具，都设计得简单实用，尽管飞船能按任何想象得出的风格为她提供装修。她有一套附属舱室，里面包括一个实验室。只有在这里她才会多多注重各类细节。她在实验室里研究可能治好船长的各种疗法；攻击代码有太多猜测成分，她不敢让别的船员知道——担心这会让他们生出期待。

在杀死纳戈尔尼之后，她存放纳戈尔尼头颅的地方也是这里。

当然，它是被冷冻起来的；头颅被包裹在一顶太空头盔中，这种老式设计的头盔一旦检测到其使用者停止生命活动，就立刻进入紧急冷冻模式。伏尔约娃听说过有些头盔在脖颈部位有剃刀般锋利的可收缩刃圈，在危急情况下可以干净利落地将头部与身体其他部分分离——但这顶头盔并不是。

他的死法倒是相当有趣。

伏尔约娃之前叫醒了船长，向他解释了纳戈尔尼的整个情况：由于她的实验，这位火控官似乎已经失去了理智。她告诉船长，自己往纳戈尔尼的大脑中装进了植入装置，通过它们将纳戈尔尼与炮兵系统连接起来时遇到了麻烦。她甚至还提到了纳戈尔尼不知怎么开始反复为噩梦所困扰的事情。在那之后没多久，这位新船员就朝她发起了攻击，然后消失在飞船深处。船长并没有引着她多谈噩梦的话题，这在当时让伏尔约娃很高兴，因为她自己一谈起这些噩梦就会感到不怎么舒服，更不愿意去分析它们的内容。

然而过后，她发现这个问题越来越难以视而不见。问题在于这样一个事实：这些并不是简单的随机噩梦。哪怕仅仅作为后者，它们已经够令人不安的了。不，按照她所收集的资料，纳戈尔尼的噩梦高度重复，充满细节。大多数情况下，它们都与一个叫“盗日者”的存在有关。看样子盗日者会不断以只有他们俩能得知的方式折磨纳戈尔尼。盗日者是如何显现于纳戈尔尼心中的尚不清楚，但无可怀疑的是，这个幻影带有一种极为强烈的邪恶感觉。她曾经在纳戈尔尼的住处发现了一堆素描，从中对这种感觉略有一瞥。用铅笔画出的狂乱笔触勾勒出丑恶的鸟形生物骸骨，无血无肉，眼窝中空空如也。如果那是对纳戈尔尼疯狂世界的一瞥，那这一瞥也已经太多了。这些幻觉和那些火控环节是怎么联系起来的？在指伏尔约娃的神经界面上是哪里有未被察觉的小问题，导致电流泄漏到了引发恐惧的那部分大脑中？事后看来，很明显，她推进得太猛了，速度过快了。但同样明显的是，她也只是在遵循佐佑木的命令，要让船上的武器完全进入战备状态。

所以纳戈尔尼突然崩溃了，逃进了船上没有监控、地形复杂的区域。船长建议她去追捕并杀死这个人，与她自己的直觉不谋而合。伏尔约娃花了很多天，布置出了传感器设备网络，尽力监视尽可能多的走廊，倾听着那些老鼠的声音，寻找着任何能提示纳戈尔尼下落的蛛丝马迹。情况似乎已经开始绝望了。等飞船到达黄石星系时，纳戈尔尼可能仍然在逃，然后其他船员会醒来……

不过，就在这时，纳戈尔尼犯了两个错误：他在疯狂中玩出了最后两个花样。第一个错误是闯进了她的住处，在她的墙上留下了一条用他自己的动脉血涂写出的信息。这条信息非常简单。她可以预先猜到纳戈尔尼会选择留给她哪几个字。

盗日者。

之后，在理性与疯狂之间，他偷走了伏尔约娃的太空头盔，留下了其余的组件。闯入警报将伏尔约娃引回她的船舱。然后，虽然她已经采取了防范措施，但纳戈尔尼还是成功地伏击了她。他解除了伏尔约娃携带的枪支，扭住她的双臂，押着她通过一条长长的弯曲走廊，走到了最近的电梯井。伏尔约娃曾试图反抗，但纳戈尔尼有着疯狂的力量，他对她的控制牢固得如钢似铁。不过她还是以为，无论纳戈尔尼头脑中的目的地是哪里，一旦电梯到了，纳戈尔尼准备带着她上电梯时，逃脱的机会就会出现。

但纳戈尔尼根本不打算等电梯。他用她的枪炸开了门，露出回音缭绕、深不见底的井道。没有一句寒暄——甚至连个"再见"都没有——纳戈尔尼就把伏尔约娃推进了门洞。这是个可怕的错误。

竖井贯穿全船，从首至尾，她得掉个几千米才会撞到井底。一时之间她感觉心脏都停止了跳动，只觉得将要发生的事情已然注定。她会一直掉下去，直到撞底——这过程需要几秒钟抑或半分多钟根本无关紧要。竖井的墙壁光滑一片，没有摩擦力，没有可抓的地方，也根本没有办法来阻滞她的下落。

她死定了。

然后，她的一部分思维——带着一种后来令她震惊的疏离感——重新审视了这个问题。她发现自己其实不是在穿过飞船坠落，而是静止在原地：相对星辰来说，完全静止地飘浮着。在移动的其实是飞船，在她周围向上冲去。她现在根本没有加速——而唯一能使飞船加速的是它本身的驱动力。

她可以通过自己的手环控制驱动力。

伏尔约娃没有时间去思考细节。一个想法已然在她的脑海中成形——迸发出来，并且她知道，自己要么立即动手执行这个想法，要么就得接受死亡的命运。她可以阻止自己坠落——表面上的“坠落”，只要让飞船的驱动力反向，持续所需的时间就能取得这个效果。额定加速度正好是一个 G，这就是为什么纳戈尔尼会很容易把飞船误认为是跟一栋很高的建筑物类似的东西。她脑海中闪过一系列想法之际，已经坠落了大约有十秒。那么该做什么样的操作？十秒的反向驱动，加速度一个 G？不——太保守了。她下面可能已经没有足够长的井道了。最好是把加速度提到十个 G，持续一秒——她知道，飞船引擎有能力办到的。这个操作不会伤害到其他船员，他们都在低温休眠中，被安全地包裹着；也不会伤到她——她只会看到奔腾而上的井壁速度减慢，那势头会相当猛烈。

而纳戈尔尼可没有被好好保护起来。

做起来并不容易——当她对着手环大声喊出相应的指令时，急促的气流几乎淹没了她的声音。在她焦虑不安了好一阵子之后，飞船似乎终于注意到了她。

然后飞船忠实地执行了她的古怪命令。

过后她找到了纳戈尔尼。十个 G 的加速度，仅仅持续一秒，通常不会致人死命。然而，伏尔约娃并不是一下子就把自己的速度降到了零。她必须经由试验和错误才能做到这点，而每一次变速时的冲力都会把纳戈尔尼在天花板和地板之间甩来甩去。

她自己也受了伤，坠落时她撞上了井壁，断了一条腿，但现在已经痊愈了，当时的疼痛也只余模糊的记忆。她记得自己用激光刮取器弄走了纳戈尔尼的头颅，因为她知道自己需要打开它，拿出深埋在大脑内的专用植入装置。植入装置非常娇弱，因为它们是通过对分子级生长进程进行繁复的微调才得以诞生的。再做第二份对她来说可不会是什么愉快的事情。

现在是时候把它们弄出来了。

她从头盔中取出头颅，将其浸入液氮浴中。然后，她将手伸进了两副悬挂在工作台上方，周围被活塞式框架包围的连臂手套中。闪闪发光的微型医疗仪器呼啸着活动起来，降落到头骨上，准备把它切成一块块的碎片，稍后再把碎片以极其可怕的精度重新固定到一起。在重新组装头颅之前，伏尔约娃会插入假的植入物，这样如果有人检查头颅，看起来也像是她没从头颅中取出任何东西。头必须重新连接到身体上——但这方面她没有必要担心。在其他人发现纳戈尔尼身上发生了事故——她让他们相信发生了的那种事故——之前，他们都不会急于对他进行任何形式的详细检查。当然，萨迪奇可能是个问题——在纳戈尔尼失去理智之前，她和纳戈尔尼曾是对恋人。

伊利亚·伏尔约娃觉得，就跟许多其他留待她解决的问题一样，这个问题也会船到桥头自然直的。

她着手对纳戈尔尼的脑袋进行深入发掘探究，寻找属于她的东西，与此同时也开始第一次考虑要用谁来代替他。

当然不会是现在船上的任何一位船员。

但在黄石星周边，她或许能找到一名新船员。

“凯斯，我们是不是近了，快能感受到目标的体温了？”

那声音又回来了，有些模糊，颤抖着从她头上的楼群中传来。“好温暖啊，暖得像白炽灯，亲爱的姑娘。再坚持一会儿，一定不要浪费那些毒素飞镖。”

“好的。凯斯，关于它们，我——”

扈利跳到一旁，三个新虚无僧从身边走过，他们的脑袋罩在篮子似的柳条盔里。他们用手中的尺八竹笛划破前方的空气，就像是鼓乐队的女队长挥动着指挥棒，赶得一群卷尾猴慌忙逃到暗处。“我是说，要是我们打死了旁人会怎么样？”

“不可能的，”吴说道，“毒素针对塔拉斯基的生化结构进行过精确调校。击中这星球上的其他任何人，他们身上出现的都只会是一处糟糕的穿刺伤。”

“就算我击中塔拉斯基的克隆体？”

“你觉得可能吗？”

“只是问问。”她忽然觉得，凯斯今天有些异样地神经过敏。

“而且，就算塔拉斯基有个克隆体，然后我们误杀了那家伙，那也是塔拉斯基的问题，与我们无关。合同的附加条款当中这些都有写的。你应该找个时间读一读。”

“等我陷入存在性无聊[①]中无法自拔的时候，”扈利说，“我可能会试着去读的。”

然后她浑身僵硬。突然间，整个世界都不一样了。吴沉默不语，取代他声音的是一个清晰的搏动声。它柔和而邪恶，就像某个掠食者发出的回声定位脉冲。在过去的六个月当中，她已经十几次听到这种声音了，每次都意味着她离目标很近。这意味着塔拉斯基距离她不超过五百米。考虑到脉冲出现的时机，这有力地表明他就在纪念碑这里。

现在开始，游戏的每一步都会公开播放。塔拉斯基也知道这一点，因为一个同样的装置——由一家私密的天蓬城诊所植入——也正在他自己的脑袋里制造出同样的脉冲。在整个渊堑城，各种媒体网络都在关注暗影游戏，甚至此刻正在派出战地报道组，穿过城市奔赴杀戮之地。少数幸运儿大概已经到附近了。

他们在纪念碑下的广场中继续向前，脉冲的节奏也随之急促，但变化并不快。塔拉斯基肯定是在头顶上——确切地说就在纪念碑当中——所以他们之间的相对距离并没有迅速变化。

下方的广场因地陷而开裂，以危险的角度朝着渊堑倾斜。原本在建筑下方还有一个地下商业街，但那里已经遭到了腐木区的污水侵袭。最底下几层完全被淹没了，通往底下的走道顶端露在焦糖色的水面上。纪念碑的四面体结构远远高于地面广场和被淹没的商业街，它下面有个较小的，深植于基岩之中的倒金字塔撑着。整个建筑只有一个出入口。这意味着塔拉斯基现在一旦被她追上，就必死无疑。不过，在走进纪念碑之前她必须穿过一座横跨广场的桥，她接近时里面的人可以看得一清二楚。她不知道现在里面那个男人的脑海中正有

① 指对生命本身的存在以及所体验的一切都感觉无聊。

些什么样的原初思绪[1]滑过。在她的梦里，她经常发现自己身处某个半荒废的城市里，被某个无情的猎人追杀，但塔拉斯基如今是要在现实中体验那种恐怖的感觉。她记得在那些梦里，猎人从来都不会快速移动。那是这些梦境令人痛苦的要素之一。她会拼命地奔跑，用仿佛灌了铅的双腿穿过浓稠的空气，而猎人则会款款而行，因为拥有充沛的耐心和智慧。脉冲在她过桥时加快了速度，脚下的地面湿漉漉的，满是沙砾。偶尔脉冲会减慢，然后重新加速，证明塔拉斯基正在建筑中移动。但现在他其实已经没机会逃脱了。也许他可以在纪念碑的屋顶上安排好交通工具接走他，但一旦动用了空中运输手段就意味着他已经违反了合约条款，被自动判负。

在天蓬城的社交圈子当中，与其蒙受这种耻辱，人们多半宁可被杀。

她走进了纪念碑的支撑金字塔内部的中庭。里面很黑，她的眼睛花了好一会儿才适应。她把毒镖枪从大衣里拿出来，检查了一下出口，以防塔拉斯基打算溜出去。他不在，这并不显得意外。被掠夺者洗劫过的中庭几乎全空了。雨水不断击打在金属上。她抬头看去，天花板下的铜缆将一团锈迹斑斑、残破不堪的雕塑吊在半空。还有几件雕塑掉在了水磨大理石地板上，金属的鸟翼在碰撞中戳进了地面。它们的表面覆上了一层薄薄的灰尘，只剩初级飞羽之间还有几分看起来和灰浆相仿的白色。

她看向天花板。

“塔拉斯基？”她叫道，“你能听到我的声音吗？我来啦。”

一时间她有点好奇，为什么电视台的人还没有到。这很奇怪：离杀戮终局已经这么近了，他们却没有在她身边喋喋不休地企盼鲜血，更没有出现平时必然会引来的临时聚集的人群。

塔拉斯基没有回答。但扈利知道，他就在天花板上的某个位置。她穿过中庭，走向通往更高处的螺旋楼梯。她迅速爬上楼梯，然后四处搜寻可以推动的大件物品，以阻挡塔拉斯基的逃跑路线。这里有大量被毁坏的展品和家具碎

---

① 指恐惧、生理欲望等基本的思维和情绪。

片。她开始动手在楼梯顶上拼凑起一个障碍物堆。它只能妨碍一下塔拉斯基，没法完全挡住出口，但她也只需要这样而已。

还没完成一半，她就已经汗流浃背，腰背僵硬了。她花了点时间恢复体力，同时仔细观察周围的环境；脑海中不断响起的琶音向她保证，塔拉斯基还在附近。

金字塔的上半部分是专门供奉八十子惨案的神龛。他们的小纪念碑被安置在凹槽里，凹槽嵌在壮观的黑色大理石墙中，墙顶升入了高得令人目眩的天花板上方，墙面上镶有立柱，柱上装饰着姿势充满挑逗性的女像柱。墙面上开有装着飞檐的拱门。她无论往哪边看去，顶多只能看到几十米，视线就会被墙挡住。天花板的三个三角形侧面上不少地方都已经穿了孔，深褐色的一束束光线照进了室内。雨水从较大的缝隙中源源不断地落下。扈利看到许多凹槽都是空的；显然，那些神龛要么被洗劫了，要么是那些八十子惨案成员的家属决定把他们的纪念物移到某个更安全的地方。剩下的大约还有一半。其中大约有三分之二的布置是类似的——死者的图像、传记和纪念品，以统一的方式摆放在里面。其他的则展示得更为精致。这些里头有全息图或者雕像，甚至有一两个里头令人毛骨悚然地放着那些名人的经过防腐处理的尸体。毫无疑问它们都被高超的标本制作技术复原了——杀死他们的程序造成的那些恐怖损伤都被抹消了。

她没动那些状况良好的神龛，只从那些明显荒废的神龛中掠取材料，即便如此她还是为自己这种破坏行为感到内心不安。最好用的是那些半身像，体积刚好没超过她把两根手指伸到底座下就可以挪动的程度。她没有把它们有序堆放在楼梯顶端，而是随它们自己掉落。雕像上宝石制成的眼睛大多已经被挖掉了。全身像搬起来要困难得多，她只成功地弄动了其中一个。

很快，她的路障就完成了。主体部分是东倒西歪的头颅，像乱石般堆在一起，哪怕是她的所作所为也无损那些面孔的高贵庄严。这堆东西的周围是更小的，用来绊脚的杂物：花瓶、经书和忠诚的机仆。即使塔拉斯基动手拆除那堆东西好抵达楼梯，她也确信自己会听到动静，然后可以在对方大功告成之前很久就抵达现场。在那堆人头上杀了他也许效果更好，因为那堆人头确实有点像“骷髅地”①。

整个过程中，她都能听到目标沉重的脚步声，从黑色隔墙后的某处时时传来。

“塔拉斯基，”她叫道，“让你自己轻松点吧。在这里你是无从逃遁的。”

对方的回答听起来非常强硬和自信。“你大错特错，安娜。我们来这里就是为了逃遁。”

该死。他应该不知道扈利的名字才对。“一死了之的逃遁，对吗？”

他听起来被逗乐了。“差不多吧。”

她已经不是第一次听到这些家伙死到临头犹自夸口了。这帮家伙这点倒是让她颇为佩服。“你要我过去找你，是吗？”

“既然已经走到了这一步，为什么不呢？”

“我明白了。你想让你的钱花得值得。像这份有这么多附加条款的合同，不可能便宜吧。”

“附加条款？”——她脑子里的脉动在细微地变化着，杂乱无章。

“这个武器。除了我们此地再无旁人的事实。”

塔拉斯基“啊哈”了一声。“是的。确实是花了不少。但我希望这是件私密的事情。事关生命的终结啊。”

扈利开始紧张了。她从来没有和她的任何一个目标真正进行过对话。通常情况下，在她通常吸引过来的人群咆哮着的嗜血冲动下，这本来就是不可能的。她让毒镖枪准备就绪，开始沿着过道缓缓走去。“为什么要加上隐私条款？”她无法下决心切断和对方的接触。

“尊严。我或许不得不玩这个游戏，但我没有必要在这个过程中让我自己颜面尽失。”

“你离我很近。”扈利说。

---

① 原指《新约》中耶稣受刑之地。据说因当地小山丘状如骷髅得名。

“是的，非常近。”

“你不害怕吗？”

“当然怕。不过我怕的是生存，而不是死亡。我花了几个月的时间才进入这种状态。”他的脚步声停了下来，“你觉得这个地方怎么样，安娜？”

“我想这里需要有人照料一下。”

“你也得承认这地方选得很好吧。”

她转了个弯。她的目标正站在一个神龛旁，脸色看上去异乎寻常地平静，几乎比边上一尊旁观着这场相遇的雕像还要平静。帐内雨已经染污了他天蓬城上流社会礼服的酒红色料子，他的头发黯然无光地紧贴在他的额头上。他本人看起来比她以前杀死的任何一个人都要年轻，这意味着他要么是真的很年轻，要么是有钱到可以负担得起最好的长寿疗法。不知怎的她就知道，是前一种情况。

“你还记得我们为什么在这里吗？”他问道。

“我记得，但我不确定我是否喜欢。”

“无论如何，动手吧。”

从天花板上落下的光束中有一道奇迹般地移动到了他身上。虽然为时短暂，但已经长得够扈利举起毒镖枪。

她扣动扳机。

“你做得很好。”塔拉斯基说话的声音里没有丝毫痛苦的迹象。他伸出一只手撑住墙壁，稳住自己的身子；另一只手摸上了戳在他胸前的“剑鱼”，把它拔了出来，就像从衣服上摘下一朵蓟花。尖尖的弹壳掉在了地上，血浆在它的末端闪闪发光。扈利再次举起毒镖枪，但塔拉斯基用沾满血迹的手掌拦住了她。“别做得太过火，”他说，“一发就应该足够了。”

扈利感到一阵恶心。“你不是应该死了吗？”

“要再过一段时间。确切地说，是再过几个月。毒素起效非常缓慢。有足够的时间仔细考虑。”

“仔细考虑什么？”

塔拉斯基扒拉了下自己湿漉漉的头发，然后将手上的灰尘和血迹抹到自己的小腿裤管上。

“我要不要随她而去。”

脉动停止了。它消失得太突然了，让扈利头晕目眩。她半昏半醒地倒在了地上，勉强领会到，这意味着合约完成了。她赢了——又一次赢了。虽然塔拉斯基还活着。

“这是我的母亲。”塔拉斯基指着最近的神龛说道。这是为数不多的几座被打理得很好的神龛之一。女人的雪花石膏半身像上纤尘不染，似乎塔拉斯基在他们见面之前刚自己动手清洁过。她的皮肤没有被破坏，她那双宝石眼睛也还在，贵族式的五官没有任何损伤和瑕疵。“娜丁·翁达·席尔瓦·塔拉斯基。”

“她怎么了？”

“当然是死了。死在被扫描的过程中。破坏性测绘非常迅速，她的一半大脑还在正常运转的时候，另一半大脑已经被撕得粉碎了。”

“我很遗憾——尽管我知道她是自愿的。”

“别这样。她其实还算是幸运的。你知道他们的故事吗，安娜？”

“我来自很远的地方。”

“确实，我也听说过——你曾经当过兵，然后遇到了些可怕的事情。好吧，让我来告诉你一些细节吧。扫描很成功。问题出在软件上，它本应该按扫描进去的信息运行；让阿尔法级模拟人与时俱进地演化下去，体验到意识、情感、记忆——那些使我们成为人类的一切。它开始一切正常，直到那八十人中的最后一人在第一人接收信息一年后被扫描上传时都很好。但随后奇怪的病理开始出现在前几位志愿者中。他们崩溃了，无法恢复，或者把自己锁死在无限循环中。”

“你说她幸运？”

“八十个模拟人当中的少数仍在运行。”塔拉斯基说道，“他们已经成功地这样度过了一个半世纪。即使是那场瘟疫也没有伤害到他们，他们已经迁移到我们现在称之为铁锈带的那片区域里的安全电脑上了。”他停顿了一下，“但他们已经有一段时间不与现实世界直接接触了——一直在越来越复杂的虚拟环境中自我演化。”

“而你母亲？”

“建议我到她那边去。现在扫描技术改进了，根本不用杀死对象。”

“那还有什么问题？”

“那样进去的并不是我，对吧？只是一个副本——然后我母亲会察觉的。而现在……”他又指了指那细小的伤口，“而现在，我在现实世界里绝对会死，而副本就会是我剩下的全部。在毒素导致我的神经结构出现任何可测量的损伤之前，有足够的时间让我接受扫描。”

“你就不能给自己注射一针？那样不就行了？”

塔拉斯基笑了笑。“那也太像是求医问诊了。我毕竟是在杀死自己——任何人都不该对此等闲视之。让你参与进来，我就延后了做决定的时间，并引入了偶然的因素。我可能最后会觉得生命更可取，对你发起反抗，然后有可能依然是你取得胜利。”

“俄罗斯轮盘赌要便宜多了。”

“太快了，太随意了，而且完全不够时尚。”塔拉斯基向她走来，在她来得及退开之前就伸手握住了她的手，摇了摇，那样子就像是刚完成了一笔收益丰厚的商业交易似的，“谢谢你，安娜。”

“谢谢？”

塔拉斯基没有回答，从她身边走过，走向外面的喧嚣。那个祭品人头堆在翻滚，杂乱的脚步声在楼梯上响起。清除路障时一个钴蓝色的瓶子被打碎了。扈利听到了飘空摄像机的低鸣声，但出现的人当中没有她以为会看到的那些面孔。这些人衣着得体而不显张扬，一看就是天蓬城的富贵世家。有三个年纪大些的男人穿着穗饰雨披，戴着软呢帽，还有玳瑁壳的飘空摄像机控制眼镜，相机在他们头上盘旋，犹如他们的随从。两顶青铜轿子从他们身后冒了出来，其中一顶小得只能容纳一个孩子。一个穿着绛紫色斗牛士外套的男人拿着个微型手持摄像机。两个十几岁的女孩举着绘有水彩鹤和中国象形文字的伞。女孩们中间是一位年长些的女人，脸上毫无血色，简直像是一个真人大小的折纸玩具，由单薄的白纸折叠而成，一撕就碎。她跪在塔拉斯基面前，哭泣着。扈利从未见过这个女人，但她下意识地知道，这就是塔拉斯基的妻子，那条充满毒素的小剑鱼刚刚夺走了她爱人的生命。

她朝扈利看来。那双眸子是浅浅的烟灰色。她说话时的声音因为愤怒而毫无抑扬顿挫。“我希望他们给你的报酬够高。”

“我只是完成了我的工作。”扈利说。但她几乎无法把这句话从嘴里挤出去。人们正扶着塔拉斯基走向楼梯。她看着他们向下走去，离开她的视野。那位妻子转过身来，最后一次朝扈利投来责备的一瞥。她听着他们撤退时发出的声响，听着他们的脚步声越过水磨石地面远去。几分钟之后，她知道，她是彻彻底底地独自一人了。直到有东西在她身后移动。扈利转过身来，不假思索地举起手中的毒镖枪。弹匣里还有一枚毒镖。

一顶轿子从两座神龛之间出现。

“凯斯？”她放下了枪，反正它也没什么用，毒素被精准调校过，专门针对塔拉斯基的生化结构。

但这并不是凯斯的轿子：它没有任何标记，没有任何装饰，是纯黑色的。然后，它打开了——她从未见过哪顶轿子会打开——里面冒出来一个男人，无所畏惧地朝她走来。他穿着一件绛紫色的斗牛士外套，而不是那种密不透风的衣服——她觉得害怕瘟疫的人大概都会穿成那样。他有一只手里拿着一个时尚配件：一个微型照相机。“已经没凯斯什么事了，”那人说道，“从现在开始，扈利，他跟你已经没有关系了。”

“你是谁——和塔拉斯基有什么关系的人？”

“不——我只是来看看，你的能力是否高得名副其实。”那人说话时口音很柔和，听起来不是本地人——不是这个太阳系的人，也不是斯凯先手星的。“而且，我很遗憾，你确实如此。这也就意味着，从现在开始，你将要和我为同一位雇主工作。”

她在琢磨着能不能一飞镖打进这家伙的眼珠子里。这不会杀死他，但或许可以让他不再这么趾高气扬了。“那么，这位雇主是谁呢？”

“大小姐[1]。”那人说道。

“我从没听说过她。”

他举起小相机有镜头的一端。它像一个极为精巧的法贝热彩蛋一样裂开了，数百个精美的碧翠碎片滑向新的位置。突然间她就正正盯着一把枪的枪口了。

“你确实没有。但她听说过你。”

① 原文为法语。

第三章

2561 年，复生星，居维叶城

他是被叫喊声吵醒的。

西尔维斯特检查了一下自己的触感床头钟，摸了摸指针的位置。他今天有一个约会，还有不到一个小时。外面的骚动比闹钟还早了几分钟。他好奇地把铺位上的床单扔到一旁，摸索着走向高高的铁窗。每天早上起来他那双眼睛都得磕磕绊绊地运行一番系统唤醒自检，于是这期间他就处于半盲状态。它们还会扔一堆二维原色片，在他周围撒得到处都是，搞得整个房间看起来好像来过一队热情过度的立体主义者，一夜之间被重新装饰了一番。

他拉开窗帘。西尔维斯特个子很高，但他还是没法透过小窗户看到什么——至少看不到啥有意义的画面——除非他从他的书架上挪过来一堆书，站到上面去；书都是些旧的印刷摹本。即使这样，他看到的景物也总是没太大意思。居维叶城建立在一个大地穹顶的内部和周边，其中大部分被开拓初期匆匆建立的六层或七层的矩形建筑所占据，它们的设计着眼点在于耐用而不是美观。由于没有自我修复的结构，而且为了防止穹顶失灵，这些建筑不仅能够抵御剥皮风暴，而且还可以独立充气加压。灰色的小窗建筑间有道路连接，上面常常会有两三辆电动车行驶。

不过，今天有所不同。

加尔文给眼睛内置了变焦和录像功能，但它需要集中精力使用，就跟你想让某个光学幻觉翻转的时候类似。一些视角发生透视畸变的火柴人身影被放大了，成为一个个激动的人，而不是人群中面目模糊的一员。这倒不是说他现在能读懂他们的表情，甚至可以辨认出他们的面孔，只是街上的人们用他们自己的行动表明了他们是什么人，而他已经变得相当善于准确地读出这种细微的差别。暴徒的大部队正在由标语板和简易旗杆组成的路障后面，沿着居维叶城的中央大道移动。除了弄脏了几家店面，把商场外的一棵小椿花树苗连根刨起之外，暴徒们几乎没造成什么破坏；而且他们没有看到，热拉尔迪乌的武装民兵队伍已经在商场对面做出击准备了。他们刚刚从一辆面包车上下来，正往身上扣上变色龙防弹衣，闪烁着切换各种色彩模式，直到最后都统一换成了静穆的铬黄色。

他用温水和海绵洗漱一番，接着小心翼翼地修剪胡须，束起自己的头发。他开始着装，先穿上天鹅绒衬衫和长裤，再披上件上面点缀着阿玛兰汀骷髅石版画的和服。然后他吃了早餐——闹钟响起的时候，食物就会放在一个小槽里——又查看了下时间。那姑娘很快就会来了。他把床收拾好，竖起来，让它变成一张包着猩红色皮革、表面带有凹坑的沙发。

帕斯卡尔和往常一样，由一名人类保镖和几名武装机仆陪同，但他们并没有跟着她进入房间。跟进来的只有个像发条黄蜂一样嗡嗡作响、看不清形体的小东西。它看起来毫无伤害力，但他知道，如果他朝着这位传记作者的方向放个屁什么的，那他额头中央就会多出个窟窿。

“早上好。”她说。

“要我说可一点都不好，”西尔维斯特朝窗口扬了扬脑袋，“实际上，你居然能来，让我很惊讶。”

她在天鹅绒垫脚凳上坐下。“我在保安部门有关系。尽管有戒严令，也并不困难。”

“现在都颁布戒严令了吗？”

帕斯卡尔戴着一顶淹没派的紫色药盒帽，下面黑色钝边流苏的几何线条让她毫无表情的苍白面庞格外引人注目。她外面穿着一套紧身条纹夹克和长裤，紫黑相间。她今天身边的内视幻象是露珠、海马和飞鱼，拖着粉红和丁香紫的闪光。她双脚并在一起，斜向前方，脚尖相触，上身微微向他倾斜——就像西尔维斯特的上身向她倾斜一样。

“时代变了，博士。对此你比其他任何人都更应该心存感激。”

确实如此。他被关在居维叶城中央的监狱里已经十年了。和所有革命历来的通例一样，政变后接班的新政权已经变得跟他那个旧政权同样濒临破碎。不过，尽管政治版图一如既往地四分五裂，但底层的拓扑结构却大不相同。在他的时代，分裂的两派一派想要研究阿玛兰汀文明，一派想要对复生星进行地球化，从而将这个世界建立为一个能独立发展的人类殖民地，而不是一个临时研究前哨站。即使是淹没派那些要推行地球化改造的人也愿意承认，阿玛兰汀文明可能确有研究价值。然而如今，现存的政治派别之间的差异仅仅在于他们所主张的地球化改造速度上——最慢的方案要跨越几个世纪，快的方案中对大气化学的粗暴干预，也许会导致人类不得不在改造过程中撤离行星表面。有一点非常清楚：即使是最温和的提议，也会将阿玛兰汀人的许多秘密永远湮灭。但似乎没几个人对此特别在意，而且大多数在意的人也害怕得不敢发出自己的声音。除了一帮经费不足、满腹辛酸的基干研究人员之外，现在几乎没人会承认自己对阿玛兰汀文明有任何兴趣。十年来，研究那些死亡外星人的领域已经沦为少数知识分子的后花园。

而且局面只会每况愈下。

五年前，一艘贸易船经过该系统。这艘拥光船收起了它的防撞场，进入了围绕着复生星的轨道，暂时化作天穹上一颗明亮的新星。飞船指挥官雷米里欧德向殖民地提供了大量的技术奇迹：来自其他星系的新产品，还有些从政变前夕他们就再未见过的东西。但殖民地买不起雷米里欧德所要出售的一切。为了买这个不买那个，极其激烈的争论爆发了——买了机器而没买药品，买了飞机而没买地球改造工具。还出现了传言，说有些暗地里的交易——武器和非法技术的交易。虽然殖民地的总体生活水平比西尔维斯特时代要高——帕斯卡尔现在认为理所当然的植入物和机仆就是证据——但淹没派成员内部已经出现了无法弥合的分歧。

“热拉尔迪乌肯定被吓坏了。”西尔维斯特说道。

“这我可不知道，”她这话说得似乎太急急忙忙了点，“对我来说，重要的是我们有个最后的截稿期限。”

“你今天想谈什么？”

帕斯卡尔低头看了一眼她平放在膝盖上的平板电脑。六个世纪以来，你可以想象的所有形状和结构的电脑都已经出现过了，但状若简单的画板、带手写输入模式的平板电脑几乎总是能跟上时代，不会过气太久。“我想谈谈你父亲的事。”帕斯卡尔说道。

“你是说八十子惨案吗？整个事情不是都有记录吗？它们完全可以满足你的需求。”

“还差一点，”帕斯卡尔用手写笔的笔尖碰了碰她那涂成深洋红色的嘴唇，“当然，我已经查阅过了所有的标准记述。大多数情况下，它们就足以解答我的疑问了。只是有一件小事我还没能解决，让我没法完全满意。”

“什么事？”

这点上他不得不佩服帕斯卡尔。她回答问题的方式——声音中没有丝毫真正感兴趣的痕迹，真的就像这只是需要清理的细枝末节一样。这是一种技巧，几乎可以让他大意轻忽的技巧。“事关你父亲的阿尔法级副本。”帕斯卡尔说。

“怎么？”

“我想知道它后来到底怎么样了。”

在轻柔的帐内细雨中，那个拿着魔术枪的家伙把扈利带到了一辆等候在地面的缆车旁。缆车和他抛弃在纪念碑里的那顶轿子一样，也没有任何标记，毫不显眼。

“上车。”

“等一下——”扈利刚一开口，那家伙就把枪口往她的后腰上顶了顶。倒并不疼——这个动作坚定果断，但并非意在伤害——只是要提醒她这把枪的存在。这温柔的行动中有某种东西让她知道，这个男人是专业的，他比那些会咄咄逼人地催促的人更有可能动用这把枪。“好吧，我在上车了。这位‘大小姐’到底是谁？某个影戏行业竞争公司背后的人？”

“不是，我已经告诉过你了，别再这么偏狭地思考问题了。”

扈利能看得出来，这家伙不会告诉她任何有用的东西。这样再问下去也肯定不会有什么结果。于是她说道：“那你是谁？”

“卡洛斯·马努克先。”

这比用枪戳她的动作更让她担心。他说话的语气太诚恳了。这不是个假名。而现在她知道了这个名字——而且按她估计，这个男人在最好的情况下也是某种罪犯，虽然这个分类在渊堑城眼下无法无天的情况下显得很可笑——这也就意味着这家伙打算过后杀了她。

缆车的车门砰地关上了。马努克先按下控制台上的一个按钮，开始净化渊堑城的空气，蒸汽从车厢下方的喷射器中喷出，车子沿着附近的一根缆绳悬空前进。

“你是什么人，马努克先？”

“我帮大小姐做事。”仿佛这一点还不是连瞎子都看得出来似的，“我们之间的关系非同寻常。我们很久以前就认识了。”

“那，她找我干什么？”

“我本以为现在这点已经很明显了。”马努克先说。哪怕一直在分心注视着缆车的导航台，他仍旧用枪时刻指着扈利。“她要你去刺杀一个人。”

“我本来就是以此谋生的。”

“是啊。”他笑了笑，“不同之处在于，那家伙没为此付费。”

不用说，制作这部电子传记并不是西尔维斯特的主意。相反，这倡议来自一个西尔维斯特最始料未及的人。那是六个月前，在一次少有的与他这个俘虏面对面交谈的过程中，尼尔斯·热拉尔迪乌近乎漫不经心地提起了这个话题，提到他很惊讶没有人接下这个任务。毕竟，西尔维斯特在复生星上过了五十年，几乎有一个人一辈子那么长了，即使如今他这辈子被加上了一个不光彩的尾声，但至少提供了一个黄石星时代所不曾有过的新的看待他早年生活的视角。“问题是，”热拉尔迪乌说，“你以前的传记作者离事件太近了——他们试图分析事件的社会环境，但他们自己就深深地卷入其中。每个人都深受加尔或你的影响。殖民地太狭小封闭了，没有能让人退后一步，以更广阔的视角进行观察的余地。”

“你是说复生星反倒没那么封闭狭小？”

“噢，很明显不是——但至少有个好处，我们拉开了更多的距离，不论是就时间还是就空间而言。”热拉尔迪乌是个又矮又壮的肌肉汉子，满头浓密的红发，“承认吧，丹——当你回想自己在黄石星的生活时，有时是不是觉得这一切都发生在别人身上，发生在离我们非常遥远的另一个时代？”

西尔维斯特本想不屑一顾地大笑，只是他头一回发现自己完全同意热拉尔迪乌的观点。这一刻他大感不安，仿佛宇宙的一个基本规则遭到了违反。

“我还是不明白你为什么要鼓励这样做，”西尔维斯特边说边朝全程旁观这场对话的警卫点了点头，“还是说，你希望自己能以某种方式从中得利？”

热拉尔迪乌点了点头。“这确实是部分原因——说实话，也许是绝大部分原因。你可能已经注意到了，你仍然是一个让大众非常感兴趣的名人。”

“哪怕其中大部分人感兴趣的是看到我被吊死。”

“你这话有道理，但他们也多半会坚持先和你握个手——然后再把你扶到绞刑架上。”

“而你觉得你可以从这种爱好中牟利？”

热拉尔迪乌耸了耸肩。“很明显，新政权能决定谁获得接触你的机会，而且我们还拥有你的所有记录和档案资料。这让我们已经先机在握。我们可以接触到来自黄石星年代的文件，除了你的直系亲属甚至没有人知道这些文件的存在。当然，我们在使用它们时会抱有一定的审慎态度；但如果我们忽视它们，那就太傻了。”

西尔维斯特突然间觉得事情都非常清楚了，于是他说：“我明白了，你其实是想要利用这个机会来给我脸上抹黑，对吧。”

“如果事实会给你脸上抹黑的话……”热拉尔迪乌故意没把这句话说完。

“你当初把我赶下台……对你来说那样还不够吗？”

“那是九年之前了。”

“那意味着？”

“意味着时间久得足够让人们遗忘。现在得温柔地提醒一下他们。”

“特别是在外头有种新的不满气氛的情况下。”

热拉尔迪乌倒抽了一口冷气，就好像这句话的品位差得吓人。“你居然能忘了真路派[①]那帮人——尤其是别以为他们最后会成为你的救星。他们才不会仅仅把你关起来就算完呢。”

“好吧，”西尔维斯特迅速地厌烦起来，“这事对我有什么好处？”

“你以为一定会有？”

“大体上是的。要不然何必跟我说这么多？”

“合作也许是对你最有好处的策略。显然，单靠我们缴获的材料，我们也可以完成这项工作；但你的看法也会很有价值，尤其是在那些推测居多的环节。”

“让我把这话挑明了吧。你想让我为一场毁谤背书？而且不仅仅是给予祝福，甚至实际上还帮助你破坏我的形象？”

“我可以让你值得付出。”热拉尔迪乌朝着关押西尔维斯特的房间四周扬了

---

① 淹没派中分出的极端派别。这一派别认为迅速实施洪水计划才是“真正正确的道路”。

扬头，“看看我给雅内坎的自由吧，他可以继续保有他对孔雀的爱好。在你的事情上，我也可以同样灵活，丹。获得关于阿玛兰汀人的最新资料，得以与你的同行们通信，分享你的观点，甚至可能偶尔到这栋楼以外的地方去转悠一圈。”

“实地调研？”

“那我得考虑一下。这种程度的事……”忽然间，西尔维斯特敏锐地察觉到热拉尔迪乌在演戏，“也许该设置一段缓冲期。传记项目现在已经展开了，但我们还要再过几个月才会需要你的投入。也许是半年。我的建议是，我们先等等看，直到你开始提供我们所需的东西。当然，你会和传记的作者一起工作。如果这种关系成功的话——如果那位女士认为是成功的——那么，也许我们就可以开始讨论一下进行有条件的实地调查了。注意只是讨论——不保证。”

“我会尽量控制自己的热情。”

“好吧，我会再给你消息的。在我离开之前，你还有什么想要知道的吗？”

“有一件事。你提到传记作者会是位女士。我可以问一下是谁吗？”

“我怀疑，是个心存将被打破的幻想的人。”

有一天，伏尔约娃正在秘藏武器附近，边工作边琢磨着那些武器的时候，一只监察鼠轻轻地落在她的肩头，对着她的耳朵说话了。

“伙伴。”这只老鼠说道。

这些老鼠是无限眷念号独有的一种奇物——很可能在所有拥光船当中都是独一无二的。它们只比它们的野生祖先聪明一点点，但它们之所以有用——从害兽变成辅助设备——是因为它们和船上的指挥矩阵之间有生物化学链接。每只老鼠都有专门的信息素受体和发射器，让它能够接收命令和把信息传回飞船——这些信号都会被编码成复杂的分泌物分子。它们觅食废物，实际上是吃掉任何没被固定好，也已经不再呼吸的有机物，然后在它们的肚子里进行一些基本的预处理，接着再到飞船的其他地方，将屎丸排泄到大规模回收系统中。有一些甚至还配备了语音盒，装有一个囊括常用短语的小型硬接线词库，当外部刺激满足生化编程条件时，就会触发这套装置发出人声。

具体到伏尔约娃现在这个案例，她给老鼠编入的程序是：一旦它们开始处理人类的残渣——死皮细胞，以及类似的东西，并且这些东西并不来自她本人——就会向她发出警报。其他船员一旦醒来她就会知道，哪怕当时她完全是在飞船上的另一个区域。

“伙伴。”老鼠又吱吱地叫了起来。

“是的，第一次我就听到了。”她把这只小小的啮齿动物放到甲板上，然后开始用她掌握的所有语言发出咒骂。

陪着帕斯卡尔的防卫蜂嗡鸣着朝西尔维斯特逼近了些，因为这玩意从他的语声中检出了加重语气的泛音。“你想知道八十子惨案的事？我就告诉你吧。我不会为他们中的任何一个人感到丝毫的自责。他们全都了解其中的风险。而且志愿者的人数是七十九，而不是八十。人们总是忘了，第八十个是我父亲。”

“你很难为此责怪他们。”

“如果愚蠢是一种遗传天性，那么我确实不能为此责怪他们。”西尔维斯特试图让自己放松些。这很困难。在他们交谈的当口，外面的民兵们不知何时已经开始朝穹顶空气中喷洒恐惧毒气了。它把发红的阳光染成了近乎黑色。“你看，”西尔维斯特不紧不慢地说道，“当我被捕时，政府就夺走了加尔文。他完全有能力为自己的行为辩护。”

“我想问你的不是他的所作所为。”

帕斯卡尔在她的平板电脑上做了一条注解。“而是他——他的阿尔法级模拟人——那之后的状况。喏，构成每一个阿尔法级模拟人的信息字节数都在十的十八次方这个数量级，”她在迂回接近目标，“黄石星的记录很不完整，但我还是从中了解到一些东西。我发现，有六十六个阿尔法级模拟人存在于黄石星附近太空轨道上的数据库中；太空木马站，吊灯城，还有其他天矿师[1]和超空

① 另一群太空人的诨名。他们主要在小行星和彗星上进行矿业开发工作。

人的港口。当然，大部分都已经崩溃了，但没人打算清除它们。另外十个我追踪到了损坏的地表档案库，这样就还差四个。这四个人中有三个属于那七十九位志愿者，隶属于非常贫穷或几乎断绝的家系。另外一个就是加尔文的阿尔法级副本。”

“这有什么意义吗？”西尔维斯特问话的时候尽量让自己听起来像是对这个问题不怎么特别关心。

“我怎么也无法接受加尔文和其他三人一样就此失踪。这不合理。西尔维斯特研究所不需要债权人或托管机构来保护他们的传家宝。在瘟疫暴发之前，这家研究所一直是那个世界上最富有的组织之一。那么，加尔文到底怎么了？”

“你以为我把它带到复生星来了？”

“不，证据显示，你出发之前它已经消失很久了。事实上，它最后一次确确实实地出现在这个太阳系中，是在复生星探险队出发前一个多世纪。”

“我想你搞错了，”西尔维斯特说，“再仔细检查那些记录的话，你会发现那个阿尔法级模拟人在二十四世纪末被迁移到了一个太空轨道数据存储库中。研究所在三十多年后搬迁了运营场地，当时数据肯定也跟着搬过去了。然后在第三十九或四十年，研究所遭到了莱维奇家族的攻击。他们摧毁了数据库。”

“不，”帕斯卡尔说，“我排除了这些状况。我很清楚，在 2390 年，约有十的十八次方字节大小的某个东西被西尔维斯特研究所移进了太空轨道；三十七年后，同样数量的资料又被重新转移位置。但十的十八次方字节的信息不一定是加尔文。它完全可以是十的十八次方字节的玄学诗歌。”

“这证明不了任何事。”

她把平板电脑递向对方，随行在她身边的海马和鱼像萤火虫般四下飞散。“确实，但看起来绝对是很可疑的。为什么他的阿尔法记录会正好在你去见天幕人前后消失？这两件事之间没有关联才怪了。”

“你是说我和这件事有关？”

“后续的数据移动只能是西尔维斯特研究所的内部人员伪造的。你是最明显的嫌疑人。”

“总得有个动机吧。”

“哦，别担心，”她边说边把平板电脑放回腿上，“我相信我肯定会想出一个来的。”

监察鼠警告她船员们已经醒来之后，又过了三天，伏尔约娃才觉得已经做好了充分的准备去见他们。她对这种事从来都不怎么期待，因为虽然并不太排斥人类的陪伴，但伏尔约娃也从来没有觉得难以适应孤独。但现在情况比那更糟。纳戈尔尼死了，而且到这会儿，其他人应该全知道这事了。

忽略掉老鼠，再减掉纳戈尔尼，这艘船上现在共有六名船员。如果不包括船长的话，就是五名。就其他船员所知，船长甚至没有能力思考，更不用说沟通，那何必把他算进去？他们带着他，只是因为他们希望能让他好起来。从其他所有方面而言，这艘船真正的权力中心都应该算是“三人团”，那就是佐佑木悠司、阿卜杜勒·赫加齐，当然还有她自己。在三人团之下，目前还有两名同级别的船员。她们的名字是基亚瓦尔和萨迪奇；她们都是嵌合体[①]，新近才加入船员组。最后一位——所有人员中级别最低——是火控官，纳戈尔尼曾担任这个职位。现在他死了，于是这个岗位就存在某种可能性，犹如一个空缺的宝座。

在苏醒后的活动期，其他船员倾向于待在船上某些区域之内，不越雷池一步，把其余的空间都留给伏尔约娃和她的机器。现在按飞船上的时间已经是早晨了：在船员甲板上，灯光仍然遵循着昼夜交替模式，按照二十四小时一天的节奏运转。她先去了低温休眠室，发现里面空空如也，除了一个休眠舱，其他的都打开了。那个例外当然是纳戈尔尼的。伏尔约娃将他的头颅重新接好后，已经将尸体放进了棺材，然后让它降温冷却。之后她安排这套冷冻单元出现故障，让纳戈尔尼温度上升。他在那之前就已经死了，但这点需要一名有经验的病理学家才能验证核实。显然，没有哪名船员有多想去仔细检查他。

她又想起了萨迪奇。萨迪奇和纳戈尔尼很亲密。有一段时间了。小看萨迪

① 这里指将机器大量嵌入自己身体的人类。

奇是没有好处的。

伏尔约娃离开了低温休眠室，去查看其他几个可能的聚会地点。然后她发现自己进入了飞船上的几片森林之一，她在已经死去的浓密植被丛中穿行，直到接近一片紫外线灯仍亮着的区域。她走近一片林间空地，不紧不慢地顺着一道原木楼梯走到地上。这片空地很有世外桃源的气息——在森林的其他地方都已生机断绝的现在就更是如此了。一束束黄色的阳光穿破头顶上摇曳的棕榈树荫。远处有一条瀑布，汇入一个四壁陡峭的小湖。金刚鹦鹉和其他鹦鹉偶尔从一棵树滑翔到另一棵，要不就栖在枝头发出响亮的叫声。

伏尔约娃咬了咬牙：她非常厌恶这类人造的景观。四名活生生的船员正围着一张长木桌吃早餐，桌上堆满了面包、水果、肉片和奶酪，还有一罐罐橘子汁和若干瓶咖啡。在空地上，两名骑士的全息投影正在比武，竭力想要把对方开膛破肚。

"早上好，"她边说边从楼梯上走到真实的，还沾着露珠的草地上，"我估计咖啡已经没剩的了吧？"他们抬起头来，有几个在凳子上扭了扭屁股，算是在迎接她。她将所有人的反应尽收眼底：他们小心地放下餐具，发出叮叮当当的响声；其中三个人嘟哝着打了个招呼。

萨迪奇完全没说话，只有佐佑木扬声问候。

"很高兴见到你，伊利亚。"他从桌上抓起一只碗，"要不要来点葡萄柚？"

"谢谢。来点吧。"

她朝众人走去，从佐佑木手中接过盘子，水果上的糖霜闪闪发亮。她故意坐到了另外两位女性中间。萨迪奇和基亚瓦尔两人皮肤都是黑色的，头顶都光秃秃的，只有周围有一串冲天而起的小脏辫。这些小辫子对超空人[①]来说很重要：它们象征着每个人经历过多少次低温休眠，每个人接近于拥抱光速的次数。这两个女人是在自己的飞船遭到伏尔约娃的船员们劫掠之后加入这边的。

---

①"超太空人"的简称。这些超人类基本上长期在太空生活，往往同时是嵌合体，但也有例外。拥光船的大部分船员都是超空人。

超空人会轻易出售自己的忠诚，就像他们出售纯水冰、单极子和数据以换来货币一样。两人都明显是嵌合体，虽然她们的形体变化与赫加齐相比要温和多了。萨迪奇的手臂肘部以下消失在精雕细刻的青铜手甲中，上面开着些镶金边的小窗，里面投出不断变化的全息图，从那双仿真手过于纤细的指端伸出的指甲是金刚石质的。基亚瓦尔的大部分身体还是有机物，但她的眼睛像是猫科动物，椭圆形的红色瞳孔中有着十字线；她的鼻子扁平，看不到鼻梁，只有两个在微微颤动的光滑孔洞，就好像她是部分适应水栖生活的生物。她没穿衣服，但除了眼睛、鼻孔、嘴巴和耳朵之外，她的皮肤毫无缝隙，就像是穿着件全封闭式的乌黑氯丁橡胶紧身衣。她的胸部没有乳头；手指很娇嫩，但没有指甲；她的脚趾只是略具形象，就好像是由一名急于开始下一个任务的雕塑家匆匆草就。当伏尔约娃坐下来时，基亚瓦尔打量着她，那冷漠的样子过于做作，显得不太真实。

“我们有你在真是太好了，”佐佑木说，“我们睡觉的时候，你一直在忙。有发生什么事吗？”

“这事那事很多事。”

“耐人寻味。”佐佑木笑着说，“‘这事那事’。我想，在‘这事’和‘那事’之间，你没有察觉有什么可能对纳戈尔尼的死因有所启发的东西？”

“我还纳闷纳戈尔尼上哪儿去了。现在你回答了我的问题。”

“但你还没回答我的问题。”

伏尔约娃大口吃着葡萄柚。“我最后一次见到他时，他还活着。我完全不知道……顺便问一下，他是怎么死的？”

“他的低温休眠单元过早地给他升温了。各种细菌的繁殖过程随之而来。我想我们没必要再详述更多细节了吧？”

“别，可别在吃早餐的时候说这些。”显然，他们根本没有仔细检查过纳戈尔尼，要不然的话他们多半会注意到他死亡过程中身上出现的伤痕，哪怕她已经尽力掩盖它们了。

“对不起，”她飞快地朝萨迪奇投去一瞥，“我没有不敬的意思。”

“当然。”佐佑木边说边把一大块面包撕成两半。他用他那双紧靠在一起的椭圆形眼睛紧盯着萨迪奇，就像在盯着一条疯狗。他混进布洛特的天矿师中时涂抹的文身现在已经消失了，但在原本文身所在的地方还有些细细的白痕，尽管在低温休眠时他接受过身体护理。伏尔约娃觉得，或许佐佑木曾指示给他进行医护工作的机仆，为他在布洛特人中的冒险保留一些痕迹，作为他从那些人手中攫取到大把经济利益的纪念品。“我相信，我们不会为了纳戈尔尼的死责怪伊利亚，要她负什么责任的——没错吧，萨迪奇？”

“我为什么要为一起意外事故责怪她？”萨迪奇说。

“说得很对。这事情也就到此为止了。”

“也不尽然，”伏尔约娃说，“现在也许不是提这事的最佳时机，但是……”她说话的声音越来越小，“我打算说，我想把植入装置从他的脑袋里弄出来。不过即便允许这么做，它们很可能也坏了。”

“你能做些新的吗？”佐佑木说。

“能，就是要多花些时间。”她说到这里叹了一口气，“我还需要一名新人填补这个岗位。”

赫加齐说：“我们在黄石星附近停留的时候，你可以在那里找人吧？”

骑士们还在绿地上往来奔驰冲突，但现在没有人在意他们了，哪怕其中一个人似乎有大麻烦了：一支箭插进了他的面甲。

“我相信会有合适的人选出现的。”伏尔约娃说。

大小姐屋子里冰冷的空气，是扈利来到黄石星后呼吸到的空气中最干净的。当然，这其实也没啥大不了。干净，但不香，更像是她记忆中斯凯先手星医院帐篷里的气味：浓烈的碘酒、甘蓝[①]和氯气的味道。她最后一次见到法兹尔的时候闻到的就是这股味道。马努克先的缆车载着他们穿过城市，通过一条部分被淹没的地下水道，进入了一个地下洞穴。在那里马努克先把扈利带进了

① 甘蓝容易散发出类似硫黄的气味。野战医院中很可能用硫黄除虫杀菌。

一部电梯，电梯上升的速度快得让人耳朵里噼啪作响[1]。电梯把他们带到了眼前这个昏暗的大厅中。这里的回声更有可能只是声学上的把戏，但扈利还是觉得自己好像刚踏入了一个巨大的陵墓之中，墓中没有灯火。头顶上飘浮着若干饰有金银细丝的窗户，但从窗里漏进来的光犹如午夜般苍白。考虑到外面现在还是大白天，这种效果略微有些令人心下难安。

“大小姐完全不喜欢阳光。”马努克先边说边带着她继续前进。

“不会吧。”扈利的眼睛开始适应暗淡的光线。她开始能看到些东西了，有些大家伙站在大厅里头。“你不是来自这附近的人吧，马努克先？”

“我想这话对我们两个都适用。”

“你也是因为文书错误被弄到黄石星来的？”

“不太一样。”她看得出来，马努克先正在考虑自己能扯多少淡。扈利觉得，这是他的一个弱点。不管是作为一名杀手，或者别的什么，这个人都太喜欢说话了。这一路上他上演了一长串的自吹自擂，夸耀他在渊堑城中的种种事迹，有些简直是胡话，如果不是从这个满口外星口音，拿着把魔术枪的冷面酷客嘴里说出来，扈利早就让对方闭嘴了。但说话的是这家伙，她倒是在担心那当中有很大一部分可能是真的了。“不，”马努克先开口了，显然他想编故事的冲动完全压倒了他摆出阴沉乖戾样子的职业本能，“不，不是因为文书错误。但总而言之也确实是因为出了错，或者说，意外事故。”

这里有些体积不小的玩意。很难分辨出它们的整体形状，但它们都附在一些细长的杆子上，杆子矗立在黑色的基座上。有的像一截被打碎的蛋壳，有的则更像精致的脑珊瑚壳。所有的东西都有金属光泽，在大厅昏暗的灯光下看不出颜色。

“你出了意外事故？”

“不……不是我。是她。大小姐。我们就是这样认识的。她是……我不应该告诉你这些，扈利。要是被她知道了，我就死定了。在腐木区处理尸体很容易的。嘿，你知道我有一天在那里发现了什么吗？你不会相信的，但我发现了

---

① 由于外部压力急剧变化，鼓膜在内外耳压力不平衡时发出声响。

他妈的一整个……”

马努克先开始新的一轮胡吹了。扈利用手指抚摸着一尊雕塑，感受着它冰凉的金属质感。它的边缘很锋利。她和马努克先仿佛是两个鬼鬼祟祟的艺术爱好者，半夜闯入了一家博物馆。而这些雕塑则似乎在等待时机。它们在等待着什么——但耐心并不是无限的。

令人费解地，她居然对身边有这位枪手陪伴感到有些高兴。

“这些是她做的吗？”扈利用问题打断了口若悬河的马努克先。

“多半是，”马努克先说，“某种意义上，你可以说她为她的艺术而受苦。”他停了下来，碰了碰她的肩膀。“好啦。你看到那些楼梯了吗？”

“我猜你是想让我走上去吧。”

“你学得很快嘛。”

他轻轻地把枪往她的后腰上顶了顶——只是为了提醒她枪还在。

透过死者宿舍旁边墙壁上的一个舷窗，伏尔约娃可以看到一颗橘黄色的气体巨行星，它笼罩在阴影中的南极闪烁着极光风暴。他们以近乎平行于黄道的角度切入天苑四太阳系，现在已经深入其中。黄石星离他们只有几天的路程了；他们现在离当地航线只有几个光分的距离，正穿行于视距无线通信的网络中，本地太阳系中的所有主要栖息地或航天器都由这个网络彼此相连。他们自己的飞船也发生了变化。透过同一扇窗户，伏尔约娃刚好可以看到一台联合体引擎的前端。当飞船的速度降下来，低于碰撞疾速[①]时，发动机会自动收起它们的铲形护盾，外形通过一系列微妙的变化，切换到太阳系内部模式，让那些进气口像黄昏时的花朵一样合拢。那些引擎仍在以某种途径产生推力，但提供加速度的能量和反应物料都不知从何而来。联合体科技的又一个不解之谜。驱动装置这样运作的时间应当是有限制的，否则它们在星际巡航模式下也根本不

---

①“碰撞疾速”原出自电影《宾虚》，指船只的最高速度，后从《星际旅行》开始指会导致飞船无法回避和其他物体碰撞的高速。

需要撒网从太空中吸进燃料……

她的心思游移不定，她宁可把注意力集中在任何别的事情上，只要避开手头的麻烦就好。

“我觉得她会是个麻烦，”伏尔约娃说，“严重的麻烦。”

“如果我没看错她的话，不会的。”佐佑木展露出一个笑容，“萨迪奇太了解我了。她知道如果她要对三人团成员动手的话，我压根不会花心思去训斥她。我甚至不会给她等我们抵达黄石星后下船离开的余地。我只会直接杀了她。”

“这可能有点太冷酷了。”

这话听起来有些软弱，她自己都为此在鄙视自己，但这确实是她的真实感受。“我并不是完全不同情她。毕竟萨迪奇和我之间并无私怨，直到我……直到纳戈尔尼死去。如果她做了什么，你就不能只是管教下她吗？”

“不值得，”佐佑木说，“如果她有心要对你做什么，她不会止步于小打小闹的。如果我只是管教她，她总会找到办法对你造成永久伤害的。杀了她是唯一合理的选择。总之——我很惊讶你会从她的角度着想。你有没有想过，纳戈尔尼的某些问题毛病可能会传染给她吗？”

“你是在问我是否认为她完全正常吗？”

“这并不重要。她不会对你下手的——我向你保证这点。”佐佑木停了下来，“现在，我们能动手了结这事了吗？我感觉纳戈尔尼的这些事好像已经纠缠我一辈子了，烦透了。”

“我完全明白你的感受。”

那是她与船员们第一次见面后的几天。他们正站在死者位于第八百二十一层的宿舍外，准备进入他的房间。自从他死后，这些房间就一直封着——其他人所知的封闭时间还要更长。即使是伏尔约娃也没有进入这些房间，她生怕触动了什么可能让她永远留在那里的东西。

她对着手环说道：“解除安全封锁，火控官鲍里斯·纳戈尔尼的个人宿舍。授权者伏尔约娃。”

门在他们面前打开，明显有一股冰冷的气息从中喷出。

“把它们派进去。”佐佑木说道。

武装机仆只花了几分钟就把内部扫描了一遍，证实此地没有明显的危险。当然了，本来也不太可能有，因为在被伏尔约娃封锁房间的时候，纳戈尔尼应该还并没有打算去死。但以他当时的状况，谁都无法确定这点。

他们走进房间时，机仆已经启动了里面的照明灯。

和她遇到的大多数精神病患者一样，纳戈尔尼似乎总是会对最为狭小的个人空间心满意足。他的住处比起伏尔约娃的还要局促许多。这里有种一丝不苟的整洁氛围，就像是有个倒过来做事的骚灵每天在房间里整理。他的个人物品不多，大部分都牢牢固定在了架子上，所以并没有被伏尔约娃杀死他时飞船的机动动作弄乱。

佐佑木做了个怪相，抬起一只袖子捂住鼻子。“这什么味道？”

“是罗宋汤。甜菜根的味。我觉得纳戈尔尼特别喜欢这东西。”

“提醒我别去试这道菜。”

佐佑木关上了他们身后的房门。

空气中残留着寒冷的气息。温度计显示现在这里室温正常，但空气中的分子仿佛还带着几个月来的寒冷留下的印记。房间里一派斯巴达式的布置对抵消这种寒意毫无助益。伏尔约娃的住处相比之下都显得富丽堂皇，过度奢华。这倒并不是说纳戈尔尼真的完全忽视了对自己私人空间进行个性化改造的事。只是他努力了半天的结果，按正常人的标准而言是彻头彻尾的惨败。他的努力实际上在自相矛盾，结果是让房间看起来比没人住的时候更加缺乏个性。

还有另一样于事无补的东西——一副棺材。

这个超长的玩意，是房间里唯一一个在她杀死纳戈尔尼时没有翻倒过的东西。它仍然完好无损，但伏尔约娃感觉那东西曾经是竖立着的，以恐怖不详而又雄伟壮大的姿态支配着房间。它非常大，多半是用铁做的。金属表面就像那帮天幕人的巢穴[1]表面一样黝黑，仿佛会吞没所有照到上头的光线。它的每个

---

① 此处原文为法语。暗示伏尔约娃也懂得加拿亚语。

表面都刻有浅浮雕，那些图案太过复杂，一眼看去怎么也看不尽所有的秘密。伏尔约娃沉默地凝视着它。你是想说，她想着，鲍里斯·纳戈尔尼能做出这样的东西？

“悠司，”她说，“我一点也不喜欢这东西。”

“我并不会为此对你大加指责。”

“什么样的疯子会为自己做棺材？”

“要我说，是个非常敬业的疯子。但它已经在这里了，而且这多半是我们仅有的能窥见他心灵的途径了。你从这些装饰里看出什么了吗？”

“无疑是他心理疾病的投射，具象化。”现在佐佑木在强行制造平静的气氛，而她在顺水推舟，“我应该研究一下这些图像。也许能给我以启示。”她顿了顿，又补充了一句：“我是说，好让我们不至于重蹈覆辙。”

“谨慎，”佐佑木边说边屈膝跪下，他用戴着手套的食指抚摸着凹凸不平、装饰繁复精巧的棺材表面，“我们很幸运，你最终没有被逼到不得不杀了他的地步。”

“是啊，”伏尔约娃向他投去一个奇怪的眼神，“不过，悠司先生，你对这些装饰有什么想法？”

“我想知道盗日者是什么人，或是什么东西，”他的话把伏尔约娃的注意力吸引到了那些刻在棺材上的西里尔文上，“这在你看来有什么意义吗？我的意思是，在他的那些疯言疯语当中，对纳戈尔尼来说这个词意味着什么？”

“我一丁点印象都没有。”

“无论如何，让我来大胆猜测一下吧。我想说，纳戈尔尼想象中的这个盗日者代表了他日常经验中的某个人，而此人在我看来有两个明显的可能。”

“要么是他自己，要么是我。”伏尔约娃说。她知道，佐佑木是很难敷衍过去的。“没错，是的，这一点很明显……但这对我们没有任何帮助。”

“你很确定他从来没有提过这个盗日者？”

“如果有的话我会记得的。”

这话一定程度上是真的。当然她也记得：在她的宿舍里，纳戈尔尼用自己的血在墙上写下了这几个字。这个词对她来说毫无意义，但这完全不意味着她对它不熟悉。在他们的职业合作关系不愉快地终止之前，纳戈尔尼除了它就没说什么别的了。他的梦里到处都是盗日者，而且——像所有的偏执狂一样——他在最枯燥的日常烦恼中都会看到盗日者恶意破坏的证据。当船上的一盏灯不明不白地出了故障，或者电梯把他引导到了错误的楼层，这都是盗日者的杰作。这从来都不是简单的故障，而是一个只有纳戈尔尼才能察觉的实体在幕后故意搞阴谋的证据。伏尔约娃愚蠢地忽略了这些迹象。她曾希望——事实上，在她来说那种态度已经无限接近于祈祷——纳戈尔尼的幻影能回到他潜意识里的虚无之中。但盗日者却留在了纳戈尔尼身边，证据就是地上的棺材。

是的……这样的事情她会一直记得的。

“我相信你会的。”佐佑木明知故问地说道。然后他又把注意力集中到那些刻痕上。“我想首先我们应该把这些记号复制一份，”他说，“也许会对我们有所帮助，但这种该死的盲文效果用眼睛很不好分辨。你觉得这些是什么？”他用手掌在某个放射状的图案上移动。“鸟的翅膀？还是从上面照射下来的太阳光线？在我看来它们更像是鸟的翅膀。那么，他为什么会想到鸟的翅膀呢？这又是想表达什么样的术语呢？”

伏尔约娃看了看，但满布在棺材上的复杂图案实在太难看清了。她对这东西倒不是不感兴趣——完全不是。但她希望那东西是属于她自己的，而佐佑木则离得越远越好。这里有太多的证据表明，纳戈尔尼的思想陷溺到了何等可怕的深渊之中。

“我认为这值得多加研究，”她小心翼翼地说，“你刚才说‘首先’。我们把它复制一份之后呢？你打算做什么？”

“我本以为这是显而易见的。”

“毁掉这见鬼的东西。”她猜测道。

佐佑木笑了。“要不然也可以把它交给萨迪奇。但就我个人而言，我会选择毁掉它。棺材不是什么好东西，你知道的。自制的尤其如此。”

楼梯一直向上。过了一阵子——超过两百级之后——扈利都数不清走了多少级了。但就在她感觉膝盖要软倒下去的时候，楼梯突然到了尽头，然后出现在她面前的是一条长长的白色走廊，走廊的两边是一连串凹进去的拱门。效果就像站在月光下的门廊里。她沿着长到发出回音的走廊向前走去，直到她来到走廊尽头的双扇门前。门上头装饰着有机质的黑色云纹，镶有微微发亮的玻璃。后面的房间中洒出一片薰衣草色的光辉。

显然，她已经到了。

这完全有可能是某种陷阱，进入门后的房间就等于自杀。但回头也不是个好选择——马努克先尽管温文尔雅，但已经让这点非常明确了。于是扈利抓住把手，开门进屋。空气里有某种气息，让她的鼻子痒痒的，很舒服，一种鲜花盛放的香味让这栋屋子其他地方那种消毒室味消失无踪。这味道让扈利察觉到自己很久没洗澡了。虽然从吴叫醒她，让她去杀塔拉斯基到现在才过了一两个小时，可在这段时间里，渊堑城的雨已经让她身上积累了足有一个月分量的污垢，此刻正在房间里弥漫——伴着她自己的汗臭和恐惧。

“我看到了，马努克先成功地把你带到了这里——依然是完整的活人。”一个女人的声音说。

“这是在说我还是说他？”

“你们俩，亲爱的姑娘，”那个看不见的说话者说道，“你们的名声同样可畏。”

在她身后的双扇门咔嚓一声关上了。扈利开始观察周围的环境，在房间里奇怪的粉红色灯光下这还挺难的。屋里的空间呈釜形，有两扇眼睛状的百叶窗镶嵌在一面凹壁上。

“欢迎来到我的容身之所，”那个声音说，“请自便，好吗？”

扈利走到那对百叶窗前。窗户的一侧放有两个低温休眠舱，闪闪发光，活像一对镀铬的蠹鱼。其中一个装置关得严严实实，正在运行，而另一个则是敞开的，就像一个蛹，准备将蝴蝶包裹其中。

“我这是在哪里？”

百叶窗转动打开。

“你一直所在的地方。”大小姐说道。

扈利在眺望整个渊堑城。但在从比扈利以前所知的任何位置都高的位置俯瞰。实际上，扈利现在位于“蚊帐”之上，距离它满是污渍的表面大概有五十米高。城市躺在蚊帐下面，就像一个被保存在福尔马林中的奇形怪状的海胆。她不知道自己身处何处，只知道这一定是最高的那些建筑之一，她一度以为是无人居住的那些建筑之一。

大小姐说：“我把这个地方叫作‘夏朵·德·科尔博’①，也就是乌鸦堡，因为它是黑色的。你之前肯定看见过它。”

“你想要我做什么？”扈利好半天才能开口。

“我想让你为我干个活。”

“费这么大劲就为这？我是说，你非要用枪指着我把我绑架过来，就为了让我干个活？难道你就不能走正常的渠道吗？”

“这项任务非同寻常。”

扈利朝敞开的低温休眠单元点了点脑袋。“这玩意摆在这里是干吗的？”

“别告诉我它会让你心惊胆战。毕竟你来到我们这个世界时，就是睡在这种东西里面的。”

“我只是想问问这东西意义何在。”

“时候一到，自见分晓。请转过身来，好吗？”

扈利听到身后有轻微的机器响动，类似于文件柜打开的声音。

一顶密封人的轿子进入了房间。又或者它其实一直都在这里，只是被某种机关掩盖了？它像个节拍器：黑乎乎的，棱角分明，没什么装饰，有着草草焊接成一体的黑色外壳。它没有附属物，也没有明显的感应器，嵌在前方的微型单片观察镜也像鲨鱼的眼睛一样黑。

“你无疑对我这种人已经相当熟悉了，”轿子里传出的声音说，“无须心烦

① 原文为法语。

意乱。”

“我没有。”扈利说道。

但她是在说谎。这个轿厢上有些令人不安的东西，某种她在吴或别的她认识的密封人身上从未体验过的特质。也许是因为这轿子的质朴外观，也许是因为她感觉——完全是下意识地觉得——这个箱子里似乎不太可能真的有人。观察窗本身也太过狭小，让人感觉在那不透明的黑镜片背后有什么可怕的东西。这些都只会让情况更加糟糕。

“我现在不能回答你所有的问题，”大小姐说，“但很显然，我带你来这里并不是为了让你看看我的窘境。也许这样会好一点。”

一个身影在轿子旁边渐渐变得凝实，这是由房间本身制造的投影。

当然，那是一个女人，很年轻，但与此矛盾的是，她穿着自瘟疫以来黄石星上没人再穿的那种华丽衣服，身披旋涡状的内视幻象。女人的黑发从气质高贵的额头上梳向后方，用一个由光线编织成的发箍扣着。她的靛蓝色长袍裸露出肩膀，领口开得很低，相当大胆。靠近地板区域的影像渐渐模糊消失。

“我曾是这个样子的。”那道身影开口说道，“在环境恶化之前。”

“你现在不能再维持那个样子了吗？”

“离开密封壳体的风险太大——即便在密封人的避难所里也是。我不相信他们的防范措施。”

“你为什么要把我弄到这里来？”

“马努克先没有把整件事情都解释给你听？”

“完全没有。除了让我知道不跟他走对我的健康会很不好之外，其他什么都没有解释。”

“他这样可太粗鲁了。但必须承认，他说得倒是挺准确的。”一个微笑扰乱了女人脸上苍白的沉静表情，“你猜我把你弄过来的原因是什么？”

扈利这一刻有种明悟，不管接下来会发生什么，她已经见识了太多的东西，无法回到城市的正常生活中去了。

“我是个职业刺客。马努克先观察了我执行任务，说我名副其实。那么……也许我这结论下得有些跳跃，但我觉得，你可能是想杀死某个人。”

“没错。非常好。”那个身影点了点头，“但是马努克先有没有告诉你，这和你平时的合同会不一样？”

“有的，他提到了一个重要的差别。”

“那这会不会给你带来困扰呢？”大小姐专心致志地打量着她，“这是个有趣的问题，不是吗？我很清楚，你平时的刺杀目标在你去追杀他们之前，都已经签字同意过了。但他们这样做，是知道他们很可能会躲过你的追杀，并以此为荣。当你抓到他们的时候，我很怀疑他们中有多少人能走得温文尔雅。”

她想到了塔拉斯基。“不，他们通常都不会。通常他们都是求我不要下手，想贿赂我。大抵如此。”

“然后呢？”

扈利耸了耸肩。“我无论如何都会杀了他们。”

“真正的职业态度。你当过兵，扈利？”

“当过一阵子。”她现在真的很不希望想起那段日子，“你对我的遭遇知道多少？”

“够多的。你的丈夫也是一名士兵——一位名叫法兹尔的男子——你们在斯凯先手星并肩作战。然后发生了一些事情。一个文书错误。你被送上了一艘前往黄石星的飞船。没有人意识到这个错误，直到二十年后，你在这里醒来。那时候再回斯凯先手星已经太晚了——即便你知道法兹尔还活着。等你回去的时候，他那边已经过了四十年了。”

“现在你知道为什么成为杀手没怎么让我夜不成寐了吧。”

“是的，我可以想象你的感受。你没理由去喜欢这个宇宙——或者任何生活在其中的人。”

扈利紧张地咽下一口唾液。“但你不需要一名退伍兵来做这样的工作。你甚至也不一定需要我。我不知道你想干掉谁，但这里还有比我更好的人选。我的意思是，我确实算是很好的了——我开二十枪只会射失一次。但我知道有的人五十枪才会射失一次。”

“你在另一个方面非常符合我的需求。我需要一个非常积极地愿意离开这个城市的人。”那身影朝打开的低温休眠舱点了点头，“我所说的，是指长途旅行。”

“离开这个太阳系？”

“是的。”她的声音很有耐心，像是个在给学生解释的女舍监，仿佛这次谈话的基本内容之前她已经排练了几十遍，“具体来说，是二十光年的距离。复生星到这里的距离就是这么远。”

“我得说我从没听说过这个地方。”

“如果你听说过我倒要吓一跳了。”大小姐伸出左手，一个小小的地球仪在她掌心上方几英寸的位置冒了出来。这世界灰蒙蒙的，死气沉沉，上面没有海洋、河流和绿色植物，只有一绺大气层——在地平线附近可以看到一道细细的弧线——和一对脏白的冰盖，显示出这不是个没有空气的卫星。“这甚至不在新近开发的殖民地之列——至少不是我们通常所说的殖民地。整个星球上只有几个小小的研究前哨站。直到最近，复生星都一直毫不重要。但状况已经发生了变化。”大小姐停顿了一下，似乎在收集她的想法，也许在犹豫这个阶段该怎么做揭示。“有个人抵达了复生星——一个姓西尔维斯特的男人。”

“这个姓氏可非同凡响。”

“那么你是知道他的家族在黄石星上的地位了。很好。这样一来，事情就会简单得多了。你要找到他不会有任何困难。”

“不仅仅是找到他，还要做些别的，不是吗？”

“哦，是的。”大小姐说。然后她用手抓起那个地球仪，用力捏爆了它，一缕缕尘埃从她的手指缝里潺潺而下。“还有很多别的事。”

第四章

2546 年，天苑四太阳系，黄石星，新巴西太空旋转木马

伏尔约娃从拥光船的穿梭机上下来，跟着赫加齐走过出口隧道。隧道穿过旋转密封圈，将他们带到位于木马站正中央失重枢纽处的一个球形中转休息室中。

人类形形色色的各种分支在那里济济一堂；乱七八糟的颜色在空中胡乱飘荡，令人眼花缭乱，就像一群在疯狂抢食的热带鱼。超空人，天矿师，联合体，民主全权主义者，当地贸易商，内太阳系旅客，吃白食的，机械师……所有人似乎都在循着完全随机的轨道飞舞，但无论他们之间的距离有多近，从来都不会真的撞到一起。有些人——在他们的身体结构允许的情况下——装备有透明的翅膀，或是缝在袖子下面，或是直接附着在皮肤上。不那么冒险的人则使用细长的喷气背包，或者租用小拖船拉着自己走。私人机仆在人群中飞快地穿梭，搬运着行李和折叠式宇航服；身穿号衣、长着翅膀的卷尾猴则在寻找垃圾，把找到的东西塞进胸前挂着的小袋子里。丁零丁零的中国音乐弥漫在空气中，传到没学过音乐的伏尔约娃耳朵里，听起来像是被微风搅动的风铃，那种不协和的音调别有种特殊的风味。黄石星，远在几千千米之下，充当着所有这些活动的黄褐色背景，看起来有一种不祥之感。

伏尔约娃和赫加齐抵达中转球的对面，穿过一层可以让固体透过的隔膜，进入了海关所在的区域。这又是个零重力球形房间，墙壁上挂着一排排的自动武器，每个来此的人都处于它们的追踪之下。房间中央部分塞满了透明的泡泡，每个都有三米宽，沿着赤道位置的分界线打开。感应到新来者之后，两个泡泡飘然飞来，在两人身周砰然合拢。

伏尔约娃的泡泡里面倒挂着一个小型机仆，形状像个日本式兜盔，边框下面伸出来一堆各种传感器和读数装置。当这东西对她进行搜思的时候，她会感到神经微微刺痛，就像有人在她的脑海里轻柔地重新摆放着花朵。

“我检测到残留的俄利语[①]语言结构，但确认现代诺特语是你使用的标准语言。使用该设置能够满足报关流程所需吗？”

“可以。”伏尔约娃说。这东西察觉到她母语已然生疏，让她有些恼火。

“那我将继续使用诺特语。除了低温休眠媒体系统，我没有检测到大脑植入物或外周感官改造装置。在继续进行面谈之前，你是否需要租用植入装置？”

“只要给我张屏幕，再来张脸就好。”

“非常乐意。”

一张面孔出现在边框下。那张脸是女性，白白净净的，略带点先天愚型的样子，头发和伏尔约娃的一样短。她猜测跟赫加齐面谈的应该是个男性，留着小胡子，皮肤黝黑，重度嵌合体——就像他本人一样。

“报上你的身份。”那女人说道。伏尔约娃进行了自我介绍。

“你上次来这个太阳系是在……让我看看。”那张脸低头看了一会儿，

---

① 作者虚构的几种未来语言之一。俄利语由俄语和英吉利语混合演变而成。

“八十五年前，2461 年。我说得对吗？”

伏尔约娃无视自己直觉的警告，贴近了屏幕。“你当然是对的。你是一个伽马级的模拟人程序啊。接下来别再演戏了，赶紧办手续吧。我有商品要交易，你每多延误我一秒钟，我们就得为了让我们的飞船停在你这个没用的臭狗屎星球周围多付一秒的钱。”

“注意到此人有暴力倾向，”那女人说话的同时，似乎在视野之外的笔记簿上记了一笔，“特此告知，由于瘟疫导致数据损坏，黄石星的记录有很多地方都不完整。我问你这个问题，是想确认一个未经证实的记录。”她停顿了一下。“对了，我叫瓦维洛甫。我正端着一杯潲水味的咖啡，抽着我最后一根香烟，坐在一间漏风的办公室里，上了八个小时的班，这一班一共十个小时。如果我今天不把十个人打回票，我的老板就会觉得我在偷懒打盹，而到目前为止我只回绝了五个。还有两个小时，我正在想办法填满我的配额，所以，请你在下一次爆发之前，好好地仔细考虑一下。”女人吸了一口烟，然后把烟喷向伏尔约娃的方向，“接下来，我们要继续吗？”

“对不起，我还以为……”伏尔约娃的音量越来越小，“你们不用模拟人来做这种工作？”

“我们以前是这样的，”瓦维洛甫难过地长叹一声，“但模拟人的问题是，它们对各种屁事都太能忍了。”

伏尔约娃和赫加齐离开木马站的中轴，乘上有一间房那么大的电梯，顺着巨轮径向的四根辐条前行。他们的体重在抵达圆周外围之前一直在增大。到了那里，重力等于黄石星上的正常重力，与超空人采用的标准地球重力没有太大的差别。

新巴西木马站每四小时绕黄石星一圈，其轨道迂回曲折，好避开“铁锈带”——在瘟疫后沦为废墟的那些太空环。它被设计成车轮状——这是木马站最常见的设计之一。巨环直径十千米，宽一千一百米，所有的人类活动都在它三十千米的外缘上进行。它足以容纳零星几个小镇、村庄和若干具体而微的特色景观，甚至还有几片精心培育的园艺林；狭长“谷地”两侧渐渐升高的轮壁上雕刻着蔚蓝色的雪山，营造出距离宏远的错觉。围绕着轮子中空区域的弧形屋顶是透明的，比谷底高出五百米。在屋顶上布置有金属轨道形成的网格，下面挂着翻腾的人造云层，由电脑安排显出种种动态。除了模拟行星上的天气之外，这些云层还有另一个用途：这个弯曲世界的全景会令人不安，而云层可以割裂人们所见的景象。伏尔约娃觉得这些云是真实存在的，但她从未亲眼见过真正的云，至少没从下方仰视过，所以她也不能完全肯定。

他们走出电梯，踏上一个平台，下方就是这个木马站的主城区；在这里，建筑堆积在阶梯状的山谷两侧，紧挨在一起。人们称之为“环城”，它的建筑风格看着乱七八糟的，反映了木马站历史上不同租户的交替。有一排黄包车正等在地面上，最近那辆的车把上固定着一个支架，支架上放着一罐香蕉汁，司机正吸着香蕉汁解渴。赫加齐递给司机一张写着目的地的纸。司机把纸紧紧贴到自己眯成两条缝的眼睛前，然后嘟哝着表示知道了。很快他们就穿行在本地的交通乱流之中了。这里的电动车和脚踏车肆无忌惮地互相冲撞，行人们无畏地在看似随机变动的车流缺口中窜动。伏尔约娃视野中的人们起码有一半都是超空人：证据就是他们近乎苍白的脸色，瘦弱的体形，身上造型浮夸的增强装置，大片的黑色皮革和成堆闪闪发光的珠宝，文身和贸易纪念图案。她看到的超空人没有哪个是非人成分很高的嵌合体，唯有赫加齐可能是个例外，他大概有资格成为这木马站中增强改造程度最高的五六人中的一位。大多数人都留着超空人常见的发型，梳着标志性的脏辫，其数目标志着他们经历过了多少轮低温休眠。他们中的许多人都故意划破衣服，露出自己身上的假体部分。看着这些奇形怪状的家伙，伏尔约娃不得不提醒自己别忘了自己也同样属于这种文化。

当然，超空人并不是从人类中诞生出的唯一一个太空族群。天矿师——至少在这里——也占了很大一部分。他们固然也是太空住民，但并不是星际舰艇的船员，所以他们的面貌与那些留着小辫子，表情满是怨气，看上去犹如幽灵的超空人截然不同。还有其他种类的太空人。搜冰人是天矿师的分支，这些心理结构进行过调整，已适应在柯伊伯带工作时极端孤独的处境的家伙，从不与外人有过多交流，只极度专注于自己的工作。鳃人是经过水栖改造的人类，可以呼吸液体中的空气，能够操纵高 G 力的短程飞船：他们在这个太阳系内的警察部门中占据相当可观的比例。有些鳃人已经无法在正常环境下呼吸或是移动，以至于他们在不当班的时候也只能在巨大的机械鱼缸里移动。

还有联合体：火星上一个实验团队的后裔。那些人一步步升级自己的大脑，用机器替换细胞，直到一场突如其来的剧变发生。在一瞬间，他们思维发生了跃升，进入了一种全新的模式——他们称之为“超升觉悟”——并在这种状态下引发了一场短暂但可怕的战争。要从人群里分辨出联合体很容易：近来这帮家伙用生物工程技术为自己装上了巨大而美丽的头冠，里面布满血管，以散去脑中狂暴的机器所产生的多余热量。最近，他们这群人越来越少露面了，所以一旦出现往往会引起人们的注意。其他的人类分支，比如长期与联合体结盟的民主全权主义者则敏锐地意识到，只有联合体才知道如何制造驱动拥光船的引擎。

“停在这里。”赫加齐说。黄包车飞快地窜到街边，那里有些干瘪的老头坐在折叠桌前，打牌或是打麻将。赫加齐把钱拍进司机肉乎乎的掌心里，然后跟着伏尔约娃来到街边。他们到了一家酒吧门口。

“幻戏藻与天幕人。”伏尔约娃读出门上全息招牌里的文字。招牌上有个赤裸的男人从海中走出，背景是些奇奇怪怪、变幻不定的形体，出没于浪花之间。在他头顶上方，一个黑色的球体悬挂在天空中。“这看起来怪怪的。”

“所有的超空人都会在这种地方打发时间。你最好也习惯一下。”

“好吧，有道理。我想我在任何一个超空人酒吧里都不会觉得自在。”

“在任何没有导航系统和一堆可怕火力的地方你都不会觉得自在的，伊利亚。”

“在我听起来，这像是很好地定义了何谓常识。”

几个青年人从酒吧里冲到大街上，身上沾满了汗水和别的液体，伏尔约娃希望那只是洒出来的啤酒。他们之前应该在掰手腕：其中一个人在护理肩部开裂了的假肢，另一个人在点着一沓钞票，肯定是在里头刚刚赢来的。他们身上有着常见的睡眠伸展锁[①]文身，加上了标配的星光效应，让伏尔约娃觉得有些过时的同时又有几分羡慕。她怀疑，他们顶多也就是会为下一顿酒或是今晚在哪儿过夜之类的麻烦发愁。赫加齐朝他们瞪了一眼——即使给了这些小子成为嵌合体的渴望，赫加齐仍然令人生畏，他身上就很难找出哪些部分不是机械的。

“来吧，”他推开骚动的人群，“笑一笑，忍一忍，伊利亚。”

里面很黑，烟雾缭绕，在嘈杂的音乐声——律动的布隆迪节拍[②]叠加着或许是人声的歌唱——和烟雾里温和致幻剂香氛的协同作用下，伏尔约娃过了好一会儿才没再晕头转向。然后赫加齐指了指角落里一张奇迹般空着的桌子，伏尔约娃无精打采地跟着他走到桌边。

“你到底要不要坐下？”

“我想我没多少选择余地吧。我们看起来至少要能忍受和对方为伍，否则人们会起疑心的。”

赫加齐摇摇头，做了个鬼脸。“你身上肯定还是有什么地方让我喜欢的，伊利亚，否则我应该多年前就动手杀掉你了。”

她坐了下来。

“别让佐佑木听到你这样说话。他对威胁三人团成员的行为可很不以为然。”

“对佐佑木有意见的可不是我啊，难道你忘了吗？好了，你要喝什么？”

“我的消化系统可以处理的就行。”

赫加齐点了些他的生理机能允许他饮用的东西，等待着头顶的传送系统送上来。

“你还在为萨迪奇的事烦心，是吗？”

---

① 睡眠伸展锁是一种冬眠时将身体以适当伸展的姿态固定，用于减轻长期躺卧造成的肌肉损伤的设备。

② 布隆迪民间音乐以手鼓为主。

“别担心，”伏尔约娃双手抱胸说道，“萨迪奇我完全可以应付得来。再说了，在佐佑木干掉她之前我要能碰她一下都算是奇迹。”

“他也许会让你有第二个选择。”饮料被装在一个带翻盖的有机玻璃盒子里送来，盒子做成了云朵的形状，挂在一个小推车下头，小推车沿着安装在天花板上的轨道运行。“你觉得他真的会杀死萨迪奇吗？”

伏尔约娃开始消灭她那份饮料。坐完黄包车之后，她很高兴能来点东西给自己洗尘。“如果到了那一步，我相信佐佑木会杀死我们中的任何一个人。”

“你以前很信任他的。是什么让你改变了主意？”

“自从船长第二次病倒后，佐佑木就不一样了。”她紧张地环顾四周，佐佑木可能离得不是很远，这点大家心知肚明，“在那件事发生之前，他们都去拜访过幻戏藻，你知道吗？”

“你是说幻戏藻对佐佑木的思维做了什么？”

她想起了门口那个从幻戏藻的海洋中走出的裸男。“它们不就是干这个的吗，赫加齐？”

“是的，但那些人都是自愿的。你是说佐佑木选择让自己变得更加冷酷？”

“不只是冷酷，还一根筋。比如船长的这档子事……”她摇了摇头，“太典型了。”

“你最近和他谈过吗？”

她明白对方问题的言外之意。“没，我想他还没有找到他要找的那个人。不过毫无疑问，我们很快就会知道的。”

“你自己要找的呢？”

“我不是要找某个特定对象。我唯一的限制是，无论找的是谁，总得要比鲍里斯·纳戈尔尼理智些。这应该不会有很大困难。”她让自己的目光在酒吧里的顾客身上飘动。虽然没有一个人看起来完全是精神病，但也没有哪一个人看起来确实很稳定，很能适应环境。“至少我希望不会。”

赫加齐点燃了一根烟，把第二根递向伏尔约娃。她感激地接过香烟，结结实实地狠抽了五分钟，直到它的样子看上去像是一粒炽热的裂变材料，被包裹在发光的余烬里。她在心中记下：在这次停留期间要补一补自己的香烟库存。“但我的搜索才刚刚开始呢，”她说，“而且我一定会做些巧妙的处理。”

“你的意思是，”赫加齐带着了然的笑容说道，“在真的把人招进来之前，你其实不会告诉对方要做的工作是什么。”

伏尔约娃露出个坏笑。“当然不会。”

西尔维斯特搭乘一架天蓝色外壳的穿梭机，这次他飞得并不远：从西尔维斯特家族的住地出发，只需一小段变轨就到了。即便如此，安排这段旅程还是遇到了不少麻烦。加尔文强烈反对自己的儿子与现在居住在研究所里的那个怪物有任何接触，仿佛那家伙的精神状态可能会通过某种神秘的交感共振过程感染西尔维斯特。然而西尔维斯特已经二十一岁了。他现在可以选择和谁交往。加尔文尽可以继续强烈反对，或者在他即将对自己和他的七十九位追随者施加的疯狂中把自己的神经元烧成灰烬……但他没法强制规定西尔维斯特能见谁。

他看到西幕研在前方若隐若现，然后想起来了，这一切都不是真实的，只是他传记中的一段叙事流。帕斯卡尔给了他这个粗剪版，咨询他的意见。现在他正在体验着这玩意，身体仍被困在居维叶城的监狱高墙之内，精神却像个幽灵一样在自己的过去中移动，附体在年轻的自己身上。埋藏已久的记忆纷纷不由自主地涌现。这部传记还远远没有完成，未来它将能够让人以多种方式，从多种视角，以不同程度的互动性进入其中。这将是一件错综复杂、面面俱到的造物，详尽到让人可以在探索他过去的一小段经历时，也可以轻轻松松穷尽自己的一生。

西幕研看起来和他记忆中的一样真实。西尔维斯特天幕人研究所的组织中心位于一个轮形结构中，这个太空站的历史可以追溯到后美利坚时代[①]，虽然在当中的这些个世纪里，此处已经没有任何一个立方纳米未曾经过多次重新改

① 作者虚构的未来时代，约 2050—2110 年。这个阶段，许多美洲人零零散散离开地球向外探索、移民，因而得名。原文为西班牙语和俄语混合在一起。

造。巨轮的中轴上长着两个状若蘑菇的灰色半球，上面布满对接口和符合民主全权主义者伦理的适度防御体系。巨轮的轮缘是生活模块、实验模块和办公模块乱哄哄堆积而成的，这些屋子嵌在巨大的几丁质聚合物基质中，由乱纷纷的通道和鲨胶壁供应管道连接起来。

“很不错。”

“你真的这么觉得？”帕斯卡尔的声音很遥远。

“恰如其分，”西尔维斯特说，“我去探望他时就是这样的感觉。”

“谢谢，我……嗯，这没什么——这部分算简单的。记载详细。我们有西尔维斯特研究所的图纸，甚至在居维叶城还有些认识你父亲的人，比如雅内坎。困难的部分是之后发生的事，那部分我们没有什么可供参考的资料，只有你回来时告诉人们的那些话。”

“我相信你一定做得很好。”

“嗯，你会看到的——尽快吧。”

穿梭机连上了对接口。研究所的安保机仆正在气闸室外等待，同时对他的身份进行认证。

“加尔文不会太高兴的，”研究所的大管家格里高利说道，“但我想，现在再送你回家也已经太迟了。”

在过去的几个月里，这样的仪式他们已经来了两三遍了，格里高利总是将后面的事撇得一干二净。现在也不需要有人送西尔维斯特穿过鲨胶通道，抵达他的目的地了。他们在那里囚禁着那个男人——那个怪物。

“你没什么好担心的，格里高利。如果父亲找你麻烦，就告诉他是我命令你带我去参观的。”

格里高利双眉扬起，他周围的情绪调控内视幻象纷纷呈现出好笑的表情。

“你不正是在这么做吗，丹？”

“我这是想维持友好亲切的氛围。”

“纯属徒劳啊，亲爱的孩子。如果你干脆遵循你父亲的教导，那我们都会快乐得多。在全权主义政治当中，你应该很清楚自己的位置在哪儿。”

他花了二十分钟在隧道中穿行，径向往外，移动到轮缘，穿过科学区。在那里，思考者团队——人类和机器共同组成——围绕着天幕这个巨大的谜团奋战不休。虽然西幕研在目前发现的所有天幕周围都建立了监测站，但大部分信息处理和整理工作还是在黄石星附近进行。在这里，人们拼凑起精美的理论，然后对照事实进行检验；事实虽然稀少，但决然不可忽视。没有一种理论是能撑过几年的。

他们关着那个人，也就是西尔维斯特探视的那个怪物所在的地方，是轮缘上一栋重重警戒的附属建筑；考虑到缺乏证据表明里面的那个怪物有领会好心好意的能力，分配给他的空间可以说大到慷慨了。那怪物——那个人——的名字正是菲利普·拉斯凯尔。

现在来探访他的人不多了。早先，在他才回来不久的那段日子里，来访者很多。但拉斯凯尔无法告诉讯问者任何有用的东西；随着这点越来越清楚，人们对他的兴趣也日渐减缩。但正如西尔维斯特很快就意识到的，近来没人再对拉斯凯尔多加关注，这点实际上对他是有利的。即使是西尔维斯特相对来说并不频繁的到访——每月一次或两次——也已经足够偏离常态，让某种亲近关系得以形成于他们两人之间……于他自己和拉斯凯尔变成的那怪物之间。

拉斯凯尔所在的附属建筑里有个花园，头顶上是深蓝色的人工天空。这里时而被制造出阵阵微风，风力足以吹动花园周围拱门形状的树丛上挂着的风铃。

花园里点缀着小径、假山、小丘、花架，还有金鱼池，总的效果就像一个乡间迷宫，所以每次他都得花上一分钟左右的时间才能找到拉斯凯尔。在西尔维斯特找到他的时候，这个男人通常都处于同样的状态：全裸或半裸，邋遢得相当可以，手指被蜡笔和粉笔染得五颜六色。西尔维斯特只要看到石板路上出现涂鸦，就知道自己接近目标了；涂鸦要么是复杂的对称图形，要么看上去像是在模仿汉字或梵文书法，但实际上他大字不识。还有的时候，拉斯凯尔在路径上绘出的这些东西看起来像是布尔代数或旗语。

然后——完全只是个时间问题了——他转过某个拐角，拉斯凯尔就会出现在那里，正在绘制另一个标记，或是小心翼翼地擦掉之前做的标记。他的脸上会因为全神贯注而凝固出一副龇牙咧嘴的表情，身上的每一块肌肉都因为全力投入绘制中而绷紧，整个过程中他完全默不作声，周围只有风铃的轻响，静静流淌的水声，以及他手中的蜡笔和粉笔划在石头上的摩擦声。

西尔维斯特往往得等上几个小时，拉斯凯尔才会注意到他的存在。一般来说，结果也只是那人在一瞬间会把脸转向他，然后就继续绘制图形。然而在那一瞬间，总是会发生一件同样的事。那僵硬的表情会变得柔和，取而代之的是——哪怕只是片刻间——一个微笑；这笑容或许带着傲气，或许是感觉有趣，又或是出于某种西尔维斯特完全无法揣度的原因。

然后拉斯凯尔就会回到他的粉笔上。没有任何迹象表明这是一个在触及天幕表面之后还能生还的人——一个独一无二的人，人类中独一无二的存在。

"总之，"伏尔约娃彻底不再口渴了，"我不指望这事情很容易，但我毫不怀疑，我迟早能找到个新丁。我已经开始打广告了，说明了我们计划中的目的地。至于工作的内容，我只说需要有植入物的人。"

"但你不会接受第一个来报名的人吧，"赫加齐说，"没错吧？"

"当然。虽然候选者们不知道，但我会对他们进行审查，看他们的工作背景中是否有军事经验。我不想要个一遇到点麻烦就崩溃的人，或是不愿意服从纪律的人。"她现在开始放松了，暂且抛下了自己和纳戈尔尼之间的种种麻烦。有个女孩在舞台上演奏，用一支金色提可纳克斯①吹奏着无尽螺旋式上升的拉加曲②。伏尔约娃并不太喜欢音乐，从来都不喜欢。但这段音乐中有某种迷人的数学魅力，暂时挡住了她的偏见。她说："我对成功充满信心。我们要操心的只有和佐佑木之间的关系。"

就在此时，赫加齐朝门口点了点头。伏尔约娃往那边看去，被明亮的阳光

---

① 作者虚构的一种乐器，可以利用神经控制。

② 印度音乐中的传统曲调。——编者注

逼得眯起了眼睛。一个身影站在那里，在强光下只能看到个威严的轮廓。那人身穿黑色及踝斗篷，头上戴了一顶轮廓模糊的头盔，在强光中显得像是个投在他脑袋周围的光环。他双手拿着根光滑的长棍，斜过他轮廓的中央。这位虚无僧走进了黑暗中。那看似木剑的东西其实只是他的竹尺八——一种传统的乐器。他熟练至极地迅速将这东西收进了鞘里，隐藏到他斗篷的褶皱之中。然后他庄严而缓慢地取下了柳条盔。虚无僧的面孔基本看不清楚。他的头发闪闪发光，顺滑地扎成了一根镰刀形的辫子。他的眼睛隐藏在圆滑的刺客护镜后面，红外线感应的众多小切面呆滞地反射着房间中的各色光芒。

音乐戛然而止，那个拿着提可纳克斯的女孩从舞台上神奇地消失了。

“他们以为这是警察的突击抓捕行动。”赫加齐小声说道。现在房间里相当安静，他不需要提高声量。“当地警察不想弄脏自己的手时，就会派来这种脑袋套在筐子里的人。”

虚无僧扫视着房间，那双苍蝇般的眼睛对准了赫加齐和伏尔约娃坐的桌子。他的脑袋似乎跟某些品种的猫头鹰一样，动作仿佛丝毫不受身体其他部分的影响。他一振斗篷，朝着他们稳步而来，那姿态似乎更像是滑翔而不是走路。赫加齐不动声色地从桌子底下踢出一个空着的座椅，同时不以为意地吸了口香烟。

“很高兴见到你，佐佑木。”

佐佑木把柳条盔丢在他们的饮料旁边，顺手把护目镜从眼睛上扯了下来。他放低身子，坐进空椅子里，然后漫不经心地转过身去面对酒吧里的其他人。他比了个喝酒的动作，暗示大家继续做自己的事，而他也有他的事情要处理。渐渐地，谈话声重新响起，虽然所有人都留出了半只眼盯着他们三个。

“我真希望现在的状况值得来一杯庆功酒。”佐佑木说道。

“不行吗？”赫加齐说话时，露出个他那张经过大量改动后的脸所能露出的最最沮丧的表情。

“不，绝对肯定不。”佐佑木打量了下桌上几乎完全空了的两个杯子，然后拿起伏尔约娃的杯子，喝光了里面剩下的几滴饮料，“我一直在做些谍报工作，这点你们可能从我的伪装中已经看出来了。西尔维斯特不在这儿。他已经不在这个太阳系中了。事实上，他已经有五十年没在了。”

“五十年？”赫加齐吹了声口哨。

“连飞船尾气都凉得够呛啦。”伏尔约娃说。她尽量不让自己听起来幸灾乐祸，虽然她一直知道有这种风险存在。当初佐佑木下达命令，把拥光船转向黄石星所在的太阳系时，他是根据当时所掌握的最佳情报做出了决策。但那是几十年前的事了，而且他收到的那些情报本身也是几十年前的。

“是啊，”佐佑木说，“但还没凉到你或许以为的那样。我很清楚他去了哪里，也没有理由认为他离开了那里。”

“那么，这回是哪里？”伏尔约娃问话时感觉自己的心一个劲往下沉。

“一颗叫复生星的行星。”佐佑木把伏尔约娃的酒杯放回桌上，“它离这里有相当远的距离。但恐怕，亲爱的同事们，我们下次的停靠点肯定就是它了。”

他又坠入了自己的过往。

这次更深入，回到了他十二岁的时候。帕斯卡尔的闪回是不连续的，传记的构建没有考虑到细节在时间上的线性。起初他很迷茫，尽管他是宇宙中最最不应该在自己的历史中茫然失措的那个人。但这种困惑慢慢地让位于领悟，他明白过来，帕斯卡尔的方式是正确的。就应该将他的过去视为一幅破碎的拼图，由无数可以互换位置的事件构成；视为一首蕴含着无数解释，每个解释都同样合理的藏头诗。

时当2373年，伯纳德斯朵[①]发现第一片天幕后才过了几十年。以这个谜团为中心兴起了一个个新兴学派，政府和私人研究机构也如雨后春笋般出现。西尔维斯特天幕研究所只是数十家这样的私人机构之一，只不过支持它的恰好是在整个人类经济的泡沫时代最富有也最强大的家族。但研究中最大的突破并

① 全名劳玛·伯纳德斯朵，姓氏源于冰岛，名字来自芬兰地名。她的故事详见作者的另一短篇《夜间通行》（Night Passage）。

非源自大型科研机构精心算计的行动，而是来自一个人无法预测、专心一意的疯狂行为。

那个人的名字叫菲利普·拉斯凯尔。

他曾是西幕研的科学工作者，在横跨天仓五区域的一个永久空间站工作，附近就是如今被冠以他姓氏的天幕。拉斯凯尔同时也是一个特殊团队中的一员，他们随时待命，等待着可能需要人类代表前往天幕的一天，虽然没人认为这种事真的会发生。反正代表们是存在的，还有一艘飞船随时候命，一旦邀请来临，马上就可以带他们走完剩下的五亿千米，飞抵天幕边缘。

拉斯凯尔决定不再继续等下去。

他独自一人登上并偷走了西尔维斯特天幕研究所的联络飞船。有人意识到发生了什么时已经太晚了，无法阻止他。远程破坏飞船是做得到的，但这样做可能会被天幕解读为一种攻击行为，没人愿意冒这样的风险，只好决定听天由命。没人真的期望会看到拉斯凯尔生还。虽然他最终回来了，但从某种意义上说，那些怀疑的人是对的，因为他的大部分理智并没有跟着一道回来。拉斯凯尔在被某种力量驱逐回来之前，确实已经非常接近天幕了——也许离其表面只剩几万千米，虽然在这个范围内已经很难判断正常太空在哪里终止，从哪里开始属于天幕。没人怀疑他是靠得最近的，胜过其他任何人，其他任何活着的生物。

但代价极为可怕。

回来的菲利普·拉斯凯尔并不完整，甚至可以说大部分都没回来。与之前那些人不同，他的身体并没有在天幕边缘附近被难以理解的力量撕成碎片，碾成肉泥。但他的心灵所遭遇的事情似乎不亚于死亡。他的人格消失殆尽，剩下些许残留的痕迹，在其他一切几乎了无踪迹的缺失对比之下更加醒目。他的脑部还留有足够的机能，能无须机器协助维持自身的生命活动，运动控制也似乎完全未受影响。但他已经毫无智力。拉斯凯尔失去了对周围环境的认识能力，只剩下最简单的那些感知；没有迹象表明他能理解一点点自己身上发生的事情，他甚至已经意识不到时间的流逝；没有迹象表明他还能记住自己新近的经历，或是回忆起他前往天幕之前的遭遇。拉斯凯尔还保有发声的能力，但尽管偶尔会说出些像模像样的词组，甚至是片段句子，他念出来的东西从来都没有丝毫意义。

拉斯凯尔——或是拉斯凯尔的残骸——被送回了黄石星系，然后被送到了西尔维斯特天幕研究所总部所在地，在那里的医学专家们拼命试图构建出理论来解释可能发生了什么事。最终他们认为——与其说是出于逻辑，不如说是出于绝望——天幕周围被重组的分形时空无法支撑他大脑的信息密度。在穿过那个区域的过程中，他的大脑在量子层面上被随机化了，虽然他身体中的分子间作用并没有受到明显影响。他就像一篇被胡乱转录了一番的文本——因此失去了大部分意义——又被胡乱转录回来。

然而，拉斯凯尔并不是最后一个试图完成这种自杀任务的人。围绕他出现了一个邪教，其中最主要的传说是，尽管他外表有痴呆的征兆，但靠近天幕的旅程却赋予了他某种类似涅槃无我的境界。每十年或者二十年，就会有人跑到已知的天幕附近，试图效法拉斯凯尔冲过界限，结果惨不忍睹地一致，没有人取得任何胜过拉斯凯尔本人的成就。运气好的人回来时失去了一半的心智，而运气不好的压根就没能回来，或者只是由残破不堪的飞船带回他们的遗体，一团团像是鲑鱼色糨糊的东西。

尽管崇拜拉斯凯尔的邪教蓬勃发展，他这个人本身却很快就被人遗忘了。也许他这种流着口水喃喃自语的现实状况，让人实在难以接受。

然而，西尔维斯特没忘。不仅如此，他还痴迷于从这个人身上打探出最后的、至关重要的真相。他的家族出身保证他随时可以见到拉斯凯尔——只要他无视加尔文的预感。所以他开始时时探访，并且在拉斯凯尔专注于自己的步道绘画工作时，绝对耐心地在一旁等候，时刻留心等待着那么一条转瞬即逝的线索，他肯定那个男人最终一定会传给他线索。

但最终他得到的远不止一条线索。

在长久的等待终于得到回报的那天，他很难回忆起自己已经等了多久。那天，尽管他竭力想要将自己的思维聚焦于全神观察拉斯凯尔的工作上，却发现这越来越难。这就像专心致志地盯着一长串抽象画一样——人的注意力会不可避免地开始减弱，无论怎么努力保持清醒都没用。拉斯凯尔又在绘制一个看上去糟糕透顶的粉彩曼荼罗，已经画完了一半，那是当天的第六或第七个了，但在执行这项任务时他依旧同样热忱投入，他在绘制每一个标记时都是如此。

然后，在没有任何前兆的情况下，他忽然就转向西尔维斯特，口齿完全清晰地说道："幻戏藻提供钥匙，博士。"

西尔维斯特震惊得没法做出反应来打断对方。

"我得到了解释说明，"拉斯凯尔继续无忧无虑地说道，"当我在天启空间里的时候。"

西尔维斯特强迫自己尽可能自然地点了点头。他头脑中有些部分依然保持着冷静，听懂了拉斯凯尔所说的那句话。无论叫谁来听，拉斯凯尔现在也必定是在说天幕边缘——在那个"空间"里，他得到了某些"天启"，它们太过玄奥，难以言说。

然而现在他似乎打开了话匣子。

"曾经有一段时间，天幕人在星际间四处旅行，"拉斯凯尔说，"就像我们现在一样。只不过他们是个古老的物种，在星际间旅行了数百万年。你知道吗，他们是相当异于人类的。"他停了下来，把一支蓝色的粉笔换成深红色的，夹在自己脚趾间。然后他用换上的粉笔继续绘制曼荼罗。但同时，他开始用从那项任务中解脱出来的手，在旁边的一块地面上勾勒出另一个东西。他画出一个生物，肢体众多，还长着触手，身被甲壳，有脊椎，几乎没有对称性。这家伙看起来不像是在星际航行的外星文明的成员，而更像是曾在前寒武纪的海床上翻腾和蠕动过的玩意。完完全全是个丑陋的怪兽。

"那是个天幕人？"西尔维斯特因为期盼兴奋得要发抖，"你真的见到了一个天幕人？"

"不，我从未真正进入过天幕，"拉斯凯尔说，"但他们跟我交流过。他们在我的脑海中显身，向我透露了许多他们的历史和特性。"

西尔维斯特将目光从这个噩梦般的生物身上移开。"幻戏藻是怎么跟这扯上关系的？”

“图式幻戏藻已经存在了很长时间，并且在很多星球上都能找到他们。银河系这一区域的所有星际文明迟早都会遇到他们。”拉斯凯尔敲击着他的草图，“我们如此，天幕人也是如此，只是他们比我们要早很多。你明白我的意思了吗，博士？”

“是的……”总之他觉得，自己应该是明白了。

“但那不是重点。”拉斯凯尔笑了，“无论谁——或什么，只要去拜访幻戏藻，都会被他们记住。被绝对清晰地记住，那意味着精确到每一个细胞，每一处突触连接。这就是幻戏藻的本质。一个庞大的生物档案记录系统。”

西尔维斯特知道，这说法完全正确。人类对幻戏藻，对他们的功能和起源几乎完全没找到什么重要信息。但有件事几乎从一开始就很清楚，幻戏藻可以将人类的人格储存于他们的海洋矩阵中，因此，任何人只要去幻戏藻海洋中游上一遭——并在这个过程中溶解和重组——就将会获得某种意义上的不朽。此后这些神经图式可以再次具象化，被暂时拓印到另一个人的脑海中。这个生化过程是混沌的，所以被储存的图式将被其他千百万个印记所污染，每个都在微妙地影响着其他图式。在人们刚开始对幻戏藻进行研究的日子里，有件事就已经十分明显：海洋中也储存着一些外星思维的图式，少许异于人类的东西渗入了游泳者的思想中——但这些印记始终是模模糊糊的。

“所以，天幕人也被幻戏藻记录了下来，”西尔维斯特说，“但这对我们又有何帮助？”

“比你想象的更多。天幕人也许看起来很怪异，但他们思维的基本架构与我们的并不完全相异。别去在意身体的平面图，而要意识到他们也是社会性生物，也使用声波语言，对环境的感知也相同。在某种程度上，可以让人类像天幕人那样思考，而不至于在这个过程中完全失去人性。”他又看了看西尔维斯特，“在人类大脑新皮层内建立一套向着天幕人神经转化的体系，这应该是在幻戏藻的能力范围之内的。”

这是一个让人不寒而栗的想法：不是通过与外星人见面，而是通过成为外星人来实现与地外文明的接触。如果拉斯凯尔的意思确实如此的话。“这对我们又有什么帮助？”

“这样可以阻止天幕杀死你。”

“我听不懂了。”

“你要知道，天幕是个防护工事。在里面藏着的……不仅仅是天幕人本身，还有一些技术，这些技术太强大了，不能落入恶人之手。天幕人于数百万年中一直在银河系里仔细搜寻，寻找那些已经灭绝的文明遗留下来的有害东西——那些东西我甚至几乎完全无法向你描述。那些东西可能曾经被用于善行，但它们也一样可以被用作恐怖得难以想象的武器。一些可能只有飞升后的超级种族才能正确使用的高科技和技术诀窍：操纵时空的手段，或者超光速移动的办法……还有些其他的，你的头脑根本无法容纳的东西。”

西尔维斯特有些怀疑真相是否确实如此。“那么天幕该算是——算是什么？只有最先进的种族才能得到钥匙的宝箱？”

“不只如此。它们可以自己抵御入侵者。天幕的边缘区域简直是有生命的活物。它会因进入者的思维图式做出反应。如果这些思维图式与天幕人的思维图式不一致……它就会发起反击。它改变局部时空结构，制造出凶险的曲率旋涡。曲率就等于巨大的引力应力，博士。它会把人撕得粉碎。但是，如果来者拥有正确的思维……天幕接纳他们，引导他们靠近，用一个平静的空间囊保护他们。”

西尔维斯特看得出来，这其中的意义实在令人震撼。像天幕人那样思考，就能溜过那些防线……进入宝箱金光闪闪的中心。也许按天幕人的估计，人类还不够先进，不够资格目睹那些宝藏，但那又如何？既然他们聪明到能够打开宝箱，难道他们就没有权利拿走自己发现的东西吗？按照拉斯凯尔的说法，天幕人在隐藏起那些有害科技的时候，就已经承担起了为整个银河系当保姆的角色……但有人要求他们这么做吗？然后另一个问题悄然出现在他脑海中。

“如果天幕里面的那些东西必须不惜一切代价地加以保护，那他们为什么要让你知道这些？”

“我不知道那是不是故意的。围绕以我名字命名的那道天幕的屏障，没能认出我是其他族类，哪怕只是在一瞬间。也许是它坏掉了，或者是我的……思维状况……迷惑了它。一旦我穿过天幕，信息就开始在我们之间流动。我就是这样了解到这些东西的。天幕里收容的是什么，以及如何规避它的防御措施。你知道的，这种把戏机器可玩不转。”最后一句话听起来没头没脑的，这句话之后拉斯凯尔顿在那里，过了好一会儿才继续往下说，“但天幕肯定开始怀疑我是异族了。它拒绝了我，把我抛回太空。”

“为什么它不干脆杀掉你？”

“它一定是对自己的判断缺乏十足的信心。”他停顿了一下，“在天启空间中，我确实感觉到了怀疑。我身边发生了激烈嘈杂的争辩，争辩的速度比思维还要快。最后肯定是谨慎赢得了胜利。”

接下来的这个问题，他从拉斯凯尔开口的那一刻就想问了。

“你为什么一直等到现在才告诉我们这些事？”

“我为我早先的沉默深感抱歉。但我首先得把天幕人放进我脑海里的知识消化掉。你看，表达那些知识的是他们的术语——而不是我们的。”他犹豫了一下，他的注意力似乎被一抹粉笔的污迹所吸引，这污迹破坏了曼荼罗那完美的数学结构。他舔了舔自己的手指，擦掉那抹污迹。“这部分相对简单。然后我必须回忆起人类之间如何交流。”拉斯凯尔看着西尔维斯特，他额前有一丛未经梳理的头发纠缠在一起，好像原始人一般，掩住了那双动物般的眼眸。“你对我很好，不像其他人那样。你对我很有耐心。我想这也许能帮助你。”

西尔维斯特感觉到，拉斯凯尔这段清醒的时间窗口可能很快就要关闭了。“我们究竟该如何说服幻戏藻给我们拓印天幕人的意识图式？”

“这部分很简单。”他对着那幅粉笔画点了点头，“记住这幅图，然后去海里游的时候在心里想着。”

“就这样？”

“这样就够了。在你的思维内部呈现出这幅图会向幻戏藻指明你的需求。

当然，你最好带件礼物给他们。这么重大的工程他们是不会免费做的。”

“礼物？”

西尔维斯特很想知道，对于这么个看上去像是一堆海草和藻类结成的浮岛的存在，自己有什么能拿得出手的礼物。

“你会想出来的。不管是什么，一定要保证它的信息密度足够大。否则你会让他们感觉无聊。你不会希望让他们感到无聊的。”西尔维斯特还想再问下去，但拉斯凯尔的注意力已经回到了自己的粉笔绘画上。“我要说的就只有这么多了。”那男人说道。

后来的事情证明确实如此。

拉斯凯尔再也没和西尔维斯特或其他任何人说过话。一个月后，人们发现他死了，淹死在鱼塘里。

“喂？”扈利说，“这儿有人在吗？”

她已经醒了，除此以外她一无所知。她不是刚打了个盹，而是从某种更深沉、更长久、更寒冷的睡眠中醒来。几乎可以肯定是低温休眠神游症——这种感觉一个人是很难忘记的，她以前醒来时就体验过一次，就在黄石星周边。生理和神经体征完全正常。没有低温休眠舱的迹象——她躺在沙发上，衣着整齐——但她在完全恢复意识前很有可能被人搬动过。不过会是谁呢？还有，她这是在哪儿？好像有人往她的记忆里扔了一颗手榴弹，把它给炸成了碎片。她醒来时发现自己身处的这个地方似乎有点眼熟，但又想不起来，反而更令人恼火。

似乎是某人的门厅？无论是哪儿，总之到处都是些丑陋的雕塑。要么她在几个小时前刚从这些东西前面走过，要么它们其实是些退行性幻觉，来自她童年深处的阴影，托儿所中的恐怖故事。它们弯弯曲曲、参差不齐、被大火焚烧过的形体笼罩着她，投下魔鬼般的阴影。昏昏沉沉之中，她有种直觉，这些东西在某种程度上是可以拼合为一体的，或者曾经是一体的，尽管它们现在也许被扭曲、被撕裂得太狠，还原不了了。

有脚步声轻轻从门厅深处传来，声音忽大忽小。

她扭过头去查看走近的人。她的脖子感觉比风干了的木头[1]还硬。多年来的经验告诉她，在出现神游症的时候，她身体的其他部位肯定也柔韧不到哪儿去。那人在离她"床铺"几步远的地方停了下来。在室内相当于月夜的照明强度下，她很难看清他的容貌，但影影绰绰间那个大下巴给她一种熟悉的感觉，似乎触动了她的某段记忆。这是个她认识的人，多年前认识的。

"是我，"他说话的语调有些黏糊糊的，"马努克先。大小姐认为你醒来后可能会更喜欢看到一张熟悉的面孔。"

这两个名字对她来说是有意义的，但具体意味着什么，很难说。"发生了什么？"

"很简单。她给你开出了一个你无法拒绝的条件。"

"我睡了多久？"

"二十二年，"马努克先边说边朝她伸出一只手，"现在我们要不要去见见大小姐？"

西尔维斯特醒来时，面对的是一堵吞噬了半边天空的黑墙——黑得如此彻底，似乎这里的宇宙实体本身遭到了否认。他以前从来没有注意到，但现在他看到——或者说他想象自己看到——群星之间，正常的黑色太空其实本身就在隐隐发出乳白色的光辉。但是在拉斯凯尔天幕这片圆形区域中没有任何恒星，空无一物；没有任何光源，在电磁波谱上可探测到的任何波段都接收不到光子；没有任何味道的中微子，没有任何粒子，奇异粒子或者寻常的都没有；没有重力波、静电场或磁场，甚至连微弱而隐秘的霍金辐射也没有，现存的几种天幕机制理论都认为，它们的边界上应该有这种辐射渗出，它们反映着表面的熵温。

这些全都没有。天幕唯一所做的——就目前而言所有人所知的——是全面

---

① 刚砍伐的原木由于水分含量较多而略为柔软有弹性，经过一段时间风干后十分坚硬。

阻挡试图通过它的所有形式的辐射。当然，还有另一件事：将任何胆敢从它边缘近旁路过的物体撕得粉碎。

人们把他从低温休眠中唤醒，现在他正处于类似车祸昏迷醒来后那种恶心头晕的状况中，不过他还很年轻，承受得住这种影响：他的生理年龄只有三十三岁，尽管实际上他已经降生六十多年了。

“我……一切正常吗？”他挣扎着向唤醒他的医护组发问，与此同时他的注意力却一直被矗立在窗外的那片虚无所吸引，就像是个痴迷地盯着黑色版暴风雪的人。

“你几乎完全没问题。”离他最近的医师说道。这人一边看着在半空中滚动的神经学读数，一边用手写笔无声地轻敲下唇，玩味着其中的意义。“但瓦尔迪兹不行了。这意味着勒菲弗被提升为正选。你觉得自己能和她合作吗？”

“现在怀疑有点太晚了，不是吗？”

“只是开个玩笑，丹。现在，你能想起多少事？复苏失忆症是我扫描不出来的。”

这似乎是个很愚蠢的问题，但他一仔细审视自己的记忆，就发现它反应迟钝，就像个低能官僚机构中的文件检索系统。

“你还想得起海沫星吗？”医师询问的声音中带着关切，“你必须记得起海沫星，这至关重要……”

是的，他记得，但一时之间，他无法把那和其他任何记忆联系起来。他能记得的——他记得的最后一件确定无疑的事物——是黄石星。他们离开了那里，在八十子惨案发生十二年后；在加尔文的肉体死亡十二年后；在菲利普·拉斯凯尔与西尔维斯特进行交谈十二年后；在那个人自溺水中十二年后，他的目的看来到底是要实现了。

探险队规模不大，但配置精良——一队拥光船船员，部分是嵌合体，这群超太空人很少与其他人类混在一起做事；二十名科学家，大部分从西幕研中选出，还有四名与外星人接触的代表候选，四人中只有两人会真正前往天幕表面。

拉斯凯尔天幕是他们的目标，但不是他们出行的第一站。西尔维斯特听从了拉斯凯尔的告诫：图式幻戏藻对他的任务成功至关重要。首先必须去拜访他们，去属于他们的世界，一颗距离天幕几十光年的行星。即便在出发之前，西尔维斯特仍然不清楚这次拜访究竟会如何。但他还是相信了拉斯凯尔的建议，哪怕这样看起来有些轻率。那人不会平白无故地打破沉默的。

一个多世纪以来，幻戏藻一直是令人好奇的存在。他们存在于若干个世界上，所有这些世界的表面都主要是大片海洋，面积与行星相当。幻戏藻是种生化意识体，分布在每个世界的所有海洋中，由数万亿个协同行动、排列成岛屿大小团块的微生物组成。所有幻戏藻的世界都处于构造活跃期，因此有种理论认为，幻戏藻从海底的热液喷口中获取能量；热量被转化为生物电能，并通过有机超导体触须，越过几千米冰冷黑暗的海水传到洋面上。幻戏藻的目的——假设真有的话——仍然完全未知。很明显，他们有能力调节栖身世界的生物圈，行为类似于一团由智能主导行动的浮游植物，但没有人知道这些功能是否附属于某种隐藏的、更高级的功能。另一件事也众所周知——人们同样对其缺乏深入理解——幻戏藻有能力储存和读取信息，就像是一个覆盖全球的神经网络。那些信息被储存在许多不同的层面上，大至漂浮洋面的粗大触须连接而成的图式，小到自由漂浮于水中的RNA（核糖核酸）链。人们无法找出海洋和幻戏藻的严格界限，也同样说不好每个世界是否包含许多幻戏藻，或者是只有一个个体在恣意延伸，因为连接岛屿的桥梁本身也是生物体。它们是行星大小的活信息库，硕大无朋的信息海绵。几乎任何进入幻戏藻海洋的东西都会被微观尺度的触须穿透，被部分溶解，直到它的结构和化学特性被弄得一清二楚，然后这些信息就会被传递到海洋本身的生化存储库中。正如拉斯凯尔所暗示的那样，幻戏藻有能力将这些图式编码也拓印到人脑中。据说，这些图式当中可能包含与幻戏藻接触过的其他物种——比如天幕人——的思维模式。

有些人类研究团队几十年来一直在研究图式幻戏藻。在幻戏藻滋生的海中游泳的人类会和这些生物体进入一种和谐的状态，因为幻戏藻的微触须会暂时渗透到人类的新皮质中，在游泳者的大脑和海洋的其他部分之间建立一种类似神经突触的联系。据称感觉就像是在与有生命的藻类交流。有些受过专门培训的游泳者报告说，他们感觉到自己的意识被扩展开来，将整个海洋容纳其中，他们的记忆变得广袤、青翠而古老。他们的感知边疆得以变形和扩展，但他们在任何时候都没有感觉到海洋本身拥有真正的自我意识。它更像是一面镜子，将人类的自我意识以宏大的规模反映出来：堪称一种终极的唯我论。有些游泳者在数学领域取得了惊人的突破，似乎海洋增强了他们的创造能力。有些人甚至报告说，在他们离开海洋基体，回到陆地上或轨道上后，这种提升还能延续一段时间。是否有可能是他们的大脑中发生了某种器质性的变化？

幻戏藻变身的概念于此而生。通过一些额外的训练，游泳者可以学会如何选择向着特定的状态转变。驻扎在幻戏藻世界的神经学家试图绘制出这些外星生物造成大脑变化的图谱，但只取得了部分成功。这种变换异常微妙，更类似于重新调试一把小提琴，而不是把它拆成零件，然后重新组装起来。它们很少是永久性的——在几天或者几周后，变换就会渐渐消失，在非常罕见的场合偶尔会持续几年。

这就是西尔维斯特的探险队抵达名为海沫星的幻戏藻世界时所知的一切。现在他当然回忆起来了——海洋，潮汐，火山链，还有那个生物本身恒久不变的、令人难以忍受的海藻臭味。气味解锁了其余的东西。四位潜在的天幕人接触代表都在内心深处牢牢记住了那幅粉笔图画。接受了游泳专家几个月的培训之后，四人进入海洋，一心想着拉斯凯尔给他们描绘的那个形体。

幻戏藻触及他们深处，将他们的思维部分溶解，然后按自己内含的模板进行重建。

等他们四个浮上来之后，刚开始看起来，似乎拉斯凯尔所说的是疯言疯语。

他们并没有表现出怪异的外星人行为图式，也没有突然获得一些宏大宇宙谜题的答案。被询问时，他们都表示没有感觉到特别的不同，也没有对天幕人的身份或特性有任何更清醒的认识。但灵敏的神经测试探测到了人类的直觉所不及的深度。四个人的空间和认知能力都发生了变化，尽管变化的形式令人费解，难以量化。过了几天后，他们报告说，他们体验到了某种特殊的心智状态——自相矛盾地既熟悉又完全陌生。显然，有些东西已经发生了变化，虽然没人能够确定他们所体验到的心智状态与天幕人有任何联系。无论如何，他们都必须迅速行动了。

初期测试结束之后，四名代表就进入了低温休眠状态。寒冷可以阻止幻戏藻变身的衰退，不过一旦四人被唤醒，他们就会不可避免地开始退转，哪怕他们使用了复杂的实验性神经稳定药剂也一样。在前往拉斯凯尔天幕的整个航程中，他们一直处于沉睡状态，然后在目标附近又沉睡了数周，在此期间他们的研究站朝着目标机动了一段距离，在那之前它一直保持在距离目标理论上安全的三个天文单位之外。那之后代表们也依旧沉睡，直到奔赴天幕表面前夕才被唤醒。

“我……我记得，”西尔维斯特说道，“我记得海沫星的事。”接下来有那么一小会儿，医师继续不停地用自己的手写笔轻轻点着自己的嘴唇，消化吸收从医疗分析系统中源源涌出的信息流。然后他点了点头，判定西尔维斯特的状况适合执行任务。

“老地方有点不一样啦。”马努克先说道。

扈利看得出来，这话是对的。她正眺望着一个她几乎完全认不出来的渊堑城。“蚊帐”已经消失了。如今这座城市再次向着自然环境敞开胸怀，其中的建筑直接耸立在黄石星的大气中，而不再像从前那样躲在穹顶联合而成的帷幕之下。大小姐的乌鸦堡不再属于最高建筑之列。层层叠叠的流线型怪异建筑刺入炙热的褐色天空，有些像是鲨鱼的鳍，有些像是滨刺麦的草叶，楼身上开了无数的小窗子，还点缀着巨大的布尔逻辑符号联合体。这些建筑看上去就像游艇的风帆，从残存的腐木区中升起，高踞于纤细的桅杆之上，前缘切入风中。那些古老虬曲的建筑只剩下零星几座，天蓬城也只余些许痕迹残存。古老的城市森林已经被这些闪闪发光的塔刃斩入了历史。

“他们在渊堑里种出了个东西，”马努克先说道，“就在深渊底部。他们叫它莉莉。”他的语气带着厌恶，厌恶中又有几分迷恋。“见过它的人说，它就像一个巨大的会呼吸的内脏，宛如神明的脏腑。它被固定在渊堑的岩壁上。从深渊中喷出的东西是有毒的，但等它们穿过莉莉之后，基本上就可以直接呼吸了。”

“这一切都是在二十二年内完成的？”

“是的。”某人做出了回答。百叶窗闪着光泽的浓黑阴影里有了动静。扈利飞快地转过身，看到一顶轿子静静地停在那里。看到这个东西她就想起了大小姐，也想起了许多其他的事情。她们上次见面后，时间仿佛还没过一分钟。

“谢谢你把她带来，卡洛斯。”

“没别的事了吗？”

“我想是的。”她的话略有回音，“你看，时间是关键所在。哪怕过了这么多年也一样。我已经锁定了一组船员，他们需要一个像扈利这样的人，但他们在离开这个太阳系之前，顶多也就再等个几天。她需要接受教育，为新的角色做好准备，然后在我们失去这个机会之前被介绍给对方。”

“如果我拒绝呢？”扈利说。

“但你不会的，对吗？既然你已经知道了我能为你做什么，那你就不会拒绝。你没搞忘了吧，对吗？”

“那可不是件很容易忘记的事情。”她现在清楚地想起了大小姐给她看的是什么：另一个低温休眠棺，里面装着一个人。里面那个人是法兹尔，她的丈夫。他们俩其实一直近在咫尺，虽然之前她听到的说法完全不同。他们两人都从斯凯先手星来到了这里，那次文书错误没她以为的那么性质恶劣。然而她还是被骗了。大小姐插手的迹象从一开始就很明显。扈利这份暗影游戏刺客的工作来得太容易了：事后看来，这个职位只是为了验证她适合执行未来的任务。至于确保她会服从，那倒是再简单不过。大小姐手里有法兹尔。如果扈利拒绝按要求行事，她就再也见不到自己的丈夫了。

“我就知道你会明白事理的，”大小姐说，“我对你提的要求其实并不难办到，扈利。”

“你找到的那帮船员是什么样的人？”

“他们只是些商人，”马努克先出言安慰道，“你知道吗，我自己从前也是干这行的。我就是这样救回了——”

“话太多了，卡洛斯。”

“抱歉。”他回头看着轿子，“我只是想说，他们还能糟糕到哪儿去？”

不知是出于偶然或是下意识的设计——这点从来都不完全清楚——西幕研外星文明接触飞行器看上去像是个符号“∞”：两个叶片状的模块，里面堆满了生命支持设备、传感器和通信设备，由一个带推进器和附加传感器阵列的轴环隔开。每个叶片里可以装下两个人，在任务中途神经信号减弱时，叶片可以单独或一并弹出。

接触飞行器加大推力，落向天幕，而空间站则撤向安全距离之外，和等在那里的拥光船会合。帕斯卡尔的叙述显示，飞行器看起来在不断变小，最后能看到的只有引擎发出的青色强光，还有它上面闪动着的红绿两色运行灯，而且这些光线也在渐渐减弱。周围的黑色似乎像墨水般漫延过来，将它掩盖其中。

没人能确定此后到底发生了什么。在随后发生的事故中，西尔维斯特和勒菲弗在接近过程中所收集的大部分信息都丢失了，传回空间站和拥光船的数据也一样。不仅时间尺度无法确认，就连事件发生的准确顺序也值得怀疑。人们所知的只有西尔维斯特自己所记得的那些东西；而且西尔维斯特自己也承认，他在天幕附近时，有段时间意识发生了异变或者说遭到了压制，他的记忆不能被看作不折不扣的事实。

人们所知的是：

西尔维斯特和勒菲弗比任何人类都更接近天幕，甚至比拉斯凯尔更近。如果拉斯凯尔告诉他们的是真的，那么他们的变身应该是骗过了天幕的防御，让它不得不在其余地方盈满凶险的引力涟漪之际，用一片时空平坦的领域将他们俩包裹起来。即便是现在，也完全没人理解这一切是如何做到的，甚至没人装作已经理解：天幕的底层机制是如何做到将时空弯曲成角度尖锐得如此不合理的几何形状的？轻微到这程度的数十亿分之一的折叠所需的能量，应该比整个银河系其余部分的质量中蕴含的全部能量更多。也没有人理解，意识怎么能渗入天幕周围的时空中，让天幕能够识别出试图进入自身核心处的头脑所属的类别，同时重塑这些头脑的思想和记忆。显然，思维本身与时空的底层机制之间存在着某种隐秘的联系，一个会影响到另一个。西尔维斯特找到一些参考文献，提及一个废弃了好几个世纪的过时理论，这个理论提出，意识的量子进程和支撑时空的量子引力机制之间存在联系，通过一种叫作外尔曲率张量的东西可以将其统一……但对于意识，人们现在也没有更好的理解，这个理论和当年一样纯属猜测。不过或许在天幕附近，意识和时空之间的任何微弱联系都会被亿万倍地放大。西尔维斯特和勒菲弗在引力风暴中靠思考开路，引力在他们周围翻腾扭转，离他们的飞船仅仅几米远，全凭他们变形后的思维才能让附近的引力平静下来。他们就像是两个要蛇人，行走在满是眼镜蛇的洞窟中，靠着自己的音乐框出一片小小的安全区域。保持安全，直到音乐停止播放——或者开始走调——然后蛇群就开始从它们被催眠的平静状态中挣脱。人们永远都无法完全搞清，在那音乐开始走调，在那群引力毒蛇开始骚动之前，西尔维斯特和勒菲弗靠到了离天幕有多近的地方。

西尔维斯特声称，他们根本就没有进入天幕本身——据他自己目测，天空里超过一半的部分依然满是星星。然而从研究飞船上抢救出来的那点数据表明，当时接触舱已经在天幕周围的分形泡沫内了——已经完全进入了该天体自身与外界那无限模糊的界限之内，进入了拉斯凯尔所说的“天启空间”。

事情开始发生时，勒菲弗立刻就知道了。她惊恐万分，但依然镇定，把消息告诉了西尔维斯特。她的天幕变身正在瓦解，她披上的外星知觉面罩开始变薄，只留下人类的思维。他们一直以来都在担心这种事，但也只能一直祈祷这种事不会发生。

他们迅速通知了研究站，并进行了心理测试，以验证她所说的话。真相清晰得可怕。她的变身正在崩溃。再过几分钟，她的思维中就不再会有天幕人因子，将不能再让他们沿路走过的蛇群安静下来。她正在忘却那音乐的曲调。

尽管他们一直在祈祷这种状况不会发生，但他们还是采取了预防措施。勒菲弗退到模块的另一半，点燃分离炸弹，将她那部分与西尔维斯特所在的部分截断。到这个时候，她的变身几乎已经消失殆尽。她通过飞船两个分离部分之间的视听链接告诉西尔维斯特，她能感觉到引力的强度正在增加，正以不可预知的可怕方式扭曲、拉扯着她的身体。

推进器试图将她的模块从天幕周围变异的空间中移开，但这片区域实在太大，而她又太渺小。几分钟后，应力就扯开了飞船单薄的船体，不过勒菲弗还活着，蜷缩在最后一片越来越小、以她的大脑为中心的安静空间里。西尔维斯特在飞船爆炸分离的时候，就和她失去了联系。她的空气在被迅速吸入太空，但失压发生的速度并不快，没能完全让她的尖叫声消失。

勒菲弗死了。西尔维斯特知道这点。但他的变身还在阻挡着蛇群。西尔维斯特还在英勇地继续深入天幕边缘，此刻他比历史上任何人类都更加孤独。

一段时间后，西尔维斯特在他的飞船中醒来，周围寂静无声。他晕头转向地试图联系理应等待他归去的研究站。但无人应答。研究站和拥光船都已毫无生气，被破坏殆尽。某种从他身边经过的引力脉冲剥开了它们的外壳，来了个彻底的掏心抽肠，就跟对勒菲弗的飞船所做的差不多。他队伍里的成员和后勤当场就被杀死了，超空人也一同罹难。只有他一个人幸存。

但幸存下来又能怎么样？等死，只是死得慢许多？

西尔维斯特操纵他的模块飞回了太空站和拥光船的残骸所在。一时间，他的思维中完全没了天幕人的存在，只一心一意挣扎求生。

西尔维斯特在狭小的逃生舱里独自生活、工作，花了几个星期的时间，终于弄懂了如何跳线才能启动拥光船陷入瘫痪的维修系统。天幕的那次引力脉冲从拥光船上蒸发和扯掉了数千吨的质量，但现在它也只需要带一个人回家。飞船的自动修复过程启动后，他终于可以好好睡觉了——依然不敢相信自己真的成功了。而在睡梦中，西尔维斯特逐渐意识到一个足以令人瞠目结舌的重大事实。在卡琳娜·勒菲弗被杀之后，他恢复意识之前，发生了一些事。有某些东西探入了他的思维，和他交谈。但他被传授的那些信息和人类的思维迥然相异得可怕，以至于西尔维斯特完全无法把它们翻译成人类的语言。

他已踏入过天启空间。

第五章

2546年，天苑四太阳系，黄石星，新巴西太空旋转木马

“我到酒吧了。”伏尔约娃在“幻戏藻与天幕人”的入口处停下脚步，对着自己的手环说道。她有些后悔建议在这里见面了——她鄙视这里的顾客，对这家店的鄙视程度也不低，但在安排跟新候选者会面时，她一直没能提出别的替代方案。

“新丁到了吗？”佐佑木的声音响起。

“应该没有，除非她提前太多。如果她准时到达，我们的会面又进展顺利的话，我们应该会在一个小时内离开。”

“我会在那之前做好准备的。”

伏尔约娃挺胸抬头，推门而入，瞬间在脑海里组合出屋中人物的位置分布图。空气中依旧弥漫着腻人的粉红色香氛。就连弹奏提可纳克斯的女孩也在做着同样令人烦躁的动作。恼人的一连串辅音从女孩的大脑皮层中发出，被这件乐器放大，然后由她的手指在复杂的、涂成彩色光谱的触摸感应指板上按压调制。她的音乐在拉加的阶梯中苦苦挣扎，然后分裂成神经震颤的无调音段，听起来就像一群狮子在生锈的铁板上用前爪使劲抓挠。伏尔约娃听说，你必须有专门的听觉神经植入设备，然后才能听得懂提可纳克斯奏出的音乐。

她找了一张酒吧边的凳子，点了一杯伏特加；她兜里藏着一支针剂，在她需要的时候随时可以把她戳回清醒状态。她无奈地接受了这个现实：等待新兵出现的这个夜晚可能会非常漫长。通常这会让她不耐烦，但有些意外，虽然身处这样的环境，她却感觉轻松惬意。也许是有人在空气中偷偷添加了精神类药物，反正她的感觉比几个月来都好，甚至船员们现在得奔赴复生星的消息也没改变这个现状。再次身处人群中的感觉真好，哪怕是这些经常光顾酒吧的典型人群[①]也好。整整几分钟过去了，她看着他们活跃的面孔，沉浸在她听不到的对话中，自己在脑海中想象着他们在口口相传的旅行者的故事。一个女孩冲着水烟筒猛吸了一口，然后吹出一股长长的烟柱；她的伙伴正讲着某个荒诞不经的笑话，终于讲到最后的笑点时，她捧腹大笑起来。一个头皮上有龙文身的光头男子，正在吹嘘自己如何在自动驾驶仪失灵的情况下冲出一颗气态巨行星的大气层，说是他经过幻戏藻调整的大脑可以轻松解开大气流动方程，就像他对这东西生而知之似的。另一边有几个超空人正在兴奋地玩着纸牌游戏，被隔间上方的幽蓝灯光照得犹如一群鬼魅。有个人为了付赌账，不得不切掉自己的发辫。他的朋友们按住他，而赢家则用小刀仔细瞄准他获得的战利品，从根部把辫子切下来。

扈利又会是什么样子？

伏尔约娃从外套里掏出那张卡片，悄悄把它放到掌心，在会面前最后看上一眼。姓名处写着安娜·扈利，往下还有几行简短的个人简历。这个女人身上没什么能让她在普通酒吧里脱颖而出的地方，但在这里，她的平凡会有同样的

---

① 指超空人。

效果。从照片上看，她在这里甚至可能会比伏尔约娃看起来更与众不同。

伏尔约娃这倒并不是在抱怨。扈利看起来是个非常适合这个空缺职位的人选。伏尔约娃之前黑进了本地剩余的数据网络——那些在瘟疫过后还能使用的网络——并列出了一份可能符合她需求的人选名单，扈利就在其中，一位斯凯先手星的原士兵。但她一直无法找到扈利的踪迹，最终只好放弃，把注意力转向其他人选。其他那些全都不是她真正要找的，但她还是继续寻觅；随着一个个备选者都不符合要求，她也越来越沮丧。佐佑木不止一次地建议他们干脆绑架一个人——就好像用虚假的条件招募一个人在某种意义上罪行没那么严重似的。但绑架抓人太随意了，仍然没法保证她最后能找到可以跟自己合作的人。

后来扈利出人意料地找上了他们。她听说伏尔约娃的部下正要找个人加入船员队伍，而她正准备离开黄石星。她没有提到自己的从军经历，但伏尔约娃已经知道了。毫无疑问，扈利只是在谨慎行事。奇怪的是，扈利之前并没有来找他们，一直到佐佑木——按照进行贸易的标准规则——宣布改变目的地。

“你就是伏尔约娃船长？没错吧？”

扈利身材瘦小但很结实，衣着平凡乏味，而且显然对任何超空人中公认的时尚打扮都不以为然。她的黑发剪得只比伏尔约娃的长一寸，短到足以让人看出她的颅骨没有被任何丑陋的输入插孔或神经链接接口穿透。不能保证她的脑袋里没有塞满嗡嗡作响的小机器，但她肯定不会想炫耀这种事。这女人的脸型是她的家乡斯凯先手星上主要的几种基因型平均混合的结果：和谐，但不引人注目。她的嘴很小，线条平直，缺乏个性；但她的眼睛完全抵消了这种乏味的感觉。那双眼睛几乎是纯黑色的，但眼神深处有种令人放下防备的了然之色。有那么极短的一瞬间，伏尔约娃相信，扈利已经看穿了自己那些拙劣的卑鄙谎言。

“是的，”伏尔约娃说，“你一定就是安娜·扈利了。”她把声音压得很低，既然已经联系到了扈利，她现在最不希望的就是其他人听到她们的对话，然后试图闯进飞船。“我知道你联系了我们的贸易代表，考虑要加入我们的船员队伍。”

“我才刚到木马站。我想先试试你这边，然后再去正在打广告的其他队伍那儿看看。”

“是吗？其他队伍的应征者太多，他们只用模拟人来面试。”

扈利浅浅地抿了点眼前的水：“我比较喜欢和人类打交道。对我来说主要是想找个不太一样的团队。”

“噢，”伏尔约娃说，“相信我，我们的就很不一样。”

“但你们也是贸易商吧？”

伏尔约娃热情地点了点头。“我们在黄石星附近的生意已经差不多做完了。我得说，收益实在不好。经济萧条啊。我们有可能会在一个世纪内再跑回来一两次，看看情况是否有所好转，但就我个人而言，再也见不到这个地方也完全不会觉得惋惜。”

“所以，如果我想报名登上你们的飞船，我必须迅速下定决心？”

“当然，那之前我们得下定决心要你。”

扈利仔细地看着她。“还有其他的候选者？”

“这个问题我恐怕真不方便讨论。”

“我想应该会有的。我是说，斯凯先手星……一定有很多人想搭个便船去那里，哪怕是要在船上打工偿付路费。”

斯凯先手星？伏尔约娃努力不动声色，暗自惊叹他们的好运。扈利之所以会主动前来，是因为她仍然以为他们要去斯凯先手星，而不是复生星。不知怎的，她不知道佐佑木已经宣布改变了目的地。

“那毕竟算不上最糟的地方。”伏尔约娃说。

“嗯，我很想能插队抢先。”一团吊在天花板轨道下的有机玻璃盒子从她们之间驶过，带着它承载的饮料和麻醉品沿路摇摇晃晃。“你们招聘的这个岗位到底是什么？”

“到船上解释的话会方便得多。你没忘记带上过夜的行李吧？”

“当然没有。你知道的，我想要这个位置。”

伏尔约娃笑了。“我很高兴听到这个消息。”

2563 年，复生星，居维叶城

加尔文 · 西尔维斯特显身在牢房一边顶头处，坐在他那张豪华老板椅上。

“我想告诉你一件有趣的事情，”他抚弄着自己的胡子，“虽然我想你听到是不会喜欢的。”

“快点，帕斯卡尔马上就要来了。”

加尔文永远都挂在脸上的得意神色更深了。“其实，我要说的就是帕斯卡尔。你挺喜欢她的，对不对？”

“我喜不喜欢她跟你无关。”西尔维斯特叹了口气，他早就知道这会引来麻烦的。传记现在已经接近完成，他已经事先了解到了其中的大部分内容。尽管它在具体细节上十分精确，尽管它可以用多种方式进行体验，但它仍然是热拉尔迪乌一直以来策划的那东西：一个巧妙设计而成的精确宣传武器。透过传记的微妙滤镜，不管用什么方式体验他过去的方方面面，都没法不对他的形象产生恶感；无法避免地会将他视为一个极度自私而偏执的暴君：智力高超，但利用周围人的方式极端冷酷无情。帕斯卡尔这事情绝对是做得很聪明。如果西尔维斯特自己不了解事实，他也会对经过传记歪曲后的叙述照单全收。它看起来太真实了。

这已经够让人难受的了，但让人难受得无以复加的是，这幅伤人的画像很多部分是由他的熟人的证言所塑造的。而这些人中最主要的——也是伤他最重的——就是加尔文。西尔维斯特同意帕斯卡尔访问这个贝塔级模拟人的时候就很不情愿。他是被迫无奈才这么做的，但也有几分——在当时看来——是作为补偿的。

“我想把方尖碑挖掘出来，搬到别的地方，”西尔维斯特说，“热拉尔迪乌答应我，如果我协助损坏自己的形象，就可以让我访问第一手数据。我已经忠实地履行了交易中我这边应尽的义务。政府的相应回报在哪里？”

“这事并不容易……”帕斯卡尔开始说道。

“确实，但消耗的资源对淹没派来说也并不太多。”

“我会去跟他说说的，”她说话的口气没有多少自信，“如果你让我随时和加尔文交谈的话。”所有交易中这笔是最糟糕的，他当时就知道。但这似乎是值得的——只要他能再次见到那块方尖碑，而且不仅仅是只看到政变前被挖出来的那一小部分。

值得一提的是，尼尔斯·热拉尔迪乌遵守了他的承诺。花了四个月的时间，但最终有个小组找到了那个废弃的挖掘坑，并把方尖碑给弄了出来。这活他们干得算不上细致，但西尔维斯特也没想着要为难谁。那件宝物能被完整发掘出来就已经足够了。现在他可以随心所欲地在自己房间里唤出方尖碑的全息图像，其表面的每个部分都可以放大，供他仔细检查。文字依然难以琢磨，很难解析其句子结构。精细的太阳系示意图在他看来还是准确得令人不安。再往下面——那部分埋得太深，之前他没见过——看起来还是那幅图，描绘的范围比之前所知的要大得多，包括整个太阳系，远及外层彗星晕圈。孔雀六实际上是一个远距双星系统，两颗恒星的间距为十光时。阿玛兰汀人似乎已经知道了这一事实，因为他们清楚地标出了第二颗恒星的轨道。有一阵子，西尔维斯特有些好奇为什么他从来没有在晚上看到过另一颗星：它会比太阳暗淡，但还是应该比天空中的其他星星亮得多。然后他想起另一颗星已经不再发光了。那是颗中子星，一颗曾经闪耀着炽热蓝光的恒星燃烧殆尽之后的残骸。它是如此暗淡无光，以至于一直到第一批星际探测器出现之后人们才探测到它。中子星的轨道上有一簇陌生的图形。

他不知道那代表着什么意思。

更糟糕的是，在方尖碑的下方还有类似的地图，看起来与别的一些太阳系至少大致符合——虽然这点他无法证明。如果没有与人类相媲美的航天能力，阿玛兰汀人怎么可能获得这样的数据——其他的行星，那颗中子星，其他的太阳系？

也许关键的问题在于方尖碑的年代。周围的环境地层表明其年龄为九十九万年，这一墓葬的年代可以定位在大灭绝发生前后的一千年之内；但为了验证他的理论，他需要一个比这更精确的估计。在帕斯卡尔上次来访时，西尔维斯特曾要求她去对方尖碑进行束缚电子测年，希望这次帕斯卡尔来了之后能给他答案。

“她对我很有用。”丹对加尔文说道。后者回以一个嘲弄的眼神。“我不指望你能理解。”

“大概确实理解不了。不过我还是可以告诉你我的发现。”继续拖延已经没有意义。

“嗯？”

“她不姓杜波伊斯。”加尔文笑了笑，把这一刻拖长了几分，“而是姓热拉尔迪乌。她是那个男人的女儿。而你，亲爱的孩子，你被耍啦。”

她们从“幻戏藻与天幕人”出来，进入一片潮湿闷热的夜晚——太空旋转木马模拟行星表面制造的假象。流浪卷尾猴正从商场两旁的树上下来，准备用它们灵巧的尾巴扒窃。布隆迪鼓乐声从谷地的某个角落传来。屋顶上的云层中，氖管闪出蛇形的电光。扈利听说这里有时候还会下雨，但到目前为止，她还没有遇到过这种特殊的仿真气象。

“我们有一架穿梭机停靠在中央枢纽，”伏尔约娃说，“我们只需要乘坐辐条电梯，办理清关手续就可以了。”

电梯轿厢摇摇晃晃的，没有暖气，一股子尿骚味，里面除一个虚无僧之外空空荡荡。他戴着头盔，若有所思地坐在长凳上，把自己的尺八夹在两膝之间。扈利觉得是这家伙的出现使其他人决定等下一班电梯。这些穿行于轮毂和轮辋之间的电梯轿厢就好像一串无始无终的念珠，转动不休。

大小姐站在虚无僧身边，双手背在背后，一副女舍监[①]的派头，穿着一身落地的靛蓝色长裙，黑色的头发挽成一个朴素的发髻。

---

①“大小姐”原文为法语，有一个意思即指女舍监。

“你太紧张了，”她说，“伏尔约娃会怀疑你隐瞒了什么的。”

“滚。”

伏尔约娃朝她的方向看了一眼。“你说什么了吗？”

“我说这里很冷。”

伏尔约娃似乎花了好一会儿才明白这句话，时间长得不正常。“是的。我想是有些冷。”

“你不必说出声来，”大小姐回答说，“你甚至不必动嘴。你只要想象自己说出了你希望我听到的话就好。植入装置能检测到你的语言区产生的微弱冲动。去吧，试试看。”

“滚，”扈利说，确切地说是想象自己这样想，“该死的，滚出我的大脑。合同里从来就没写还有这种事。”

“亲爱的，”大小姐说，“从来就没有什么合同，只有一个——我该怎么说呢？绅女协定？”她直视着扈利，仿佛期待着某种回应。扈利只是恶狠狠地瞪着眼睛。“哦，好吧好吧，”女人说，“但我向你保证，我很快就会回来的。”

她噗的一下消失无踪。“我简直迫不及待了。”扈利低声说道。

“你说什么？”伏尔约娃问道。

“我说，我简直迫不及待了，”扈利回答，“我是指离开这见鬼的破电梯。”

没过多久她们就到了中心枢纽，办理了海关手续，登上了穿梭机。这是艘不进入大气层的飞行器，一个球上面装着四个推进器吊舱，两两之间张角都是九十度。它的名字叫“离港忧郁症”——正是超空人喜欢给自己飞行器起的那种讽刺性的名字[①]。内部的样子像是鲸鱼的肚子，有一根根的肋条。伏尔约娃让她往前走，穿过一连串的隔板，从食道般的狭小通道爬过，直到她们到达这家伙的舰桥。舰桥里有几张桶形座椅，还有一个控制台，表面被内视幻象分成了许多精致的小格子，其中显示着成堆毫无意义的航空电子学数据。伏尔约娃

① 超空人实际上对地上世界没什么伤春悲秋之情，但他们的飞船往往起带有这种意味的名字。

用大拇指摸了下其中的一个可视化读数，然后控制台侧面一条黑色的凹槽中就冒出了一个小小的托盘状装置。托盘上有一套栅格，里面是一副老式键盘。伏尔约娃的手指在按键上舞动着，让那些航电数据泛起阵阵涟漪。

扈利带着几分嫉妒意识到，这个女人身上没有植入物，她的手指也是她与人交流的途径之一。

“扣好安全带，”伏尔约娃说，“黄石星周围飘浮着太多的垃圾，我们可能要承受些额外的 G 力[①]。”

扈利照做了。之后，尽管这样很不舒服，但她几天来第一次获得了放松一下的机会。她复苏之后，发生了很多事，一直在忙忙碌碌。她在渊堑城沉睡的这段时间当中，大小姐一直在等待一艘前往复生星的飞船到来，由于复生星在不断变化的星际贸易网络中实在是毫不重要，等待的时间相当漫长。这就是事涉拥光船时的麻烦所在。个人无论多有权有势，现在都无法再拥有一艘这种飞船了——除非从几个世纪之前就获得了它的所有权。联合体不再制造这种飞船的引擎，拥有者们谁都不会想要卖掉它们。扈利得知，大小姐并没有坐等消息上门。伏尔约娃也没有。按照大小姐的说法，伏尔约娃向黄石的数据网络中释放了一个她称之为“寻血猎犬”的搜索程序。一个普通的人类——甚至一个普通的电脑监控程序——不可能发现这只狗狗精巧的嗅探动作。但大小姐二者皆非，她能感觉到这只狗的行动，就像一只水爬虫感觉到自己行于其上的水膜中泛起的涟漪。她接下来的做法很机智。

她对着那只猎犬吹口哨，直到它猛扑过来。然后她漫不经心地扭断了那东西的脖子——在她将其开膛破肚，检查内脏信息，弄清楚这只狗被派来找什么之后。这只狗被派来找寻的是本应保密的隐私信息——有贩奴经历者的相关信息；这倒毫不意外，确实是一群在寻找船员来填补自己船上空缺岗位的超空人会寻找的信息。但还有其他的东西，某些有点奇怪，激起了大小姐的好奇心的东西。

① 指为躲避障碍物需要急剧变速或转弯。

他们为什么要找一个有军事活动背景的人?

也许他们是些纪律至上的人：职业商人，他们的经营水平比一般的贸易商要高一个层次；一群冷酷无情的专家，用狡猾的手腕来搜集他们想要的知识；他们并不介意前往像复生星这样的落后殖民地，只要看到有机会获得丰厚的回报——哪怕也许是在几个世纪以后。他们的整个组织很有可能是按照军事路线构建的，而不是大多数贸易飞船上存在的准无政府状态。因此，他们会寻找有服役背景的求职者，这样做是为了确保聘用的人能够融入自己的船员队伍。

自然就是这样了。

到目前为止，事情进展得很顺利，甚至当扈利明显对飞船的真正目的地一无所知时，伏尔约娃居然反常地没有纠正她。当然，扈利早就知道目的地是复生星，但如果超空人知道这才是她真正想去的地方，她就不得不从几套托词中选一个来解释她要前往这个一潭死水的殖民地的动机。她本来已经准备好了用哪一套，只要伏尔约娃纠正她，就立刻抛出，只是伏尔约娃偏偏没有这样，似乎她宁愿让自己的新雇员继续以为他们真的是要前往斯凯先手星。

这确实很奇怪，不过如果认为他们现在非常紧迫，也是可以理解的。当然，这说明他们并不诚实，但话说回来，这也让扈利无须费事使用托词。她最后认为，这没什么好担心的。事实上，如果不是因为大小姐趁她休眠的时候往她的脑袋里放了些东西，一切都会显得十分美好。那个植入装置很微小，不会引起超空人的怀疑，被设计成和标准的内视幻象接头相似，而且确实可以发挥相应的功能。如果他们实在太爱寻根究底，以至于把这见鬼玩意拿出来的话，其中可以作为罪证的部分都会自我消除或重组。但这不是重点。扈利厌恶这植入装置的原因并不在于它有风险或者并无必要，而是她非常不希望这位大小姐每天都出现在她脑海里。当然，出现的其实只是个会模仿那位女士个性的贝塔级模拟程序，它会在扈利的视野中投射出大小姐的形象，同时轻轻触动她的听觉中枢，让她能听到这个幽灵所说的话。其他人对这个女人幻影的存在丝毫不会知情，而且扈利还可以和她无声地交流。

“把这叫作‘仅知所需’好了，”那个鬼影曾对她说，“作为一名前军人，我相信你一定明白这个道理。”

“是的，我明白，”扈利闷闷不乐地接受了现实，“而且这感觉非常糟糕，但我想你不会因为我不喜欢它，就愿意把这见鬼的玩意从我的脑袋里拿出去的。”

大小姐笑了笑。“如果在这个时候让你负载太多的知识，就会有在超空人面前一时失口的危险。”

“等一下，”扈利说，“我已经知道你要我杀死西尔维斯特了。还有什么更不能被人发现的呢？”

大小姐重复着她那令人发狂的笑容。她跟许多贝塔级的模拟人一样，面部表情编集太少了，重复是不可避免的，就像个蹩脚的演员，会不断地坠入同样的表演模式中。

“恐怕，”她说，“你现在所知道的，还不及故事全貌的一角。甚至连一分一毫都算不上。”

帕斯卡尔抵达之后，西尔维斯特特意研究了一下她的面容，跟他记忆里尼尔斯·热拉尔迪乌的长相对比了一下。像往常一样，他再度为自己视力的局限所困。他的眼睛处理曲线很糟糕，倾向于把人类面部的细节近似为一系列阶梯状的棱线。

但加尔文所说的看起来不像是假话。帕斯卡尔的头发是经典的黑色直发，热拉尔迪乌的头发是红色卷发；但二者的骨架结构有太多的相似点，不可能是巧合。如果加尔文没说那句话，也许西尔维斯特永远也不会猜到……但带着这个想法再去观察的话，这就已经足够说明问题了。

“你为什么要对我说谎？”他说道。

帕斯卡尔看样子是真的被吓了一跳。“什么谎？”

“一切。从你的父亲开始。”

“我的父亲？”她现在镇定下来了，“啊。所以，你知道了。”

他抿紧嘴唇点了点头，然后说：“这是你与加尔文合作所冒的风险之一。

加尔文非常聪明。”

“他一定是和我的平板电脑建立了某种数据链路，访问了隐私文件。这个浑蛋。”

“现在你知道我的感受了。你为什么要这么做，帕斯卡尔？”

“一开始是因为我别无选择。我想研究你。而我能赢得你信任的唯一方法就是用另一个名字。这是可能的，很少有人知道我的存在，更不用说我长什么样了。”她停顿了一下，“而且它很有效，不是吗？你确实信任我了。而我也没有做任何背叛这份信任的事。”

“这是真的吗？你从来没有告诉尼尔斯任何可能对他有帮助的事情？”

她看起来很受伤。“你在政变之前就得到了预警，还记得吗？如果说这当中有谁遭到了出卖，那也是我父亲。”西尔维斯特试着想找个角度来证明她错了，但并不确定自己是否真的想找到。也许她说的是真的。

“传记呢？”

“那是我父亲的主意。”

“诋毁我的工具？”

“传记里没有什么是不真实的——除非你所知的情况有所不同。”她停顿了一下，“事实上，它很快就要准备发行了。加尔文帮了大忙。你知道吗？这将是复生星本地制作的第一部大型艺术作品。当然，是自从阿玛兰汀人灭绝之后。”

“这确实是件杰作。你打算用你的真名发布吗？”

“我一直是这么想的。当然，我希望你在那之前不要发现这件事。”

“哦，不用担心这个问题。相信我，这完全不会改变我们之间的工作关系。毕竟，我一直都知道尼尔斯才是真正的幕后作者。”

“这样想你会开心些，是吗？否认我的作用，把我当成无关紧要的人？”

“你答应我的束缚电子定年结果带来了吗？”

“带了，”她把一张卡片递给他，“我没有违背我的诺言，博士。但恐怕，我对你的那一丁点敬重眼下真的是面临着完全消失的危险。”

西尔维斯特用拇指和食指捏住卡片，瞥了一眼在卡面上滚动的束缚电子数据一览表。他的一部分思维完全无法从这些数字所代表的内容中脱离出来，甚至在他和帕斯卡尔说话的时候也是如此。“你父亲告诉我要做传记的时候，他说要来的会是个幻想即将破灭的女人。”

帕斯卡尔站起身来。“我想我们应该回头再说了。”

“别，等等。”西尔维斯特伸出手，握住了她的手，“我很抱歉。有件事我需要和你谈谈，你明白吗？”

她被碰到时畏缩了一下，然后慢慢放松下来，但表情仍旧很警惕。“什么事？”

“这个。”他用拇指点了点束缚电子数据一览表，“这很有意思。”

伏尔约娃的穿梭机向高空飞去，接近一个位于黄石星和它的卫星“马可之眼”之间的拉格朗日点附近的船坞。有十几艘拥光船停在那里，比扈利这辈子见过的还多。船厂的中枢是一个大型木马站，较小的太阳系内飞船附在轮缘上，像是挂在烤架上的烤乳猪。有几艘拥光船被包裹在骨架支撑结构中，进行主冰盾①或联合体引擎的大修（这里还有联合体的飞船：光滑，漆黑，仿佛是用太空本身雕凿而成）；但其余的星舰基本上都在漂流，围着拉格朗日点的引力中心懒洋洋地慢慢绕圈。扈利猜测，肯定有一套复杂的礼仪准则来规范这些飞船的停靠方式；谁必须给别的飞船让路，以避免计算机提前几天预测到的碰撞发生。为使船舶偏离碰撞航线而可能需要烧掉的燃料开支，通常来说和一次停靠间的贸易利润相比是微不足道的……但面子上的损失却很难摊销。斯凯先手星附近从来没有如此之多的飞船停靠，但即便如此，她也听说过船员之间因为优先停靠权和贸易权的问题而发生冲突。地面上的人们常常有种误解，以为超空人作为人类的一个支系，内部是团结一致的。事实上，他们和人类其他的支系一样，内部派系林立，互相之间戒惧深重。

现在她们正在接近伏尔约娃的飞船。

---

① 拥光船通常会在外部包裹冰壳，用于防止轻微撞击。

这东西和其他所有的拥光船一样，都看似不合理地呈流线型。太空只有在低速下才近似于真空。在接近光速时——这些飞船大部分时间都处于这种状态——飞起来跟突破狂风呼啸的大气层也差不多。这就是为什么它们看起来像匕首：圆锥形的船体渐渐变细，形成针状的船头，以冲破星际介质；两台联合体引擎附在后面的支撑柱上，就像个华丽的船柄。这艘船被冰层包裹着，那些冰纯净得光芒四射，以至于看起来就像钻石。穿梭机俯冲而下，从伏尔约娃的飞船上低空掠过，一瞬间扈利强烈地感觉到了飞船有多么浩大。她们仿佛在飞过一座城市，而不是另一艘飞船。然后船体上的一扇门像光圈般打开，露出一个灯火通明的泊舱。伏尔约娃技巧娴熟地在引擎控制板上挥指连点，操纵穿梭机入港，钻进一个支架泊位里。扈利听到“地面”缆管和船坞接口纷纷砰然就位。

伏尔约娃率先从自己的安全带里钻了出来。“我们可以登船了吗？”她问话的时候出乎扈利意外地带着一种彬彬有礼的口吻。

她们推动自己离开穿梭机，进入宽敞的飞船内部。她们仍然处于自由落体状态，但在她们面前的走廊尽头，扈利可以看到一个复杂的结构，将静止部分和旋转部分连接在一起。

她开始感到恶心，但如果她要让伏尔约娃看出这点，那她就该死了。

“我们待会儿再继续往前，”女超空人说，“有个人你必须先见一见。”

她正越过扈利的肩膀，看向通往带她们上船的穿梭机的走廊。扈利听到有人在抓着通道栏杆，一把把往前移动的声音。但这必然意味着，穿梭机上还有另外一个人。

这有些不对劲。

伏尔约娃的态度并不像是试图给未来的雇员留下深刻的印象。她更像是对扈利的想法毫不在意，仿佛这根本就不重要。扈利转过头去，刚好看到之前和她们一起坐电梯的那个虚无僧出现。他的脸隐藏在虚无僧都会戴的那种呆板的柳条头盔下。他把尺八抱在自己的臂弯里。

扈利张口欲言，但伏尔约娃示意要她安静。“欢迎登上无限眷念号，安娜·扈利。你刚刚成为我们新的火控官。”然后她冲那个虚无僧点了点头，“帮我一个忙，好吗，伙伴？”

“有何特别要务？”

“在她试图杀死我们中的任何一个人之前，把她打晕。”扈利最后看到的东西，是一根模模糊糊的金色竹子。

西尔维斯特觉得自己闻到了帕斯卡尔的香水味，随即他的双眼就从监狱大楼外的人群中分辨出了对方的身影。他条件反射似的朝她走去，但随即被两位高大魁梧的民兵控制在了原地。他就是被这两人一路从牢房押送过来的。警戒线外的人群中传来了嘘声和瓮声瓮气的辱骂，但西尔维斯特几乎是充耳不闻。

帕斯卡尔娴熟地吻上了他，用戴着蕾丝手套的手半掩着他们嘴唇的结合之处。

“你不用问我，”她说话的声音在人群的嘈杂声中几不可闻，“我比你更不知道这是怎么回事。”

“是尼尔斯在背后搞鬼？”

“还能有谁？只有他有这种影响力，能让你离开那个地方一天以上。”

“可惜他不会那么热心地阻止我回去。”

“哦，他可能会的——如果他不用安抚自己派系中人，以及反对派的话。你是时候别再把他当作你最大的敌人了。你明白的。”他们走近发出单调的嘘嘘声、等待在一旁的汽车。这件交通工具是由一辆较小的地面探索越野车改装而成的，在流线型的车身四角有四个充气球形轮胎，通信装备收在车顶上一个亚光黑的隆起中。车子被涂成了淹没派的紫色，车头挂着有北斋海浪①纹饰的吊坠。

“如果不是我父亲，”帕斯卡尔继续说，“政变当中你就死了。他保护了你，

① 指日本画家葛饰北斋《神奈川冲浪里》为代表的一系列画作中的海浪图纹。这是淹没派爱用的纹样。

使你免受最可怕的敌人的伤害。”

“这并不能使他成为一个很称职的革命者。”

“那他设法推翻的政权又算什么呢？”

西尔维斯特耸了耸肩。“我觉得你这话很有道理。”

一名警卫爬上有装甲玻璃前隔板的车子，坐进前排座位，然后启动车子，冲过人群，向城市的边缘飞驰而去。他们从城郊的一个植物园中穿过，然后沿着围墙底下的一条坡道向下。与他们同行的还有另外两辆政府的车子，也是由地面越野车改装而成的，但漆成了黑色，车子左侧坐着民兵，脸上戴着呼吸面罩，肩头扛着步枪。在一条没有照明的隧道中行驶了一千米之后，车队开进一个气闸室停了下来，等着气闸里城市中可以呼吸的空气被换成外面复生星的大气。警卫们坐在原位没动，只是放下枪调整了下呼吸面罩和护目镜。然后车队继续前行，这次是爬上坡回到地面。他们开到了灰蒙蒙的阳光之下，周围是混凝土防爆墙；车子开过一片上有红绿两色信号灯的地面。

停机坪上有架飞机等着他们，停在底下的三个起落橇上；机翼的底部已经亮得让人不忍直视，其下方边界附近的空气都已经开始被电离了。司机伸手从仪表板下的暗格里取出呼吸面罩，通过安全栅栏传到后排，让他们戴到脸上。“也不是说非戴不可，”他说，“西尔维斯特博士。在你上次离开复生城之后，氧气浓度已经上升了百分之二百。有些人直接呼吸了几十分钟的大气，没有出现长期影响。”

“那些人一定是我总在听说的异见者吧，”西尔维斯特说，“政变时遭到热拉尔迪乌背叛的那些叛徒。据说他们还和居维叶城中真路派的领导人保持着联系。我不羡慕他们。他们的肺里肯定已经塞满了尘埃，他们的大脑也一样。”

护卫显得不以为然。“净化酶可以处理尘埃微粒。这是古老的火星生物技术。总而言之，尘埃水平下降了。我们注入大气层的那些水分让尘埃微粒结合成更大的颗粒，就不那么容易被风到处吹送了。”

“很好，”西尔维斯特拍了几下巴掌，“遗憾的是，这里还是这么个糟糕的鬼地方。”

他把呼吸面罩贴在脸上，等着门打开。一阵中等强度的风吹来，有些刺痛，不过顶多就是擦伤的程度。

他们飞快地冲出车门，冲进飞机。

飞机里是片舒适而安宁的绿洲，豪华内饰全都是政府喜欢的紫色。另外两辆车的乘客由另一道门登机。西尔维斯特瞥见了尼尔斯·热拉尔迪乌，他正在穿过停机坪。这家伙走起来摇摇晃晃的，轴线位于他的肩膀附近，看上去就像是设计师的两脚规正在绘图板上行走，从一个点转到下一个点。他身上有种势不可当的劲头，仿佛一条被压进了人类形体中的冰河。这位政府首脑从西尔维斯特的视野中消失之后又过了一两分钟，西尔维斯特看到离他最近的机翼边缘变成了紫色，笼罩在激发态离子形成的光晕中。飞机离开停机坪，开始爬升。

西尔维斯特为自己勾出一扇视窗，看着居维叶城——或者说，现在他们所谓的复生城——在他的脚下变小。这是他自政变之后第一次看到这个地方的全貌；上次看到的时候，那位法国博物学家的雕像还没被推倒。殖民地昔日的简单布局已荡然无存。一片人类居住的气泡屋杂乱无章地延伸到穹顶围墙之外，气密结构的建筑由有盖的车道和人行道连接。外围还有许多较小的穹顶，其中是翠绿色的人造植被。甚至还有几片狭长的无穹顶试验性生物田，排列成令人眼花缭乱的几何图案，等待着在城市之外的远方释放种子。

他们绕着城市转了一圈，然后向北飞去。下方纵横交错的峡谷滚滚而去。偶尔他们会飞过一个小定居点——通常只有一个不透明的圆顶或是流线型的小屋，机翼发出的强光会暂时照亮飞过的地方。大部分地面仍是一片荒野，没有公路、管道或输电线跨越其间。

西尔维斯特断断续续地打了会儿盹，醒来后看到回归线附近由冰雪和人类导入的冻土组成的荒漠在下方飞快流逝。眼前地平线上出现了一个居民点，飞机开始盘旋下降。西尔维斯特移动了下视窗，想看得更清楚。

“我认得这里。我们就是在这块区域发现方尖碑的。”

“没错。”帕斯卡尔说。

这里地势崎岖不平，基本上没有植被，地平线被拔地而起的断石拱和歪七扭八的石柱分割得支离破碎，所有的石拱和石柱看起来都一副即将崩塌的模样。这里几乎没有平地，到处都是深深的裂缝，像是一张凌乱的床铺，被钙化成了固体。他们沿着一条凝固的熔岩流上空降低高度，落在一片平坦的六边形停机坪上，周围都是地面装甲建筑。现在时间刚到中午，然而空气中的尘埃却严重减弱了光照，不得不用泛光灯给停机坪照明。民兵们冲过停机坪，迎向飞机，他们遮着自己的眼睛，以抵挡飞机底部的强光。

西尔维斯特抓起自己的呼吸面罩，不屑地打量了一下，然后把它丢在座位上。他不需要任何帮助就能走完到楼房这段短短的距离；就算他需要，也不会让任何人知道。

民兵把他们送进了小楼。西尔维斯特已经有好几年没有这么接近热拉尔迪乌了。他的对手现在看起来渺小得简直令他震惊。热拉尔迪乌的身材就像一坨蹲在地上的采矿机械，看起来能够在坚固的玄武岩中扒拉出一条路来。他的红发又硬又短，像是一蓬钢丝，里面混进了不少白发。他的眼睛瞪得大大的，眼神中满是困惑，就像一只受惊的小京巴。

“奇怪的联盟，”他说话的同时，一个护卫关紧了他们身后的门，“谁能想到你和我会发现我们有这么多共同点，丹？”

“比你想象的要少。”西尔维斯特说。

热拉尔迪乌带着队伍向前走，穿过一条有棱纹的走廊。两旁都是废弃的机器，脏得看不出原形了。“我猜你肯定很想知道这都是怎么一回事吧？”

“我有些猜想。”

热拉尔迪乌的笑声在他们周围的废弃设备上轰然回荡。“还记得他们在这附近挖出的那块方尖碑吗？当然——是你指出了在岩石上使用束缚电子测年法引起的现象级大问题。”

“是啊。”西尔维斯特酸溜溜地说。

束缚电子测年结果意义极其重大。没有任何天然晶体结构的晶格点阵是绝对完美的。在晶格中总会有些位置的原子缺失，留下空隙；随着时间推移，晶格其他部分的电子会被宇宙射线或是天然放射性物质的辐射，从原本的位置轰击出去，渐渐累积到这些空穴中。由于这些空穴中充入电子的速度是恒定不变的，对其中所束缚的电子总数进行统计，就提供了一种可以用于无机物测年的方法。当然，有一个问题：只有当那些空穴阱在过去的某个时刻被清空时，束缚电子测年法才适用。幸运的是，发射或暴露在光线下足以“漂白”——也就是清空——晶体最外层的空穴阱。应用束缚电子测年法对方尖碑进行的分析表明，所有的表层空穴阱都是在同一时间被漂白的，考虑测量误差后，时间恰好在九十九万年前左右。只有像大灭绝这样的事情，才能漂白方尖碑这样大的物体。

这并不是什么新鲜事，千千万万阿玛兰汀文物用同样的技术定年后，都可以追溯到大灭绝前后。但那些当中，没有一件是被刻意埋藏起来的。而方尖碑则是被故意安放在石棺中的，在被漂白后。

在大灭绝之后。

即使在新政权治下，这种发现也足以引起人们对方尖碑的关注。在过去的一年里，它激发了人们对碑文的新兴趣。西尔维斯特的解释充其量只是粗略的，但现在考古界剩下的人都来共襄盛举了。在居维叶城中现在多了几分自由的气氛，热拉尔迪乌政权已经放松了阿玛兰汀研究的部分禁令，哪怕敌对派系“真路派”因此变得越发疯狂。

正如热拉尔迪乌所说，这真是个奇怪的联盟。

“我们知道方尖碑在告诉我们什么之后，”热拉尔迪乌说，“我们就将整个区域划分片区，又往下挖掘了六七十米。我们又发现了几十块方尖碑，都是在埋葬之前被漂白的，上面刻着的图文基本相同。这根本不是对发生在这一地区的某件事的记录。这是用埋藏在这里的东西在记录某件事。”

“某件大事，”西尔维斯特说，“他们肯定是在大灭绝之前就策划好了，也许甚至是在那之前就埋下了方尖碑，在事后再放置标记。一个泰然自若面对灭绝的社会最后的文化行为。规模究竟有多大，热拉尔迪乌？”

“很大。”然后热拉尔迪乌告诉他，他们是如何对这一地区进行勘测的。起初是使用一系列“敲击机”组成的阵列——那是种用于产生穿透地面的瑞利波的装置，对埋藏物的密度很敏感。热拉尔迪乌说，他们必须使用最大型的敲击机才能获得信号，这意味着物体的深度必然在该技术的极限范围边缘，埋藏于数百米之下。后来他们拿来了殖民地最敏感的引力成像仪，这才知道他们找到的是什么东西。

那可真是个大家伙。

“这次的挖掘与淹没派的计划有关吗？”

“完全独立。换句话说，是纯科学的。这是否让你很惊讶？我一直承诺我们不会放弃对阿玛兰汀人进行研究。如果你多年前就相信我的话，也许我们现在就会一起合作，反对真路派——我们真正的敌人。”

西尔维斯特说：“在方尖碑被发现之前，你对阿玛兰汀人没有表现出任何兴趣。但这回你害怕了，不是吗？因为这是个无可争议的证据，不是我可以伪造或操控的东西。这一次你不得不承认，我可能一直是对的。”

他们迈进一部宽敞的电梯。电梯里配备着长毛绒座椅，墙壁上有淹没派的水彩画。一扇厚重的金属门嗡鸣着关闭。热拉尔迪乌的一个助手翻开一块面板，一巴掌拍下一个按钮。地板令人晕眩地飞速下降，他们的身体只能被动地紧随其后。

“我们要下多远？”

“不远，”热拉尔迪乌说，“只有一两千米。”

当扈利醒来的时候，飞船已经离开了环绕黄石星的轨道。她可以通过所在房间的舷窗看到这颗星球，看起来比之前小了很多。渊堑城周围的区域变成了地表上的一个雀斑。铁锈带只是一个黄褐色的烟圈，离得太远，看不到任何内部结构。接下来这艘飞船不会再停下来，它将以一个 G 的加速度稳步加速，直到完全离开天苑四太阳系系统，然后直到它的运动速度仅仅略低于光速一点点，它才会停止加速。人们称这些船为拥光船并非偶然。

她被骗了。

“这让问题更加复杂化了，”大小姐沉默了许久之后说道，“但也没啥大不了的。”

扈利揉了揉脑袋上还在阵阵作痛的肿块，那个虚无僧——她现在得知那家伙叫佐佑木——就是用一根尺八打在那里，把她击晕的。

“你说什么，复杂化？”她喊道，“他们绑架了我，你这个傻蛋！”

“小声点，亲爱的姑娘。他们现在不知道我的事，将来也没理由让他们知道。”内视幻象笑了起来，露出一口尖牙，“事实上，我现在应该是你最好的朋友。你应该尽力维护我们共同的秘密。”她检查了一下自己的指甲。“现在，让我们理性地对待这件事。我们的目的是什么？”

“该死的，你清楚得很。”

“是的。你的目的是要潜入船员当中，和他们一起前往复生星。而你现在是什么身份？”

“伏尔约娃那女人一直说我是她的‘新丁’。”

“换句话说，你的渗透已经大获成功了。”大小姐不紧不慢地在房间里踱步，一只手放在臀部，另一只手用食指叩击着下唇，“然后，我们此刻正在去向何方？”

“我没理由怀疑目的地仍然是复生星。”

“所以，在所有关键性的细节上，都没有出现任何会影响任务的问题。”

扈利很想掐死这个女人，只是那就像掐死幻影一样是不可能的。“你有没有想过，他们可能有自己的目的？你知道在我被打晕之前，伏尔约娃说了什么吗？她说我是新的火控官。你觉得她这话是什么意思？”

“这就解释了为什么他们要找个背景中有军事经验的。”

“如果我不配合她的计划呢？”

“我怀疑这对她来说也许无关紧要。”大小姐停下了脚步，从她内部存储的面部模式编集中选了个严肃的表情出来，“你看，他们可是超空人啊。超空人可以使用在殖民地星球上被视为禁忌的技术。操纵忠心的设备可能就在其中。”

“哈，多谢你提前这么久把这个重要的信息告诉我。”

“别担心——我一直都知道有这种可能。”大小姐顿了顿，摸了摸自己头部侧面，“我采取了相应的预防措施。”

“真让人放心。”

“我放在你体内的植入装置将针对他们的神经机械药[1]制造抗原。不只如此，它还会向你的潜意识播送阈下强化信息。伏尔约娃的忠诚疗法将被完全无效化。”

“那何必还要费事告诉我会发生这种情况？”

“因为，亲爱的姑娘，一旦伏尔约娃开始下手，你就必须让她以为忠诚疗法在正常发挥作用。”

下降只用了几分钟，气压和温度稳定在地表的平均值。电梯轿厢下降的井道是钻石围壁的，直径十米。沿途偶尔会有一些凹槽、设备储藏室或小型操作间，还有几个交会点，两部电梯可以在那里从对方边上交错挤过去，然后继续各自的旅程。机仆正在加工钻石，用喷丝板挤出直径只有几个原子的细丝。在蛋白质大小的分子机器的作用下，长丝被整整齐齐地折叠到一起。透过玻璃天花板看去，那微微透亮的竖井仿佛一直在向着无穷高处伸去。

“你为什么一直没告诉我你们发现了这里？”西尔维斯特问，“你在这里最起码得有几个月了吧。”

“我就直说了吧，你的意见并不重要。”热拉尔迪乌说道。然后他加了一句：“直到最近还不重要。”

他们从竖井的底部离开，进入了另一条走廊。这里镀成了银色，比他们在地面上走过的那条更干净，也更凉爽。沿途侧面开着些窗户，透过它们可以瞥见一个大得令人不安的洞穴，里面满是沿曲面测地线布置的脚手架和工业建筑。西尔维斯特能够用自己的眼睛将视野中的图像定格，然后进行一些图像处理，接着将捕捉到的景象放大——在他沿着走廊再往前走十步的时间里。为此他可以勉强对加尔文说声谢谢。

---

① 作者虚构的一种纳米医疗机器人的诨名。

他看到的一切，足以让他心跳加速。

接下来他们推开两扇装甲门，门上有安保内视幻象出没：群蛇蠕动，似乎在向这群人嘶吼，喷吐毒雾。他们大步流星地走进一间前厅，厅堂对面有另一组门，两侧站着民兵。热拉尔迪乌向他们挥了挥手，然后转向西尔维斯特。他那圆圆的眼睛，他那京巴犬一样的长相，突然让西尔维斯特想到了日本画中正准备喷吐火焰的恶鬼。

“接下来，”热拉尔迪乌说，“你如果不惊得默立原地，就可以要求退钱了。”①

“这倒是让我拭目以待了。”西尔维斯特说。尽管他脉搏加速，内心激动得如痴如狂，但他回应这句玩笑时还是竭力保持住了淡然之态。

热拉尔迪乌打开前厅的后门。他们走进了一个只有货运电梯一半大小的房间，里面除了一排镶嵌在墙上的简易护栏外空空如也。其中一根栏杆上搁着一套耳机和环绕式麦克风，旁边是一台正显示着几幅工程草图的平板电脑。这里的墙壁向外倾斜，天花板的面积比地板还大。再加上三面墙壁都镶着巨大的玻璃窗，西尔维斯特感觉自己仿佛置身于一艘飞艇的吊舱之内，巡游在一片无星的夜空之下，从未有人探索过的汪洋之上。

热拉尔迪乌关闭了灯光，好使他们能够看到玻璃之外的东西。

泛光灯的光芒从外面的天顶上荡漾开来，弧光向下照亮了底下的那个阿玛兰汀人造物。那东西从山洞的一面近乎陡峭的墙壁上凸出，一个纯黑色的半球，为龙门架和测地线脚手架所包围。上面仍然附着些粗糙的块状物，是凝固的岩浆；但大片区域上的凝岩已被削除，看起来像黑曜石一样，光滑而幽暗。底下的形状是球形的，直径至少有四百米，虽然有超过一半还埋在岩层中。

“你知道这是谁制造的吗？”过了好一会儿，热拉尔迪乌才悄声说道。他没有等待回答，只是继续往下说：“它比人类的语言还要古老，但上面的划痕

① 有些剧院曾采用一种特殊营销手段：观看电影或者表演到一定时段之前，顾客都能以“不好看”为由获得部分甚至全额退款。

比我那讨厌的结婚戒指上的还少。”

热拉尔迪乌带领着队伍回到电梯井，最后又往下降了一小段，抵达外面空室的操作地板。这段路用了不到三十秒，但对西尔维斯特来说，这仿佛是一场缓慢的荷马史诗式的漫长旅途。这东西感觉就像属于他自己的奖品，得来艰难，就像是他用自己带血的指甲挖出来的一样。它现在就矗立在他们面前，那镶有岩块的曲面毫无支撑地突出在空中。那东西周围有条不显眼的凹槽，从一边斜着延伸到另一边。从他所处的位置看，这不过是一条浅浅的裂缝，细如发丝；但它应该宽有一米左右，深度多半也差不多。

热拉尔迪乌把他们领进了离他们最近的一个“塞块”：一个混凝土结构，有自己的内部房间，有若干与这个巨大物体相接的操作层。在里面，他们再度搭上电梯，穿过这栋建筑，升入从建筑中耸立而起的脚手架的迷宫之中。西尔维斯特的胃里像有虫子在爬，幽闭恐惧症和恐高症的冲动在他心中互相交战。他感到被头顶上难以想象的亿兆吨级岩石深深包围，与此同时，登上这巨物侧面高高的脚手架又让他头晕目眩。

这物体测地线的框架中浮动着许多小屋和设备棚，电梯与其中之一相连。他们走进了一堆连在一起的房间，这里的工作刚刚停止不久，余音还在嗡鸣不止。所有的警告标志和通知都是贴纸或是用油漆涂上去的——这个区域太简陋了，没法安装内视幻象发生器。

他们走在一段颤颤悠悠的桁架通道中，或者说是一段从巨大的脚手架中伸向阿玛兰汀人巨物的黑色外皮的桥板上。他们现在处在巨物的半中腰，与那条凹槽持平。他们靠得太近之后，这个物体看起来似乎不再是球形的了。它是一整面黑色的墙壁，阻挡了他们的道路，广阔无垠，深不可测，就像他记忆中海沫星一行回来后看到的拉斯凯尔天幕一样。他们继续沿着桥板往前走，走进了凹槽里面。

脚下的路随即向右拐去。他们的三面——左边，以及上面和下面——都被构成这件文物的诡异黑色物质所包围，看不到任何标识。他们走在一条通过吸盘固定在底层地面上的格子路上，因为这种怪异的物质几乎是无摩擦的。右边是道齐腰高的安全栏杆，外面就是几百米的虚空。内壁上每隔五六米就有一盏灯，通过环氧树脂垫固定在墙上；每隔二十来米就有一块标有神秘符号的面板。

他们沿着陡峭的斜坡继续走了三四分钟，直到热拉尔迪乌让他们停下来。他们到达的位置乱七八糟地堆满了电线、灯管和通信控制台。凹槽左侧的墙壁在这里向内折去。

“我们花了几个星期才找到进去的路，”热拉尔迪乌说道，“原本这条沟渠被玄武岩堵住了。我们一直到把那些岩石全部削掉之后，才发现这个地方的玄武岩似乎还在继续向内延伸，就好像是塞住了从沟渠里正冒头的一条径向的隧道。”

“我看得出，你手下那些小海狸当时十分忙碌。”

“把这东西挖掘出来的工作很辛苦，”热拉尔迪乌说，“相比之下，挖掘沟渠要容易多了，但在这里，我们不得不从向内钻进的同一个小洞取出被钻下来的材料。我们中有一些人想用玻色能[①]焊枪在里面开凿一些分支的隧道，好让工作更容易，但我们一直没有实施。而且我们的采矿钻头也钻不动这些东西。”

西尔维斯特很想要贬低热拉尔迪乌试图打动他的这些话语，但他对科学的好奇心一时之间击败了这种冲动。“你们知道这是什么材料吗？”

“基本上是碳，还有一些铁和铌，以及痕量稀有金属。但我们不知道其结构。它压根不是某种我们还没有发明的金刚石的同素异形体，甚至不是超金刚石。也许最表面的几十分之一毫米接近金刚石，但在较深的位置，这玩意似乎会发生某种复杂的晶格转换。最终的形态——在比我们目前成功取样的位置要深得多的地方——甚至可能根本就不是真正的晶体。可能是晶格点阵崩解成数万亿的重碳[②]大分子，协同作用，整个锁定成一大块。有时这些分子似乎会沿着晶格缺陷一路蹿到表面上来，这时候我们才有机会一睹其面目。”

---

① 作者假想的一种应用玻色－爱因斯坦凝聚态物质储存和释放能量的（武器）技术，常使用激光或粒子束作为先导。

② 指碳含量很高的化学物质。

“你说得好像这东西的行为有自己的目的。”

“也许确实如此。又或者这些分子就像小小的蛋白酶，当钻石外壳受损时，它们就会被用作修复钻石外壳的工具。”热拉尔迪乌耸了耸肩，“但我们从来没有分离出一个单独的大分子，至少没能以稳定的形式分离出来。它们似乎一脱离晶格就失去了内聚力。在我们能一窥内部的情况之前，它们就散了架。”

“你所描述的，”西尔维斯特说，“听起来很像某种分子技术。”

热拉尔迪乌对西尔维斯特笑了笑，似乎在表示自己对他们私下卷入的这场游戏心领神会。

“只是我们知道，阿玛兰汀人太原始了，不可能有这样的技术。”

“是这个道理。”

“是这个道理。”热拉尔迪乌又笑了，只是这次是对同行的所有人，“我们是不是该进去了？”

在隧道系统中穿行的过程比西尔维斯特最初想象的要棘手得多。他曾以为这条径向隧道会继续向内延伸足够的距离，穿过这东西的外壳，然后他们就会进入中空的内部。但事实完全不是这样的。这个怪玩意是个精心制作的迷宫。最初大约十米的道路确实是朝着中心前进的，但随后它猛然向左转，然后很快又反复分岔，形成了好些套隧道。这些路线用有颜色的黏性标签进行了标记，但标记的编码系统太难懂了，西尔维斯特看不出其中的意义。五分钟之内他就彻底迷失了方向，不过他怀疑，他们其实没有偏离目标太远。整个隧道仿佛是一条更喜欢紧挨着苹果皮部分果肉的疯狂蛆虫咬出来的。不过，最终，他们穿过了这个物体结构中一道看起来十分匀称的裂缝。热拉尔迪乌解释说，这东西的结构是由一系列同心壳体组成的。他们继续向前，开始通过另一套让人晕头转向的隧道，而热拉尔迪乌则津津有味地对其他人讲起了最初探索该物体时发生的一些真实性可疑的故事。

他们发现这玩意已经有两年了，就在西尔维斯特提醒帕斯卡尔注意埋下方尖碑的时间点非同寻常之后。挖到那个大空洞花了大半年的时间，对这个物体迷宫般的内部进行详细研究则是近几个月的事情。在最初的那些日子里，发生过几起死亡事件。人们最后发现其中没有什么神秘的，只是工作队伍在迷宫中尚未测绘清楚的部分迷失了方向，然后在隧道系统的安全地板尚未安装好的位置跌进了竖井中。一名工人在没有沿路往后丢下面包屑做记号的情况下冒险走得太远，最后活活饿死——机仆们在她失踪两周后找到了她。她一直在一连串杂乱无章的圈子里徘徊，有好几次离安全区不过几分钟的路。

穿过最后一层同心球壳时，他们比穿越先前的四层时走得更慢，更谨慎。他们一路向下，最终到达了一段基本上水平延伸的隧道，隧道的尽头是一片乳白色的光芒。

热拉尔迪乌对着自己的袖口说了声什么，那片光芒暗淡下去。

他们在昏暗中继续前进。随着空间渐渐开阔，他们的呼吸声在墙壁上的回音也渐渐消失。

附近唯一的声音来自呜呜作响、工作不休的空气泵。

"注意啊，"热拉尔迪乌说，"高潮来了。"

西尔维斯特暗自准备好，迎接灯光恢复时不可避免的晕眩。只有这一次，他并不介意热拉尔迪乌的戏剧化言行。这让他也体会到了发现的感觉——尽管是二手的。当然，只有他一个人明白这种代人怀胎般的感觉。但他并不会嫉妒别人享有这样的时刻。那就太小家子气了，因为，毕竟，他们永远不会知道真正的发现是什么感觉。他几乎要开始可怜他们了，就在这一刻，灯光亮了起来，照出的景象将所有正常的思维一扫而空。

那是座外星人的城市。

第六章

2546年，前往孔雀六途中

“我以为，”伏尔约娃说，“你是个通常都很理性的人，会以自己不相信那些幽灵故事为荣。”

扈利看着她，微微皱起眉头。伏尔约娃从一开始就知道这个女人不傻，但看到她对这个问题的反应还是很有趣。“幽灵？长官，你不会是认真的吧。”

“你很快就会了解到，我有个特点，”伏尔约娃说，“那就是，我说话很少不是完全认真的。”然后她指了指她们的目的地，面前的一道大门。这道门镶嵌在一片锈红色的飞船内壁上，很不起眼，也很厚实，门上有个非写实风格的蜘蛛图案，透过层层腐蚀和污渍依然清晰可见。“往前走。我跟在你后面。”

扈利毫不犹豫地照做了。伏尔约娃很满意。在这个女人被俘后——或者说是被招募之后，如果想说得客气一点的话——三个星期当中，伏尔约娃给她施行了一套复杂的改变忠诚度的疗法。治疗已经基本完成，只是还要无限期地追加给药。很快，这个女人心中被灌输进去的忠诚将会强烈得超越单纯的服从，成为一种生机勃勃的冲动，她不能不遵守原则，就像一条鱼无法选择不再吞水呼吸。这种忠诚如果发展到顶峰——伏尔约娃希望这是不必要的——扈利不仅会渴望服从船员们的意愿，甚至还会因为获得这种机会而对他们钦慕不已。但在驯化进行得如此深入之前，伏尔约娃就会停手的。在经历与纳戈尔尼那次不太成功的合作之后，她对创造另一个不懂得质疑的小白鼠持谨慎态度。如果扈利心中还能留有一丝怨恨，她并不会为之感觉不快。

伏尔约娃依言而行，跟着扈利走进了门。新丁走过门槛后几米就停了下来——她发现前方已经无路可去了。

伏尔约娃封上了她们身后那道会像光圈一样转动开合的门。“我们在哪儿，长官？”

“属于我个人的一小片僻静之地。”伏尔约娃说道。她对着手环发出指令，点亮了一盏灯，但室内仍然晦暗不明。房间的形状像一条肥大的电鳐，长度是宽度的两倍。室内装饰豪华，地板上装有四个座位，上头铺着猩红色的软垫，彼此相邻，后面的空间原来应该还有两个座位，不过如今只剩下地板上的几个固定点。房间里有些地方没有铺上天鹅绒垫子，露出了弯曲的墙面，光亮黝黑，像是用黑曜石或黑色大理石制成的，上头有些黄铜色的肋条。伏尔约娃坐到一个前排座位上，那里的扶手上附有一个乌木色的控制面板。她把折叠控制面板放下来，重新熟悉着镶嵌在面板中的表盘和控制装置。所有这些都是用黄铜或红铜制作的，上面刻着精致的标识，再用各式各样木头和象牙的花饰填平刻痕。只要情况允许，她就会频繁到访蜘蛛房，所以其实不需要花太多时间来重新熟悉，但她很享受指尖抚过面板时这种愉快的触感。

“我建议你坐下，”她说，“我们要开始移动了。”

扈利听话地挨着她坐下，伏尔约娃挥指合上好几个象牙柄开关，看着面板上的一些表盘亮起玫瑰色的光芒，指针随着电流进入蜘蛛房的电路而颤抖起来。她观察着扈利茫然失措的样子，从中获得了某种虐待狂式的乐趣。这个女人显然不知道自己在飞船里的什么位置，也不知道即将发生什么。哐当哐当响了几声，然后整个房间突然晃动了一下，就好像刚刚脱离母船的救生艇那样。

“我们在移动，”扈利做出了判断，“这是什么——三人团专属的豪华电梯？”

“不是那种奢靡的玩意。我们在一道通向外部船壳的竖井当中。”

“仅仅为了带你去船壳上就需要一整个房间？”扈利对超空人日常生活的礼节规范有种嗤之以鼻的蔑视态度，眼下这种态度又形之于外了。这样反倒让伏尔约娃挺喜欢的。这让她相信，忠诚疗法并没有摧毁眼前这女人的个性，只是扭曲了个性的走向。

“我们不仅是要去船壳上那么简单，”伏尔约娃说，“不然我们会走过去。”

这会儿房间运动得很平稳，但偶尔，在牵引系统协助她们通过气闸时，还是会哐当作响。竖井壁依然是一片漆黑，但伏尔约娃心里清楚，这种状况即将改变。她在此期间一直在观察扈利，试图猜测这个女人是害怕还是仅仅是好奇。如果她足够理智的话，她现在应该已经意识到，伏尔约娃在她身上投入了太多时间，这样不可能仅仅是为了杀死她；但这个女人在斯凯先手星上接受的军事训练一定教会了她，绝不能把任何事情当成理所当然的。

她的外貌较被招募前发生了很大的变化，但基本上都不是忠诚疗法所致。她的头发之前就很短，但现在完全没有了。只有近距离才能看到刚重新长出来的桃红色绒毛。她的头盖骨上有细密的粉红色疤痕。那是伏尔约娃所做的开颅手术留下的切口痕迹，为了将以前在鲍里斯·纳戈尔尼体内的那些植入装置放进她脑袋里。

她还做了些别的手术。扈利的服役生涯在她身上留下的，不只那些被光束武器或弹丸击中渐渐愈合后几不可见的疤痕，还有到处都是的弹片。有些弹片所在的位置很深——看起来就是因为太深了，斯凯先手星的医护人员无力将其取出。而且大多数情况下，它们不会对她造成伤害，因为它们都是生物惰性复合材料，也不在任何重要器官附近。但那帮医护人员也太马虎了。伏尔约娃在靠近扈利体表的地方，发现一些绝对应该取出来的碎片，就散布在皮肤之下。她替他们把碎片取了出来，还依次对每块弹片进行了检查，然后放进实验室。

除了一块之外，其他的碎片不会对她的系统造成任何问题——都是非金属复合材料，无法干扰那些火控接口机器的灵敏电磁感应场。但她还是将其一一编号并储存起来。她对着那块金属碎片皱起眉头，咒骂着医护人员粗心大意的手术，然后把它放到其他碎片旁边。

这些做起来已经够麻烦的，但神经系统那边弄起来更加麻烦。几个世纪以来，要将装置植入人体，常见的方法要么是原位生长，要么是把装置设计成通过现有的孔道无痛自插，但这种做法无法应用于独一无二、精密复杂的火控接口装置植入。不管是要装上还是取出这堆东西，唯一的办法就是动用骨锯、手术刀，术后还得进行大量的清理工作。由于扈利的头盖骨里已经装有常规植入装置，这事情做起来就加倍地麻烦。但在对它们做了粗略的检查后，伏尔约娃认为无须把它们取出来。如果取了，为了让扈利能够正常执行火控之外的其他任务，她迟早还得重新将非常类似的装置植入其中。植入物嫁接得很顺利，一天之内——在扈利昏迷的情况下——伏尔约娃就把她放进了火控席，然后确认了飞船能够与她的植入装置对话，反之亦然。进一步的测试必须等到忠诚疗法完成后才能进行。大部分都要在其他船员沉眠之际进行。

小心谨慎，这是伏尔约娃当前的座右铭。正是因为不够小心谨慎，才导致和纳戈尔尼之间那一系列令人不快的事件发生。

她不会再犯同样的错误了。

“为什么我觉得这是某种测试？”扈利说。

“不是的。只是……”伏尔约娃不屑地挥了挥手，“你可以迁就一下我吧？这要求不高吧。”

“我要怎么满足你——自称看到了幽灵？”

“不是看到幽灵，扈利，不是的。是听到。”

此时在移动房间的黑色墙壁之外，有一丝光明出现。当然，那些“墙壁”其实仅仅是玻璃，只是那之前，它们一直被没有照明的金属竖井所包围。但现在，她们正靠近竖井的末端，光线从那头照了过来。剩下的短暂旅程在沉默中度过。这房间向着光明推进，直到冷冽的蓝光从四面八方淹没了它。然后，房间把自己拖到了船壳之外。

扈利从座位上站起来，走向玻璃窗，战战兢兢地朝它靠近。那“玻璃”自然是超金刚石的，并不存在碎裂的风险，扈利摔到上面也不可能会跌出去。但它看起来又薄又脆，简直脆弱得荒唐，人类的大脑实在难以轻易相信这样的事实。如果她往侧面看去，就会看到那些将房间固定在船壳外的多关节“蜘蛛腿”，一共有八条。她就会明白为什么伏尔约娃把这里叫作“蜘蛛房”了。

“我不知道建造了这地方的是什么人或者什么组织，”伏尔约娃说道，“我猜，这房间要么是在建造飞船本身时就装上了，要么是在船要转手的时候安装的——假如有人居然能买得起的话。我认为这个房间是个非常精妙的布置，可以给潜在的客户留下深刻的印象——所以才会如此奢华。”

“有人用这个来当作销售宣传的卖点？”

“假如有人真的需要跑到一艘这样的飞船之外的话，在这样的前提下，就说得通了。如果飞船本身正在加速，那任何被派到外面去的观察舱也必须相应加速，否则就会被甩到后面去。如果那只是个摄影吊舱，那简单，但一旦你让它载人，事情立刻就复杂一大截。实际上必须有人会驾驶这该死的东西，或者至少得知道如何编程使自动驾驶仪达到目的。蜘蛛房将自己以物理方法附着在飞船上，避免了这种困难。操作起来简直是个小孩都能玩的游戏，就像是四面——八面乱爬一样。”

“那要是万一……”

“它没抓牢？嗯，从来没发生过这种事；即便发生了，这房间还有好些电磁铁以及能穿透船壳的锚钩可用。哪怕这些也都失效了——我向你保证，这其实是不可能的——这房间还可以独立地推动自己，持续时间肯定够长，能让你追上飞船。哪怕这又出问题了……”伏尔约娃卡壳了，“好吧，如果这再出问题，我就该考虑选个神灵来信奉，跟他去多聊几句了。”

虽然伏尔约娃从未把房间开到离船体上的出口超过几百米的地方，但这东西本来是可以在飞船周围任意爬行的。不过这未必是明智之举，因为在相对论性速度[1]下，飞船是在辐射风暴之中穿行。通常船壳的隔热层会将辐射屏蔽在外，而蜘蛛房薄薄的墙壁只能屏蔽少部分通量，让外出活动的整个过程都充满了奇异而危险的魅力。

蜘蛛房是伏尔约娃的小秘密，在大多数蓝图上都没有这个房间，甚至据她所知，其他人根本就不知道它的存在。如果可以的话，她真想一直独自保守这个秘密，但火控室的问题迫使她泄露一些必要的情报。即便这艘船已经老朽如斯，佐佑木的监视设备网络仍然遍布四面八方。当她需要和自己手下的新丁讨论一些敏感的、不想让另外两位三人团成员知道的事情时，蜘蛛房就成了少数可以绝对保证隐秘的地方。她被迫向纳戈尔尼揭示了蜘蛛房的存在，好能够与他坦诚地谈论盗日者的问题，而后的几个月中——随着他病情恶化——她一直后悔这个决定，总担心他会把这房间的存在透露给佐佑木。但她现在不必担心了。到头来，纳戈尔尼的心思完全被他的噩梦所占据，无暇顾及飞船上微妙的政治局势。如今他已经把这个秘密带进了坟墓，于是伏尔约娃暂且还能安稳入眠，自信她的避难所不会被泄露出去。也许她现在所做的事情是个以后会让她追悔莫及的错误——当然，她之前曾对自己发誓，再也不会暴露这个房间的秘密——但一如往常，当下的情况让她不得不修正之前的决定。她有些事必须要和扈利讨论，幽灵只是个借口，好让扈利不会过分怀疑她的深层动机。

"我还是没看到任何幽灵。"新丁说道。

"很快你就会看到，或者确切地说，会听到的。"伏尔约娃说。

扈利暗自觉得，这位长官的行为很奇怪。她不止一次地暗示，这个房间是她在船上的私人静室，而其他人——佐佑木、赫加齐和另外两个女人——根本不知道它的存在。她们的工作关系才开始，伏尔约娃就要向扈利透露这个房间，这真的显得非常奇怪。伏尔约娃这人的孤僻和执拗，即使在一群军事化的嵌合体船员中也显得格外突出，扈利认为，她并非天生会本能地信任他人之辈。伏尔约娃对她确实做出了不少友好的举动，但所有的行为都是刻意为之……太有

[1] 指相对论对质量和速度的影响不再可以忽略的高速。速度接近光速。

计划了，太欠缺那种出于本心的感觉。每次伏尔约娃对她摆出示好的姿态——私下聊天，谈谈船上的八卦，或者讲讲笑话——她总会有种感觉，伏尔约娃花了不少时间事先排练，想让自己的话听起来像是随性为之。扈利在军中就认识些这样的家伙，他们乍看起来很真诚，但到头来通常都是外方间谍，或是高层派下来收集情报的走狗。伏尔约娃尽力装出对蜘蛛房的事情漫不经心的样子，但在扈利看来，很明显，所谓“幽灵”的事并不像表面上那么简单。扈利的脑子里冒出来许多令人不安的想法，其中头一个念头就是：也许……伏尔约娃把她带到这个房间，根本没打算让她再离开……至少不是活着离开。

但事实证明并非如此。

“哦，有件事我一直想问你，”伏尔约娃淡淡地说，“‘盗日者’这个字眼，你目前觉得它有什么意义吗？”

“没有，”扈利说，“我应该知道这个词吗？”

“哦，没有什么应不应该——只是一个问题，仅此而已。当然，原因要解释起来就太麻烦了——别担心，好吗？”

她这说服力都快赶上腐木区那些算命的了。

“不，”扈利说，“我不担心，不会的……”然后她追问道：“你为什么要说‘目前’？”

伏尔约娃默默咒骂着自己：她是不是说漏嘴了？大概没有。她提出问题的时候语气已经尽可能地轻描淡写了，而且扈利的神态中也没有任何迹象表明，她并没有把这个问题当作聊天当中的顺口一问……然而……现在绝对不是可以犯错的时候。

“我说过吗？”她说道。她希望自己让这话的口气中带上了惊讶与漫不经意混杂的情绪，而且程度合适。“口误，仅此而已。”随即她又试图找机会转换话题，“看到那颗星星了吗？那颗暗淡的红色的。”

现在她们的眼睛已经适应了周围星际空间的亮度，引擎排气管的蓝色光芒似乎也不再能掩盖一切，她们已经能看到好几颗星星了。

“那是黄石星的太阳？”

“是的，天苑四。我们已经离开那个太阳系三周了。很快要找到它就没这么容易了。我们现在的移动速度还没有进入相对论性速度——只有光速的百分之几——但我们一直在加速。很快视野中的群星就会开始移动，星座会扭曲，直到天空中所有的星星都聚拢到我们的前后两方。就像我们在隧道的中途停驻时，光亮从两端射入。星星的颜色也会发生变化。这并不简单，因为最终的颜色取决于每颗恒星的光谱类型，它在不同波段辐射出的能量有多少——包括红外和紫外波段。但总的趋势是，我们前面的那些恒星将偏蓝，我们后面的那些恒星会偏红。”

“我相信那一定会非常漂亮的。”扈利的话多少有些煞风景，“但我不太清楚幽灵跟这些又有什么关系。”

伏尔约娃笑了。“我差点忘了它们的事了。要那样就太可惜了。”

然后她对着手环说了一句什么，声音很轻，让扈利听不到她对飞船发出的指令。

那些见鬼的声音随即充斥室内。“幽灵来啦。”伏尔约娃说。

没有肉身的西尔维斯特在被掩埋的城市上空盘旋。

在他周围耸立着往上合拢的高墙，墙上密密麻麻地刻着阿玛兰汀文字，印刷出来数量大概得有上万卷。虽然这些图形文字每个都只有几毫米高，而且他飘浮在距离墙壁几百米的地方，但他只需要将注意力集中在其中任何一个部分上，就能让那里的文字变得清晰起来。在他这样做的时候，西尔维斯特自己快速的半直觉思维过程会将它们加工成类似加拿亚语的语言，平行翻译算法也在进行同样的工作。大多数时候，他与程序的结果基本一致，但偶尔二者也会在一些取决于上下文的关键微妙之处发生分歧。

与此同时，他正在居维叶城的宿舍里，飞快而潦草地在拍纸簿上做着笔记，写满了一页又一页。近来只要情况允许，他就倾向于使用笔和纸，而不是现代记录设备。数字介质太容易被敌人日后篡改了。如果他的笔记遭到粉碎，至少它们将永远消失，而不是被扭曲成适合别人意识形态的样子，反过来成为困扰着他的幽灵。

他完成了一个段落的翻译，前方是一个像折叠翅膀的符号，标志着文字序列的终点。他从墙上那令人头晕目眩的文字悬崖中抽回心神。

他往拍纸簿里塞了张吸墨纸，然后合上。他靠触觉信手把拍纸簿塞回架子上，顺势取出边上的下一个拍纸簿。他打开簿子夹着吸墨纸的那一页，然后用手指顺着页面往下一捋，直至感觉到墨水的起伏消失。他把拍纸簿固定在与书桌完全平行的位置，将笔停在空白的头一行开始的地方。

“你工作太刻苦了。”帕斯卡尔说。

西尔维斯特没听到她进入房间的声音，现在他只能想象她站在他的身边——或者坐着，哪种情况都行。

“我想我快要有所突破了。”西尔维斯特说。

“还在用脑袋跟那些古老的碑文对撞？”

“我们中总有一个是快要裂开了的。”他把自己虚无的视点从城墙上挪开，朝封闭的城市中心移动，“不过，我还是没有想到会花这么久。”

“我也是。”

他知道帕斯卡尔的意思。自从尼尔斯·热拉尔迪乌带他去看那座深埋地底的城市之后，已经过去十八个月了。在一年前，他们提出结婚，然后婚礼被搁置，要等到他在这项翻译工程中取得重大进展之后。而现在他正在取得重大进展，这让他感到害怕。再没有更多借口了，而且帕斯卡尔和他一样清楚这点。

为什么结婚会是这么大的麻烦？莫非仅仅是因为他选择将其归类为麻烦？

“你又皱起了眉头，”帕斯卡尔说，“解读铭文遇到了麻烦？”

“不，”西尔维斯特说，“它们已经不成问题了。”这是真话，到如今，把阿玛兰汀文字的双重图形合为隐含的整体已经成为他的第二本能，就像一个精研立体图像的制图大师一样。

“让我看看。”

西尔维斯特听到她穿过房间，对着办公桌讲话，指示为她的传感器开启一个平行信道。这个主控台是在西尔维斯特第一次访问那座城市后不久出现的——事实上，他对城市数据模型的全部访问权限也是此时开启的。这一次并不是热拉尔迪乌的主意，而是帕斯卡尔的提议。最近那本传记——《潜入黑暗》出版发行了，并且大获成功。这件事和即将到来的婚礼，都增加了她对父亲的影响力。当她向西尔维斯特提供——字面意义上——通往那座城市大门的钥匙时，后者也不至于蠢到要拿腔拿调一番。

这场婚礼现在成了殖民地的热门话题。大部分传回西尔维斯特耳朵里的流言都认为其动机纯粹是政治，西尔维斯特向帕斯卡尔求爱，是为了重新靠近权力中心。有些愤世者还认为，这场婚礼只是手段，真正要达到的目的是让殖民地对刻耳柏洛斯（哈迪斯）发起远征。也许，在电光火石的瞬间，西尔维斯特自己也曾有过这样的怀疑，怀疑他是不是在潜意识中深藏着这样的野心，编织出了自己对帕斯卡尔的爱。这也未必没有那么一星半点的真实性。不过从他现在的立场而言，无法判断这是真是假，反倒是件好事。他当然觉得自己是爱帕斯卡尔的——至少就他看来，这种感觉也就是爱了——但他也不至于对婚姻带来的好处视而不见。现在他又开始发表文章了，与帕斯卡尔联合署名，撰写探讨若干阿玛兰汀文字译本的不温不火的文章。热拉尔迪乌本人表示他也做了些协助工作。十五年前的西尔维斯特会为这种丑行感到震惊，但现在他发现很难激起多少自我厌恶的情绪。重要的是，那座城市是理解大灭绝的一道门径。

“我到了，”帕斯卡尔说，现在她声音大了些，但和西尔维斯特一样没有身体，“我们是在分享同一个视角吗？”

“你看到的是什么？”

“螺旋塔，神庙——不管你怎么称呼它。”

“那就对了。”

那座神庙位于四分之一比例城市的几何中心，形状像鸡蛋上端三分之一的样子。它的最顶端向上延伸，形成一座螺旋状的塔楼，越往上越窄，朝着城市所在的洞顶攀升。寺庙周围的建筑像是些融合在一起的织布鸟巢，也许是在表现某种潜在的进化使命。它们像是些奇形怪状的祈祷者，簇拥在神庙中央盘卷而起的巨塔之前。

“那里有什么东西让你困扰？”

他真羡慕帕斯卡尔。她已经实地参观那座城市几十次了。她甚至爬上了尖塔，沿着状若水道的螺旋形通路盘旋而上。

“塔上的人像吧，它不对劲。”

与城市的其他部分相比，那东西看起来就像一个雕琢精致的小像，但仍有十到十五米高，堪与埃及王庙中的人像相媲美。根据与其他挖掘物的对比可知，这座被埋葬的城市是按照实物大约四分之一的比例建造的。那么塔上人像对应的正品其全高至少要有四十米。但如果这座城市真的曾经存在于地表，那它能在大灭绝的火焰风暴中幸存下来就已经很难得了，更不用说随后九十九万年间的行星风化、冰川时期、陨石撞击和地壳运动了。

“不对劲？”

“这不是阿玛兰汀人——至少不是我见过的任何一种。”

“那就是某个神灵？”

“也许吧。但我不明白他们为什么给它雕上翅膀。”

“啊。带翅膀就有问题了？”

“不信的话就绕着城墙看看吧。”

“最好是你带我去吧，丹。”

他们的双生视点绕了个弯离开塔顶，以令人目眩的高速下降。

伏尔约娃观察着这些声音对扈利的影响，确信扈利那自信的铠甲上有了一丝恐惧疑虑的裂纹——她在想着也许这些真的是鬼魂，伏尔约娃找到办法收听到从幽魂中流溢出的波动。

那些幽灵发出的声音像是洞穴里的呻吟，号叫声拖得很长很长，低沉得几乎让人没法听到，而是感觉到它们。就像是人可以想象到的最怪诞的冬夜之风，风吹过上千里长的岩洞后可能发出的声音。但这显然不是什么自然现象，不是流经船体的粒子之风转化成的声音，甚至也不会是引擎中精妙控制平衡的反应所生的波动。那鬼号之声里有灵魂存在，人类的呼唤越过黑夜而来。虽然一个字都没法听懂，但呻吟声中确实具备着人类语言的特征。

“你有何感想？”伏尔约娃问道。

“人类的说话声。但听起来非常……疲惫，很悲伤。”扈利认真地倾听着，“偶尔我都觉得自己能听懂其中个把字眼。”

“你其实肯定知道他们是什么人。”伏尔约娃把声音减弱，直到鬼魂变成一个默然无声、痛苦万状的合唱团，“他们是船员。就像你和我一样。住在其他的飞船上，透过虚空互相交谈。”

“那为什么——”扈利踌躇了一下，“哦，且慢。现在我明白了。他们的移动速度比我们快，不是吗？快很多。他们说话的声音听起来很慢，因为他们确实说得很慢。时钟在接近光速的飞船上走得比较慢。”

伏尔约娃点了点头，扈利理解得这么快让她略微有点失落。“时间膨胀。当然，有些飞船是朝着我们移动的，所以多普勒蓝移的效应倾向于抵消这种影响，但膨胀因子通常占据上风……”她耸了耸肩——扈利看样子还没有准备好聆听相对论性通信的进阶课程。“当然，通常情况下，我们的飞船会对这些进行修正，消除多普勒效应和时间膨胀导致的失真，转化出来的结果听起来就完全可以理解了。”

“做给我看看。”

“不，”伏尔约娃说，“不值得。最终产物总是一成不变。琐事，技术讨论，夸夸其谈的老式贸易辞令。这些都还算是顶顶有趣的了。最无聊的情况下，你得到的是妄想者的流言，或是一些脑残的家伙，冲着茫茫黑夜袒露自己的灵魂。大多数时候只是两艘飞船在黑暗中擦身而过时的握手通信，互换平淡的问候。几乎没有任何互动，因为船与船之间的光程时间几乎不会少于几个月。而且在一半的情况下，这些声音都是预先录制好的信息，因为船员们通常都处于低温休眠之中。”

“换句话说，就是普通人的胡言乱语。”

“是的。我们人类走到哪里都会带着这毛病。”

伏尔约娃放松身子，坐回座位上，指示音响系统把那些拉长时间的哀伤声音播放得比先前更响亮。这种人类存在的信号本应使星空显得不那么遥远和冷漠，结果它却产生了完全相反的效果；就像在篝火旁讲鬼故事的行为一样，起到了增强火光范围之外黑暗的作用。一时之间，不管扈利怎么想，反正伏尔约娃乐于相信，有可能玻璃之外的星际空间确实是鬼影憧憧。

“注意到什么了吗？”西尔维斯特问道。

墙体由饰有波浪纹的花岗岩块组成，有五个位置被门楼打断。门楼顶上是阿玛兰汀人的头像雕塑，其风格并非多么写实，会令人联想起尤卡坦艺术。有一幅壁画环绕整个外墙，用瓷砖制成，上面描绘着阿玛兰汀的各种公职人员，各自履行着复杂的社会职责。

帕斯卡尔停了下来，暂时没回答，目光在壁画中不同的人物身上逡巡。

图中的人物有些手里拿着农具，它们看起来跟人类农业史上实际出现过的物品非常相似；有些拿着武器——长矛、弓弩，还有某种火枪，尽管人物的姿态不像交战之中的战士，而是更加呆板和程式化，就像埃及的人物画。画里还有阿玛兰汀外科医生、石工、天文学家——最近的发掘证实，他们已经发明了反射和折射望远镜；还有制图师、玻璃工、风筝匠、艺术家。每个象征性人像的头顶上都有用金色和钴蓝色标出的双重链状图，用这个人物所应承担的职责为其所代表的群体命名。

“他们都没有翅膀。”帕斯卡尔说。

“不，”西尔维斯特说，“是他们从前的翅膀转变成了他们的手臂。”

“但那跟一尊长着一对翅膀的神像又有何矛盾呢？人类从来没有长过翅膀，但这并不妨碍我们赋予天使翅膀。一个真正曾经拥有翅膀的物种这方面的顾虑只会更少，要不是这样我倒要大吃一惊。”

“是的，只是你忘了创始神话。”

直到最近几年，考古学家才了解这个神话的原本面目——从后来的几十个重重润饰过的版本中将其还原出来。根据神话，阿玛兰汀人曾经与其他类鸟生物共享天空，那些动物在他们统治星球期间也依然存在。但那个时代的阿玛兰汀人是能体会飞行自由的最后一代。他们与被称为“造鸟主”的神达成了协议，用飞行的能力换取智慧的天赋。在那一天，他们把自己的翅膀高高举向天堂，看着熊熊烈火将其化为灰烬，他们被永远驱逐出天空。

为了让他们记住自己的安排，造鸟主给了他们无用的带爪翼桩——足以提醒他们自己放弃了什么，也足以让他们开始书写自己的历史。他们的脑海中也燃起了火焰，但这是不灭的生命之火。造鸟主告诉他们，这火会一直燃烧，只要他们不试图违背造鸟主的意志，再次回到天空。按照预言，一旦他们那样做了，造鸟主将收回他们在焚翼之日被赋予的灵魂。

西尔维斯特知道，这只是一种文化为自身提供镜鉴的尝试，完全是可以理解的。这个神话彻底渗透到了他们文化的方方面面，格外引人瞩目；实际上，它成了一门单一的宗教，取代了其他所有的宗教，而后以不同的面目延续了难以想象的漫长时光，跨越不知多少世纪。毫无疑问，它塑造了阿玛兰汀人的思想和行为，其方式过于复杂难测。

“我明白，”帕斯卡尔说，“作为一个物种，他们无法接受自己不会飞的事实，所以他们创造了造鸟主的故事，这样他们就能感觉自己优越于那些还能飞的鸟。”

“是的。虽然这种信仰确实起效了，但产生了一个意想不到的副作用：他们不敢再飞了。跟伊卡洛斯神话很类似，只是对他们的集体心理表现出了更强的控制力。”

“但如果这样的话，尖塔上的人像……”

“等于向他们过去所信仰的任何神明比出反 V 手势[①]。”

“他们为什么要这么做？”帕斯卡尔说道，“宗教只会凋零消亡，被新的宗教取代。我不相信他们建造这座城市，建造这里的一切，只是为了侮辱他们的旧神。”

---

① 在英国和澳大利亚，该手势意为“滚开，浑蛋”，具有侮辱性。——编者注

“我也不信。说明这完全是另一回事。”

“比如说？”

“一位新的神灵迁入了。一位有翅膀的神。”

伏尔约娃决定，是时候向扈利展示她工作中需要应对的那些设备了。“稳住哟，”电梯接近秘藏室时，伏尔约娃说道，“第一次来人们通常都不会喜欢。”

“天啊！”扈利说话的时候本能地让自己紧紧地贴在身后的墙上：视野突然惊人地扩展开来，电梯成了一只小小的甲虫，沿着这片巨大空间的侧面向下爬行。“这里看起来大得飞船里都装不下了！”

“哦，这没什么。这么大的房间还有四个。二号舱是我们训练地面行动的地方。两间是空的或半加压的。第四间存放穿梭机和系内飞行器。只有这里专门用来存放秘藏之物。”

“你说的是那些东西吗？”

“没错。”

这个大房间里有四十件秘藏武器。尽管没有任何两件全然相同，但从它们的总体制造风格上，毫无疑问可以看出彼此之间的亲缘关系。每台机器都被包裹在青铜色的合金中。虽然每台设备都大到足以充当一艘中型太空飞船，但没有任何迹象表明它们用于此途。外壳上不见门窗，也没有任何信号或通信系统。虽然有些物体上似乎散布着微调喷射器，但它们的存在只是为了协助设备整体移动和定向，差不多就像是战舰的存在只是为了协助舰上巨炮移动和定向。当然，这些设备的作用也正是如此。

“地狱级武器，”伏尔约娃说，“这是制造者给它们起的名字。当然，这事说起来得追溯到几个世纪以前。”

伏尔约娃看着她的新雇员打量着最近的一台秘藏武器，估量着它到底有多大。那东西垂直悬在空中，长轴方向与船的推力轴线一致，看起来就像一把悬挂在军事贵族宅邸天花板上的仪仗剑。和所有的武器一样，它的周围也有一个框架，那是伏尔约娃的某位前辈加装的，上面连接着各种控制、监测和操纵系统。所有的武器都连在轨道上；轨道的侧线和道岔形成了一个三维迷宫，在舱内较低的位置合并到了一起，伸入正下方一个小得多的空间——大小足以容纳单独一件武器。这些武器可以通过那里被部署到船体之外，太空当中。

"那么，是谁制造了它们？"扈利说。

"我们也不确定。或许是联合体，在他们更为邪恶凶狠的时候建造的。我们只知道它们是如何被发现的——藏在一颗小行星里，小行星围绕着一颗褐色矮星运行。那颗矮星非常不起眼，没有名字，只有个目录编号。"

"你在现场？"

"不，那是我接手很久之前的事。我只是从上一任看守者那里继承了它们，而他也是从他的前任手中继承了它们。从那时起，我就一直在研究它们。我已经设法登入了其中三十一个的控制系统，粗略算来，弄清了大约百分之八十的必要激活代码。但我只测试了十七件武器，其中只有两件是在你们所称的'实战情境'中测试的。"

"你是说你真的用过它们？"

"这事我们回头慢慢再讲。"

她想，没有必要用过去那些可怕事件的细节来加重扈利的负担——至少，不是马上。随着时间的推移，扈利会和伏尔约娃同样了解这些秘藏武器，也许甚至会更加熟悉，因为扈利会通过火控室，通过直接相连的神经接口了解它们。

"它们能做什么？"

"其中有些可以轻轻松松粉碎行星。其他的……我都不敢去猜。如果当中有些对恒星做出可怕的事情，我也丝毫不会奇怪。到底是谁想要用这样的武器……"她的声音越来越小。

"你要用它们对付谁？"

"当然是敌人。"

扈利注视着她，沉默了漫长的几秒钟。

"我不知道该为居然有这种东西存在而感到惊恐……还是该为至少扳机掌握在我们自己手里而放宽心。"

“放宽心吧，”伏尔约娃说，“这样要好些。”

西尔维斯特和帕斯卡尔回到了塔边，盘旋着。那长着翅膀的阿玛兰汀巨像和他们刚离开时并无二致，但现在它似乎在俯瞰着城市，睥睨世间，让人不由得很想要相信，真的有新的神灵迁入。除了那神圣的恐惧，还有什么能激发人们建造这样一座纪念碑？但塔身上附带的文字却费解得简直要令人发狂。

“这里提到了造鸟主，”西尔维斯特说，“所以，这座高塔很有可能与焚翼神话有一定的关系，尽管这位有翼之神显然并不代表造鸟主。”

“是的，”帕斯卡尔说，“那里有个代表火的图形，旁边是代表翅膀的。”

“你还看出了什么？”

帕斯卡尔聚精会神了好一会儿。“这里有些话提到了一群叛逆者。”

“什么意义上的叛逆？”西尔维斯特是在考她，而且她心里明白这点，但这个练习本身也很有价值——帕斯卡尔的解释可以给他一些提示，暴露出他自身分析中过于主观之处。

“这群叛逆者，他们不赞成与造鸟主达成的协议，或者事后背弃了协议。”

“我也是这么想的。我还担心可能会犯下一两个错误。”

“不管他们究竟是谁，总之他们被称呼为‘被放逐者’。”她反复读着这段话，一边验证假设，一边修改解释，“看起来他们原本也在同意造鸟主条件的那帮人之中，但后来他们改变了主意。”

“你能看出他们的首领叫什么名字吗？”

帕斯卡尔开始说：“领导他们的那个人叫……”但她的声音越来越小，顿住了，“不，无法翻译那串词，至少现在还不能。说到底，这些到底是什么意思？你认为真的存在这么一群人吗？”

“也许吧。如果要我猜的话，我想说他们是不再信神的人——他们意识到造鸟主的神话仅仅是神话。当然，这样的想法在其他宗教激进主义者那里可不太讨喜。”

“这就是他们被放逐的原因？”

“假设他们确实存在的话。但我不禁要想，如果他们是某种科技团体呢？比方说，形成了一个科学家的飞地？一群准备进行实验，质疑他们所在世界本质的阿玛兰汀人？”

“就像中世纪的炼金术士？”

“是的。”他立刻就喜欢上了这个比喻，“也许他们甚至尝试过飞行的实验，就像莱昂纳多·达·芬奇那样。在阿玛兰汀人的文化大背景下，那就像是在公然蔑视上帝。”

“同意。但假如他们是真实存在的——而且也是被放逐——之后他们怎么样了？难道他们就这么灭绝了吗？”

“我不知道。但有件事很清楚。被放逐者很重要——不仅仅是整个造鸟主神话故事中的小细节。螺旋塔上处处都提及他们，这座该死的城市里处处都提及他们——事实上，比其他阿玛兰汀人遗迹中要频繁很多。”

“但这座城市出现得很晚，”帕斯卡尔说，“除了标记方尖碑之外，这是我们发现的遗迹当中年代离我们最近的。年代在大灭绝前后。为什么被放逐者会在消失了这么久之后，突然又出现了呢？”

“嗯，”西尔维斯特说，“也许他们回来了。”

“经过了……多久？几万年？”

“也许吧。”西尔维斯特在心中悄悄笑了笑，“如果他们真的回来了——在离开了那么久之后——也许就是这件事促使阿玛兰汀人建造了这个雕像。”

“那么这个雕像的形象，你认为可能是他们的领袖吗？此人名为……”帕斯卡尔又努力辨认了一下那个图形，“嗯，这个符号象征着太阳，不是吗？”

“其他的呢？”

“我不确定。看起来这个字形像是……偷窃行为——这怎么可能呢？”

“拼起来之后，你得到了什么？”

他想象着帕斯卡尔耸了耸肩，表示没有想法。“偷太阳的人？盗日者？那会是什么意思？”

西尔维斯特自己也耸了耸肩。“我整个上午也一直在问自己这个问题，以及另一个问题。”

“那又是什么？”

“为什么我觉得我以前听到过这个名字。”

离开武器舱之后，她们又乘上了另一部电梯，进一步深入飞船中心。三人一道。

“你做得很好，”大小姐说，“伏尔约娃真诚地相信，她已经把你转化成了她的心腹。”

某种程度上，大小姐一直和她们在一起——默默地观察着伏尔约娃的导览，只偶尔插上几句只有扈利能听到的评论或提示。这让人极为不安，扈利不由得始终有种感觉——或许伏尔约娃也在听这些悄悄话呢？

“也许她是对的，”扈利不假思索地做出了反应，在心中默默答道，“也许她比你更强。”

大小姐嗤之以鼻。“我跟你说的话，你到底有没有听啊？”

“好像我可以选择不听似的。”

当大小姐想说什么的时候，要想让她闭嘴，就像试图让一个在你脑海中顽固地反复播放的声音安静下来。她的幻影不会给你任何喘息之机。

“听着，”女人说，“如果我的对策失效，你对伏尔约娃的忠诚就会迫使你告诉她我的存在。”

“我已经觉得那种做法十分诱人了。”

大小姐横了她一眼，扈利一时之间有种满足感。在某些方面，大小姐——或者说，她在植入装置中的精简人格——似乎无所不知。但除了创造时灌输给它的知识外，植入装置所能知道的，完全只限于通过扈利本身的感官所能感知到的东西。或许即使没有扈利本人作为中转，植入装置也能挂接到数据网络上，不过这种可能虽然存在，但不太会真的发生；植入装置本身被挂接上的系统检测到，这种风险太大了。而且它虽然能在扈利选择与它交流时听到她的想法，但不能读取她的心境，只能读到飘浮其中的神经环境里最表层的生化线索。所以对植入物来说，担心其反制措施的有效性是完全必要的。

“伏尔约娃会杀了你的。如果你自己还没搞清楚的话，我来告诉你：她的上一个雇员就是被她杀死的。”

“也许她有充分的理由。”

“你对她，或者船员中其他任何人都一无所知。我也一样。我们甚至还没有见过船长。”

这一点无可争议。佐佑木，或是其他的某个人曾有几次在扈利面前不小心说漏嘴，提到过布兰尼根船长的名字，但总的来说他们并不经常谈论他们的这位首领。显然，他们这群超空人非同寻常，他们的表面功夫维持得如此缜密，连大小姐都无法看透。这套幌子做得非常彻底，甚至他们也真的跟其他所有的超空人船员一样在进行贸易活动。

但外表背后的真相究竟为何?

火控官。伏尔约娃是这样说的。现在，扈利已经对船内的秘密武器库有了几分了解。据说许多贸易船都偷偷携有武器，用于在委托人与客户关系严重决裂之际解决问题，或者用于对其他飞船公然实施劫掠行为。但这些武器看起来威力大过头了，不可能仅仅用于小打小闹；而且毕竟这艘船明显还多装了一套常规武器装备，就是为了应对这些情况。那这些军备的意义究竟何在? 扈利觉得，佐佑木的脑子里应该是有什么长期计划，这本身固然让人心中难安；但或许根本没有什么计划，那就更要让人焦虑了。佐佑木带着这些秘藏武器到处乱跑，直到找到使用它们的借口——就像一个暴徒，全副武装，在街上摇摇晃晃，一门心思找架打。

几周以来，扈利考虑过许多假说，而后将之一一抛弃，没有任何一个听起来哪怕有一丁点可信。当然，困扰她的并不是这艘飞船有军事方面的性能。她是为战争而生的；战争就是她天然的生存环境，虽然她也乐于考虑不一样的、更好的生存状况，但战争并不会让她感到陌生。可是，她必须要承认，那种她在斯凯先手星上所知道的战争，是无法与任何一种可能使用秘藏武器的情况相提并论的。虽然斯凯先手星一直与星际贸易网络保持着联系，但在地面战斗中人们使用的科技，跟有时将飞船停在轨道上的超空人相比，平均水准已经落后了好几个世纪。如果某一方从超空人的武器库里弄到了一件好东西，那他们就能赢得一场战役……但这样的宝物一直都很稀缺，甚至有时候过于贵重，用起来得不偿失。就连核弹，在殖民地的历史上也只使用过几次，扈利这辈子都没见过。她见过一些非常糟糕的玩意，至今仍让她难以忘怀，但她从没见过任何能在一瞬间消灭整个种族的东西。而伏尔约娃那些秘藏武器的凶险程度尤甚于此。

而且，说不定这些武器已经被动用过了，一次，或许两次。伏尔约娃曾提到过——很可能是海盗行为。有很多星系人口稀少，与贸易网只有相当松散的联系，在那里完全可以消灭敌人而不被任何人发现。何况，这些敌人中有些可能和佐佑木的船员一样无视道德准则，他们的过去或许充满了各种肆意而为的暴行。所以，是的，很有可能部分秘藏武器已经被试用过了。但扈利怀疑，那终究只会是手段，为的是达到目的——自保，或者对拥有他们急需资源的敌人进行战术打击。威力强过头了的那些秘藏武器应该没被试用过。他们最终打算如何处理这些秘藏武器——打算将他们拥有的这些灭世之力朝着何处释放——还不清楚，或许就算对佐佑木而言也一样。此外，或许佐佑木也不是这种终极之力的所有者。或许，佐佑木依旧在以某种方式为那个布兰尼根船长效劳。

不管那个神秘的布兰尼根到底是谁。

“欢迎来到火控室。”伏尔约娃说道。

她们抵达了大致在飞船中部的某处。伏尔约娃让天花板上开了个洞，一架折叠梯从洞里伸下，展开，然后她挥手示意扈利爬上那棱角分明的梯级。

扈利发现自己的脑袋正探进一个还挺大的球形房间，里面全是些弯弯曲曲的多节机械臂。在这片蓝银色晕圈的中心，是个带罩的黑色座椅，线条笔直，上头挂满了机械和看似随意缠绕着的电缆。座椅被固定在一套优雅的陀螺轴心上，靠陀螺让其运动不受飞船运动影响①。在两层同心壳之间，电缆被滑动衔

① 即陀螺仪的万向节支架。

铁取代，以保障电力传输；最外面一丛电缆足有大腿那么粗，插进了这房间布满机械的球形壁内。房间里一股子臭氧味。

火控室里任何一样东西看起来差不多都有百把年的历史，有些似乎存在的时间比那还要长得多。不过，所有的东西都被保养得非常好。

“这一切的目的就是这个，对不对？”扈利推了下墙，让自己穿过地板上的活门进入房间的中心，在一层层弯弯曲曲的框架之间飘行，最终到达中间的座位。这座位体积庞大，但似乎在向她招手，许诺着舒适和安全。她情不自禁地让自己滑进了座位里，让它笨重的黑色躯体伴随着下方伺服机构的一阵呼啸声软绵绵地包裹住她。

“感觉如何？”

“就像我以前来过这里似的。”她惊讶地说道。刚刚一顶上面有若干凸钉的头盔从上方滑过来，盖住她的脑袋，让她现在的声音听起来有些扭曲。

“你是来过，”伏尔约娃回答，“在你还没有完全恢复意识之前。此外，你脑子里的火控系统植入装置很了解这里的路径——有部分熟悉感来自它。”

伏尔约娃说的是真的。扈利觉得这把座椅仿佛是件她从小就熟悉的家具，她了解上面的每一条皱纹和划痕。她感觉到强烈的放松和宁静，同时有种冲动每一秒钟都在增强：她想要实际做点什么——想要动用椅子赋予她的力量。

“我可以在这里控制秘藏武器？”

“按照设计是这样的，”伏尔约娃说道，“但当然，不只是秘藏武器。你还将从这里指挥无限眷念号上的其他所有主要的武器系统，你的感觉会非常流畅，仿佛这些设备是你自己身体结构的延伸一样。当你完全被火控系统吞没之后，就会有这样的感觉——你自己的身体意象向外膨胀，将飞船本身容纳其中。”

扈利已经开始有了类似的感觉，至少已经开始感觉自己的身体正朦朦胧胧地融入座椅中。虽然很诱人，但她并不希望这种被吞没的感觉再继续下去了。她有意识地努力将自己从座椅中解脱出去，座椅包围着她的面板哗哗移开，放她出来。

“我不太确定自己喜不喜欢这种事。”大小姐说道。

第七章

2546 年，前往孔雀六途中

即便独自进入绿荫遮蔽的幽静小树林，伏尔约娃也始终无法完全忘记自己身处飞船之上（这是受到感应引力中极其轻微的无规律波动的影响，它们来自推力喷流中细小的扰动，而后者则反映了联合体引擎深处神秘莫测的量子变化）。她在通往草地的原木楼梯顶端犹豫了一下。佐佑木或许意识到了她的存在，但选择表现得浑然不觉，一动不动地默默跪在他们非正式会面的位置，那个虬曲的树桩旁。不过他肯定是察觉到了的。伏尔约娃知道，佐佑木曾跟布兰尼根船长一道，去过星球表面大部分都是水域的冬海星，拜访那里的图式幻戏藻——当时布兰尼根船长还可以离开飞船。她不知道他们二人此行目的何在，但有传言说，图式幻戏藻篡改了他的新皮质层，为他刻印了某些特殊的神经图式，让他拥有了超常的空间感知能力，能直接思考四维或者五维问题。这些图式是幻戏藻变身中最为罕见的一种，可以长期保留。

伏尔约娃慢步走出楼梯，脚踩得最低的踏板吱吱作响。佐佑木转身看着她，不带丝毫惊讶之色。

“有事吗？”他打量着伏尔约娃的神色问道。

“是关于那个小跟班[①]的，”伏尔约娃一时间又用回了俄利语，“我是说，那个学徒。”

“说吧。”佐佑木漫不经心地说道。他穿着烟灰色的和服，膝盖被潮湿的草丛染成了橄榄黑色。他那根虚无僧的尺八，搁在树桩那被手肘磨得光滑如镜的表面上。离开黄石星两个月之后，现在的船员当中只有他和伏尔约娃两人还没进入低温休眠了。

“她现在是我们的人了，”伏尔约娃跪坐到他对面，“她的核心教化过程已经完成了。”

“我很高兴听到这个消息。”

草地对面，一只金刚鹦鹉尖叫起来，离开了栖木，带起众多的色块，五彩缤纷，相互激扬。“我们可以把她介绍给布兰尼根船长了。”

“现在这时候最合适不过，”佐佑木边说边抚平了和服上的一条皱褶，“还是你有新想法？”

“关于见船长？”她尬笑了两声，“完全没有。”

“那就是还有别的问题了。”

“什么？”

“不管你在想什么，伊利亚。说吧。一吐为快。”

“是扈利。我再也不愿意让她和纳戈尔尼一样冒着罹患精神病的危险了。”她停了下来，等待着——甚至是期望着——佐佑木会有所回应。但她等到的只有瀑布的白噪声，以及她的船员朋友满脸古井无波的表情。“我的意思是，”她继续说道，因为心里没底几乎要结巴了，“我已经不确定她是不是一个合适的对象了。就现阶段而言。”

---

① 原文为俄语。

“现阶段？”佐佑木的声音很轻，伏尔约娃基本上是靠着读唇才明白他在说什么。

“我的意思是，在纳戈尔尼那事之后这么快进入火控室。这太危险了，我觉得扈利太有价值了，不能冒险。”她停了下来，紧张地咽下口水，又深深吸了口气，因为她知道接下来的话实在难以启齿，“我想我们需要再找个新丁——一个不那么有天赋的人。有了一个做过渡的新丁之后，我可以先把残留的影响排除，然后再以扈利作为首选。”

佐佑木拿起尺八，若有所思地沿着尺八的杖身望去。竹子的末端有一点凸起的毛刺，或许是他用棍子打扈利的时候留下的。他用拇指揉了揉，把刺抚平。

当他再度开口时，语声显得无比平静，以至于听起来比任何愤怒的表现都更可怕。

“你是建议我们再去找一个新人？”

他说得好像这个提议是他听过的最荒唐、最疯狂的建议。

“只是在这段时间里。”伏尔约娃边说边意识到自己说得很快。她讨厌这样的自己，鄙视突然对这个男人毕恭毕敬的自己。“只是在一切稳定之前。然后我们就可以起用扈利了。”

佐佑木点了点头。“嗯，听起来很有道理。天啊，我们为什么没有早点考虑到呢。不过我想，我们还有其他的事情要考虑吧。”他放下尺八，但手并没有远离尺八中空的轴线位置。“不过现在再说那些于事无补。我们现在要做的是为我们自己再找一个新丁。应该不会太难，是吗？我的意思是，我们招募扈利几乎没怎么费力气，是吧。诚然，我们已经进入星际空间两个月了，而且我们的下一个停靠港是一个几乎闻所未闻的前哨站，但我认为找到另一个对象也问题不大。我估计我们得把大批蜂拥而来的求职者拒之门外呢，你说是不是？”

“讲点道理吧。”伏尔约娃说。

“我在哪点上不讲道理了呢，伙伴？”

刚才她还在害怕，现在她只觉得愤怒。“你变得跟从前不一样了，悠司先生。自从……”

“自从什么？”

“自从你和船长去拜访幻戏藻之后。那里发生了什么，悠司？那些外星人对你的大脑做了什么？”

佐佑木神情古怪地看着她，仿佛这个问题完全合情合理，只是他从来没有想过要问自己。要命的是，这是个骗人的诡计。佐佑木飞快地挥动尺八，伏尔约娃只看见空气中闪过一片模糊的茶色影子。这一击相对温和——佐佑木一定是在最后时刻收了几分力——但抽到她肋下的力度，还是足以让她趴倒在草地上。一瞬间，她首先感觉到的不是疼痛，也不是遭遇佐佑木攻击带来的震惊，而是草叶拂过她鼻孔的感觉，冰冷，潮湿，痒痒的。

佐佑木漫不经意地绕着树桩走了一圈。

“你总是会问太多的问题。”他说完，从和服里抽出一个似乎是注射器的东西。

2566 年，复生星，涅赫贝特地峡

西尔维斯特焦急地把手伸进口袋，摸索着他觉得肯定是丢了的小瓶。

他摸到了。一个小小的奇迹。

在下方，政要正陆续进入这座阿玛兰汀人的城市，缓缓向城中心的神庙移动。他们的交谈片段时不时会清晰地传到他的耳中，虽然每次时间都不长，他顶多听到几个字。他在高出几百米的地方，在围裹城市的巨蛋那黑色的围墙边，靠在人类安置的栏杆上。

今天是他举行婚礼的日子。

他曾在模拟中看过这座神庙很多次，但上次实际参观这里已经是太久以前的事情了，久得让他忘记了它的规模有多大。模拟就是会有这种奇怪的顽固缺陷：无论它们做得有多么精确，身在其中者仍然会意识到它们不是现实。西尔维斯特曾站在阿玛兰汀人那尖塔神庙的天花板下，凝视着上方数百米处石拱门倾斜相交的地方，丝毫没有感到眩晕，也不担心这座古老的建筑会偏偏选择在那一刻塌到他身上。但现在，在他第二次亲临这座被掩埋的城市之际，他感觉自己渺小得简直无地自容。包裹着城市的蛋也大得让人不舒服，但那至少一望而知是成熟技术的产物——哪怕淹没派选择忽略这一事实。被置于其中的城市则不然，看起来更像是十五世纪某个狂热幻想家的产物，安放在神庙尖顶上的那尊巨大的有翼人像尤其给人这种感觉。而这一切——他越看越觉得——似乎只是为了庆祝被放逐者的回归而存在的。

这些想法毫无道理，但至少可以强迫他把心思从即将举行的仪式上移开。

他越看越意识到——与他的第一印象相反——那个长着翅膀的东西确实是个阿玛兰汀人，或者更准确地说，是阿玛兰汀人和天使的混合体，雕刻它的艺术家肯定对拥有翅膀会是什么样子有着专业级的深刻理解。不启动眼睛的放大功能时，这尊雕像令人惊愕，看起来像是个十字架。放大后，十字架变成了一个坐着的阿玛兰汀人，一对光辉灿烂的翅膀伸展开来。翅膀被镀上了不同的颜色，每一根细小的尾羽上闪烁着的光芒颜色都略有不同。就像人类描绘出的天使一样，翅膀并不是简单地取代了它的手臂，而是本身长出了第三对肢体。

但这尊雕像似乎比西尔维斯特在人类艺术中见过的任何天使像都更真实。它看起来——这个想法似乎很荒谬——在解剖学上是准确的。雕塑家并非仅仅是将翅膀移植到阿玛兰汀人的基本形态上，而是巧妙地重新设计了生物的基本体格。操纵工具的前肢被略微朝着躯干的底部移动了些，拉长了躯干以做补偿。躯干的胸部比常人膨胀了许多，主要是生物的肩膀部位周围多了一套轭状的骨骼和肌肉。从轭状结构上长出了翅膀，大致上构成了一个类似风筝的三角形。这生物的脖子比正常情况时要长，头部的轮廓似乎更加接近禽类的流线型。眼睛仍然朝向前方——虽然像所有的阿玛兰汀人一样，它的双眼视力有限——却镶嵌在一对深陷的骨槽中。这只生物的上颚鼻孔部分呈喇叭状，并且有隆起，仿佛是为了将更多的空气吸入肺部，以满足扇动双翼所需。然而并不是所有的细节都能对上。假设这只生物身体质量大约与普通的阿玛兰汀人相当，那么即便是那么大的一双翅膀，要完成飞行的任务也远远不够。那它们到底是什么——某种巨大的装饰？那些被放逐者在自己身上实施激进的生物工程改造，却只是让自己扛上了一对荒唐可笑、毫无实用价值的翅膀？

又或者他们另有目的？“改主意了吗？”

西尔维斯特从沉思中骤然惊醒。“你还是觉得这主意不太好，是吗？”

他从眺望整个城市的栏杆旁转身向后。

“我想，现在提出反对意见有点晚了。”

“在你的结婚日上？”热拉尔迪乌笑了，“好吧，你还没走完流程，丹。你随时可以抽身。”

“那你会做何感想？”

“我恐怕会感觉非常之糟糕。”

热拉尔迪乌身着时下城里流行的那种样式古板的盛装，脸颊被随行的飘浮摄像机群映得微微泛红。他拉住西尔维斯特的前臂，拖着他离开墙边。

“我们成为朋友有多久了，丹？”

“要我说，这算不上友谊，更像是种相互寄生的关系。”

“哦，别这样，”热拉尔迪乌显得很失望，“这二十年来，除了迫不得已的情况之外，我有没有给你的生活添加过半分痛苦？你觉得我把你关起来获得了什么乐趣吗？”

“你执行这项任务的时候可说是满怀热情。”

“那只是因为我把你的最大利益放在心里。”他们走下阳台，走进一条贯穿城市黑色外壳的低矮隧道。缓冲地垫吸收了他们的脚步声。“此外，”热拉尔迪乌继续说，“丹，或许不是明显到一望可知，但当时确实有种正在增长的狂热情绪。如果我没有把你关起来，一些暴徒最终会把怒火发泄到你身上。”

西尔维斯特只是听着，没有说话。他知道热拉尔迪乌说的很多话，理论上是正确的，但不能保证反映了这个男人当时的实际动机。

“当时的政治形势要简单得多。那时候没有真路派来捣乱。”他们到了一个电梯井，进入轿厢。里面一尘不染，面貌全新。墙壁上挂着版画，显示着淹没派进行改造前后复生星上的各种景象。甚至还有一张就是曼特尔。这个研究站所在的山丘上枝叶繁茂，一道瀑布从山顶流下，山外的蓝天上飘着一道道长长的白云。在居维叶城已经诞生了一个完整的子行业，致力于创造未来复生星的图像和模拟态，从水彩画家到熟练的多元感觉设计师都囊括其中。

“而另一方面，”热拉尔迪乌说，“也有一些激进的科学至上分子在蠢蠢欲动。就在上个星期，真路派的一个代表在曼特尔被枪杀。相信我，不是我们的特工干的。”

西尔维斯特感觉到电梯轿厢开始将他们送向下方城市的地平面。

“你想说什么？”

“我是说，两边都有狂热分子，结果你我开始像是完完全全的温和派了。想起来就让人沮丧，不是吗？”

“你的意思是说，两方都过于极端化了。”

“差不多吧。”

他们钻出雕有人像的黑色城墙，走进一小群正在活动前最后一分钟做着准备的媒体人当中。记者们戴着浅黄色的飘浮摄像机控制眼镜，给那些像是单调聚会气球般环绕在他们周围的摄像机编排动作。一只雅内坎的基因工程孔雀正围着这群人啄食，身后的尾巴拖在地上飒飒作响。两名肩上挂着金色淹没派徽章的黑衣安保人员向前走来，周围是一大群故意设计成吓人模样的内视幻象，身后是一批游走不定的机仆。他们对西尔维斯特和热拉尔迪乌进行了全光谱身份扫描，然后把他们领到一个阿玛兰汀人的鸟巢状住宅附近，那里安放了一个小型的临时小屋。

屋子里几乎空空荡荡，只有一张桌子和两把网架椅。桌上放着一瓶后美利坚红酒，边上有一对酒杯，上面刻着磨砂玻璃风景画。“坐下。”热拉尔迪乌说。他大摇大摆地绕过桌子，往两个酒杯中各倒进一份酒。“我不知道为什么你紧张得要死。这又不是你第一次结婚了。”

“其实是第四次了。”

“全都走的是黄石星流程？”

西尔维斯特点了点头。他回忆起了前两次婚姻：规模不大，对象是小家小户的老石人女子，他记忆里二人的面容几乎已经无法区分。两张面孔都在家族名声引来的炫目闪光灯中枯萎凋零了。相比之下，他与前任妻子艾丽西娅的婚姻从一开始就是精心雕琢的宣传动作。它使人们的注意力集中在即将到来的复生星探险上，为之提供了驱动它所需的最后一笔金钱。他们相爱的事实几乎是无足轻重的，只是对既存安排的一个快乐的补充。

“你现在脑子里的包袱可真够多的。”热拉尔迪乌说，“你难道就不希望每次都能摆脱过去吗？”

“你觉得这个仪式不正常。”

“也许我确实这么觉得。”热拉尔迪乌擦了擦嘴唇上的红色酒迹，“你看，我从来就不属于老石人文化的一分子。”

“你是跟我们一道从黄石星来的。”

“没错，但我不是生在那里。我老家在大提顿星。我是在复生星探险队出发前七年才到黄石星的。并没有足够的时间在文化上适应老石人的传统。而我女儿……好吧，帕斯卡尔，她不了解其他的任何社会风俗，只有老石人的。或者至少是我们抵达此地时带来的这个版本。”他降低了声音，“我想，你现在肯定随身带着那个小瓶。我可以看看吗？”

“我怎么可能拒绝呢。”

西尔维斯特伸手在口袋里取出了今天一整天都随身携带着的小玻璃瓶。他把瓶子递给热拉尔迪乌，后者紧张地鼓捣着这东西，一个劲地左右翻弄。他注视着里面的气泡来回滑动，就像水平仪里的气泡一样。液体里挂着一些深色的东西，纤维状的，卷曲成一团。

他把小瓶子放了下来，它碰到桌面上时，玻璃发出清脆的鸣响。热拉尔迪乌端详着它，脸上带着几乎不加掩饰的惊恐。

“会很疼吗？”

“当然不会。我们不是虐待狂，你也知道的。”西尔维斯特笑了笑，暗暗欣赏着热拉尔迪乌不自在的神情，“或许你更愿意我们互换骆驼？”

“把它收起来。”

西尔维斯特把小瓶子塞回口袋里。“现在说说看，是谁过度紧张，尼尔斯。”

热拉尔迪乌又给自己倒了一份酒。“对不起。安保人员都紧张得要死。不知道是什么让他们如此烦恼，但我觉得，大概是这种气氛影响到我了。”

“我完全没注意到。”

“你当然不会。”热拉尔迪乌耸了耸肩，肚子下面好一阵起伏波动，跟个风箱似的，“他们声称一切都很正常，但我跟他们在一起二十年了，我比他们以为的看得更透。”

“我倒不担心。你的警员们工作效率很高。”

热拉尔迪乌轻轻摇了摇头，好像他刚刚咬到一口特别酸的柠檬。“我不指望我们之间的气氛能完全透明，丹。但你至少可以给我解除一个疑虑吧。”他朝打开的门点了点头，“我不是给了你自由出入这个地方的权利吗？”

是的，而这样的结果只是用一千个问题代替了十几个问题。“尼尔斯……”西尔维斯特开口问道，“最近殖民地的资源状况如何？”

“哪方面的？”

“我知道自从雷米里欧德到访之后，局面已经大不相同了。有些在我那个年代不可想象的事情……如今政府如果有意愿的话，是可以做到的。”

“什么样的事？”热拉尔迪乌疑惑地问道。

西尔维斯特又把手伸进了自己的夹克里，但这次他取出的不是小瓶，而是一张纸，摊在热拉尔迪乌面前。这张纸上画着些复杂的圆圈和图形。“你认得出这些标记吗？我们在方尖碑上和城市各处都能发现它们。它们是本地太阳系的地图，阿玛兰汀人制作的。”

“不知道为什么，看过这座城市后，我发现这话比以前显得更可信了。”

“好，那就听我说完。”西尔维斯特用手指沿着最大的一个圆圈比画了下，“这个圆圈代表的轨道属于那颗中子星。哈迪斯。”

“哈迪斯？”

“这是人们第一次勘测这个太阳系时给它起的名字。还有一大块岩石围绕着它运行，差不多有一颗行星的卫星那么大。他们称它为刻耳柏洛斯。”然后他用手指拂过标示出这个中子星、行星双天体系统的那团图文，“不知为何，它们对阿玛兰汀人来说十分重要。而且我想它可能与大灭绝有一定关系。”

热拉尔迪乌动作夸张地把头埋到掌心里，然后重新抬起头，看着西尔维斯特。“你是认真的，是吗？”

“是的。”他小心翼翼地——一直没有把自己的视线从热拉尔迪乌的双眼上移开——把那张纸叠起来，收回到口袋里，“我们必须探索那里，找出究竟是什么杀死了阿玛兰汀人。在它把我们也杀死之前。”

佐佑木和伏尔约娃来到扈利的宿舍，要她穿得暖和些。扈利注意到，他们身上的衣服都比平时在船上穿得更厚重——伏尔约娃穿着飞行夹克，拉链全拉上了；佐佑木穿着把嘴都蒙住了的高领保暖服，上面缝着小片星芒钻石缀成的马赛克图案。

“我搞砸了，对不对？”扈利说，“所以我要去气闸室给处理掉了。我在战斗模拟中的成绩还不够好。你们准备抛弃我了。”

“别傻了，”佐佑木说，他只有鼻子和额头还露在毛线领口外头，“如果要杀你的话，你觉得我们还会担心你会不会冻着？”

“而且，”伏尔约娃说，“你的培训几周前就结束了。你现在是我们的资产之一。现在杀了你，就是对我们自己的背叛。”她的帽檐下只能看到她的嘴和下巴，正好跟佐佑木互补，他们两人拼起来刚好凑出一张毫无表情的面孔。

“知道你在乎我真是太好了。”

扈利仍然无法确定自己的处境——他们或许还是在策划什么腌臜事，这种可能性仍然不小——在交给她的随身物品中翻找了好一会儿，她才找到一件保暖夹克。夹克是舰上制造的，和佐佑木那件五颜六色的工作服很像，只是穿上后几乎垮到了她的膝盖头。

他们搭乘电梯来到了飞船上的一个陌生区域——至少，远离了扈利心目中已知的区域。他们不得不换乘了好几次，步行穿过连接电梯的隧道，伏尔约娃说这是必须的，因为病毒破坏了大片区域的运输系统。他们徒步走过的区域里，装饰和技术水平都有些微妙的差异，在扈利看来，这说明在过去的几个世纪里，飞船上的区域陆陆续续整片整片地停摆了。她仍然很紧张，但佐佑木和伏尔约娃的态度似乎告诉她，他们更像是要举行一场入会仪式，而不是搞一场冷酷的处决。他们让她想起了正着手搞恶作剧的孩子——至少伏尔约娃是这样。不过佐佑木的样子和举止都多了些大权在握的威严气派，他就像是个正执行严肃公务的公务员。

“既然你现在是我们的一分子，”佐佑木说道，“是时候让你对状况多点了解了。你或许也会乐意知道我们去复生星的原因。”

“我以为是为了交易。”

“那只是个幌子，但我们来面对现实吧。这说法从来都不太有说服力。复生星并没有多少产业——殖民地的目的在于做些纯粹的学术研究——当然也缺乏资源，从我们这里买不了多少东西。当然，我们这里殖民地的数据必然有些过时；一旦我们到了那里，我们会尽可能做些交易，但只为了这个原因的话，我们根本不会去那里。”

“那原因其实是？”

他们所在的电梯正在减速。“西尔维斯特这个名字对你来说有什么意义吗？”佐佑木问道。

扈利尽量表现得很正常，仿佛这个问题很正常，而不是正让她的颅内炸开万道光芒，好似点亮了镁光灯。

“嗯，当然。黄石星的每个人都知道西尔维斯特。那家伙对他们来说简直就是神明，或者也许是魔鬼。”她停了一下，希望自己的反应听起来比较正常，“不过等一下，我们这里说的是哪个西尔维斯特？老的那个，那个搞砸了永生实验的家伙？还是他的儿子？”

“严格来说，”佐佑木说，“二者都是。”

电梯轰隆隆地停了下来。门打开的时候，扈利感觉就像有一块冰冷的湿布猛地打在了脸上。扈利很高兴有人建议她穿上暖和的衣服，不过她还是觉得冷得要命。“问题是，”她继续说道，“他们并不都是浑蛋。劳瑞恩，那个老家伙的父亲，在民间传说中被视为英雄，即便是他死后，那个老家伙——他叫什么名字来着？”

“加尔文。”

“啊。即便在加尔文弄死了那些人之后。然后轮到加尔文的儿子——应该是叫丹吧——他试图用自己的方式来弥补父亲的过错，用天幕人的那些事。”扈利耸了耸肩，“当然，那时我不在。我知道的都是别人告诉我的。”

佐佑木带着她们在走廊中穿行，灰绿色的灯光显得阴森森的；他们的脚步声靠近的地方，就会有些巨大的、很可能发生了变异的监察鼠四下乱窜。他把她们带进了一片好似霍乱患者的气管内部的地方——走廊上结了一层又厚又脏的冰壳，触手般的管道和电线像血管般凸起，上头沾满了恶心的玩意，很像是人类的痰液。伏尔约娃称之为“船泥”——一种有机分泌物，因相邻楼层生物回收系统故障而滋生。

不过，最让扈利注意的还是这里的寒冷气候。“西尔维斯特在事件中所起的作用相当复杂，”佐佑木说，“这解释起来要花点时间。不过首先，我想让你见见船长。”

西尔维斯特绕着自己的影像走了一圈，检查了一下有没有什么大的不妥之处。满意之后他取消了影像，和热拉尔迪乌一起来到这预制建筑的前厅。音乐达到了一个高潮，然后沉静下来，只余潺潺回响。灯光的模式发生了变化，音效沉默下来。

他们一起走到强光下，走进了管风琴发出的嗡嗡低音的笼罩之中。一条蜿蜒的小路通向中央的神庙，上面为这次典礼专门铺了地毯。路边有两排自鸣树，都罩在透明的塑料保护壳里。这些自鸣树其实是些身材修长的雕塑，长着许多带有关节的肢体，每根上面都有些扭曲的彩色镜子。偶尔这些树会咔嚓作响，重新安排自己的位置；驱动它们的是埋在基座里的似乎有几百万年历史的齿轮机构。目前人们的想法是，这些“树”构成了某个遍及全城的信号系统。

他们步入神庙之后，管风琴的鸣响显得更强了。神庙的蛋形穹顶上镶嵌着众多花瓣状的精美彩色玻璃，尽管经历了时间和重力的缓慢侵蚀，但奇迹般地完好无损。在顶灯的照耀下，神庙里的空气似乎弥漫着宁静的粉红色光芒。巨大房间的中央部分被耸立在神庙上方的高塔地基所占据。地基相当宽大，四面向外扩展，就像红杉树的底部。为一百名居维叶城高层贵宾准备的扇形临时座席，从这巨柱的一侧凸出；虽然这里的建筑都是四比一比例缩放的，还是很容易容纳这些座席。西尔维斯特扫视着一排排的观礼者，只认得出其中三分之一。也许里面有十分之一的人在政变前曾是他的盟友。他们中大多数都穿着厚重的风衣，被毛皮裹成一团。他在人群中认出了雅内坎，这位贤者式人物留着烟白色的山羊胡子，银色的长发从秃顶上垂下来。他今天看起来比之前更像类人猿了。他的爱鸟也来了，十几个竹箱子运过来了一大群，在大厅里踱步。西尔维斯特不得不承认，它们现在对孔雀的模仿出色得惊人，甚至头上也长有整齐的小小羽冠，全身绿松石色的羽毛上布满了闪烁的斑纹。它们是通过精心操控基因从家鸡改造而来的。观众纷纷鼓掌，他们当中很多人在今天之前还从未见过这些鸟。雅内坎脸上红一块白一块的，看起来恨不得整个人缩到自己的织锦大衣里头去。

热拉尔迪乌和西尔维斯特走到听众的焦点所在——一张坚固的桌子之前。这张桌子很古老，上面的老鹰木雕和拉丁语铭文可以追溯到黄石星的后美利坚移民时期。四角都缺了。桌子上放着一个桃花心木清漆盒子，以精致的金扣封缄。

一位仪态庄严的女人站在桌子后面，身穿一件电白色的长袍。长袍上别着一枚复杂的徽章，其中包含两套图案：一套是复生城（淹没派）的政府徽章，另一套是混种大师的标志——两只在用 DNA 链玩翻花绳的手。西尔维斯特知道，这女人不是一个真正的混种大师。混种大师是由黄石星上的生物工程师和遗传学家组成的小规模行会，他们的组织并没有前来复生星，但他们的标志被带了过来，用作一般的生命科学——基因塑形、外科手术或是药物学专家的标志。

在斑驳的灯光下，那张不苟言笑的脸庞像是蜡黄色的，头发扎成了一个发髻，用两根注射针筒穿着。

音乐安静了下来。

“我乃协调人马辛杰，”她的声音在整个大厅中回荡，“复生星探险理事会赋予了我为本地社会中的个人主婚的权力，只要这种结合不与殖民地的基因适应性[①]相冲突。”

协调人打开了红木盒子。盒盖下面放着一本《圣经》大小的皮装物品。她把那东西取出来放在桌子上，然后把它展开，皮革发出吱吱的响动。打开后露出两块灰色的亚光表面，看上去像是潮乎乎的石板，上面有些微小的机械在隐隐闪动。

“先生们，把你们的一只手放在离你们最近的页面上。”

他们将手掌放在上面。一道荧光扫过，这本“书”采集了他们的掌纹，随后在采集活检样本时有短暂的刺痛。当他们完成后，马辛杰拿过书，把自己的手按在表面上。

随后，马辛杰要求尼尔斯·热拉尔迪乌向聚集的人群说明自己的身份。西尔维斯特看着观众的脸上隐隐有笑意闪过。这毕竟有些荒唐，虽然热拉尔迪乌本人并没有表示什么。

然后她也问了西尔维斯特同样的问题。

“我是丹尼尔·加尔文·劳瑞恩·苏塔恩－西尔维斯特。”他说。他很少像这样使用自己的全名，费了好些力气才回忆起来。他继续说道：“罗莎琳·苏塔恩和加尔文·西尔维斯特生物学上的唯一子嗣。父母都来自黄石星渊堑城。我出生于黄石星遭受殖民统治后的第一百二十一个标准年的一月十七日。我的历法年龄是二百二十三岁。考虑到纳米医疗技术，我的生理年龄按自体标准计算是六十岁。”

---

① 指处于一定环境中的生物后代生存繁衍的能力。

“据你所知，你的存在状况如何？”

“据我所知，我只有这一副肉身，就是此刻发言的这一生物躯体。”

“并且你申明，无论是在这个太阳系又或者其他太阳系中，你都没有故意让自己以阿尔法级模拟，或者其他有能力通过图灵测试的模拟程序的形式生成其他副本？”

“据我所知没有。”

马辛杰用压感笔在本子上做了小小的批注。她也向热拉尔迪乌提出了同样的问题。这是老石人仪式的标准流程。自从八十子惨案之后，老石人就对模拟程序普遍抱有强烈的怀疑态度，尤其是那些声称包含个人本质或灵魂的模拟程序。有件事他们特别讨厌，那就是个人用某种化身——生物的或其他形式的——订立无法约束此人其他化身的契约，比如说，婚姻。

“这些资料都合乎要求，”马辛杰说道，“新娘可以上前了。”

帕斯卡尔走到玫瑰色的灯光下。她身边伴有两个戴着灰白色假发的女人，一群飘浮摄影机和私人安保蜂，还有一个半透明的内视幻象如影随形：仙女、六翼天使、飞鱼、蜂鸟、星光闪闪的露珠和蝴蝶，在她的婚纱周围缓缓流泻而下。这是居维叶城最顶尖的内视幻象设计师的杰作。

热拉尔迪乌抬起他那粗壮如搬运工的手臂，引导自己的女儿前行。

“你看起来真美。”他喃喃自语。

西尔维斯特看到的美丽形象仅限于完美的数字模拟。他知道热拉尔迪乌看到的是一种更具人性、无比柔和的东西。其间的差别就像是天鹅和天鹅的硬质玻璃雕塑之间的不同。

“将你的手放在书上。”协调人说道。

西尔维斯特手掌的湿气在书面上留下的印记依然清晰可见，包围着帕斯卡尔淡白色的肌肤，就像是一圈宽阔的海岸线，包围着隆起的岛屿。协调人要求她也和热拉尔迪乌和西尔维斯特一样，核实自己的身份。这任务帕斯卡尔做起来十分简单：她不仅出生在复生星，而且从未离开过这个星球。协调人马辛杰伸手探入红木盒子深处。西尔维斯特趁这个当口用自己的眼睛打量了下观众。

他又看到了雅内坎，这个老人的脸色看起来前所未有地苍白，坐立不安。红木盒子深处涂着蓝色的防腐漆，闪闪发亮；那里放着一个装置，样子介于老式手枪和兽医的皮下注射器之间。

“请看向缔婚枪。”协调人边说边把盒子高高举起。

这里冷彻骨髓，但扈利很快就注意不到温度了，只是把它当作空气的一个抽象指标。她那两位船员同伴所讲述的故事实在太离奇了。

他们正站在船长附近。她现在得知，船长的名字是约翰·阿姆斯特朗·布兰尼根。这个人已经很老了，难以想象地老。他的年龄在两百岁到五百岁之间，看你用什么体系来衡量。他出生时的细节如今已经完全无从确定了，无可救药地和政治历史的反真相纠缠不清。有人说他出生的地方是火星，然而他也同样有可能出生在地球上，或者地球那挤满城市的卫星表面，或者是飘荡于地月之间的某个居民点上，当时这种居民点数以百计。

“在他离开太阳系之前，他已经有一百多岁了。”佐佑木说，“他一直在等待着这成为可能，然后成为最先离开的一千人之一。就在那些联合体从火卫一发射第一艘飞船的时候。”

“至少，当时那艘飞船上确实有个叫约翰·布兰尼根的人。”伏尔约娃说。

“不，”佐佑木说，“这点毫无疑问。我知道的，那就是他。之后……当然，要确定他的行踪就比较困难了。他可能故意模糊了自己的过往经历，以避免被他的敌人们追踪；在那段时间里他肯定结下了不少怨仇。有许多目击记录，在许多不同的恒星系中，前后相隔数十年……但全都含糊不清。”

“他是怎么成为你们船长的呢？”

“几个世纪之后，他出现在黄石星所在恒星系的边缘——之前在其他地方着陆过几次，还有其他几十次无法证实的现身。由于星际飞行的相对论效应，他衰老得很慢，但他还是在变老，延寿技术当年还没有我们的时代这么发达。”佐佑木顿了顿，“他的身体现在大部分都是义体了。传说约翰·布兰尼根离开飞船时不再需要空天服；他能在真空中呼吸，对难以忍受的高温和严寒泰然处之，感知范围涵盖了所有你可以想象的领域。传说他生来所有的大脑已经所剩无几；如今他的脑袋只是一片相互紧密交织的赛博单元，由微小的思维机械和所剩无几的宝贵有机材料组成的一锅乱炖。”

“这些传言有多少是真的？”

“也许比人们愿意相信的要多。当然也有些肯定是谎言：说他在海沫星上的幻戏藻被大众所知之前若干年，就去拜访过他们；说那些外星人对他残存的大脑进行了奇妙的改造，或者说他至少见过其他两个人类迄今都还未知晓的外星智慧物种，并与之进行了交流。”

“他最后确实去拜访了幻戏藻，”伏尔约娃对着扈利的方向说道，“当时佐佑木长官和他在一起。”

“那是很久以后的事了，”佐佑木不耐烦地说道，“我们现在要说的重点是他和加尔文之间的关系。”

“他们怎么会有交集？”

“没人知道详情，”伏尔约娃说，“我们只知道，他受伤了，要么是意外，要么是某次军事行动出了问题。他没有生命危险，但急需救助；去找黄石星系中的任何官方组织都形同自杀。他树敌太多了，不能将自己的生命交托到任何组织手里。他需要的是松散的个人，他可以对其寄予私人信任。显然加尔文就是其中之一。”

“加尔文与超空人有联系？”

“是的，虽然他绝不会在公开场合这样承认。”伏尔约娃笑了，在帽檐下看得到她咧开的大嘴，像是一轮弯月，里头露出一口白牙，“加尔文那时还年轻，富于理想主义。这个伤者被送到他面前，在他眼里是天赐良机。在那之前，他有些离经叛道的想法，没有办法加以探索。现在他有了完美的实验对象，唯一的要求就是完全保密。当然，他们这是双赢：加尔文可以在布兰尼根身上试验他的激进神经机械学假设；而布兰尼根被改造得很好，变得比加尔文动手之前更优秀了。也许可以把这描述为完美的共生关系。”

“你是说船长是那个恶魔浑球的小白鼠？”

佐佑木耸了耸肩，裹在那身衣服里让他这动作显得像是个木偶。

“布兰尼根并不这么觉得。从其他人类的角度看来，在事故发生之前，他就已经是个怪物了。加尔文所做的不过是将这种趋势进一步发展。如果你愿意的话，也可以说是使之臻于完美。”

伏尔约娃点了点头，虽然她的表情显示出，这位船员朋友让她也感觉有几分不自在。“而且无论如何，这是在八十子惨案之前。加尔文的名声还没臭。并且，跟超空人生命中那些公开的极端例子相比，布兰尼根的转变也只是略微超出常规。”她说话的语气带有几分尖刻的厌恶。

“继续说吧。”

“他再次与西尔维斯特家族发生交集，是那之后将近一个世纪的事了，”佐佑木说，“那时他已经在指挥这艘船了。”

“发生了什么事？”

“他又受伤了。这次很严重。”他轻轻地用手指拂过船长银色赘生物的边界，就像有人用手指试探烛火时那样。船长的外缘位置看起来满是泡沫，就像是退潮之后，留在潮间带水坑里面的海水。佐佑木在外套前面擦了擦手指，动作轻柔，但扈利看得出，他并不觉得手指擦干净了；它们痒痒的，表皮下爬满了细小的恶性肿瘤。

“不幸的是，”伏尔约娃说，“加尔文已经死了。”

当然。他死于八十子惨案。事实上他是最后一个失去肉身的人。

“没错，”扈利说，“但他是在把自己的大脑扫描进计算机的过程中死去的。你们就不能把电脑的记录偷出来，然后说服它帮助你们吗？”

“如果可以的话，我们会的。”佐佑木低沉的声音在走廊狭窄的位置形成回音，“他的记录，他的阿尔法级模拟程序，消失不见了。而且没有复制品——阿尔法级是有反复制机制保护的。”

“所以基本上就是，”扈利希望自己的声音能打破这种停尸房般的气氛，“你们没有了船长，状况相当为难。”

“不完全是，”伏尔约娃说，“你看，这一切都发生在黄石星历史上一个相当引人入胜的时候。丹尼尔·西尔维斯特刚从天幕人那里回来，既没疯也没死。他的同伴没那么幸运，但她的死只是给丹尼尔的英雄凯旋增添了几分伤感。”她停了下来，然后像只小鸟般急切地问道：“你听说过他的‘旷野三十天’[①]吗，扈利？”

“似乎听过一次。提示一下吧。”

“一个世纪前，他消失了一个月，”佐佑木说，“前一分钟还是老石人社会的风云人物，下一分钟就不知所终。有传言说，他出了城市穹顶，把自己塞进一件空天服，去为他父亲赎罪了。可惜不是真的。如果是真的，会很感人，”佐佑木朝地上点了点头，“其实，他是来这里待了一个月。我们抓走了他。”

“你们绑架了丹·西尔维斯特？”扈利几乎要为这种大胆行径放声大笑了。然后她想起来，他们在谈论的这个人，也正是自己要杀死的人。笑意顿时蒸发得无影无踪。

“说成受邀登船也许更好，”佐佑木说，“虽然我得承认，这件事上他没太多选择。”

“我就直话直说了，”扈利说，“你绑架了加尔文的儿子？那对你有什么用呢？”

“加尔文在接受扫描之前采取了一些预防措施，”佐佑木说，“第一项预防措施很简单，只不过它必须始于项目达到终点前几十年。简单地说，他安排记录系统从此监控自己生命中的每一秒。每一秒，无论是醒着还是睡着，不管他在做什么。历经多年之后，机器学会了模仿他的行为模式。在任何情况下，它们都能以惊人的精确度预测他的反应。”

“贝塔级模拟人。”

“是的，但这个模拟人比之前创造过的任何贝塔级模拟人都要复杂好几个数量级。”

“按某些定义可以说，”伏尔约娃说，“它已经有了意识，加尔文已经转生

---

① 据《路加福音》记载，耶稣曾独自一人前往旷野四十天，接受试炼。

了。加尔文对这种判定或许相信，或许不信，但他仍在不断完善模拟人。它可以投射出加尔文的形象，形象非常逼真，非常像真人，以至于你会有一种强烈的感觉，他真的就在你面前。但加尔文还要更进一步。还有另外一重保险措施。”

“那是？”

“克隆。”佐佑木笑了笑，几不可察地朝伏尔约娃的方向点了点头。

“他克隆了自己，”伏尔约娃说道，“使用非法的黑市基因技术，求助于某些更见不得光的生意伙伴。你看，其中有些是超空人，否则我们不会知道这些。克隆在黄石星属于被禁止输入的技术，年头不长的殖民地为了最大限度地保证遗传多样性，几乎都会取缔它。但加尔文比当局聪明，比那些他必须要贿赂的人更有钱。由此他可以成功地冒称克隆人是自己的儿子。”

“丹，”扈利吐出的这个单音节词，在冰冷的空气中仿佛自动刻画出了一个瘦骨嶙峋的形体，“你是说丹是加尔文的克隆人？”

“丹对此完全一无所知，”伏尔约娃说，“加尔文最不希望他知道这些。是的，西尔维斯特和任何民众一样，都是谎言的受骗者。他认为他完全属于他自己。”

“他没意识到自己是个克隆人吗？”

“没有，并且随着时间的推移，他发现的机会越来越小。除了加尔文的超空人盟友之外，几乎没人知道内情，而且加尔文设置了激励机制，保证那些知情者保持沉默。有几个不可避免的薄弱环节：加尔文别无选择，只能在黄石星上招募了一位顶级基因专家；西尔维斯特组建复生星探险队时选择了同一个人，虽然他没有意识到他们之间共同的私密关系。但我怀疑在那之后，他会不会了解了真相，甚至接近于猜到真相。”

“可每次他照镜子的时候……”

“他看到的是他自己，而不是加尔文。”伏尔约娃笑了，他们的揭秘颠覆了扈利所相信的一些基本常识，对此她显然颇为享受，“他是个克隆人，但这并不意味着他必须和加尔连每个皮肤毛孔都一模一样。那位基因专家——雅内坎——知道如何让丹的面孔和加尔的存在明面上的差异，足以让人们只看到两个具备共同特征的亲人，相似程度并不出奇。很明显，他还给丹融入了那位名义上身为丹的母亲的女性——罗莎琳·苏塔恩的某些特征。”

“剩下的就简单了，”佐佑木说，“加尔在一个精心构造出来，模仿他童年所知道的一切细节的环境中，将他的克隆人养大，甚至准确地在男孩成长到某个阶段的时候给予同样的刺激，因为加尔无法确定他自己的人格特质，哪些是出于天性，哪些是来自成长经历。”

“好吧，”扈利说，“我姑且就当这一切都是真的，可这样做意义何在？加尔一定知道，无论他如何精密地操控丹的生活，这个男孩也不会遵循和他一样的成长路径。还有那些发生在子宫里的分歧呢？”扈利摇摇头，“这简直是疯了。在最好的情况下，他最后也只能得到一个和自己大体上差不多的人。”

“我认为，”佐佑木说，“加尔所希望的仅此而已。加尔克隆自己是作为一种预防措施。他知道，他和八十子中的其他人所要经受的扫描过程会毁掉他的物质躯壳，所以他希望有一个备用的身体，如果到头来机器里的生活并不让他称心的话，他可以回到那个身体里。”

“然后他确实感觉在机器里住得不开心？”

“或许，但那是题外话了。在八十子惨案那个时候，将他转移回来的手术超出了人们的技术水平。加尔其实也并不着急：他随时都可以让克隆人进入低温休眠状态，直到他需要的时候；或者干脆从男孩的细胞中再克隆出一副身体。他早就想好了。”

“前提是转移回肉体真的成为可能。”

“嗯，加尔文也知道，这种机会相当渺茫。重要的是，除了转移回肉体之外，还有第二个后备选择。”

“那是？”

“那个贝塔级模拟人。”佐佑木的声音这会儿变得慢慢悠悠，冰冷无情，就跟船长这舱室里的风一样，“虽然并没有真正拥有意识，但对加尔文而言它仍然是一份非常详细的摹本。它相对简单，这就意味着将其规则编码到丹的大脑湿件中会更容易。比起复刻阿尔法级模拟人这样不稳定的存在要容易得多。”

“我知道主记录——那个阿尔法级模拟人——消失了，”扈利说，“于是再没有哪个加尔文在管理这场子了。而且我猜，那之后丹开始变得比加尔文希望的更独立些。”

“毫不夸张地说，”佐佑木点着脑袋说道，“八十子惨案标志着西尔维斯特研究所衰落的开始。丹很快就摆脱了它的束缚。比起赛博永生，他对于天幕人之谜更感兴趣。贝塔级模拟人一直都在他手里，不过他从未意识到那东西的真实意义。他更多把那东西当作一个传家宝，而不是别的什么。”这位三人团成员笑了。“我想，如果他意识到那东西代表着的其实正是他自己的毁灭，他肯定早把那东西破坏掉了。”

扈利觉得可以理解。那个贝塔级模拟人就像个被困的恶魔，时刻等待着窃据新宿主的身体。虽然其实算不上具有意识，但它凭借模仿真正智慧而来的精妙才智，仍然可能会十分危险。

“老加尔的预防措施对我们还是很有用的，”佐佑木说，“贝塔级模拟人的编码中包含着加尔的专业知识，足以治愈船长。我们要做的就是说服丹，让加尔文暂且入主他的身心。”

“发现事情进行得太顺利时，丹肯定会怀疑到什么。”

“一直都不太顺利，”佐佑木坚决否认，“远非如此。加尔接手他身体的那段时间感觉更类似于强行附身。运动控制是个问题：为了压制丹本身的人格，我们不得不给他施用神经抑制剂鸡尾酒疗法。这意味着，当加尔最终达成目的之际，他发现自己所进入的是一具已经被我们的药物弄成半瘫的躯体。就像一名了不起的外科医生，只能通过对一个醉汉下达命令来进行手术。而且无论从什么方面而言，对丹来说这次经历都不怎么愉快。他说自己相当痛苦。”

“但还是成功了。”

“勉强。不过那是一个世纪以前的事了，现在又得去找医生进行复诊了。”

“你的小瓶。”协调人说道。

帕斯卡尔队伍中一个满脸皱纹的助手走上前去，手中挥舞着一个小瓶，瓶子的大小和形状与西尔维斯特从口袋里取出的那个一模一样。它们不一样的地方是颜色：帕斯卡尔小瓶里的液体被染成了红色，而西尔维斯特的是黄色。两瓶里面有类似的深色物质在打转。

协调人接过两个小瓶，高高举起片刻，然后将它们并排放在桌子上，置于众目睽睽之下。

“我们已经准备好开始婚礼了。”她说。然后，她按惯例履行了职责，询问在场的人是否能提出某个生物伦理学上的理由来说明这桩婚事不应举行。

当然，现场无人反对。

但在这个充满了分岔可能的奇异时刻，西尔维斯特注意到观众席上有个戴着面纱的女人，把手探进了一个手提包，然后拿出一个精致的琥珀香水罐，打开了上面的宝石顶盖。

“丹尼尔·西尔维斯特，”协调人说，“你是否愿意根据复生星的法律，娶这个女人为妻，直到这桩婚姻根据目前的，或其他任何有效力的法律体系被予以废除为止？”

“我愿意。”西尔维斯特说。

她向帕斯卡尔重复了这个问题。

“我愿意。”帕斯卡尔说。

“那么，缔结这桩姻缘吧。”

协调人马辛杰从桃花心木盒里取出缔婚枪，啪的一声打开。她把泛红的小瓶——帕斯卡尔一行人送来的那个——装进枪膛，然后把这个仪式用具重新关上。它周围短暂地冒出一圈显示数据的内视幻象。协调人把缔婚枪的锥形前端顶在西尔维斯特的太阳穴上，只比他的双眼高出一线的位置；热拉尔迪乌把手放在他的大臂上，扶住他的身子。西尔维斯特告诉热拉尔迪乌的话没错，仪式并不痛苦，但其实也不怎么愉快。有种突然蔓延开来的强烈寒意，仿佛一团液氦被轰进了他的大脑皮层。不过这种不适转瞬即逝，他皮肤上拇指大小的淤青也顶多残留个两三天。大脑的免疫系统相对于整个身体很微弱，帕斯卡尔的细胞——悬浮在一团医疗纳米机械助剂之中——很快就会和西尔维斯特自己的细胞结合在一起。体积非常微小，不超过大脑总量的百分之零点一；但这些移植过来的细胞却带着上一个宿主不可磨灭的印记：一丝一缕，若有若无的印痕，来自全息分布的记忆和人格。

协调人取出用光了的红瓶，将黄瓶插到那个位置上。这是帕斯卡尔第一次按照老石人风俗举行婚礼，她没能很好地掩饰自己内心的惶恐。当协调人将神经材料送进身体时，帕斯卡尔明显地退缩了一下；热拉尔迪乌一直紧握着她的双手。

西尔维斯特让热拉尔迪乌以为这种植入是永久性的，但事实并非如此。这些神经组织已经被无害的放射性示踪同位素标记过了，在必要的时候可以用离婚病毒找到并摧毁它们。到目前为止，西尔维斯特从来没有采用过这种选择，并且觉得自己将来无论会经历多少次婚姻，也永远不会这样做。他把自己历任妻子那点灰色精华都带在自己体内——她们也会带着他的，他也会这样对帕斯卡尔。事实上，今后帕斯卡尔体内也带上了痕量的他前妻们的细胞，虽然含量极其微小。

这就是老石人的作风。

协调人小心翼翼地把缔婚枪放回盒子里。“根据复生星的法律，”她开口说道，“现在婚姻已经正式确立。你可以……”

就在这时，香气触到了雅内坎的那些鸟。

揭开琥珀罐盖子的女人已经走了，她的座位显眼地空着。香味像是秋天的气息。罐子里飘出的气味让西尔维斯特想到了叶子的碎片。他想打喷嚏。

有什么地方不对劲。

房间里亮起了青碧色的光芒，仿佛一百把粉彩扇子刚刚打开。孔雀们的尾巴猛然弹开。上百万双彩色的细小眼睛闪动着。

房间里暗了下来。

“趴下！”热拉尔迪乌惊叫起来。他正疯狂地挠着自己的脖子。有什么东西钩在上面，很小，带着倒刺。西尔维斯特呆呆地望向自己的外袍，看到上面紧紧贴着足有半打的逗号形倒钩。衣料还没有被戳破，但他不敢去碰它们。

“暗杀工具！”热拉尔迪乌喊道。他拖着西尔维斯特和女儿一起趴到了桌子下面。礼堂里现在一片混乱，惊惶不安的人们正疯狂地竭力奔逃。

“雅内坎的鸟被引爆了！”热拉尔迪乌几乎是直接冲着西尔维斯特的耳朵在拼命叫喊，“毒镖——在它们的尾巴里。”

“你被击中了。”帕斯卡尔说。她太震惊了，声音里反倒不带任何情绪。光线和烟雾在他们头顶上爆开。他们听到人们在惨叫。西尔维斯特眼角瞥见了那个释放香气的女郎，她正用双手握着一把线条优美而邪恶的手枪。她在用它向观众泼洒弹雨，那长满獠牙的枪管喷出冷酷的玻色能脉冲。飘浮摄像机从她周围掠过，冷静地记录着这场屠杀。西尔维斯特从未见过女人正在使用的这种武器。他知道，这不可能是在复生星制造的，那么只剩下两种可能。要么是当初的殖民者从黄石星带来的，要么是从政变后经过这个太阳系的商人雷米里欧德那里买来的。玻璃——历经万载幸存下来的阿玛兰汀人的玻璃——在上面发出刺耳的破碎声。它们就像被咬破的太妃糖般，化作尖利的碎片坠落到观众席上。西尔维斯特只能无力地观望着那些红宝石片像冻结的闪电般插入人类的肉体。人们在惊恐中大声尖叫，叫声盖过了那些痛苦的哭号。热拉尔迪乌的保安团队中幸存的人员正在行动起来，但他们的速度实在慢得可怕。有四名民兵脸被那些倒钩刺伤，已经倒下了。一个人冲进了观众席，和那个拿枪的女人搏斗起来。另一个正在用他自己的配枪开火，收割着雅内坎那些鸟的性命。

热拉尔迪乌一直在呻吟。他的眼球在翻动，布满血丝，双手徒劳地想要紧握住什么。

“我们必须离开这里。”西尔维斯特在帕斯卡尔耳边大喊。她似乎还没从神经转移的晕眩中恢复过来，看起来对发生的一切都很茫然。

“但我父亲……”

“他已经没救了。”

西尔维斯特把沉重的热拉尔迪乌缓缓放到神庙冰冷的地板上，小心翼翼不离开桌子的庇护范围。

“那些倒钩意在杀戮，帕斯卡尔。我们对他无能为力了。如果我们留下来，最后只会跟着他一起死。”

热拉尔迪乌发出了嘶哑的声音。可能是在说“走”，也可能只是临死前的吐气，并无意义。

“我们不能丢下他！”帕斯卡尔说道。

“如果我们不这样做，杀死他的人最终会赢。”

泪水滑过帕斯卡尔的面庞。“我们能去哪儿？”

他焦急地环顾四周。震荡弹的烟雾弥漫在室内，多半是热拉尔迪乌的手下开火时制造的。粉红色的烟气正打着旋缓缓向下沉降，就像舞者抛出的纱巾。就在它们几乎要暗淡得看不清的时候，房间里骤然陷入了完全的黑暗。殿外的灯显然被关掉了，或是被破坏了。

帕斯卡尔倒吸一口冷气。

西尔维斯特几乎不假思索就让自己的眼睛进入了红外模式。

“我还能看见，”他低声对她说，“只要我们在一起，你就不用担心黑暗。”

西尔维斯特一边祈祷那些鸟的威胁已经消失，一边缓缓站起身来。神殿中的热气呈现为灰绿色的光芒。放香的女人死了，她的腰间有个拳头大小的孔洞，散发着高温。琥珀罐在她脚边摔得粉碎。他猜测这是某种荷尔蒙触发剂，和雅内坎置于鸟身上的受体相配合。这家伙必然是阴谋的参与者。他找了下，却发现雅内坎已经死了。一把细小的匕首插在他的胸口，他的织锦外套上流淌着一条条发热的小溪。

西尔维斯特抓住帕斯卡尔，推着她顺着地面爬到出口处。那里是一个金碧辉煌的拱门，上面绘满了阿玛兰汀人像和浮雕图文。如果不算雅内坎的话，香水女似乎是唯一真正在场的刺客。但现在她的同党都进来了，身上全都穿着变色龙装。他们戴着紧贴在脸上的呼吸面罩和红外线护目镜。

他把帕斯卡尔推到一堆乱七八糟翻倒在地上的桌子后面。“他们在找我们，”他轻声说道，“但他们可能认为我们已经死了。”

热拉尔迪乌幸存的安保人员步步后退，半跪在地上，在扇形礼堂中组织起防御阵形。双方实力悬殊：新来的这些人带的武器火力要强得多，是重型玻色能步枪。热拉尔迪乌的民兵们在用低当量的激光和投射武器进行反击，但敌人正冷漠而漫不经心地轻松将他们分割开来。至少有一半的观众已经昏迷或者死亡，先前那阵孔雀毒镖齐射大部分都打到了他们身上。这些鸟作为刺杀工具很难称得上有外科手术式的精确性，但它们被允许进入礼堂——完全未经搜检。西尔维斯特观察到，和他开始以为的不同，有两只鸟甚至还活着。它们的尾巴仍然受到残留在空中的香气控制，一开一合地忽闪着，犹如紧张不安的宫女摆弄着手中的折扇。

“你父亲从前会随身携带武器吗？”西尔维斯特话一出口就后悔了，他不该用过去式的[①]，“我是说，自从政变之后。”

“我觉得应该不会。”帕斯卡尔说。

她当然这么觉得。热拉尔迪乌绝不会向她吐露这种事情的。西尔维斯特迅速地在已失去生命的男人身体四周摸索着，希望能在他的礼仪服下找到包裹起来的坚硬武器。

什么都没有。

“没有我们也得行动起来了。”西尔维斯特说了句废话，仿佛陈述这个事实会以某种方式缓解它所概括的问题。“如果我们不跑，他们就会杀了我们。”他最后说。

“进入迷宫？”

“他们会看到我们的。”西尔维斯特说。

“但也许他们不会觉得那是我们，”帕斯卡尔说，“他们也许不知道你在黑暗中能看见。”虽然她实际上现在什么也看不到，但她还是设法让自己的目光正对着西尔维斯特的脸。她的嘴张着，几乎是个圆形的空洞，没有表情，没有希望。“让我先跟我父亲告别吧。”

她在黑暗中找到了父亲的尸体，最后一次吻了他。西尔维斯特看向出口。

---

① “过去式”这里可以理解成在强调热拉尔迪乌已死。

这时守卫出口的士兵被热拉尔迪乌剩下的民兵一枪击中。那个戴着面具的人形倒下了，他体内的热量流进了身体周围的地面，一群冒着烟的白色蛆虫在石板上四下散开。

道路暂时畅通。帕斯卡尔找到了西尔维斯特的手，他们一起开始奔跑。

第八章

2546年，前往孔雀六途中

大小姐在扈利身后鬼鬼祟祟地咳了一声。“我想你已经听到了有关船长的信息。”扈利说道。她正在宿舍里，独自一人——大小姐的鬼影除外——消化着伏尔约娃和佐佑木告诉她的任务信息。

大小姐的笑容不慌不忙。“复杂事务，是吧？我承认我考虑过船员可能与他有某种联系的可能性。这似乎是合乎逻辑的，因为他们打算前往复生星。但我从来没有想到事情会这么曲折。”

“这个描述我觉得不错。”

“他们之间的关系……”这个幽魂似乎花了点时间选择词语，虽然扈利知道这完全是恼人的假象，“很有意思。这可能会限制我们未来的选择。”

“你还是确定要杀死他吗？”

“当然了。这个消息只是让任务越发紧迫。现在有个危险，就是佐佑木会试图把西尔维斯特带上船。”

“那样的话，我杀死他不是更容易吗？”

“确实，但到那个时候，仅仅杀死他就不够了。你还必须想办法毁掉这艘飞船本身。在这个过程中，你能不能找到自救的方法？这又是个大麻烦。”

扈利皱了皱眉头。那样多半确实会很麻烦，但实在看不出有什么必要。

“但只要我能确保西尔维斯特死掉……”

“那是不够的，”大小姐说话的语气让扈利感觉她从未如此坦诚，“杀死他是你必须完成的任务的一部分，但不是全部。你杀死他的方式还要满足特定的条件。”

扈利等着听这女人怎么说。

“你必须保证他事先绝对没有发现任何征兆，提前几秒钟也不行。而且，你必须在他独自一人的时候动手。”

“我本来就打算这样。”

“很好——但我说的就是字面意思。任何时候，一旦无法确保他是独自一人，你就必须把他的死期延后，直到满足条件。绝无妥协余地，扈利。”

这是她们俩第一次详细讨论目标的死亡方式。显然，大小姐已经决定，扈利现在适合比之前稍微多知道几片拼图，哪怕仍然不能向她展示全局。

“武器有没有什么要求？”

“你可以使用任何适合自己的武器，只要其中没有超过一定复杂程度的控制论组件，这个限度我将在之后给出明确规定。”扈利还没来得及开口反对，她又说道，“光束武器是可以使用的，但前提是武器本身在任何阶段都不能与目标接近。实弹和爆炸装置也能达到我们的目的。”

扈利觉得，鉴于这艘拥光船的性质，船上应该有些足够适合要求的武器可用。等时机成熟，她应该可以挪用某些中等杀伤力的武器，并腾出足够的时间来搞清使用细节，然后再将其用于对付西尔维斯特。

“我大概能找到些合用的东西。”

“我还没说完。你不能接近他，也不能在他靠近包含控制论组件的系统时杀死他——同样，我会在稍后规定具体要求。他越孤立越好。如果你能设法在复生星的地表上，在他孤立无援之际杀死他，那我就对你的任务完全满意。”她停了下来。显然，这些要求对大小姐来说是非常重要的，扈利也在尽力把它们全都记下来，但到目前为止，这些话听起来并不比黑暗时代那些开出来退烧的符咒更合乎逻辑。“但无论如何都不能让他离开复生星。你要知道，只要有艘拥光船来到复生星附近——哪怕是这艘——西尔维斯特就会想方设法让自己上船。在任何情况下，都不能允许这种事情发生。”

“我明白了，”扈利说，“在地面上杀了他。就这些了吗？”

“还没完。”这个幽灵露出了笑容，一个扈利之前从未见过的残忍的笑容。她觉得可能大小姐的表情库存其实并没有用光，而是为这样的时刻专门保留了几个。“理所当然，我需要他死亡的证据。这个植入装置会录下事件经过，但在你回到黄石星后，我还想要物证来对植入物内的记录加以印证。我想要些残骸，不仅仅是骨灰。尽可能真空保存。把残骸密封起来，与飞船隔离。如果你觉得合适的话就埋在岩石当中。反正之后要把它们带回来给我。我必须看到证据。”

“然后呢？”

“然后，安娜·扈利，我就把你的丈夫还给你。”

西尔维斯特和帕斯卡尔跑到了包裹着阿玛兰汀地下城的黝黑外壳边，钻进其中的蛀洞迷宫，往里跑了几百步之后才停下来，喘息片刻。他在选择方向时尽可能随机，无视考古工作者加设的标志，极力让自己的路径不可预测。

“别这么快，”帕斯卡尔说，“我担心我们迷路了。”

西尔维斯特用一只手捂住她的嘴，尽管他知道帕斯卡尔需要说话，哪怕仅仅是为了让自己忘了父亲被刺杀的事实。

“我们必须保持安静。在壳体中也一定有真路派的队伍，等在这里，肃清逃出来的人。我们不要把他们引过来才好。”

“但我们迷路了，”她说话的声音现在很低沉，“丹，有人死在了这个地方，因为他们在饿死之前找不到出路。”

西尔维斯特沿着一个狭窄的门洞，把帕斯卡尔推进了越发浓厚的黑暗中。这里的墙壁很滑，还没有安装提供摩擦力的地板。“如果说这里有什么不可能发生的事，”他其实没有自己的语气表现得那么平静，“那就是我们会迷路。”他点了点自己的眼睛，虽然周围的光线太过阴暗，帕斯卡尔根本看不到这个手势。就像盲人之国里的明眼人一样，他很容易忘记自己的非语言交流每每徒劳无功。“我可以重放我们走过的每一步，而且墙壁可以很好地反射我们身体发出的红外线。我们在这里比在城市里面更安全。”

帕斯卡尔在他身后喘息着，好长时间都没说话。

最后她喃喃自语道：“你很少犯错，我希望这不是其中之一。那样的话，我们这场婚姻的开头也真是太不吉利了。你觉得呢？”

他并不怎么想笑，脑海中大厅里的屠杀场景依旧鲜明。但他还是笑了，随着这个动作，周遭的现实似乎缓和了几分。这是好事。从理性出发考虑就会发现，帕斯卡尔的怀疑是完全合理的。即便他知道脱离迷宫的准确路径，但这种知识也可能毫无用处：隧道可能会太滑，无法攀爬；又或者迷宫会像传闻中那样，偶尔改变自己内部的配置。那样的话，无论有没有“魔眼”，他们都会饿死，就像其他那些可怜的傻瓜一样，在脱离了做好标记的安全路径之后死在里面。

他们缓缓朝着这座阿玛兰汀建筑的更深处走去。隧道像条虫子留下的蛀洞，在内部壳层中蜿蜒向前，他们能感觉到它有着轻微的弧度。诚然，恐慌和迷失方向是同样危险的大敌，但强迫自己保持冷静绝非易事。

“你觉得我们应该在这里待多久？”

“一天，”西尔维斯特说，“然后我们在那些人走后离开。到时候来自居维叶城的援军应该就到了。”

“他们为谁服务？”

隧道中有段狭窄的蜂腰，西尔维斯特侧身挤了过去。前方是个三岔路口。他在心里做了个掷硬币的动作，然后选择了左边。“问得好。”他说话的声音很轻，他的妻子听不见。

但如果这次事件其实是席卷整个殖民地政变的一环，而不是一场展示在公众面前的孤立恐怖活动呢？如果居维叶城现在已经脱离了热拉尔迪乌政府的控制，落入了真路派之手呢？热拉尔迪乌死后，那台笨重的政党机器还在，但它的许多齿轮都已在婚礼大厅里被一并消灭了。在这个虚弱的时刻，闪电战式革命也许可以大有斩获。或许政变已经结束了，西尔维斯特以前的敌人已被赶下宝座，陌生的新面孔掌握了大权。在这种情况下，等在迷宫里可能完全没有任何意义。真路派会把他当作敌人吗？还是会对他有比较模糊的定位，比如一个敌人的敌人？

这并不是说，直到最后热拉尔迪乌和他还是敌人。

最终他们来到了一片宽阔而平坦的交通腹地，许多隧道都汇聚在这里。这里有可以坐下来的空间，空气清新，微风习习；换气泵的气流可以吹到这里。

西尔维斯特在红外线视野中看着帕斯卡尔小心翼翼地坐到地上，双手在毫无摩擦力的地板上摸索着有没有老鼠、尖石，或是咧嘴怪笑的骷髅。

“没事的，”他说，“我们在这里很安全。”就好像他只要这样说，他们就可能更加安全些似的。“如果有人来，我们可以选择从哪条路线逃跑。我们先躲会儿，看看形势。”

现在，他们的瞬时逃离行动结束了，帕斯卡尔肯定又会开始想起自己的父亲。他不希望这样，至少现在不希望。

“愚蠢的呆子雅内坎，”他希望至少能把她的思绪从之前的遭遇上引开些，“他们肯定是抓住了他的什么把柄。这种事情是不是总是这样？”

“什么？”帕斯卡尔吃力地问道，“什么事情总是这样？”

“纯真之人堕落。”他的声音很低，简直像是随时会语不成声。礼堂袭击散发的气体没有真的到达他的肺部，但他的喉咙仍然可以感觉到毒气的影响。“我在曼特尔认识雅内坎这么多年，他一直就在研究这些鸟。它们本来是些无害的活雕塑。他说，任何一个围绕名字里有‘孔雀’的恒星运行的殖民地上，都应该有几只孔雀。然后有人给它们想到了更好的用法。”

“大概它们全都是有毒的，”帕斯卡尔这句话的最后几个音节被拉长成了一串嗞嗞声，“就像是些会行走的小炸弹，一触即发。”

“不知怎的，我不太相信他在很多孔雀身上动过这种手脚。”也许是空气的原因吧，总之西尔维斯特突然感到疲倦，很需要马上睡一觉。他知道，他们现在是安全的。如果有杀手一直在跟踪他们——但杀手大概根本没有意识到死者当中没有他们俩——那追踪者应该已经到了壳体中的这一区域。

“我从不相信他有真正的敌人。”帕斯卡尔说。在这狭小的空间里，她说出的话却似乎在无拘无束地翻腾。西尔维斯特想象着帕斯卡尔的恐惧：什么也看不见，只有依靠他给出的保证，这个黑暗的地方对帕斯卡尔来说一定非常可怕。“我从没想过有人会为了自己想要的东西而杀他。我觉得任何东西都不值得他们这样做。”

扈利最终会和其他船员一道进入低温休眠状态，在其中度过飞船前往复生星途中的大部分时光。但在此之前，她醒着的大部分时间都是在火控室里度过的，没完没了地进行着模拟操作。

一段时间后，练习过程开始侵入她的梦境，以至于伏尔约娃为她安排的重复性练习不再适合用“无聊”来形容。然而，她甚至开始喜欢在火控室的环境中失去自我，因为这能让她暂且从烦恼之中得以喘息。在火控室里，关于西尔维斯特的那些麻烦全都不过是癣疥之疾。她仍然会意识到自己正处于一种不可思议的状态，但这一事实似乎不再是关键。火控室就是整个世界，而这使得她不再害怕它。在训练结束后，她还是她自己。她开始认为火控系统根本就没什么大不了的，觉得它最终不会对她的任务结果产生任何影响。

当那些电子狗回巢之后，一切都变了。

它们是大小姐的猎犬。在扈利的一次训练中，它们被释放到火控系统中充当电子特工。这些狗通过神经接口进入了系统本身，利用的是系统中一个情有可原的弱点——伏尔约娃加固过系统以防软件攻击，但她显然从来没有想到，攻击可能来自被挂载到火控系统中的人类大脑。狗狗们发回叫声，确认它们已经安全进入了火控系统的核心。在放出去之后，它们并没有很快回到扈利的大脑中，因为需要几个小时的时间，才能对火控系统那神秘而复杂的架构中的犄角旮旯完成嗅探。所以它们在系统里待了一天多，直到伏尔约娃再一次将扈利挂载上去。

然后，狗狗们回到了大小姐的身边，她给它们解密，对它们找到的猎物进行剖析。

“她有个偷渡客，”又一次训练后，在和扈利单独相处时，大小姐说道，“有什么东西藏在火控系统当中，而且我敢打赌，她对此一无所知。”

这一刻开始，扈利再也不能对火控室完完全全地淡然处之。“继续。”她只觉骤然间遍体生寒。

“一个数据实体。这是我能找到的最好的描述了。”

“狗狗们遇上的东西？”

“是的，但……”大小姐听起来像是又找不到词了。扈利有时候怀疑确实如此：植入体要处理的情况，和真正的大小姐预期中的任何状况都远隔若干光年。“其实狗狗们并没有看到，甚至一鳞半爪都没看到。那东西太难以察觉了，要不然伏尔约娃自己的反入侵系统就会发现它。狗狗们更多是感觉到了它刚刚离去之后的空缺，感觉到了它移动时激起的微风。”

“你行行好吧，”扈利说，“尽量不要把话说得那么该死地吓人，好吗？”

“很抱歉，”大小姐答道，“但我必须承认，那东西的存在令人非常不安。”

“让你都不安？那你觉得我的感觉如何？”扈利摇了摇脑袋，震惊于现实充满如此漫不经心的恶意，“好吧，你认为那是什么？某种病毒，跟其他所有正在吞噬这艘船的病毒类似？”

“这东西比那些要高级太多了。尽管存在其他的病毒实体，但伏尔约娃自己的防御系统还能维系飞船的运行，她甚至还能遏制住融合疫。但这个……”大小姐看着扈利，脸上的摹写表情传达出了真真切切的恐惧，“那些狗狗被它吓坏了，扈利。它躲避它们的方式显示出，它比我见过的几乎所有东西都要聪明得多。但它没有攻击那些电子狗，而这让我越发不安。”

“怎么？”

“这说明，那家伙正在等待时机。”

西尔维斯特一直没搞清楚他们睡了多久。可能只有几分钟，焦虑不安的梦境一个接一个，混乱，逃亡，肾上腺素激增。也可能是几个小时，甚至是一整天。无从得知。不管是什么情况，他们都不是因为自然的疲劳而睡着的。西尔维斯特不知被什么唤醒了，这才震惊地意识到，他们一直在呼吸被泵入隧道系统的安眠气体。难怪空气显得如此芬芳，一直有微风拂面。

头顶上有类似于老鼠的响动。

他用手扒醒了帕斯卡尔；她醒了过来，发出一声哀怨的呻吟，有几秒钟还拒绝接受现实，艰难地理解着自己身处的环境和面临的困境。西尔维斯特研究着她的面部热成像图，看着平滑如蜡的中性表情被混合着悔恨和恐惧的表情取代。

“我们得走了，”西尔维斯特说，“那些人在追我们——他们往隧道里放了毒气。”

喧闹声正一秒一秒接近。帕斯卡尔仍处于半梦半醒之间，但她还是成功地张开了口，向丈夫发问，那声音听起来就像隔着层棉絮：“哪条路？”

“这边。”西尔维斯特边说边抓住她，推着她往前，从最近的一个瓣膜状出口向下。她在滑溜溜的路面上跌了一跤。西尔维斯特扶起她，挤到她前面，握住她的手。前方一片昏暗，西尔维斯特的眼睛只能看到他们所在位置周围几米的隧道。他意识到，自己也基本处于盲目状态，只比妻子略好一些。

聊胜于无。

“等等，”帕斯卡尔说，“我们后面有光，丹！”

还有声音。他现在能听到那些人的急切声音，分不出在说什么。灭菌金属的刮擦声。很可能有化学传感器阵列在跟踪他们。信息素嗅探器正在读取人类在恐慌中泄漏到空气中的物质，在追兵的感官中直接将数据绘制成图。

“快点。”帕斯卡尔说。西尔维斯特匆忙中回头瞥了一眼，双目瞬间被新出现的灯光所淹没。那是一片蓝色的光芒，照亮了隧道的另外一段；光在颤抖，仿佛是拿在人手中的火炬。他试图提高速度，但隧道越来越陡峭，在玻璃般光滑的墙壁上更难找到着力点：真的太像是在结冰的烟囱里挣扎着往上爬。气喘吁吁的声音，金属摩擦墙壁的声音，还有发出指令的呼叫声。

前方的路太陡了。现在仅仅是为了维持平衡不往后滑倒，就已经得不断苦苦挣扎。“到我身后去。”他边说边转过身，面对那片蓝光。

帕斯卡尔急忙冲过他身旁。“现在怎么办？”

光线摇曳，渐渐变强。“我们别无选择，”西尔维斯特说，“我们跑不过他们，帕斯卡尔。只能转身面对他们。”

“那是自杀。”

“也许他们看到我们的脸，就不会杀我们了。”

他告诉自己，四千多年的人类文明史可以证明，这种指望不切实际。但既然这是他唯一的指望，那机会再渺茫也无所谓了。他妻子用双臂紧紧搂住他的胸膛，把头贴在他的脑袋上，看着同一个方向。她呼吸急促，惊恐不安。西尔维斯特毫不怀疑，他自己的呼吸声听起来也是如此。

敌人大概能闻到他们的恐惧——字面意义上的闻到。“帕斯卡尔，”西尔维斯特说，“我有件事现在得告诉你。”

“现在？”

“是的，现在。”他已经无法分辨出自己和妻子的急促呼吸了。每一次呼出的气流都重重地拍打在皮肤上。“以防我没有机会告诉别人。这件事我已经保密太久了。”

“你是说以防万一我们死在这里？”

他没有直接回答她的问题。他的一半心思还在试图揣测他们还剩下几秒，或是几十秒。也许不足以说完那些不得不说的话。“我撒谎了，”他说，“关于在拉斯凯尔天幕周围发生的事。”

帕斯卡尔张口欲言。

“不，等等，”西尔维斯特说，“听我说完。我必须说出来。必须把这件事说出来。”

他妻子的声音几不可闻。“说吧。”

“关于在那里发生的一切，我说的是真的。”帕斯卡尔的双眼现在瞪得很大，成了她脸上的热成像图中的两个椭圆形空洞。“只是发生的事恰恰相反。在我们接近天幕时，变身开始瓦解的不是卡琳娜·勒菲弗。”

“你在说什么？”

“是我。是我差点导致我们两个人都被杀死。”他停了下来，等待着她说些什么，或者是等待追兵从慢慢靠近的蓝光中骤然冲出。这两种情况都没有发生，于是他顺着忏悔的冲动继续往下说。“我的幻戏藻变身开始衰退。天幕周围的重力场开始向我们袭来。卡琳娜会死的，除非我把自己那半边接触舱和她的分开。”

他可以想象得到，帕斯卡尔正努力想要将这些话覆在她脑海中现有的模板上。那是她出生以来，众所周知的历史中的一环。他这些话不是事实，不可能，不应该是事实。事实非常简单。勒菲弗的变身已经开始衰退，她做出了最高的牺牲，抛出了自己那半边接触舱，这样西尔维斯特才有机会在这场与全然异类搏击的伤痕累累的交锋中活下来。不可能有其他事实。这就是她所知道的全部。

只是，这全都不是真的。

“我本该那么做的。现在，事情都过去后，说起来很容易。但那个时候，在那个地方，我做不到。”现在帕斯卡尔无法看清他的表情。他也不知道自己是该为之庆幸，还是为之悲哀。“我没法启动分离炸弹。”

“为什么不行？”

西尔维斯特想：她想听到我说，这在物理上是不可能的；凝滞的空间限制了他的身体活动；重力旋涡将他固定不动，甚至在将他片片凌迟。但那是谎言，而他现在正要说出真相。

“我被吓坏了，”西尔维斯特说，“我这辈子从没那么怕过。我害怕死在外星人的地盘上会招来未知的恶果。害怕我的灵魂在那个地方，在拉斯凯尔所说的天启空间里，会遭遇未知的厄运。”他咳嗽了一声，知道时间不多了。“不理智，但我当时就是有那样的感觉。模拟还是没能让我们为那样的恐怖做好准备。”

“但你还是做到了。”

“重力扭曲把飞船撕开了，完成了本应由爆破弹完成的工作。我没有死……我不明白，因为我本该死掉才对。”

“而卡琳娜？”

在他回答之前——甚至似乎是在他想好答案之前——一股令人作呕的甜味袭来。又是催眠毒气，只是这次更浓。毒气充斥着他的肺部。他想打喷嚏。他忘了拉斯凯尔天幕，忘了卡琳娜，忘了自己在她的遭遇中到底扮演了什么样的角色。整个宇宙中对他来说最重要的事情，忽然就成了打喷嚏——

以及用手指挠掉自己的皮肤。

一个男人站在蓝光之中。他戴着呼吸面罩，看不到表情，但他的姿势传达出的情绪只有无聊和冷漠。他慵懒地抬起左臂。他手里拿着的装置，乍看是个手柄带扳机的扩音器，但他手持的样子显示出它无疑有着更重大的意义。他冷静地瞄准，直到喇叭状的武器开口直指西尔维斯特的眼睛。

他做了些什么——完全无声无息间——西尔维斯特的大脑骤然间感觉到熔融般的痛苦。

第九章

2566年，复生星，北涅赫贝特，曼特尔城

“很抱歉弄坏了你的眼睛。”在经历了仿佛永无尽头的痛苦和移动之后，有个声音说道。

有那么一会儿，西尔维斯特的思绪在混乱中飘移，挣扎着为最近发生的事情安排顺序。在刚刚过去的时间里，他经历了婚礼、谋杀、迷宫逃亡、毒气麻醉，但没有任何一样与其他事情能关联起来。他觉得自己好像是在试图用一些没有编号的碎片来重新组合一本传记，哪怕这本传记中的事件似乎都熟悉得要命。

那个人用武器指向他的时候，他脑子里出现难以置信的剧痛——

他失明了。

世界消失了，取而代之的是一动不动的灰色马赛克。他的人造眼睛启动了紧急关机模式。加尔文的手工艺品受到了严重的损害。这双眼睛不是简单地崩溃了。它们遭到了攻击。

“你最好是看不到我们，”那个说话的声音现在非常近，“我们本可以蒙住你的眼睛，但我们不确定这对漂亮的小玩意有什么能力。也许它们能看穿我们使用的任何织物。这种方式更简单。聚焦定向电磁脉冲……可能有点疼。击穿破坏了若干电路。我对此感觉很遗憾。”

他设法让自己听起来一点也不感觉遗憾。“我的妻子怎么样了？”

“热拉尔迪乌家的小丫头？她没事。对她不需要采用这么激烈的行动。”

也许正因为失去了视觉，西尔维斯特对周围环境的运动更加敏感。他猜想，他们正乘坐着一架飞机，在峡谷和山谷中穿行，以躲开沙尘暴。他寻思着：谁是这架飞机的拥有者？谁现在掌握大权？热拉尔迪乌政府军仍然控制着居维叶城，抑或整个殖民地都为真路派的叛乱所席卷？这两种状况他都不怎么喜欢。他也许曾与热拉尔迪乌结成了同盟，但热拉尔迪乌现在已经死了，而西尔维斯特在淹没派的权力架构中一直有不少敌人——对热拉尔迪乌在第一次政变后允许西尔维斯特生存的做法感到不满的人们。不过，他还活着。而且他以前也曾失明。这种状态对他来说并不陌生，他知道这种状况自己是能熬过去的。“我们要去哪儿？”他问道。那些人用安全带把他绑得很紧，阻碍了血液循环。“回居维叶城？”

“如果我们真是回那里的话？”那个声音问道。

“我会惊讶你们这么急着去那里。”

飞机令人不适地倾斜、急转，在高空中向下坠落，又紧急拉升，犹如暴风雨中的一艘玩具游艇。西尔维斯特试图将这些转弯与居维叶城周围的一系列峡谷在他脑海中的地图联系起来，但这实在没有丝毫成功的希望。他现在或许更靠近被深埋地下的阿玛兰汀人的城市而不是自己的家，但也完全可能在这个星球上任何其他地方。

“你们是……”西尔维斯特迟疑了一下。他在犹豫是否应该假装对自己的处境一无所知，然后掐灭了这个想法。他没什么好假装的。“你们是淹没派吗？”

“你认为呢？”

“我认为，你们是真路派。”

“给这个人来点掌声。”

“现在是你们掌握大权了？”

“一切尽在掌握之中。”警卫试图说个大话，但西尔维斯特捕捉到了他那一瞬间的迟疑。西尔维斯特觉得，这代表着不确信。也许这帮人并不真正了解他们的夺权大业进展如何。他说的或许是真话，但由于整个星球的通信可能都已遭到破坏，这点他们也无从肯定，没有办法确认他们控制的彻底程度。首都可能还在忠于热拉尔迪乌的部队手中，又或者完全落入了另一派系之手。这些人肯定只是出于信仰，希望他们的盟友同样取得成功。

当然，也可能他们说的完全正确。

他感觉到手指把面具放在他的脸上，坚硬的边缘戳痛了他的皮肤。不过，这种不适是可以忍受的：在他破损的双眼带来的持续疼痛面前，这种程度的不适几乎不值一提。戴上面具后，呼吸起来有些费事。他不得不用力吸气，才能透过面具口鼻部位的集尘器吸入空气。现在进入他肺部的氧气有三分之二来自复生星的大气层，而剩下的三分之一则来自悬挂在呼吸面具“鼻子”底下的加压罐。气体中掺入了一定量的二氧化碳，以触发身体的呼吸反射。

他几乎没有感觉到飞机着陆——那之后他也依然不能确定他们是否已经到达目的地，直到舱门打开。然后警卫解开了他的安全带，半强迫地把他推向刮着寒风的出口。

外面是黑夜还是白天？他不知道，也无从得知。

“我们在哪儿？”他叫道。呼吸面罩把他的声音闷在里头，听起来像是个口齿不清的低能儿在嘟囔。

“你认为在哪儿有区别吗？”警卫的声音没有被扭曲。西尔维斯特意识到，这人在直接呼吸外面的空气。“即使穹顶城市在步行可达的范围之内——实际上不是——你顶多也只能从你现在所站的位置冲出一小段距离，然后就会断送自己的性命。”

“我想和我的妻子说话。”

警卫抓住他的胳膊，回拧到西尔维斯特感觉要脱臼的地步。他踉跄了一下，但警卫没让他倒下。“等我们做好一切准备之后，会让你跟她讲话的。我告诉过你她很好，不是吗？你不相信我还是怎么的？”

“我刚刚目睹你们杀死了我的新岳父。你觉得我应该怎么想？”

“我觉得你应该把头低下。”

一只手按住他的脑袋，把他推进了屋子里。风不再刺痛他的耳朵，语声突然有了回音效果。在后面，一扇压力门关上了，截断了风暴的咆哮。虽然看不见，但他感觉得到帕斯卡尔不在附近。他希望这意味着她是跟自己分开押送的，希望抓他的人说他妻子安然无恙时并不是在撒谎。

有人一把抓走了呼吸面罩。

接下来，他被迫在走廊中行进。走廊很窄，他的肩膀在墙上撞得生疼，而且有股讨厌的消毒水味。押送他的人扶着他走下嘎嘎作响的楼梯，先后搭乘两部摇摇晃晃的电梯，又走了一段不知道多长的距离。他们走出电梯，进入一片回音阵阵的地下空间，空气中有微风阵阵，弥漫着金属的气息。他们走过一个狂风阵阵的通风管，从管道表面传来尖厉的风声。他又断断续续听到了一些声音，虽然他认为其中有些音调很耳熟，但完全没法想起那些到底是什么声音。

最后，他们进入了一个房间。

他确信这里肯定是被涂成了白色。他几乎能感觉到空白的立方体表面墙壁带来的那种压力。

有人走到他身边，带着甘蓝的气息。他感觉到手指在轻柔地触摸着他的脸。手指包裹在某种没有纹理的东西里，散发着淡淡的消毒剂味。那些手指在抚摸他的双眼，用某种坚硬的东西敲打着眼睛表面。

每一次敲击都在他的太阳穴后引发一阵剧痛，就像是炸开一颗微小的新星。

“等我说修的时候再修。”一个声音说。毫无疑问，他认识这个声音。这是个女人的声音，但带着浓重的喉音，几乎像是个男人了。“现在就让他瞎着。”

有离开的脚步声。肯定是刚才说话的人用一个无声的手势打发走了押送队伍。现在独自一人，没有参照点的情况下，西尔维斯特感到自己完全失去了平衡感。无论他如何移动，眼前都是那灰格子的方阵。他的腿虚弱无力，但周围没有任何可供支撑的东西。他感觉完全就像是站在一块木板上，离地面有十层楼高。

他开始朝地面坠落，双臂可怜兮兮地挥舞着。

有什么抓住了他的前臂，稳住他的身子。他听到一个有节奏的刺耳声音，就像是有人在锯木头。

那是他自己的呼吸声。

西尔维斯特听到轻轻的吧嗒一声，知道那女人刚才又张嘴说了什么。现在她肯定在笑，在看着西尔维斯特。

“你是谁？”他问道。

“你这个无可救药的浑蛋。你甚至不记得我的声音。”

她的手指抠进他的前臂，熟练地找到神经纤维，掐住适当的位置。他发出一声狗吠般的惨叫，这种刺激头一次让他忘记了眼中的痛苦。“我发誓，”西尔维斯特说，“我不认识你。”

那女人松开了手。他的神经和肌腱弹回原位时带来了更多的疼痛，而后痛苦消退为一种麻木不适感，包裹住他的整条手臂和肩膀。

“应该的，”那个嘶哑的声音说道，“我是个你以为很久以前就死了的人，丹。被山体滑坡所掩埋。”

“斯卢卡。”他说。

当那件令人不安的事发生时，伏尔约娃正在去找船长的路上。这会儿其他船员都在前往复生星途中进入了休眠状态，扈利也在其中，伏尔约娃按照老习惯行事，前去与略微升温的船长交谈。只要将他的脑温提高几分之一开尔文，就能让他恢复某种程度的意识，尽管非常零散。她近两年来大部分时间都会定期这样做，之后的两年半也将一样，直到飞船抵达复生星附近，其他人从低温休眠中醒来。当然，交谈的频率并不高，她不能冒险让船长回暖太频繁，因为每一次回暖，疫病都会从他和周围的物质中又夺去一点点东西；但每几周都能提供一个人与人互动的小绿洲，否则她全部的时间都只会被对病毒、对武器，还有对飞船日渐恶化状况的忧虑塞满。

因此，对伏尔约娃这边而言，她还挺期待这种交谈的，尽管船长看起来很少能记得他们之前谈过什么。更糟糕的是，他们之间的关系，最近还陷入了某种冷战中。部分原因是佐佑木不走运，没在黄石星找到西尔维斯特，这就注定要让船长再受至少半个世纪的折磨；如果在复生星也找不到西尔维斯特，还可能延宕更长时间；在伏尔约娃看来，至少在理论上，这种可能性是存在的。而船长总会问她寻找西尔维斯特进展如何，这令事情变得更为棘手，她总是不得不向他透露消息，说进展并不像希望的那样顺利。之后船长就会变得闷闷不乐——对此她完全可以理解——而交谈的气氛会变得低落，往往到了船长完全无法再与人沟通的程度。几天或几周后，当伏尔约娃试图再次与他交谈时，他将忘记之前说过的事，他们将再次经历同样的过程，只是这一次伏尔约娃将尽力更温和地把这个坏消息报告给他，甚或加上些乐观的陈述。

另一件给他们的交谈投下阴影的事情来自伏尔约娃这边，那就是她总会坚持向船长探询他和佐佑木拜访图式幻戏藻的经历。伏尔约娃只是在最近几年才对这次访问的细节感兴趣，因为现在她觉得，佐佑木的性格变化就发生在那前后。当然了，去拜访幻戏藻肯定就是为了改变一个人的思维，但为什么佐佑木会让那些外星人把他变得更糟糕？他比以前更冷酷无情了。现在专制且一意孤行的他，从前曾是一个坚定但公平的领导者，是三人团中的重要一员。现在伏尔约娃几乎完全无法信任这个人了。然而船长从不对这一变化做出解释，只是态度恶劣地一个劲回避她的问题，让她对当时到底发生了什么越发念念不忘。

伏尔约娃走在去找船长谈话的路上，脑中首先想着的就是这些事情。她在犹豫这次要如何处理避不开的关于西尔维斯特的话题，以及在向船长询问幻戏藻的事情时，要采取什么样的新方式。而她走的是那条惯常的路线，就必然会通过秘藏室。

然后她看到，其中一件武器——恰恰是最令人恐惧的武器之一——似乎移动过。

“局势有一些发展，”大小姐说，“有偶然的，也有必然的。”

此时她会有意识，这本身就令人惊讶，更不用说听到大小姐说话了。扈利记得的最后一件事是爬进一个低温休眠舱里，伏尔约娃俯视着她，敲击自己的手环输入命令。现在她看不到也感觉不到任何东西，甚至感觉不到寒冷，但她不知怎么就知道自己仍然在低温休眠舱里，而且某种程度上仍然处于休眠中。

“我在什么地方——现在什么时候？”

“仍然在飞船上。在前往复生星的途中，走了大概一半了。我们现在移动速度非常快，比光速只慢不到百分之一。我略微提高了你中枢神经的温度，足以让我们进行交谈。”

“恐怕，被她注意到可能是我们面临的麻烦中最轻微的。你还记得那个秘藏室吗？记不记得我是怎么发现有东西藏在火控系统中的？”大小姐没有等她回答，“那些猎犬带回来的信息并不容易破译。经过三年……到现在，它们给出的征兆变得更加清晰了。”

扈利眼前出现了一个场景：大小姐把她的那些狗开膛破肚，研究着外溢的内脏形成的拓扑结构[①]。

“那么这个偷渡者真的存在？”

“哦，是的。而且敌意满满，不过这个我们待会儿再说。”

“对它是什么有概念了吗？”

“没有。”她说道，不过说话的语气有所保留，“但我已经了解到的情况就够意味深长了。”

---

① 此句用古代脏卜术比喻对数据进行分析。

大小姐要说的内容和火控系统的拓扑结构有关。火控系统非常复杂，由许多计算机联合组成：在飞船上经过了几十年的时间，叠加了一层又一层。任何人类的头脑——即使是伏尔约娃的头脑——顶多也就是能把握这个拓扑结构的基本概况：各层之间是如何相互渗透和折叠在一起的。更深层次的理解基本不太可能。但从某种意义上说，火控系统也十分清晰，它几乎与飞船的其他部分完全没有关联。这就是为什么大多数秘藏武器的高级功能只能由坐在火控席的人亲自执行。火控系统周围有一道防火墙，船上其他地方来的数据只能通过它传到火控系统当中。这样做的原因是战术上的；因为系统控制的武器（不仅仅是秘藏室里的那些）在使用时会突出到飞船之外，它们有可能为敌人的武器提供通过病毒手段渗透到舰内的途径。因此，火控系统被隔离开来，与飞船的其他数据空间之间由一道单向门加以保卫。这道门只允许数据从飞船的其他部分进入火控系统，火控系统内的任何东西都不得通过这道门。

“现在，”大小姐说，“鉴于我们已经在其中发现了一些东西，我请你按照逻辑推断出结论。”

“不管那是什么，应该是误入其中的。”

“是的。”大小姐听起来很高兴，简直就像她先前没有想到这点似的，“我想我们必须考虑这个实体通过武器进入火控系统的可能性，但我认为它通过那道活板门进入其中的可能性要大得多。我还碰巧知道数据最后一次通过这道门是什么时候。”

“多长时间以前？”

“十八年前。”在扈利来得及插话之前她又补充道，“按飞船时间计算。按行星时间的话，我估计是在你被招募之前八九十年。”

“西尔维斯特，”扈利有些惊讶地说，“佐佑木说过，西尔维斯特失踪的原因是被他们带到了这艘船上，来治好布兰尼根船长。时间能对上吗？”

“要我说，根本就是确凿无疑。事情应该发生在 2460 年，西尔维斯特从天幕人那边回来后二十年左右。”

“并且你认为他把东西——不管那到底是什么——一起带了过来？”

“我们所确知的都是佐佑木告诉我们的。西尔维斯特接纳了加尔文的模拟人，以便治疗布兰尼根船长。在手术过程当中的某个时候，西尔维斯特一定会连接上飞船的数据空间。也许偷渡者就此获得了访问权限。此后，我估计时隔不久，它就通过那道单向门，进入了火控系统。”

“从那时起，它就一直在那里？”

“看起来是这样。”

这似乎是一种模式：每当扈利觉得她在脑子里已经把事情理顺了，或者至少是大致理顺了，一些新的事实就会把她心中的图景打得粉碎。她觉得自己就像个中世纪的天文学家，为了纳入每一个新观测到的怪异现象，一步步创造出越来越复杂的机械宇宙模型。现在又是这样，在她始料未及的地方，西尔维斯特与火控系统发生了关联。至少她可以安然接受自己的无知——甚至连大小姐这次也被难住了。

“你刚才提到那东西富于敌意。”她试探着说道。她并不确定自己是否想问更多的问题，万一答案太难理解呢？

“是的。”大小姐这次的语气犹豫不决。“派出那些狗是个错误，”她说，“我太急躁了。我本该意识到，盗日者——”

“盗日者？”

“那东西自称叫这个名字。我是说，那个偷渡者。”

这感觉不对劲。她怎么会知道那东西的名字？电光石火之间，扈利记得伏尔约娃曾经问过她，这个名字对她是否有意义。但这并不只限于此。似乎她梦里总在听到这个名字，已经有一段时间了。扈利张口欲言，但被大小姐抢先了。“它利用那些狗逃了出来，扈利。或者至少是让自己的一部分逃了出来。它利用它们进入了你的大脑。”

在新的监狱里，西尔维斯特没有可靠的方法来标记时间。他唯一能确定的是，自从被抓以来已经过去了很多天。他怀疑自己被下了药，被迫进入类似昏迷的睡眠状态。他很少会做梦，梦中他能看见，但他即将失明，残存着些许宝贵的视力。他醒来时只能看到一片灰色，但经过一段时间——他猜是几天之后——灰色就已经失去内部的几何结构。关机模式被强加于他的大脑太久了，现在他的大脑干脆把它过滤掉了。剩下的只有一片无色无垠的光亮，甚至不再能分辨出灰色，而只有一片明亮，丝毫看不出色调。

他不知道自己因为看不到是不是错过了什么。也许他的实际环境是如此沉闷和严苛，以至于即便他还保有视力，他的大脑迟早会同样搞出这种过滤把戏。他所能感觉到的只有静静包围着他、连回声都没有的岩石，数以百万吨的岩石。他一直在思念着帕斯卡尔，但他越来越难以在脑海中绘制出自己妻子的形象。那灰色似乎正在渗入他的记忆，像是潮湿的混凝土，渐渐把它们糊起来。然后有一天，西尔维斯特刚吃完配给的口粮，牢房的门被打开了，他听到了两个人的声音。

第一个是吉莉安·斯卢卡的。

“你能对他做到哪一步就尽量做，”她用沙哑的嗓子说道，“在限制条件之内。”

“我做手术的时候他应该处于麻醉昏迷状态。”另一个声音说。那是个男人，声音黏黏糊糊的。他呼吸中有种甘蓝的气息，西尔维斯特记得这种味道。

“他应该，但他不会。”斯卢卡的声音犹豫了一下，然后补充说，“我并不期待任何奇迹，法尔肯德。我只想让那个浑蛋能看到我。”

“给我几个小时。”法尔肯德说。他砰的一声把什么东西放在了牢房里那张边角都被包裹起来的桌子上。“我会尽力而为，”他说话的声音几乎是在喃喃自语，“虽然据我所知，在你把他弄瞎之前，这双眼睛也并没什么特别的。”

“给你一个小时。”

斯卢卡退出时砰的一声关上了门。自从被抓后就一直被束缚在沉默之茧中的西尔维斯特，感觉这声音在他的颅骨中回荡着，反复冲击。长久以来，他一直在努力捕捉最轻微的声音，寻求着他命运的线索。他一直毫无收获，但在这个过程中却变得对沉默异常敏感。

他闻到法尔肯德走近了些。“很高兴能跟你合作，西尔维斯特博士，”那人语气近乎呆板地说道，“相信假以时日，我能消除她对你造成的大部分伤害。”

“她只给你一个小时。”西尔维斯特说。他自己的声音听起来很陌生，除了睡梦中那些语无伦次的喃喃自语，他已经很久都没怎么说话了。“你在一个小时内能做到哪一步？”

他听到那个人在翻找自己的器械。“至少可以让你有所改善。”那人边说边时不时啧啧吸气，打断自己的发言，“当然，如果你不挣扎的话，我会做得更好些。但我不能保证你会感觉愉快。”

“我相信你会尽力而为的。”

那人的手指在他眼睛上滑过，轻轻地试探着。

“我一直很钦佩你的父亲，你知道。”又是一阵啧啧吸气，让西尔维斯特想起了雅内坎的那些鸟，“众所周知，是他为你打造了这双眼睛。”

“他的贝塔级模拟人。”西尔维斯特纠正道。

“当然，当然。”他简直能看到法尔肯德挥手把这种虚无缥缈的区别丢到一边的样子，“模拟人，并且不是阿尔法级的——我们都知道它在多年前就消失了。”

“我把它卖给了幻戏藻。”西尔维斯特语气毫无波动地说道。保密多年之后，真相从他的嘴里蹦了出来，就像吐出一颗酸苦的种子。

法尔肯德从气管里发出了一阵奇怪的声音，西尔维斯特最终认为，可能这就是此人发笑的方式吧。“当然了，当然了。你知道吗，我很惊讶从来没有人指责你犯下这种罪行。不过你这愤世嫉俗的样子倒更有人情味了。”一阵尖锐的呼啸声充斥在空气中，接着是一阵神经质的震动。“我想你可以和色彩感知说再见了，”法尔肯德说，“我顶多能做到恢复单色视觉。”

扈利真的很希望能有点在精神上喘口气的空间，能有点时间来整理自己的思绪，能静下来倾听和寻觅她脑海中入侵者的气息。但大小姐还在继续说话。

“我相信盗日者之前就尝试过一次了，”她说，“当然，我这是在说你的前任。”

“你是说盗日者试图进入纳戈尔尼的头脑？”

“正是这样。只不过在纳戈尔尼的案例当中，没有猎犬给它搭便车。盗日者肯定不得不采用某些更粗暴的手段。”

扈利琢磨了下她从伏尔约娃那里了解到的种种状况。

“粗暴到足以让纳戈尔尼发疯？”

“显然如此，”她的同伴点了点头，“而且，也许盗日者只是试图把他的意志强加给那个人。逃离火控系统是不可能的，所以盗日者只是试图让纳戈尔尼成为他的傀儡。也许这一切都是通过潜意识的暗示完成的，就在他[①]连入火控系统的时候。”

“现在我的麻烦到底有多大？”

“目前来说还很小。总共就几只狗——还不足以给他造成很大的伤害。”

“那些狗怎么了？”

“我理所当然地对它们进行了解密，以了解其中的信息。但这样做的时候，我也就向他，盗日者，敞开了自己。那些狗一定多多少少对他有所限制，因为他对我的攻击远远谈不上难以察觉。这算是件幸运的事，因为要不是这样，我可能无法及时部署防御措施。他并不算特别难以击败，但当然了，我所对付的仅仅是很小一部分的他。”

“那我是安全的？”

“呃，不完全是。我撵走了他，但只是从我居住的植入装置当中。不幸的是，我的防御措施并没有延伸到你身体里的其他植入装置当中，包括伏尔约娃安装在你身上的那些。”

“那家伙还在我脑袋里？”

“他可能甚至不需要那些狗，”大小姐说，“可能在伏尔约娃把你连入火控系统之后，那家伙第一时间就进入了她的植入装置。但他肯定发现那些狗很好用。如果他没有试图用它们入侵我，我可能根本感觉不到你的其他植入装置中

---

① 对“盗日者”所用的代词时有变化，“他”“它”混用，系原文刻意如此。

有他的存在。”

“我也有同感。”

“很好。这意味着我的反制措施是有效的。你还记得我如何用反制措施来对付伏尔约娃的忠诚疗法吗？”

“记得。”扈利说。她暗暗有些怀疑那些措施是否真像大小姐乐于设想的那样有效。

“嗯，大体上跟那些差不多。唯一的区别是，我用它们来对付你大脑中被盗日者占据的那些地方。在过去的两年里，我们一直在进行一场……一场什么呢……”她停顿了一下，然后似乎一下子茅塞顿开，“我想你可以称之为冷战。”

“那确实挺冷的。”

“而且很慢，”大小姐说，“寒冷夺去了我们的能量，快不起来。当然还有个因素，我们得小心翼翼地确保不伤害你。你受伤的话，对我和盗日者都没有好处。”

扈利想起了最开始，这场对话得以进行的前提。

“但现在我回暖了……”

“你想得没错。升温之后，我们的活动就加强了。我想伏尔约娃甚至可能起疑心了。你看，甚至现在就有个搜思程序在读取你的大脑活动。它可能已经探测到了我和盗日者正在进行神经战争。我倒是想放缓脚步，但盗日者会利用这个时机来压倒我的反制措施。”

“但你还是能压制住他……”

“我相信能。但如果我不能成功地压制住盗日者，我觉得你需要知道发生了什么。”

这听起来合乎情理：知道盗日者在她身上，总比怀有某种自己身上干干净净的错觉要好。

“我也希望能警告你。他的主体仍然在火控系统当中。我毫不怀疑，只要他找到机会，他会试图完全，或尽可能完全进入你体内。”

“你是说，下次我进入火控系统的时候？”

“我承认我们选择有限，”大小姐说，“但我认为，你最好了解全部状况。”

扈利觉得，自己离了解全部状况其实还有非常遥远的距离。但这个幽魂说的是正确的。了解危险比忽视它更好。

“你知道吗，”她说，“如果西尔维斯特真的要对这件事负责，杀了他不会让我有太多困扰。”

“很好。还有，我向你保证，要说的并不全都是坏消息。我把那些狗送进火控系统时，也送进去了一副自己的化身。而且我从那些狗带回的报告中得知，我的化身没有被伏尔约娃发现，至少在早先那段时间没有。当然，那是两年多以前的事了……但我没有理由怀疑此后化身被发现了。”

“假设它没有被盗日者摧毁的话。”

“一个合理的论点，”大小姐承认，“但如果盗日者像我猜测的那么聪明，他就不会做任何可能引来注意的事情。他不能确定这个化身不是伏尔约娃注入系统的。毕竟，伏尔约娃自己也早就有所怀疑了。”

“你为什么要这样做？”

“这样一来，在必要的时候，我也许可以获得火控系统的控制权。”

西尔维斯特觉得，如果父亲加尔文有坟墓的话，那么现在他应该为自己的手工艺品遭受虐待而气得在坟墓里一个劲翻身，那速度会比刻耳柏洛斯围绕中子星哈迪斯旋转的速度还要快。只不过有个问题：加尔文早在自己的模拟人为西尔维斯特设计出视觉器官之前很久就已经死了，至少是失去了肉身。这样的思想游戏至少在部分时间内成功地抑制了痛苦。而且真要算起来的话，自从他被抓之后，其实无时无刻不处于痛苦当中。如果法尔肯德以为，他的手术会严重加剧西尔维斯特的痛苦，那实在是有点自欺欺人了。

最终，奇迹般地，痛苦开始减轻了。

这就像在他的脑海中打开了一片真空，一个冰冷的、充满空虚的，以前并不存在的腔室。疼痛被消除，就像是同时也消除了某种内在的支撑。他感到自己在崩溃，整个心灵的基石突然失去了支撑，在自重下开始松动，发出刺耳的摩擦声。他花了很大力气才部分恢复了自己内心的平衡。

然后，他的视野中出现了一些没有颜色、虚无缥缈的鬼影。一秒钟过后，它们固定下来，有了清晰的形体。一个房间的墙壁，和他想象的一样，一片空白，毫无装饰；还有一个戴着面具的人，俯下身看着他。法尔肯德的手完全被铬黄色的手套所覆盖，手套的末端不是手指，而是突然分叉出的众多闪闪发亮的细小机械手，看上去就像只螯虾。此人的一只眼睛上蒙着一套透镜系统，通过一根分段的钢缆连接到手套上。他的皮肤惨白，像是蜥蜴的肚皮；他露在外面的那只眼睛没有焦点，发青发紫。眉间散落着些干涸的血迹。这些血是灰绿色的，但西尔维斯特很清楚它们就是血。

事实上，接下来他就注意到，所有东西都是灰绿色的。

手套上的机械臂收了回去，法尔肯德用另一只手把它从手腕上扯下来。之前戴着手套的那只手上有一层润滑剂在反光。

他开始收拾自己的工具箱。“嗯，我从来没有保证过会有奇迹，”他说，“所以你也不应该期待任何奇迹。”

他移动起来，动作显得十分笨拙。过了一会儿，西尔维斯特才明白，他自己的眼睛一秒钟只能感知三到四幅图像。世界运动起来一顿一顿的，就像是儿童画在书页角上的铅笔漫画在拇指和食指之间闪动着活起来的样子。每隔几秒钟就会出现恼人的深度反转，这时候法尔肯德看起来是一个在牢房墙壁上凿出来的人形凹槽。有时他的部分视野会卡住，十几秒内都没有任何变化，哪怕他看向房间里别的地方也一样。

不过，这仍然是视觉，或者至少是视觉的白痴近亲。“谢谢你，”西尔维斯特说，“这确实……算是个进步。”

“我想我们最好这就动身，”法尔肯德说，“我们比原定计划慢了五分钟。”

西尔维斯特点了点头，仅仅是轻轻转动头部的动作就足以引发阵阵抽搐的偏头痛。不过，与他在法尔肯德的治疗之前所忍受的那些相比，这都不算什么。

他从诊疗台上撑起身子，朝门口走去。也许是由于他现在前往门口时有着明确的目的——因为他第一次真正期望自己能走出门外——这个动作突然显得相当反常和陌生。他觉得自己好像在不经意间走下悬崖。他现在又失去了平衡。仿佛他内心的平衡感官已经习惯了没有视觉，现在随着视觉的回归，平衡感官被甩到了九霄云外。不过眩晕感在渐渐减弱，直至消失。就在这时，两个真路派大块头从外面的走廊里冒了出来，抓住他的手肘。

法尔肯德从后面跟了过来。“要小心。可能会有感知上的错位……”

尽管西尔维斯特听到了他的话，却充耳不闻。他现在知道自己在哪里了。他知晓这件事带来的冲击一时之间压倒了一切。在颠沛流离二十来年之后，他回家了。

他被囚禁的地方是曼特尔，一个自政变以后他再未见过，甚至几乎都不曾回忆起的地方。

第十章

2564年，前往孔雀六途中

伏尔约娃独自坐在舰桥巨大的球形空间中，身处复生星系统的全息图像下方。她的座位和她周围其他空着的座位一样，被安装在一个长长的、可伸缩的、有多个关节的机械臂上，因此可以控制着它靠近舰桥球中几乎任何地方。她用手托着下巴，一直盯着这个恒星系的图像看了好几个小时，就像一个被闪闪发光的玩具迷住的孩子。孔雀六是一块暖红色龙涎香，被固定在中央。该恒星系中十一颗主要的行星在各自的轨道上环绕着它，位置和它们的真实位置一一对应。代表小行星残骸和彗星碎片的斑点，按照自己的椭圆轨道运行。整个恒星系模型外面是一层淡淡的光晕，代表柯伊伯带的冰块。由于孔雀六太阳的黑暗双子，那颗中子星的存在，整个图形被拉扯得略微有些不对称。这幅图像是模拟出来的，而不是在放大前方的景物。飞船的传感器倒是足够灵敏，可以在这个距离上收集数据，但得到的景象是被相对论效应扭曲过的，更糟糕的是，还是多年前的一幅快照，行星在其中的相对位置与现在的真实情况毫无相似之处。由于飞船接近目的地时的规划，将严重依赖于利用该恒星系中那些较大的气态巨行星进行隐蔽和引力制动，伏尔约娃需要知道当飞船到达那里时各个天体的位置，而不是那之前五年它们在哪里。不仅如此，在飞船到达复生星之前，它的先遣队已经在无形中从它上空飞掠而过了。安排它们从行星之间穿过的最佳路径也同样重要。

运行了足够多次的模拟之后，她终于满意地说："释放卵石。"无限眷念号遵从她的命令，朝着正在减速的飞船前方，将一千枚微小的探测器发射出去，让它们形成一个缓缓扩散开来的阵列。伏尔约娃对她的手环发出一个指令，她面前就打开了一个窗口，显示出船壳摄像头拍摄的画面。整个卵石群在向远处收缩，看上去像是被一种无形的力量拉走了。随着这"云团"朝着飞船前方越"坠"越远，它收缩得越来越小，最后伏尔约娃能看到的只是一团模糊的光斑，而且光斑仍在迅速缩小。卵石以近光速移动，将比飞船提前几个月到达复生星系。那时候这些卵石将扩散开去，分布在比复生星围绕太阳的轨道还要宽的范围内。每个细小的探测器都会对准行星，捕捉整个电磁波谱上的光子。来自每个卵石的数据，都会被用精密聚焦的激光脉冲送回到飞船上。无人机群中任何一个单元的分辨率都很差，但将它们的结果加在一起，可以拼出一张非常清晰详尽的复生星地图。它不会告诉佐佑木西尔维斯特在哪里，但会让他有个大致的概念，知道这个星球上权力中心所在的位置，以及他们能够动用什么样的防御措施——后者更为重要。

在这一点上，佐佑木和伏尔约娃意见完全一致。即使他们找到了西尔维斯特，那人也不太可能同意上船——除非用武力胁迫。

"你知道他们把帕斯卡尔怎么样了吗？"西尔维斯特说。

"她很安全，"眼科医生说，他带着西尔维斯特沿着曼特尔深处岩石覆盖的环节状隧道走去，"至少我是这么听说的。"他加了这么一句，让西尔维斯特本来放松的心情又悬起了几分。"但我可能是错的。我不认为斯卢卡会无缘无故地杀了她，但她可能把你妻子给冻起来。”

“冻起来？”

“直到她能派得上用场。你现在也该明白了，斯卢卡想得很长远。”

恶心的浪潮一波波不断袭来，像是要把他淹没。他的眼睛很痛，但正如他不断提醒自己的，他毕竟能看见了。这总是件好事。没有视力，他就无能为力，甚至没有能力去有效地进行消极抗争。有了之后，逃跑或许仍旧是不可能的，但至少他可以免于像个瞎子，跌跌撞撞，丢人现眼。不过，他所拥有的视野就算拿到最低级的无脊椎动物面前都相形见绌。他的空间知觉杂乱无章，他眼中世界里所有的颜色只是有着细微差别的灰绿色。

就他所知道的——他所记得的——此地的状况如下。

他已经很久没见过曼特尔了。自从二十年前那个晚上发生政变之后——第一次政变，他自己纠正道。既然热拉尔迪乌的统治已经被推翻，西尔维斯特就必须渐渐习惯于从纯粹的历史角度来考虑自己被赶下台的事情了。尽管这个地方以阿玛兰汀人为导向的研究与他们淹没派的议程相冲突，热拉尔迪乌的政权并没有立即将其关闭。在政变后的五六年里，他们一直维持着这个地方的运作，但他们把西尔维斯特最好的研究人员一个接一个地抽调回居维叶城，用生态工程师、植物学家和地质动力专家取代他们。最后，曼特尔已沦为一个只有最低限度人员驻守的试验站，大片大片的区域都被封闭或废弃。它本来会以这种状态维持下去，但源自外部因素的麻烦又来了。多年来，人们一直在传言，真路派在居维叶城——或者现在他们给那里新改的名字什么复生城——的领导人，一直接受城外某些人的指令，一个小集团，曾经是热拉尔迪乌的同党，在第一次政变后的阴谋倾轧中失去了权力地位。据称，这些法外之徒利用从雷米里欧德船长那里购买的生物技术改变了自己的生理结构，以应对穹顶之外满是尘埃、氧气匮乏的大气。

这样的传说在人们预料之中。但在一些前哨站三不五时遭到攻击之后，它们开始显得不那么纯属臆测了。据西尔维斯特所知，之后过了段时间，曼特尔就被放弃了，这意味着目前这些人来这里的时间，可能比热拉尔迪乌被刺杀要早得多。可能有几个月，甚至是几年。

无疑，他们的行为举止就像他们是这地方的主人。他们走进一个房间，他知道那就是自己刚到时吉莉安·斯卢卡和他讲话的房间，虽然不知道那是多久以前的事。但他没能认出这个房间：他在曼特尔暂居期间，完全有可能很熟悉这个房间，但现在这里没有任何可供他识别的参照物了。房间的装饰和家具——如果说曾有过的话——已经完全被替换掉了。斯卢卡背对着他，站在一张桌子旁，双手戴着手套，十指在臀部上方紧紧互握。她穿着一件过膝的打褶外套，肩上有皮革补子，衣服的颜色在他眼里被渲染成阴暗的橄榄色。她的头发编成了一根麻花辫，挂在肩胛当中。她没有投射出内视幻象。在房间的两边各放着一排行星模型球，在细长的天鹅颈基座上旋转。有些光束从天花板上垂下，它们似乎是阳光，虽然他的眼睛榨干了全部暖意。

"在你被囚禁后我们第一次交谈时，"她用那低沉沙哑的嗓子说道，"你差点让我觉得，你完全不可能认出我了。"

"我一直以为你已经死了。"

"热拉尔迪乌的同党确实希望你这样认为。那套故事，说我们的爬行车遭遇了山体滑坡什么的，全是谎言。我们被袭击了——当然，他们那会儿以为你在车上。"

"他们后来在发掘现场看到我时，为什么不杀了我？"

"当然是因为他们意识到，你活着比死了对他们更有用。热拉尔迪乌可不傻，他一直很有效地利用着你。"

"如果你留在发掘现场的话，这一切就不会发生。不过你到底是怎么活下来的？"

"我们中有一部分人在热拉尔迪乌的爪牙到达爬行车之前离开了车子。我们尽量带上了些设备，逃进了鸟爪峡谷，搭起了气泡帐篷。你知道吗，我有整整一年，能看到的就只有一样东西：气泡帐篷的内壁。我在袭击中伤得相当严重。"

西尔维斯特用手指轻轻摸了摸斯卢卡安装在架子上的一只球体，它的表面斑驳不平。他现在看出来了，它们所代表的是复生星在淹没派所筹划的地球改造过程当中不同时代的行星地貌。“你为什么不回居维叶城去，加入热拉尔迪乌一边？”他问道。

“他认为让我回到他的圈子里太难堪了。他愿意让我们活着，但那只是因为杀了我们会引起太多注意。有一些沟通渠道，但都断绝了。”她停顿了一下，“幸运的是，我们从雷米里欧德那儿弄到了些小玩意。其中清道夫酶是最有用的。尘埃对我们不再有害。”

西尔维斯特再度研究了下那两个球。以他残缺不全的视力，星球景观的颜色他只能靠猜，但他认为，这些球体应该是逐渐向蓝绿色过渡。现在隆起的高原将成为被海洋包围的陆地。现在的荒原中将滋生林莽。他看了看最远的球，它们代表着几个世纪后，某个遥远未来版本的复生星。在夜晚的半球上，一串串城市闪耀光芒，一簇小积木般的太空定居点环绕着这个星球。蛛丝般的星桥从赤道上朝着太空轨道延伸。他不由得思索起来：如果复生星的太阳再次爆发，就像九十九万年前那样，那时候阿玛兰汀文明刚好发展到和人类文明现今的水平相近。那样的话，这个精美的未来愿景会有多少实现的机会？

他可以大胆地说，恐怕不会太妙。

“生物技术以外，”他说道，“雷米里欧德还给了你们什么？你知道，我好奇心很重的。”

斯卢卡似乎早已准备好要迁就他。

“你还没有问我关于居维叶城的事。这让我很吃惊。”她加了一句，“也没问你的妻子。”

“法尔肯德告诉我，帕斯卡尔很安全。”

“是的。也许过些时候我会让你跟她团聚。现在，我希望你专心听着。我们还没有占领首都。复生星的其余部分在我们手里了，但热拉尔迪乌的人仍然控制着居维叶城。”

“城市仍然完好无损？”

“不，”她说，“我们……”她的视线越过他的肩头，径直望向法尔肯德。

“把狄洛尼找来，好吗？让他带一件雷米里欧德的礼物来。”

法尔肯德离开了，留下他们两个人。

“我知道你和尼尔斯之间有一些协议，”斯卢卡说，“不过我听到的传言太自相矛盾了，没什么意义。你可否为我指点迷津？”

“无论你听到的传言如何，总之，从来没有什么正式的协议。”西尔维斯特说道。

“我认为，他把女儿牵扯进来，是为了给你营造一个不光彩的形象。”

“这样做很有用，”西尔维斯特没精打采地说，“由一名囚禁我的家族的成员编写传记，必然会带来一定的声望。而帕斯卡尔还很年轻，但又没有年轻到不适合做出成绩。这场交易中没有失败者。帕斯卡尔本来就几乎不会失败，不过说句公平话，她出色地完成了自己的任务。”在心中他正大皱眉头，他想起，帕斯卡尔曾经多么接近于揭开加尔文的阿尔法级模拟人下落的实情。他现在比之前更加确信，帕斯卡尔其实已经准确地猜出了事实真相，但她有所保留，并没有在传记中透露此事。当然，现在她又知道了更多秘密：她知道了在拉斯凯尔天幕周围发生了什么，也知道了卡琳娜·勒菲弗的死并不像他回到黄石星后所说的那么简单。不过，自从那次袒露心声之后，他们还没有再交谈过。“至于热拉尔迪乌，”他继续说，“看到他的女儿与一个真正重要的项目联系在一起让他很满意。何况还借此让我暴露在全世界的目光之下，接受仔细的审视。你看，我是他收藏的最珍稀的蝴蝶，但在制作传记之前，他没有任何好方法来拿我对外展示。”

“我体验过这本传记，”斯卢卡说，“我有些怀疑热拉尔迪乌得到的是否真是他所希望的东西。”

“尽管如此，他答应我会遵守诺言。”他的眼睛又卡顿了一下，于是在一瞬间，与他对话的这个女子似乎是屋内的空间结构中被切割出来的女性形体的孔洞，洞那头是无垠的宇宙。

这个奇怪的瞬间过去了。他继续说道：“我想要前往刻耳柏洛斯和哈迪斯。我想——到最后——尼尔斯几乎已经准备要满足我的要求了。只要殖民地能够做得到。”

“你认为那里有什么重要的东西？”

“如果你了解我的想法，”西尔维斯特说，“那么你必须向其中的逻辑低头。”

“我发现它们非常有趣，就像任何妄想出的理念一样。”

她说到这里，门打开了，进来一个西尔维斯特以前没见过的人，法尔肯德跟在这人身后。这个新来的——他觉得应该就是狄洛尼了——长得矮壮敦实，好似一只斗牛犬。他的胡子看上去有几天没刮了，头皮上扣着顶紫色的贝雷帽。他眼睛周围有些红肿的瘢痕，脖子上挂着副防尘眼镜。他胸前环绕着网状织物，双脚藏在赭色的皮靴里。

“让我们的客人看看那个危险的小玩意。”斯卢卡说道。

狄洛尼一只手里握着个粗大的手柄，下面是个明显很重的黑色圆筒。

“拿着它。”斯卢卡对西尔维斯特说。

他照做了。不出预料，这东西果然相当重。手柄连在圆筒的顶部，下面有个孤零零的绿色按钮。西尔维斯特把圆筒放到了桌子上。这东西太重了，拿久了不舒服。

“打开它。”斯卢卡说。

他按下了按钮——这是显然的操作——这个圆柱体像俄罗斯套娃一样分开了，上半部分升起，支撑它的是四个金属支架，支架包围着一个之前看不到的略小的圆柱体。然后内部的圆柱体也同样裂开，露出另一个嵌套层，同样的过程一直延续到露出了六七重外壳。

最里头是一个细小的银色圆筒。筒侧有一个小小的窗口，露出内部发光的空腔。空腔环抱着一根大头针，顶上有个小球。

“我估计，现在你已经明白这是什么了。”斯卢卡说。

“我觉得，它不会是这里制造出来的，”西尔维斯特说，“而且我知道，我们没有从黄石星带来像这样的东西。那就只可能来自我们了不起的赞助者雷米里欧德了。他把这个卖给了你？”

“这个，以及其他九个，”她说，“现在是八个了，我们把第十个用在了居维叶城。”

“这是种武器？”

“雷米里欧德的人称它为热尘弹，”她说，“是反物质。这个针头里只含有二十分之一克反锂，但用来实现我们的目的已经绰绰有余。”

“我没想到这种武器是真实存在的，”他说，“我是说，这么小的东西。”

“可以理解。这种技术已经被取缔太久了，几乎没有人记得到底要如何实际制作了。”

“这有多大当量？”

“大约两千吨。足够在居维叶城身上打一个洞了。”西尔维斯特点了点头，思索着她这些话中隐含的意味。

在他的脑海中，他试图想象真路派用“针头”攻击星球首府时，那些当场毙命或者双目失明之人的感觉。穹顶和外部空气之间的微小压力差，会导致井然有序的城市空间中处处都刮起狂风。他想象着植物园中的花草树木被风暴的巨力连根拔起、扯碎，鸟类和其他动物被龙卷风攫入高空。穹顶中的空气泄漏出去，外部令人窒息的空气取而代之。那些在最初的破坏中幸存下来的人——不知道能有多少——将不得不抢在那之前迅速躲进地下寻求庇护。诚然，现在外界的空气比二十年前更接近于可以呼吸的程度，但要呼吸这种空气，哪怕只有几分钟，也需要一定的技巧。居维叶城的大多数居民从未离开过城市。他并不太看重自己的机会。

“为什么？”他问道。

“这是个……”她顿了一下，“我本来想说这是个错误，但你会争辩说，战争中没有错误，只有幸运或者不太幸运的事件。至少，我们本来并不打算真使用那个针头。热拉尔迪乌的盟友们一旦知道我们拥有这种武器，就该投降开城。但事情并没有这样发展。热拉尔迪乌本人知道这些针头的存在，但他没把这个消息告诉他的部下。没有人相信我们拥有这样的武器。”

她没必要继续告诉西尔维斯特余下的事情了。发生了什么已经很清楚了。

没人把这武器当真，让法外狂徒大感挫败，于是他们终究还是使用了它。然而，首都仍然有人居住。这点斯卢卡很早就说明白了。忠于热拉尔迪乌的队伍仍然掌控着这座城。他想象着他们在地下掩体中忙忙碌碌，与此同时头顶上的沙尘暴则透过破损穹顶上的网格结构伸来一只只魔爪。

“所以你看，”那个女人说，“任何人都不该低估我们，尤其是那些对热拉尔迪乌的统治还念念不忘的人。”

“你打算把其他几个用在哪里？”

“渗透行动。除去遮蔽物之后，针头的本体小得可以植入一颗牙齿当中。除非进行最周详的医学扫描，否则你永远也找不到它。”

“你的计划是不是这样？”他问道，“找到八个志愿者，用手术将这些东西植入他们体内？然后让你的八个人再次潜入首都？我想这次对方会相信你的威胁。”

“差不多，只是我们甚至根本不需要志愿者，”斯卢卡说，“有的话也许最好不过，但也不是非要不可。”

“吉莉安，我想我更喜欢十五年前的你。”西尔维斯特无视了自己的理性判断，脱口而出。

“你可以把他带回牢房了，”斯卢卡对法尔肯德说，“我现在对他厌烦了。”

他感到外科医生拽了拽他的袖子。

“我可以多花些时间看他的眼睛吗，吉莉安？我还有很多可做的，但要以更大的不适为代价。”

“想做什么就做，”斯卢卡说，“但不要觉得对他有什么义务。现在我见过他了，我不得不承认我有点失望。我想我也同样比较喜欢过去的那个他，在被热拉尔迪乌变成牺牲品之前的他。”她耸了耸肩。“他太有价值了，不能抛弃。但在没有更好选择的情况下，我可能会把他冷冻起来，直到我发现怎么让他派上用场。那可能会是一年之后，也可能会是五年之后。我想说的是，在我们可能很快就会厌倦的东西上投入大量的时间是可耻的，法尔肯德医生。”

“手术本身就是对我的回报。”那人说。

“我现在看得很清楚。”西尔维斯特说。

法尔肯德的回答是：“哦，不，我还能为你做很多事呢，西尔维斯特博士。非常多。我才刚刚开始。”

一只监察鼠告诉伏尔约娃，那些卵石已经发回了报告。此时她正在下面，和布兰尼根船长一起，正从船长的外缘收集新的样本。最近她的一个逆转录病毒菌株在对抗瘟疫方面取得了成功，让她大受鼓舞。这种病毒是用一种之前袭击飞船的军用电子病毒改编而成的，经过适当的修饰以适应融合疫。令人惊奇的是，它似乎真的起作用了，至少迄今为止，在她用来做实验的微小样本上是起作用了。在这种时候，被九个月前她自己启动，然后在此期间几乎忘得一干二净的项目给拖走，感觉别提有多恼火了。一瞬间，她甚至不愿意相信真的已经过去了这么长时间。不过，她同时又为自己将会了解到新东西而兴奋不已。

她搭乘电梯上行。九个月，是的。这似乎是不可能的，但人们在努力工作时就是会发生这种事情。而且她本该有所预料的。她在理性上知道，确实已经过去了很长时间，只不过这些信息没有进入她大脑里的某些部分，要在那里她才能真正认识到这些事实并开始处理。可线索其实一直都在。这艘船现在只以四分之一光速巡航。大约一百天后，他们将最终进入复生星轨道。抵达目标之后，他们需要制定策略。那些卵石的用途就在于此。

复生星和附近太空的快照被汇集到舰桥中，它们来自不同的电磁频带，还带有各类奇特态粒子[①]信息。这是他们第一次窥探这个潜在敌人的近况。伏尔约娃让这些重要的事实深深埋进她的意识之中，这样在紧要关头她就可以本能地轻松回忆起它们。卵石从复生星的两边掠过，所以兼备白昼半球和夜晚半球的数据。此外，卵石云在飞行路线上渐渐拉长自己，最终它的头阵和末端会间隔十五个小时通过该行星系，从而能够保证星球的整个表面都在光明和黑暗

① 物理学上指和常规物质性质相差很大的粒子，如四夸克粒子。

两种状态下被观测。白昼侧的卵石背向孔雀六，方便它们窥测地表有没有来自核聚变和反物质电站的中微子泄漏。夜晚侧的卵石则窥探着人口聚集中心和轨道设施的热信号。还有些传感器探测大气层，测量其中的氧气、臭氧和氮气水平，感知殖民者改造本地生物圈的程度。

这帮殖民者已经降临此地半个多世纪，他们居然还活在改变如此之小的环境中，这可真让人吃惊。轨道上没有大型建筑，没有系内太空飞行的迹象。只有寥寥几颗通信卫星环绕着这个星球。而且表面缺乏大规模的工业化设施，这些卫星一旦遭到损坏，是否能被修复或替换很值得怀疑。让这些尚存的卫星失去功能或陷入混乱将是一件简单的任务——如果那个尚未制订的计划需要的话。

然而，那些人也并非完全无所事事。大气层显示出经过大规模改造的迹象，现在其中的游离氧含量远远高于伏尔约娃的预期。红外线传感器显示有成行的地热矿场，它们无疑是沿着大陆俯冲带排列的。来自极区的中微子泄漏暗示那里有氧气工厂，由核聚变动力装置将水 - 冰分子裂解开来，提取氧气和氢气。氧气将被注入大气中——或被泵送到穹顶社区中——而氢气则被回收到聚变堆中。伏尔约娃辨识出了五十多个社区，但多数是小规模的，没有一个与主要定居点规模相近。她认为应该还有其他更小的前哨站——由家庭照料的科考站和小农庄——但这些是卵石探测不到的。

那么，她有什么可写进报告的？没有轨道防御，几乎可以肯定没有太空飞行的能力，而且这个星球的大部分居民仍然挤在同一个社区当中。至少从实力强弱的角度来看，说服复生星人放弃西尔维斯特应该是再简单不过的事。

不过，此地有些别的东西。

复生星所在的恒星系是一个远距双星系统。作为生命之源的恒星是孔雀六，但伏尔约娃早就知道，它还拥有一个死去的孪生星球。这颗黑暗伴星是一颗中子星，与孔雀六相隔十光时，这个距离足以容许围绕这两颗恒星之一的稳定行星轨道存在。事实上，这颗中子星确实拥有一颗自己的行星。在卵石发回信息之前，她就知道这颗星球存在的事实。在飞船的数据库中，它只占据了一行评论和几个潦草而粗略的数字。这种行星在化学上无一例外是枯燥乏味的，没有大气层，没有生物学活性，被中子星在脉冲星阶段时吹出的强风[①]剥夺了一切生机活力。伏尔约娃觉得，这种星球差不多就是一坨恒星燃尽后的铁渣[②]，也跟铁渣同样无趣。

但是在这颗行星附近有一个中微子源。它很弱，几乎刚好在探测阈值上，但并不能视而不见。伏尔约娃咀嚼了一下这条讯息，然后反刍出来，确定它虽然微小，但确确实实是个麻烦。只有机械装置才能发出这样的信号。

所以这让她相当不安。

“你真的一直都醒着吗？”扈利问道。她刚醒来不久，正跟着伏尔约娃一道去见船长。

“确切而言并非如此，”伏尔约娃说，“即使是我的身体，偶尔也需要睡眠。我曾经尝试过彻底免除睡眠，可以服用一些药物，还试过植入装置，可以植入分泌系统……网状激活系统是大脑中调节睡眠的区域，但你仍然需要清除那些令人疲惫的毒素。”她皱起眉头。在扈利看来，这说明有关植入装置的话题会让伏尔约娃感觉不适，就像牙疼一样。

“发生了什么事？”扈利问道。

“没什么需要你关心的。”伏尔约娃说完，吸了一口烟。扈利认为谈话就到此为止了，但她的导师用一种不安的表情看着她。“好吧，既然你提起这个，确实发生了些事情。实际上有两件，尽管我不确定我应该把哪件看得更重要。第一件不需要你马上关心。至于第二件……”

扈利在伏尔约娃的脸上寻找着具体的、能表明这个女人自他们上次见面以来又老了七岁的证据。什么都没找到。没有丝毫衰老的迹象，意味着伏尔约娃注入了抗衰老药物抵偿了这七年的老化。她看起来有些变化，但只是因为她让

---

① 高速旋转的脉冲星强磁场会将带电粒子加速到极高速度后喷向太空，形成所谓“脉冲风”。这个过程中，它的能量逐渐减小，转速减慢，脉冲减弱，最终不再是脉冲星。

② 所有恒星核反应链的终点都是元素中最稳定的铁。中子星的外壳也是铁质的。

自己的头发长长了些，不再是通常那么短。还是很短，但头发长了些有助于缓和她的下巴和颧骨的尖锐线条。扈利认为，如果要说伏尔约娃看起来有什么变化，那也是年轻了七岁，而不是老了。这不是第一次了：她试图评估这个女人的实际生理年龄，然后惨遭失败。

“是什么？”

“当你处于低温休眠状态时，你的神经系统有些异常活动。本来不应该有任何活动的。但我所看到的，甚至对一个清醒的人来说都不太正常。看起来简直像是在你的头脑中正进行着一场小小的战争。”

电梯已经到了船长那一层。“这是个有趣的比喻。”扈利边说边踏入走廊的寒风中。

“如果是比喻的话。当然，我怀疑你大概并不知道。”

“我什么都不记得。”扈利说道。

伏尔约娃之后一路沉默不语，直至她们到达那团人类星云，也就是船长那里。一团闪闪发光、令人不适的蛋白黏液，不像一个人，更像一个从天上掉到坚硬表面上摔成了一堆烂泥的天使。直到不久前还包裹着他的老式冰箱，现在已经四分五裂了。它仍在工作，但只是勉强运行，所提供的寒冷不再足以扼制瘟疫的无情侵袭。布兰尼根船长已经把几十条触手状的根须扎进了飞船之中，伏尔约娃持续追踪着这些根须，却无力阻止它们蔓延。她可以切断它们，但这对船长会造成什么影响呢？据她所知，完全是靠着这些根须船长才得以继续活着——如果伏尔约娃肯用这个冠冕堂皇的词来形容他现在这种状态。伏尔约娃说，最终，树根会渗透到整艘飞船中，到那时，聪明点的人都不会再在船和船长之间做区分了。当然，如果她愿意，要阻止这种蔓延也不是没办法。只要采用紧急手段，抛弃飞船的这一区域，将它与飞船的其他部分完全分开，就像过去的外科医生处理一个特别贪婪的肿瘤那样。布兰尼根纳入体内的部分现在相对还十分微小，而且这艘飞船肯定不会怀念它。毫无疑问，他的转变还会继续，但由于缺乏持续的材料，那些瘟疫会转而向内展开混战，直到熵从他变成的那团东西中驱除一切生机。

“你会考虑这么做吗？”扈利问道。

“考虑是考虑过，”伏尔约娃答道，“但我希望事情不会走到那一步。我一直在采集这些玩意的样本，我想我实际上已经有所收获了。我已经找到了一种中和药剂——一种似乎比这瘟疫更强大的逆转录病毒。它转化瘟疫机械的速度比瘟疫转化它要快。目前为止，只在很小的碎片上进行了测试，但我也真的不能做更多了，因为在船长身上测试这种病毒将是个医学问题，而我没有资格这样做。”

“当然，”扈利急忙说道，“但如果你不做的话，就真的把所有的事情都寄托在西尔维斯特身上了，不是吗？”

“也许吧，但谁也不该低估他的技能。也许我该说，加尔文的技能。”

“而他会帮忙的，所以这样就好？”

“不，他第一次也并不愿意帮助我们，但我们还是找到了办法。”

“你是说，设法说服了他？”

伏尔约娃顿了一下，从那些导管状触须的其中一根上刮下了些样本，刚好抢在它潜入飞船管道内部之前。“西尔维斯特是个心有执念的人，”她说，“而这样的人比他们想象得更容易被操纵。他们是如此专注于心中的目标，无论那是什么，以至于他们被别人的意志左右时，并不是总能察觉。”

“比如说，被你们的意志左右时。”

伏尔约娃拿起薄薄的样本，把它弹开进行分析。“佐佑木告诉你，在他失踪的一个月里，我们把他带上了船？”

“所谓旷野三十天。”

“真是个愚蠢的说法，”伏尔约娃咬牙切齿地说，“他们有必要让它听起来那么像见鬼的《圣经》吗？如果你问我的话，他倒也并非没有几分弥赛亚情结。总之，是的，那时候是我们把他带上了飞船。有趣的地方在于，这比复生星探险队离开黄石星整整早了三十年。现在，我要让你知道一个秘密。在我们回到黄石星招募你之前，甚至不知道这个探险队的存在。我们仍然期望在黄石星上看到西尔维斯特。”

扈利从她自己与法兹尔的经历中清楚地知道，伏尔约娃的船员们必定会面临何种难题，但她决定，装着有点无知会显得更可信。

“你们大意了，没有亲自核实。”

“完全不是。事实上，我们去核实了，只是我们到手的信息，最好的也已经是几十年前的了。然后我们根据它采取行动，以最快速度飞到黄石星时，它的过时程度又翻番了。”

“我觉得，这样押宝赢面并不小。他们家族一直跟黄石星紧密相连，所以你本以为会发现那个有钱的小王八蛋还在老地方转悠。”

“只是我们错了。但最有趣的是，我们似乎一直有机会可以省去这趟奔波。当我们第一次带西尔维斯特上船时，他可能已经在思考复生星探险的事情了。我们如果倾听了他的心声，完全可能就直奔那里了。”

她们穿过一连串错综复杂的电梯和通道，从船长所在的走廊前往绿地，途中伏尔约娃一直在对着她的手环说话，声音悄不可闻。这个手环她永远都戴在手腕上，从不摘下。扈利知道，船上有许多人工智能人格，她一定是在对其中某一个讲话，但她到底正在安排什么则全然无迹可寻。

忍受过船长那条走廊里没完没了的寒冷和阴暗之后，林间空地上明艳的绿光堪称一场感官盛宴。空气温暖而清新，五颜六色的鸟占据了房间里的天空，对扈利那双适应了黑暗的眼睛来说几乎太过艳丽。一时之间，她被这幅美景占据了心神，甚至没有注意到除了伏尔约娃和她，现场还有其他人。然后她看到了另外三个人。那三个人围绕着一个木桩，六目相对，跪坐在沾满露水的草地上。其中之一是佐佑木，尽管他的发型与扈利以前见过的不同：除了顶上有个发髻之外，完全光秃秃的。她认出的第二个人是伏尔约娃本人——这个伏尔约娃是短发，头骨的棱角愈发突出，导致她看起来比站在扈利身边的这个伏尔约娃要老些。而第三个，扈利意识到，是西尔维斯特本人。

“我们靠近他们看看？”伏尔约娃边说边带头沿着摇摇晃晃坠着的楼梯下到草坪上。

扈利跟了上去。“这应该来自……”她顿了顿，回忆起西尔维斯特从渊堑城失踪的日期，“2460 年左右，对吗？”

“完全正确，”伏尔约娃转过身，用略带惊奇的眼神看着扈利，“你是什么人？研究西尔维斯特生活和时代的专家？哦，别介意。重点是，他在此逗留期间我们全程录了像，所以我知道他说过一句特别的话……嗯，和我们现在掌握的情况联系起来之后显得很特别，让我觉得很好奇。”

“耐人寻味。”

扈利吓了一跳，因为说话的人不是她，而且这个声音似乎就来自她身后。这时候她才意识到，大小姐正徘徊在不远处的楼梯上。

“我早该知道你会冒出来秀你那张丑脸的，”扈利说话时甚至懒得换成不出声的默读，小鸟们在一刻不停地啾鸣，足以盖住她的语声，让已经走到那几个人身边的伏尔约娃不至于听到，“你知道吗，你完全就是丑鬼多作怪。”

“至少这样你知道我还在身边，”她说，“如果我不在了，你就真的有理由担心了。这将意味着盗日者已经压倒了我的反制措施。下一个倒下的就该是你的理智了，我真的很不愿意去推测这对你在伏尔约娃手下工作的前景会产生何种影响。”

“闭嘴，让我集中精力听西尔维斯特说什么。”

“请便。”大小姐话说得彬彬有礼，同时居高临下的姿态丝毫未变。

扈利跟上伏尔约娃，走到那三人旁边。

“当然，”站着的这个伏尔约娃对扈利说，“我可以在船上的任何地方重播这次谈话。但它发生在这里，所以我选择在这里重演。”她边说边将手伸进上衣口袋，抽出一副茶色护目镜，戴到自己眼睛上。扈利明白这是为什么：没有植入装置，伏尔约娃只能借助于直接在视网膜上投影才能观看这一幕的重演。在她戴上护目镜之前，她根本就看不到那些人影。

“所以你看，”佐佑木说，“做我们想做的事对你最有利。你过去曾用到过我们超空人，比如说你前往拉斯凯尔天幕之行，而且很有可能在未来也会有这种需求。”

西尔维斯特将手肘倚在树桩上。扈利打量着这个男人。她以前见过很多次西尔维斯特的清晰影像，都栩栩如生，但这次的形象似乎比她之前经历中的任何一次都要真实。她猜测这是因为此刻的西尔维斯特是在和她认识的两个人，而不是黄石星历史上的某个匿名人物谈话。这就让观感大大不同了。他很英俊。扈利觉得，虽然可能性不大，但她怀疑这个形象是经过美颜处理的。他的眉毛威风凛凛，两侧各有几绺长发垂下，碧绿的双目显得鲜亮动人。即使她在杀死这人之前不得不看着他的眼睛——要满足大小姐那些特殊的杀戮要求，不是没有这种可能——真正看到那双眼睛多少也算是一件幸事。

“这听起来非常像是敲诈勒索。”西尔维斯特说道。他的声音是在场之人中最低沉的。“你说得好像你们超空人内部有某种有约束力的协议一样。这可能会骗过一些人，佐佑木，但我恐怕并非其中之一。”

“那么在你下次试图寻求超空人的帮助时，你可能会有个惊喜，”佐佑木手上摆弄着一根尖木条说道，“让我们把这点说清楚吧。如果你拒绝我们，除了可能给自己带来某些后果之外，还会永远都绝对没办法再离开你的母星。”

“我很怀疑那会给我带来多大不便。”

伏尔约娃——坐着的那个——摇了摇头。“我们的探子告诉我们的可不是这样。有小道消息说，你正试图为前往孔雀六太阳系的探险寻找资金，西尔维斯特博士。”

“复生星？”西尔维斯特嗤之以鼻，“我可不觉得。那里什么都没有。”

真正的，站着的那个伏尔约娃说：“他当时显然在撒谎。现在这点很明显。当时我只是以为我之前听到的消息是错的。”

佐佑木方才回答了西尔维斯特什么，现在西尔维斯特又开始说话了，在辩白。“听着，”他说，“我不在乎你们听到了什么传言，别理它们会更好。我没有丝毫理由要去那里。如果你不相信我，可以查查档案记录。”

“但这就是奇怪的地方，”站着的伏尔约娃说，“我当时确实查了，结果是他该死地正确。根据当时已知的情况，绝对没有理由考虑去复生星探险。”

“但你刚才说他在撒谎……”

“当然，他确实在说谎——之后的事实证明了这一点。”她摇了摇头，“你知道，我从来没有认真思考过这件事，但这确实非常奇怪，甚至是矛盾的。在这次会谈发生三十年后，探险队出发，奔赴复生星，这意味着那些传言毕竟还是对的。”她朝着西尔维斯特的形象点了点头，后者跟那个坐着的她陷入了激烈的争论中。“但那时根本谁都不知道阿玛兰汀人的存在！那么，到底一开始是什么让他想到要去复生星的？”

“他一定知道自己会在那里有所发现。”

“是的，但他是从哪里获得的信息？在他探险之前，人们对那个行星系进行了自动勘测，不过没有一次够彻底。据我所知，没有哪一次无人机掠过行星表面时，近到足以发现复生星上曾经存在智能生命的证据。然而西尔维斯特就是知道了。”

“这不合逻辑。”

“我知道，”伏尔约娃说，“相信我，我也知道。”

此刻，她走到了树桩边上，和她的“孪生姐妹”一起，俯身向前，贴近西尔维斯特的形象，以至于扈利可以看到后者那双毫不动摇的绿色眼睛在她的护目镜茶色表面上的倒影。“你知道什么？”她问道，“更重要的是，你怎么知道的？”

“他不会告诉你的。”扈利说。

“也许现在是不会，”伏尔约娃说完，笑了笑，“但不久之后，坐在这里的将是真正的那个人。然后我们或许能得到答案。”

就在说这话的时候，她的手环开始发出响亮的鸣叫声。这个声音扈利从前没听过，但它显然意味着出现警报。头顶上的合成阳光没有任何预兆忽然就变成了血红色，并开始随着报时的节奏脉动。

“那是怎么了？”扈利问。

“紧急状况。”伏尔约娃边说边把手环贴近自己的下巴。她摘下视网膜投影护目镜，盯着镶嵌在手环上的一个小显示屏。屏幕上也是一片脉动的红色，节奏与天空和警报声完全一致。扈利可以看到显示屏上有些文字闪动，但看不清楚，读不出内容。

“是什么样的紧急状况？”扈利轻声问话，生怕扰乱这个女人的注意力。她没有注意到是什么时候，那三个人悄悄地消失无踪，回到了飞船赋予他们虚幻生命的那部分记忆中。

伏尔约娃从手环上抬起头来，脸色惨白。“是一件秘藏武器。”

“怎么？”

“它正在自己准备开火。”

第十一章

2565 年，前往孔雀六途中

她们沿着一条弧形走廊奔跑，从林间通往最近的径向电梯井的走廊。

“你是什么意思？”扈利大声喊叫，努力让声音压过警报，“你说它在自己准备开火是什么意思？”

伏尔约娃没有浪费宝贵的气息去回答。直到她们到达已经等在那里的电梯轿厢，她命令这东西直接把她们送到最近的脊轴电梯井，无视所有通常的加速限制。轿厢开始移动时，她和扈利被重重摔到了身后的玻璃墙面上，差点没把肺里剩下的那点气也给撞出去。轿厢内的照明灯也在闪动红光。伏尔约娃能感觉到自己心脏的脉动也开始跟它同步了。但最后她还是成功地开了口。“就是字面意思。每一件秘藏武器都有单独的监控系统——其中一台监控器刚刚检测到它负责的那件武器出现了功率激增。”伏尔约娃没有继续说下去，没说当初她安装那些监控器的原因，就是因为那件武器看起来位置发生了变化。从那时起，她就一直抱着一线希望，认为位置变化是她想象出来的——是她独自寂寞守夜带来的幻觉——但她现在知道，那根本不是。

“它怎么能自己准备开火？”

这问题问到了点子上，是那种伏尔约娃完全无法随口给个回答的问题。

“我只希望出故障的是监控系统。”她说话的口气仿佛不甚在意，轻描淡写，“而不是武器本身。”

“它为什么要自己准备开火？”

“我不知道！你没发现对这事我也很慌吗？”

电梯突然减速，东摇西晃了好一阵子，让她们头晕恶心——轿厢转到了主轴电梯井中。然后她们开始急速下降[①]，快到她们的表观重量几乎减到全无。

“我们要去哪儿？”

“当然是秘藏室。”伏尔约娃瞪着新雇员，“我不知道发生了什么事，扈利，但不管是什么，我都要亲眼确认。我想看看那些该死的玩意到底在做什么。”

“它让自己准备开火，那还能是在做什么？”

“我不知道，”伏尔约娃尽力保持镇定，“我已经试过了所有的关闭指令——没有任何作用。这情况完全出乎我的预料。”

“但它肯定没法发射吧？它不可能真的找到一个目标然后开火吧？”

伏尔约娃低头看了看自己的手环。也许是读数出了问题，也许是看门狗监控系统真的出了故障。她希望是后者，现在手环正在通报给她的消息真的非常糟糕。

那件秘藏武器正在移动。

法尔肯德说到做到。他给西尔维斯特的眼睛动手术时带来的感觉，很少谈得上舒适，时常都糟糕得多，偶尔还会带来极大痛苦。几天来，斯卢卡的这位外科医生一直在探索自己技术的极限。他承诺为西尔维斯特恢复人类双眼的基

① 飞船此时正在减速，因此“下”是向前，和前文相反。

本功能，比如辨识颜色，感知深度和平滑运动的能力，但西尔维斯特始终没法相信他具备所需的医疗手段和专业知识。他曾告诉法尔肯德，当时加尔文手头的工具确实有限，他那双眼睛本来就不够完美。但哪怕加尔文赋予他的视野再粗糙，也比现在这个色彩单调、动作闪烁的拙劣作品要好。他简直像是身处于真实世界的一个滑稽模仿品之中。他已经不止一次发现自己在怀疑进行修复带来的不适到头来是不是真的值得了。

“我想你应该放弃。”他说。

“我治好了斯卢卡，”法尔肯德说道，一个色彩鲜艳的扁平人形光圈在西尔维斯特的视野中跳动，“你算不上太大的挑战。”

“就算你帮我恢复了视力又如何？我看不到我的妻子，斯卢卡不让我们在一起。而囚室的墙壁就那样，看得多清楚都没差别。”他停了下来，因为一波痛苦袭向他的太阳穴，“事实上，我都不知道干脆瞎了是不是更好。至少这样就不会每次一睁开眼，现实就汹涌而来塞进你的视神经里。”

“你没有可以睁开的眼睛，西尔维斯特博士。”法尔肯德扭动了某样东西，往他的视野中增添了一堆令他痛苦不已的粉色玫瑰形花饰，“所以请不要再抱怨了，这很不得体。更何况，你可能不用再盯着这地方的墙壁看很久了。”

西尔维斯特振作了几分。“这话是什么意思？”

“意思是，如果我听到的消息有一半是真的，那么事情可能很快就会开始有所变化了。”

“这内容可真丰富。”

“我听说，我们可能很快就会迎来访客了。”法尔肯德边说边用一阵刺痛来点缀他的言论。

“不要再神秘兮兮的了。你所说的‘我们’，是指哪些人？所谓访客又是哪种？”

“我听到的都是传言，西尔维斯特博士。我相信到时候斯卢卡会及时告诉你的。”

“别指望了。”西尔维斯特说。从斯卢卡的角度看，他到底有什么用处？他对此刚好是丝毫不抱幻想。来到曼特尔之后的这段时间里，他已经得出了一个有说服力的结论，那就是斯卢卡之所以留着他，只是为了他能给她提供一些短暂的娱乐。他是一头被俘获的巨兽，用途可疑，但无疑新鲜有趣。还不清楚她是否会和他真心讨论任何真正的严肃话题，而且即使她这么做，那也只会是出于以下两个原因之一：要么是因为她想随便找个对象说话，只要对方不是一堵墙壁就好；要么是因为她想出了一些新的用言辞折磨他的办法。她不止一次地说过要把他丢去休眠，直到自己想出能拿他派上什么用场。“我把你抓在手里是对的，”她会说，“你不会没有用处的，只是一时之间我还看不出来用途何在。但我可看不出有什么理由要允许别人利用你。”由此，西尔维斯特很快就意识到，对斯卢卡而言，是否让他活着基本上不重要。活着的话，他能为斯卢卡提供一些娱乐；而且他总有可能随着殖民地权力平衡的变化，在未来变得更有用。但是同样，现在就宰了他也不会让斯卢卡感到有太多不便。至少这样他就永远不会成为累赘，永远无法对斯卢卡不利。

最终，那些被温柔施予的痛苦到了尽头，带来了较为平稳的光线和几乎忠实重现的色彩。西尔维斯特凝视着自己的手，握紧拳头，缓缓转动，默默品味着这份可靠的感觉。他的皮肤上满是深沟和细纹，他几乎已经忘记这副样子了。然而他在阿玛兰汀人的隧道系统中失明以来，顶多也就几十天，甚至就两三个星期。

“像新的一样好。”法尔肯德边说边把他的工具一一放回它们的木壳消毒釜里。那只怪异的，满是鞭毛的手套最后一个被丢进去。当法尔肯德把手套从他那女子气的手指上剥下来时，这东西抽搐痉挛着，活像一只搁浅的水母。

“给这里来点照明灯光。”电梯进入秘藏舱时，伏尔约娃对着自己的手环说。

随着轿厢的减速停顿，重力迅速回升。舱内的灯亮了起来，在那些支撑在框架结构中的巨大武器上闪闪发光，逼得她们不得不眯起眼睛。

“那东西在哪儿？”扈利问道。

“等等，”伏尔约娃说，“我得去辨识下方位。”

“我没看出来有什么动静。”

“我也没有……暂时还没有。”

伏尔约娃整张脸都平贴在电梯边的玻璃上，吃力地从体积最大的那件武器的边角窥探着后方。她在咒骂声中让电梯又下降了二三十米，然后找到了关闭闪动红灯和内部警号的命令。

接下来周围相对安静了许多。就在这时扈利说道：“你看，那儿是不是有什么东西在动？”

“哪里？”

扈利伸手指了指，方向几乎是垂直向下。伏尔约娃眯起眼顺着那个方向望去，然后再次对手环发令：“辅助照明——秘藏室第五象限。”然后她对扈利说：“让我们看看这畜生[①]在搞什么名堂。”

“你那话其实不是认真的吧？”

“什么话？”

“监控系统出了点小毛病。”

“也不尽然。”伏尔约娃说着。她的眼睛眯得更细了，辅助灯光打开了，光束照亮了房间内她们脚下相当远的一部分区域。“这是所谓乐观主义——但我快要没法保持这种态度了。”伏尔约娃说。这件动起来的武器是几大行星杀手中的一种。她并不清楚它的运行机制，更不清楚它究竟能做什么。但她有些猜测。几年前，她曾将其破坏性设置到最低范围，进行了一次测试……攻击了一颗小卫星。然后用外推法得出——她很擅长进行外推——这件武器哪怕隔着数百天文单位，也能毫不费力地摧毁一颗行星。它内部有些东西具有量子级黑洞的引力特征，但奇怪的是，它们却拒绝蒸发。不知为什么，这件武器可以在时空测地线结构中制造出一个孤子——一个驻波。

现在，这件武器已经未经她的命令擅自动了起来。它正沿着房间里的轨道网滑行，轨道最终会将它送到外面的太空中。这情景犹如一座摩天大楼在城市

① 原文为俄语，意为“猪猡，畜生”，伏尔约娃常用这个词骂人。

里爬行。

“我们不能做点什么吗？”

“我很乐意听取建议。你有什么想法？”

“呃，你得明白，我之前对这个问题没有太多考虑……”

“说出来吧，扈利。”

“我们可以试着挡住它。”扈利的额头皱了起来，除了这些事之外，她仿佛还在与突如其来的偏头痛发做斗争，“你这艘东西上有穿梭机吧？”

“是的，但——”

“那就用一架穿梭机堵住出口。或者说，你觉得这样太粗暴了？”

“眼下我的词典里没有‘太粗暴’这个词组。”伏尔约娃看了看自己的手环。与此同时，武器一直在沿着船舱内壁向下移动，那样子恰如一只蜗牛，在自己黏液形成的轨迹上倒退逆行。在舱室的底部，一个巨大的光圈结构正在打开。轨道穿过光圈中央，通向嵌在这一舱室下面的暗室。那件武器几乎要和光圈平齐了。

“我可以调动一架穿梭机……但要让它飞到飞船外面去，需要的时间太长了。我想我们来不及……”

“动手吧！”扈利说，她脸上的每一块肌肉都绷紧了，紧得可怕，“再晃荡下去，我们就连这个选择都没有了！”

伏尔约娃点了点头，怀疑地盯着这个新丁。扈利对这一切了解多少？她似乎不像伏尔约娃那么不知所措，虽然她看起来也比伏尔约娃预想的要激动得多。但她说得有道理：使用穿梭机的想法值得一试，哪怕不太可能成功。

“我们还需要别的手段。”她一边说一边动手调出了控制穿梭机的子虚拟人格。

武器已经有一半通过了那个光圈结构，正滑入下一个舱室。

“别的手段？”

“万一这个不行的话。问题出在火控室，扈利——那么也许我们就应该从那里下手。”

扈利的脸色变得苍白：“什么？”

“我希望你坐到火控席上。”

她们急速坠向火控室，加速度过大让地板翻过来变成了天花板，扈利觉得自己的胃也同样被翻了个底朝天，伏尔约娃对着她的手环有气无力地小声发出怪异的指令。疯狂的几秒钟过后，她调出了正确的子人格，又花了几秒钟绕过了防止未经授权远程控制穿梭机的保障措施。她们不得不再等着其中一架穿梭机的引擎预热，然后再花点时间等这台机器从泊锚的束缚中解脱出来，从泊舱中驶出，飞向船壳之外。伏尔约娃说，操作起来感觉就像那该死的东西还没睡醒似的。拥光船的引擎仍在工作，所以操纵起来加倍棘手。

“让我不安的是，”扈利说，“一旦武器到了船外，它打算干什么。我们射程之内有什么吗？”

“可以想到的只有复生星了，”伏尔约娃从手环上抬起眼，“不过现在它也许没机会出去了。”

大小姐选择在那个时候闪现身形。不知怎的，她成功将自己容纳在电梯之内，而且也没有侵入已经被扈利和她长官占据的空间。“她错了。这办法是行不通的。我控制的不仅仅是那件秘藏武器。”

“你现在这是直接承认了？”

“有什么好否认的呢？”大小姐得意地笑了，“你还记得我把自己的一个化身下传到了火控室中吗？嗯，我的化身现在控制着那件秘藏武器。我做什么都不能影响她的行动。对我来说她就像我在黄石星上的原身一样，遥不可及。”

电梯的速度变慢了，伏尔约娃全神贯注于手环上那些复杂的细小读数。一个简要全息投影显示，穿梭机正沿着拥光船的船体移动。一条细小的鲫鱼正沿着一条姥鲨的光滑侧面小心翼翼前行。

“但你给她下过指令，”扈利说，“你知道她到底在搞什么鬼，对吧。”

“哦，给她的指令很简单。如果控制住火控系统后，她得以支配任何能加快完成任务的设备，就会做出任何必要的部署，以加快完成任务。”

扈利难以置信地摇了摇头。“我还以为你是想要我去杀死西尔维斯特呢。”

“这件武器现在可能会比我预想中更快实现这个目的。”

“不，”扈利过了一会儿才理解大小姐这句话的意思，“你不会为了杀一个人而消灭一个星球吧。”

“忽然之间良心发现，是吗？”大小姐摇了摇头，噘起嘴巴，“你对杀死西尔维斯特表现得毫无顾忌。为什么其他人的死会让你如此不安？又或者是个单纯的规模问题？”

“这实在……”扈利犹豫了一下，因为她明知自己要说的话并不会让大小姐有丝毫困扰，“太不人道了。但我不指望你能理解这点。”

电梯停了下来，门开了，露出了半淹在水中的通道，通道那边就是火控室。扈利花了点时间来了解自己的处境。自从开始下降，她的头部就一直在忍受着剧烈得难以想象的疼痛。现在疼痛似乎正在减轻，但她现在并不想纠缠于究竟什么原因让自己头痛。

“快点。”伏尔约娃边说边踏入外面的水中。

“你不明白的是，”大小姐说，“我为什么要费那个事去摧毁整个殖民地，只是为了确保一个人死亡。”

扈利跟在伏尔约娃身后，积水淹没了她的靴子，一直淹到膝盖。

“太对了，我确实不明白。而且不管我明不明白，我都会尽力阻止你。”

“如果你掌握了事实就不会了，扈利。你反倒会催促我。”

“那就只能怪你不告诉我了。”

她们推开隔舱密封门，两边水位渐渐平衡，几只蜷缩着卡死在狭小裂缝中的监察鼠的尸体松动了，打她们身旁晃晃荡荡地漂过。

“穿梭机到哪儿了？”扈利叫道。

“停在通往太空大门的上方，”伏尔约娃回头看着扈利的眼睛说道，“而那件武器还没有出来。”

“这是不是意味着我们赢了？”

“意味着我们还没有输。但我还是希望你能登入火控系统。”

大小姐的形体现在已经消失了，她那虚无缥缈的声音却在狭窄的走廊里徘徊——但没有应有的回音。

“这对你没有任何好处。火控系统中没有哪个部分我不能驾驭，所以你登进去也只是徒劳无益。”

“那你为什么看起来这么热心地想劝我不要进去呢？”

大小姐没有回答。

又走过两个隔舱之后，她们到了天花板通往火控室的入口。她们跑进入口，脚下的水哗哗飞溅起来，沿着走廊倾斜的侧面往下流去。片刻之后，脚下不再有水时，伏尔约娃皱起了眉头。

“出事了。”她说道。

“什么？”

“你听不到吗？有声音。”她侧耳倾听，“好像就是从火控室里传来的。”

扈利这会儿也能听到了。那是一种尖厉的机械音，就像古老的工业机械故障时发出的怪响。

“这是什么？”

“我不知道。”伏尔约娃停了下来，“至少，我希望我不知道。我们进去吧。”

伏尔约娃伸手拽住头顶入口的门，把它挪开，密封条边上一小股船泥松脱了，滴滴答答溅落到她们的肩膀上。一架合金梯子降了下来，那种工业噪声加剧了。显然，它来自火控室本身。火控室内部的高亮度照明灯开着，但灯光显得很不稳定，好像上面正有什么东西在动，干扰了光束。不管那是什么东西，它移动的速度肯定很快。

“伊利亚，”扈利说，“我不确定我是否喜欢眼下的状况。”

“深有同感。”

伏尔约娃的手环又响了。她正弯腰查看时，一阵极为剧烈的颤动传遍了整个船体结构。她们俩都滑进了积水中，倒在滑溜溜的走廊边上。扈利正要挣扎着站起来时，一股由黏稠污泥构成的小规模潮头把她掀翻了。她撞到了甲板上。刹那间她吞下了好些烂泥——自从她当兵的那些日子过去之后，她还从没吃过这么接近于屎的玩意。伏尔约娃用手肘钩住她，把她拖起来。扈利一阵呕吐，吐出了那些烂泥，但那可怕的味道还徘徊不去。

伏尔约娃的手环又进入了尖叫模式。

“这又是什么鬼……”

“穿梭机，”伏尔约娃说，“我们刚刚失去了它。”

“什么？”

“我的意思是说，它刚刚被炸毁了。”伏尔约娃咳了一声。她的脸是湿的。她自己肯定也被塞了一大口那些玩意。“据我所知，秘藏武器甚至不用自己开路。辅助武器完成了这项任务——把炮口对准了穿梭机。”

上方的火控室中还在发出可怕的怪响。“你想让我上去，是吗？”

伏尔约娃点了点头。“现在，让你坐进那张椅子是我们唯一的选择。不过不用担心，我就在你身后。”

“听听这话，”大小姐的声音相当突然地冒了出来，“都准备好让你去做这种事情了，虽然她自己没这个胆子。”

“也没有植入装置。”扈利喊出了声。

“什么？”伏尔约娃说。

“没什么。”扈利一脚踩上了最底下的梯级，“只是叫一个老朋友去找个东西把自己的嘴巴塞好。”她的脚从满是滑腻泥浆的横杠上滑落。她又试了一次，找到了一个近似于抓手的东西，把第二只脚牢牢踏到了同一层横杠上。她的头伸进了狭窄的通道中，火控室就在她头顶，再往上不到两米的地方。

“你进不去的，”大小姐说，“我正控制着座椅。你一旦把头伸进室内，就会丢了脑袋。”

“我倒是很想看看，那样的话，你脸上会有什么表情。”

“扈利，你还没有明白过来吗？失去你的脑袋，对我而言只不过是会略有不便而已。”

她的脑袋现在就紧挨在房间入口底下。她看得到那张装在万向节支架上的转椅了，它正在整个密室当中四下乱舞，像一根鞭子似的甩出一条条弧线。它可从来都不是为这种杂耍准备的，扈利已经闻到过热的动力系统给空气中添加的臭氧气味。“伏尔约娃，”她在椅子的喧闹中大声喊道，“这个装置是你造的。你能从下面切断椅子的电源吗？”

“切断椅子的电源？当然可以——这对我们有什么用？我需要你连接进火控系统。”

“并不是全都断掉，只要能阻止这个浑蛋乱动就可以了。”

一阵短暂的停顿。这当中扈利想象着伏尔约娃在脑海中召唤出古老的线路图。这个女人亲手建造了火控系统，但那可能已经是主观时间几十年前的事情了，像电力主管线这种功能简单实用的东西，很可能从此再也没有升级。

“好吧，”伏尔约娃最终说道，“这里有一条主馈线，我觉得我可以切断它……”

下面视野中的伏尔约娃快步涉水离开。听起来很简单，切断电源供给就好。扈利觉得，伏尔约娃或许得去别的地方，取来专门的切割器。肯定没那么多时间了。但应该不必。伏尔约娃有别的东西。那个小激光器，她用来从布兰尼根船长身上采取样品的那个。她总是随身带着它。难熬的时间一秒秒过去，扈利想象着那件秘藏武器，缓缓地越出船壳，进入无遮无拦的太空。现在它将锁定目标——复生星，进行最后的充能，准备释放出致命的引力脉冲。

头顶上的噪声停止了。

一切都安静下来，光线也稳定了。椅子一动不动地悬挂在它的支架上，就像是个王座，被囚禁在曲线优雅的笼子里。伏尔约娃喊道：“扈利，这里还有个辅助动力源。火控室如果感觉主馈线供给耗竭，可以转而利用它。这意味着可能没有太多时间让你坐到椅子上……”

扈利撑着自己的身体钻出地板上的洞口，一下跳进了火控室。那些细长的合金万向节支架现在看起来比之前更加锋利。她快速移动，一路上蹿下跳地越过那些悬挂在万向节支架上上下下的馈线。椅子仍然一动不动，但如果这堆仪器再次晃动起来，她离得越近，可以闪避的空间就越小。她觉得，如果现在发生这种事，墙壁将迅速被加上新的涂饰，一层黏稠的、半凝固的红色。

然后她坐进了椅子。扈利扣上了安全带。就在合上安全扣的一瞬间，椅子呼啸着向前飞射而去。万向节支架在她身周旋动，让椅子疯狂晃动：前前后后，上下翻覆，左右急转，直到她完全失去方位感。这阵晃动简直能折断人的脖子。扈利觉得，每一次 U 字形急转弯时，自己的眼球都在从眼眶里往外凸出——但椅子这样的动作无疑没有之前那么致命了。

她想威慑我，扈利想，但不打算杀了我……

"别引诱我下手。"大小姐说。

"因为这可能会搞砸你的小计划？"

"一点也不。我可以提醒下你，别忘了盗日者吗？他在那里面等着呢。"

椅子还在颠簸，但不至于妨碍头脑进行思考。

"也许他并不存在，"扈利无声地说道，"也许是你为了更好地操纵我捏造出了他的形象。"

"那你就继续啊。"

扈利放低头盔，盖在自己头上，掩盖住了飞旋电转的整个房间。她的手掌停在了控制界面上。只要稍稍用力，就能激活链接，合拢回路。其后果就是，她的心灵会被吸进人们称为"枪火空间"的军用数据抽象空间中。

"你做不到吧？因为你也相信我的话。一旦你打开了那个链接，就没有回头路了。"

扈利加大了压力，感觉到控制界面即将关闭时的轻微反弹。然后，或许是缘于某种无意识下神经－肌肉的抽搐，又或是因为她心里有几分觉得非这样做不可，总之她连上了回路。火控环境随即包围了她，如同那上千次战术模拟中的情况一样。首先出现的是立体化的数据：她自己的身体影像变得虚无缥缈，取而代之的是拥光船及其周边的环境状况；然后是一系列的数据叠加层，传达着不同层面的战术战略形势，不断地更新，对自己提出的假设进行自检，进行高速实时模拟推演。

她融入其中。

那件秘藏武器正保持着静止姿态，停在离船体几百米远的地方。它的矛头指向飞船飞行的方向，直指复生星——扈利知道，这是考虑了它们之间中等程度速度造成的些微相对论光线偏折效应。在武器从中冲出的太空舱门附近，穿梭机已经不在了，只在船体侧面留下一片黑色的焦痕。那附近有损伤点，扈利感觉它们就像是些令她不舒服的小刺，随着自动修复系统逐步到位而渐渐失去感觉。引力感应器感觉到来自那件武器的涟漪，扈利感觉到周期性的微风从身上拂过，风速在渐渐加快。那件武器内部的黑洞肯定已经开始旋转起来，围绕着中央的圆环转得越来越快。

有某个存在对她进行了嗅探。不是来自外面，而是来自火控系统本身。

“盗日者已经检测到了你的登入。”大小姐说。

“没问题。”扈利向枪火空间伸出手，将想象出的手伸进了电子具象化的护手中，“我正在接入飞船的防御系统。我只需要几秒钟。”

但有些地方不对劲。与模拟过程中有所不同，那些武器似乎并不乐意跟从她的念头转动。很快，她凭直觉意识到，有人正在争夺它们的控制权，而她只是临时加入了这场斗争。

大小姐——或者更确切地说，她的化身——正试图阻挡船体上的防御系统，防止它们转向那件秘藏武器。那件武器本身则被众多的防火墙所遮蔽，被牢牢挡在扈利的视线之外。可是，跟大小姐作对，试图动用那些武器的是谁——或者，是什么？当然是盗日者。她现在能感觉到那家伙的存在了。体积庞大，力量强大，但还是热衷于隐藏身形，秘密行事，小心翼翼地把自己的行为伪装在常规数据运作之后。多年来，这种做法一直行之有效，伏尔约娃对他的存在一无所知。但现在盗日者被逼得肆无忌惮起来，就像一只退潮时的螃蟹，不得不从一个藏身处朝着另一处飞窜。那东西完全不像人，也不像另一个被传入计算机的模拟人格，火控系统中的这个第三者绝非这么寻常的存在。盗日者仿佛是纯粹的精神体，似乎他从前就不曾以这个数据形态之外的形式存在过，将来也只会以这种形式存在。

这感觉就像是一片绝对的虚无，但在这虚无的中央，不知为什么又存在着精密得可怖的秩序。

她真的要考虑和这东西联手吗？也许吧。如果这是为了阻止大小姐必须付出的代价。“你现在还可以退出去，”那女人说道，“这会儿他正忙，没空抽出精力来侵犯你。但再等会儿情况就不一样了。”

现在，至少瞄准系统进入了她的控制之下，虽然它们运行得慢如蜗牛。她把秘藏武器框了起来，把那整个庞然大物圈在一击即可消灭的范围之内。现在要做的就是迫使大小姐交出对武器的控制权，哪怕只有几微秒的时间，足以让那些武器转动、瞄准和开火的时间。

她感觉到大小姐的控制在松动。她——或者不如说，是她和盗日者——似乎正在取得胜利。

“别这么做，扈利。你不知道这其中的利害关系……”

“那就告诉我啊。告诉我什么事这么重要。”

那件秘藏武器正在远离船体，这无疑表明大小姐在担心它的安全了。但引力辐射脉冲的频率也在加快，现在几乎快到要连成一片了。扈利无从揣度多久后秘藏武器才会发射，但她怀疑可能只有几秒钟的时间了。

“听着，”大小姐说道，“你想知道真相，扈利？”

“我想得要命。”

“那你做好准备吧。你马上就要得知全部的真相了。”

然后——刚适应被吸进枪火空间后不久——她感觉到自己被完全吸进了另一个地方。奇怪的是，这片天地似乎一直都存在于她自己心中，只是在这一刻之前，她完全对其视而不见。

她们身处一片战地，周围是一圈自动变色迷彩气泡帐篷，看样子是某个医院或前方指挥所的临时围墙。这片院子上方天空蔚蓝，白云飘飘，但到处都是纵横交错的蒸汽尾迹。就好像有只横跨整个世界的乌贼，正在向平流层喷吐自己的内脏。众多箭翼式喷气式飞机在这些航迹之间飞舞，又喷出更多的尾迹。略低些的地方飞着的是无人驾驶飞艇，再往下是肚子圆滚滚的运输直升机。这些装有倾转旋翼，可以垂直起降的家伙，从大院的外围掠过，偶尔落下，吐出肚子里的装甲运兵车、步兵、救护车或是武装机仆。院子一侧有个停机坪，上面的草叶被晒得一片枯黄。六架没有窗户的三角翼飞机停在起落橇上，朝天的一面精确模仿着地面被太阳暴晒后的色泽，垂直起降引擎正敞开着等待检查。

扈利感觉自己一个趔趄，朝着脚下的草丛倒去。她也身穿自动变色的迷彩服，目前衣服呈斑驳的卡其色。她的手中有一把轻巧的枪械，其合金握把一体成型，恰好和她的手掌相匹配。她戴着头盔，一副平面数显单片眼镜从头盔的边缘垂下，上面显示着一张战区的着色即时地图——某一艘飞艇的遥测结果。

“这边请。”

一个戴着白帽子的人把她引向其中一个气泡。在里面，一名副官接过她的枪，打上标识芯片，然后和其他八件火力各不相同的武器架在一起——有和她手中这把一样的单兵火枪，也有中等威力的“全伙一扫光”，还有一件威力凶猛的肩扛式反物质武器——不会有人真想朝同一个大陆上的对手使用这种东西的。飞艇提供的数据图像被气泡帐篷周围的反监视屏障给挡住了，先是模糊，而后消失。她伸出现在空着的手，把单片眼镜拨回头盔边缘，顺手把一缕湿漉漉的头发从眼睛上拨开。

“从这边穿过去，扈利。”

他们把她带进了帐篷后面的一个隔断区域，又穿过一个房间。这个房间里满是床铺、伤员，还有医护机仆。机仆发出低低的嗡鸣声，在病人之间左顾右盼，活像是一群机械化的绿色天鹅。她听到外面传来一阵喷气机的尖啸，然后是一连串震荡爆炸的声音，但帐篷内的其他人似乎压根没注意到。

最后他们把她领进了一个小小的房间，四四方方的，里面配有一张单人办公桌。墙壁上挂满了北方联盟诸国的旗帜，书桌的一角有一个大号铜边斯凯先手星地球仪。它目前处于地质模式，只显示出地表上不同的地貌和地形种类，而没有显示出激烈争夺中的政治边界。但扈利只略看了一下就不再关心它了，因为她的全部注意力都已被吸引到了办公桌后。那里坐着一个男人，一身戎装：军绿色的外袍，十字纽扣，金色肩章，胸前显眼地别着一大片北方联盟勋章，黑色的头发往后梳着，一绺绺都精致地分开。

“事情不得不搞成这样，我很抱歉。”法兹尔说道，“但现在你既然来了……”他朝着整个房间大手一挥，“请坐吧，我们需要谈谈。局面确实相当迫切。”

扈利模模糊糊地回忆起了另一个地方。她想起了一个小小的房间，金属的，里面有一张座椅，虽然记忆当中有些东西让她不安——似乎时间非常宝贵——但和现在这个房间相比，那边显得很不真实。她的注意力完全被法兹尔吸引住了。法兹尔看起来和她记忆里的一模一样（她有些奇怪，那些记忆来自哪里？），不过他脸颊上隐约多了一道她不记得的伤痕，而且还留了胡子，或者至少是（她不能确定）改变了胡须的样子——和之前比加厚了，要不就是任凭它们从一层浓密的胡楂越长越长，直到现在，他的上嘴唇两边各有一缕潇洒的小胡子垂下。

扈利按他的建议做了，缓缓坐进一张折叠椅里。

“她——大小姐——担心事情会发展到这个地步。”法兹尔说。他的嘴唇几乎没有动，或者是隐约在动，但被藏在胡子下面了。“所以她采取了某些措施。你还在黄石星上的时候，她植入了一系列记忆，将其封装。它们被打上了标签，只有在她确认有必要的时候，才会被激活——能被你的显意识所调用。”他伸手穿过办公桌，转动地球仪，让它旋转起来，然后又猛地定住，“实际上，解锁这些记忆的过程在不久前就开始了。你是否还记得在电梯里，你有一小会儿偏头疼发作？”

扈利抓住了一个锚点，一个她可以确信无疑的客观事实。

“这是什么？”

“一个方便谈话的场景，”法兹尔说，“一部分是从现有的记忆图景中编织而出的，大小姐无视法律占有了它们，并发现它们很好用。比如说，这次见面，是不是有点像我们第一次见面的时候，亲爱的？那次中央省区战役，我们在七十八号山头上的行动队伍中时，就在第二次红色半岛攻势发动之前？你被我找过来，因为我需要一个人执行渗透任务，一个对南方联盟控制下缺乏守卫的区域有所了解的人。我们是个很好的团队，不是吗？在很多方面都是如此。”他摸了摸胡子，又拍了拍地球仪。“当然，我——确切说是大小姐她——

带你来这里并不只是为了回忆。不，这段记忆一旦被揭开，也就意味着必须要向你揭示某些真相了。问题是，你准备好接受它们了吗？”

“我当然……”扈利顿了顿。法兹尔说的话毫无逻辑，但她正被另一个地方的记忆所困扰：那个金属房间里的那张凶残椅子。她有一种感觉，那里有些麻烦尚未解决，甚至可能正在解决的过程当中。她觉得，无论那个房间在哪里，她都注定要在那里，把自己这枚砝码投入一场斗争之中。她不知道那斗争涉及什么，但有一种感觉，那就是时间不多了，当然，也没时间再让她像这样分神。

“哦，别担心那个。”法兹尔说道。他似乎看透了扈利的心思。“这一切都不是真正在实际时间中发生的，甚至也不在火控室加速的实际时间中。你难道没有遇到过这样的情况吗？有人突然把你从梦中惊醒，然而早在他们真正惊醒你之前很久，他们的行动不知怎么就被纳入了梦境的叙述中。你知道我的意思吧：你的狗舔你的脸来唤醒你，而在梦中你却从一艘船上掉进海里，但梦里你在那艘船上很久了。”他停顿了一下，“记忆，扈利。记忆会被瞬间置入。梦境感觉像是真实的，但其实它是在那只狗开始舔你的脸的那一瞬间被创造出来的。它是倒过来构筑的。你从未真正经历过。这些记忆也是一样的。”

法兹尔提到了火控室，让“那个房间”的概念具体化了。她比以往任何时候都更觉得自己必须回到那里，参与一场斗争。其中的细节她还没弄清楚，但她再度加入其中似乎非常重要。

“大小姐，”法兹尔继续说，“她可以从你的过去选择任何一个场所，或者从头制造一个。但她觉得——在某种程度上——如果你被置于一种能自然讨论军事问题的心境中，会对事情有所帮助。”

“军事问题？”

“具体来说，是一场战争。”他随即笑了起来，他的胡须尖瞬间往上弯过来，就像是演示悬臂桥工程原理的模型，“但你绝不可能读到过那场战争。不，恐怕那场战争太久远了，你是不会知道的。”他毫无征兆地站了起来，又停下整了整衣袍，往下拉了拉腰带。“其实，如果我们换个地方，到简报室去说，也许会更好。”

第十二章

2483 年，天鹅座 61–A 恒星系，斯凯先手星（模拟中）

法兹尔把扈利领进了一间简报室。这里和她去过的任何一个简报室都大不相同。而且显然它的体积太大了，气泡帐篷根本不可能容纳得下。还有，扈利虽然见过许多投影设备，但没有任何一种设备能够显示出此刻呈现在她面前的这幅景象。它覆盖了整个房间的地面，横跨一片宽约二十米的空间，周围环绕着一条装有金属栏杆的走道。

那是一张银河系全图。

这幅星图不可能用她所熟悉的设备投射出来，个中原因非常简单。看着它，她领会到——看到了，而且不知怎的同时留意到了——银河系中的每一颗恒星，从温度最低、几乎不发生核融合反应的褐矮星，到亮度最大、生命短暂的炽热超巨星。她目光所及之处，银河系中的恒星尽收眼底，巨细无遗。而且还不止于此。更胜于此。简单地说，只需一眼，整个银河系她便可了然于心。

她正在理解它的全部细节。

她点算着星星的数目。

一共有四千六百六十三亿一千一百九十二万两千八百一十一颗。在她观察的时候，其中一颗白色超巨星爆发成超新星而后消失了，所以她对自己得出的数字进行了修正，减掉了一个。

法兹尔说："这是个幻术。一种编码术。银河系中的星星比人脑中的细胞还要多，所以如果你真要了解所有的恒星，相关信息会在你全部的神经连接记忆容量中占据大得要命的份额。当然，这并不意味着不能模拟出这种全知的感觉。"

实际上，眼前这银河的细节太完美了，根本不该简单地说成是张"星图"。不仅每颗恒星都得到了应有的重视——颜色、大小、亮度、双星关系、位置、运动的速度和方向都以绝对真实的方式表现出来——甚至还标出了一些恒星正在诞生的区域，那些地方的气体凝成薄纱，发出淡淡的光芒，其中蕴含着恒星的胚胎，好似一团团越来越热的灰炭。有些新形成的恒星还被原行星盘的物质所包围，还有那些——她关注所及之处的——真正的行星系统，绕着它们的中心恒星转动，那样子就像是个细小的天球仪，只是速度要高出许多。也有一些恒星业已衰朽，它们将自己的光球层喷射到了太空中，丰富了稀薄的星际介质——那是根本的原浆之池，未来的恒星、行星和文明最终将从其间诞生。还有形状或规则或不规则的超新星遗骸，它们一边膨胀并向星际介质释放能量，一边在这个过程中冷却。有时，在这些恒星死亡现场的正中心，她会观察到一颗刚被锻造成形的脉冲星，以越来越慢但极度精确的方式向外发射无线电脉冲，就像一座被遗忘在皇宫中的时钟，已经上好了最后一次发条，今后在它们死亡之前将一直嘀嗒作响，每一次滴答之后的间隔都在加长，滴答滴答，去往某个冰冷的永恒未来。在有些遗迹的中心还有黑洞，并且在银河系中央还有一个巨型黑洞，一群注定要毁灭的恒星伴随在这个现在处于休眠状态的黑洞周围，它们总有一天会循着螺旋线坠入黑洞的事件视界[①]，在被撕得粉碎的同时为一场恐怖的 X 射线爆发提供燃料。

但是这银河的意义不仅仅限于天体物理学。仿佛一层新的记忆悄悄地覆盖在她之前的记忆上，扈利忽然发现自己知道了更多东西。这银河之中到处生机勃勃，上百万种文明伪随机散布在它那缓慢旋转的大圆盘上。

但这是过去——非常非常久远的过去。

“实际上，”法兹尔说，“这是在大约十亿年前。考虑到宇宙的年龄也只是这个数字的十五倍，十亿年是相当长的一段时间了，在银河系的时间尺度上就更是如此。”他正靠在她旁边的栏杆走道上，仿佛他们是一对情侣，正驻足于一个撒满面包屑的鸭塘旁，凝视着两人在漆黑水面上的倒影。“你也可以换个角度来看，十亿年前人类还不存在。事实上，恐龙也不存在。它们直到两亿年前才进化出来，那是我们在这里要面对的时间的五分之一。不，我们面前的时间更加久远，远及前寒武纪。当时地球上有生命，但没有多细胞生物——如果运气好的话，可能会有几个海绵。”法兹尔又望向那幅银河的肖像，“但并非到处都是如此。”

这一百多万个文明并不是在同一时间产生的，它们存留于世的时间也长短不一。虽然扈利可以绝对准确地说出具体数字，但她突然觉得这样做，就像把一个人的年龄具体到最接近的月份，实在幼稚又迂腐。根据法兹尔的说法（虽然她自己也做了些简单的理解工作），银河系直到四十亿年前才达到了智慧文明产生所需的状态。不过，银河达到了这个最起码的成熟点之后，这些文明也不是突然齐刷刷地出现的。智慧是逐渐涌现出来的：有些文明诞生的那些世界上，由于种种原因，演进变化的速度比正常情况下要慢，或者生命在攀升途中遭遇了超乎寻常的灾难性挫折。

不过到最后——在他们的家园首次出现生命的二三十亿年后——有些文明开始了太空远航。一旦达到这个阶段，大多数文明都会迅速向银河系扩张，虽

① 指黑洞的边界。在此范围之内的物质都不能逃脱黑洞的巨大引力。——编者注

然总有少数恋家宅民会安于将拓殖范围限于自身所在的太阳系，有时甚至仅限于所居行星周围；但总的来说，扩张的速度是很快的，平均迁移速度在光速的十分之一到百分之一之间。这听起来很慢，但实际上可说是快得目不暇接，毕竟银河系已经有几十亿年的历史，而其直径只有十万光年。如果不受限制，任何一个太空远航文明都可以在几千万年这样一段相对微不足道的时间里，主宰整个银河系。而如果事情真是这样——一个势力在银河系中干净利落地建立了帝国霸权——局面也许就会大不相同了。

但相反，首先进入太空的文明，在扩张速度谱图上处于较慢的一端，然后遭遇了第二个更年轻的后起之秀扩张浪潮的冲击。后者虽然年轻，但在技术上并不亚于前者，在必要的时候发起攻击的能力也毫不逊色。随之而来的是一场“银河大战”——姑且这么称呼吧。两个正在扩张的帝国互相碰撞摩擦，火花四射，就像两个巨大的飞轮。很快，其他的新兴文明也卷入了这场冲突。最终，几千个星际文明或多或少都陷入了战斗之中。参与者用上千种主要使用的语言为这场战争取了许许多多名字。其中有些名字很难以任何有意义的人类语言表达。但不止一种文化对它的称呼——如果考虑到物种间的交流并不那么精确的话——都可以翻译成“黎明战争”。

这是一场遍及整个银河系（以及围绕银河系运行的两个较小的附属星系[①]）的战争——一场不仅会毁灭整颗行星，甚至会毁灭整个太阳系、整片星云、整个星团和整个旋臂的战争。她明白，这场战争的证据即使在现在也清晰可见，只要你知道该去哪里找。银河系的某些区域有异常集中的死星，还有些仍在燃烧的恒星，排布成奇怪的阵列，那是直径以光年计的武器系统的外壳组件。有些地方本应有恒星，却空空如也；有些恒星——按照公认的太阳系形成的动力学机制——应该拥有行星，却没有，如今伴着它们的只有已然冰冷的碎石。黎明战争持续了很长很长的时间，甚至比那些最热的恒星的演化寿命还

① 指大小麦哲伦云。

长[①]。但不幸中之大幸，在银河系的时间尺度上，它还算是为时短暂，只是银河系形态发生一次改变的时间[②]。

黎明战争结束时，很可能没有任何一个文明还保持完整。卷入其中的参与者们无论胜败，实际上都已不复存在。这场战争持续的时间，虽然以银河系的时间尺度来说很短，但以物种的时间尺度而言，却长得可怕。漫长得足以让它们自我进化，内部分裂，与其他物种发生融合或同化，把自己变得面目全非，甚至从有机生命一变而为以机械为基础的生命。有些甚至还走了回头路，先成为机器，然后在自己需要的时候又变回有机体。有些获得了升华，完全从战场上消失。有些将自己的精神转化为数据，储存到精心隐藏的电脑矩阵中，在那里得以永存。还有一些文明陷入了自我毁灭。

然而在战后，有一个文明比其他的都要强大。它们或许曾是主战场上的幸运小角色，而今在废墟中崛起，成为霸主；也可能是来自一个联盟，由几个在战争中精疲力竭的物种合并而来。究竟如何并不重要，它们自己可能都没有关于自己真实起源的可靠数据。它们是——至少当时是——一种机械和基因嵌合体的混合物种，还残留一些脊椎动物的特征。它们甚至没费心给自己定个称呼。

“不过，”法兹尔说，“它们还是有了个名字，不管它们自己喜不喜欢。”

扈利看着她的丈夫。在这个男人向她讲述黎明战争的故事时，她对自己所处的位置，以及这一切的不真实性渐渐有了理解。法兹尔所说的关于大小姐的事，终于与真实的此刻残留在她意识中的一些记忆联系起来了。她现在清楚地回忆起了那间火控室，知道这个地方——被篡改过的她的过去的碎片，不过是一次幕间小憩。而眼前的也并不是真真正正的法兹尔，虽然他和回忆中的法兹尔一样真实——因为他本来就是从自己的记忆中复活出来的。

“它们被叫作什么？”她问道。

---

① 指蓝超巨星。超巨星是光度最强的恒星，温度高的称为蓝超巨星。超巨星质量大，演化迅速，寿命较短，是年轻的恒星。——编者注

② 银河系随着时间演进，旋臂等外观特征会发生变化。

法兹尔停了很久才回答，而且回答的时候带着一种近乎戏剧化的肃穆神情。“遏制者。这样称呼有一个很好的原因，很快你就会看到了。”

接着法兹尔告诉了她，然后她便明了于心。这些知识就像冰川一样巨大而冷漠，轰然砸进她的内心，让她永远无法淡忘一丝一毫。她还知道了一些其他的事情，那些才是这场课程的重心所在。她明白了西尔维斯特为什么必须死。

以及为什么，如果确保他的死需要以一个星球的死亡为代价，也是完全合理的。

卫兵们来的时候，西尔维斯特正因为最近一场手术而疲惫不堪，精神恍惚地睡着了。

“醒醒，瞌睡虫。”两个人中个子较高的那个说道。这是个身材壮实，留着灰色小胡子的男人。

“你们来干吗？”

“现在说会破坏惊喜。”另一个卫兵说道。这人样子有些缩头缩脑，举着一支步枪。

他们带他走这条路线，显然是为了让他辨不清方向。拐弯太频繁了，不可能只是偶然的。很快他们就达成了自己的目的。他们到达了一片陌生的区域：要么是曼特尔的一片老城区，被斯卢卡的人大事翻新过；要不然就是他们占据这里以后新挖掘出的一片隧道。有那么一瞬间，他怀疑自己是不是要被永久转移到另一处牢房，但这看起来又不太可能——那些人把他没穿的衣物都留在了第一间房里，而且之前才刚换过床单。但法尔肯德曾说过，随着他提到的那些来访者的到来，他的身份有可能发生改变，所以也许是计划突然有变。

但他很快就发现，计划没有改变。

他们把西尔维斯特带到一个新房间门口，这里跟他自己的房间同样朴素；几乎所有的细节都是重复的，包括同样的空白墙面和送餐口；同样的压迫感，墙壁的厚度仿佛是无限的，一直向外延伸到这座平顶山本身。事实上，相似到他甚至一度怀疑他的感官是否欺骗了自己，发生的一切不过是卫兵押送着他绕了一个大圈，最终又回到了他被监禁的地方。他相信这帮人完全做得出来……至少这也是种锻炼。

但他完全看清了房间里都有什么之后，他立刻就明白，这不是他自己的房间。帕斯卡尔正坐在床上，她抬眼看了过来，这时西尔维斯特可以断言，她也和自己一样惊讶。

“你有一个小时的时间。”大胡子守卫边说边在他搭档背上拍了拍。

随即他关上了门，而西尔维斯特根本没等他们说什么就已经进入了房间。

他最后一次见到帕斯卡尔时，她正穿着婚纱。她的头发被雕琢成灿烂的紫色波浪，内视幻象在她周围众星捧月，就像一支军队簇拥着仙子。如梦似幻。现在，她穿着一件罩袍，跟西尔维斯特穿的一样，颜色单调，式样呆板。她黑色的头发平直柔软，梳成了碗式发型；眼睛通红，或许是因为失眠，或许是因为瘀伤，也可能兼而有之。她看起来比他记忆中的更加瘦小，可能是因为她正躬着身子，一双赤足盘在小腿之下，而且白色的房间显得格外地大。

他记忆里的帕斯卡尔，没有任何时候看起来比现在更加脆弱、更加美丽。他也没有任何时候比现在更难以相信，这个人会是他的妻子。他回想起爆发政变的那个晚上，帕斯卡尔等在发掘现场，带着耐心和寻根究底的问题。这些问题后来会打开一个伤口，进入他的内心深处：他究竟是什么人，他过去做了什么，将来能做什么。这看起来似乎真的很奇怪：一连串的事件让他们俩最后在这个最偏僻的房间里相聚。

“他们一直告诉我你还活着，”他说，“但我觉得，我从来没有真正相信过他们。”

“他们告诉我你受伤了。”帕斯卡尔说。她的声音很轻很轻，仿佛不敢大声说话，怕打碎了美梦。“他们不肯说是什么伤——我也不想问太多——万一他们告诉了我真相呢。”

“他们弄瞎了我的眼睛。”西尔维斯特说着摸了摸自己眼睛的坚硬表面。这是手术后他第一次这么做。没有他已经习惯的新星爆炸式疼痛，只有隐隐模糊的不适，他把手指一移开就消失无踪。

“但你现在能看到了？”

“是的。事实上，直到看到你，我才觉得为拥有视觉所付出的代价是值得的。”

然后帕斯卡尔从床上站起来，滑进他的怀中，用腿钩住他的腿。西尔维斯特感觉到了她，轻盈而娇嫩。他几乎害怕回应这个拥抱，怕万一压坏了帕斯卡尔。然而他还是把妻子拉进怀中，而帕斯卡尔做出回应时似乎也同样紧张，生怕会伤害到他。他们俩就好像一对彼此都不确定对方真实状况的幽灵。他们紧紧相拥，拥抱的时间似乎早已超过分配给他们的那一个小时。并不是因为时间延长了，而是因为此刻时间已无关紧要；它处于暂停状态，并且这种状态似乎仅凭意志就可以一直维持下去。西尔维斯特沉浸在她的面容中，帕斯卡尔的眼睛在他那一片空白的双目里也觅见了人类的温情。曾几何时，帕斯卡尔缺乏直接面对他的勇气，更不用说盯着他的眼睛看了——但那个时候早已过去了。至于西尔维斯特这边，凝视帕斯卡尔的眼睛从来都不是什么难事，因为帕斯卡尔完全可能感知不到他的凝视。不过现在，西尔维斯特希望自己在凝视的时候她能看得出来；他希望帕斯卡尔能知道自己发现她令人沉迷，从共鸣中获得更多的快乐。很快，他们就亲吻起来，然后他们动作笨拙地倒向床铺。不一会儿，他们就挣脱了身上的黄褐色曼特尔服装，扯下来扔到床边，乱糟糟地堆在地上。西尔维斯特不知道有没有人在监视他们。似乎有可能，甚至是很有可能。但这似乎也没什么好在意的。此时此刻——只要这一个小时一直延续下去——他和帕斯卡尔绝对是在单独相处，房间的墙壁确实是无限厚实的，这房间是整个宇宙中仅有的开放场地。这并不是他们第一次做爱了，虽然以前这样做的次数也确实屈指可数——只有在保证私密的机会出现的时候。而现在——想到这里西尔维斯特几乎要笑出声来——他们已经结婚了，现在更不需要任何托词。此刻他们就在这里，又一次竭力攫取尽可能多的亲密时光。他隐隐约约有种罪恶感，然后好久都不知道这种感觉从何而来。最后，当他们一起躺下，他的脑袋埋在妻子柔软的胸口时，他才意识到自己为什么会有罪恶感。因为他们有那么多话要讲，可却把时间浪费在了狂热探索彼此身体上。但西尔维斯特也知道，事情必然会如此发展。

“我希望有更长的时间。”他说道。这时他的时间感已经恢复到接近常态，他开始怀疑还剩下多少时间。

“上次我们谈话的时候，”帕斯卡尔说，“你告诉了我一些事。”

“是的，关于卡琳娜·勒菲弗的。我必须把这件事告诉你，你明白吗？这听起来很荒唐，但我当时以为我快死了。我必须告诉你，必须告诉别人。这件事我多年来一直憋在心里。”

帕斯卡尔的大腿压在他的大腿上，冰冰凉凉的。她的手拂过他的胸口，摸索着。“不管当时那里发生了什么，我和其他人都没资格去评断你。”

“那是怯懦之举。”

“不，不是的。只是本能。丹，别忘了，你当时身处宇宙中最可怕的地方。菲利普·拉斯凯尔没有幻戏藻变身就去了那里——看看他的下场。你还能保持清醒就是种勇敢的表现。陷入疯狂对你来说会轻松得多。”

“她本来可以活下来的。该死，甚至哪怕她像现在这样死去——如果我事后有勇气说出真相，那样也是可以接受的。多少算是一些补偿。上帝知道，她本应得到善待，哪怕是我杀了她，她也不应该被谎言包围。”

“你没有杀她，杀死她的是天幕。”

“我甚至都不知道是不是这样。”

“什么？”

他暂时停下来，侧过身子，打量着帕斯卡尔。要是以前，西尔维斯特的眼睛可以将她此刻的形象拍下来，以供之后欣赏。但现在，他的眼睛已经没有那个功能了。

“我的意思是，”西尔维斯特说，“我甚至不知道她死在那里了。我是说，一开始不知道。毕竟，我活下来了，而且我才是失去了幻戏藻变身的那一个。她幸存的机会应该比我更大，虽然也大不到哪儿去。但如果她能和我一样挺过来呢？如果她找到了活下来的方法，却无法向我传达她的存在呢？她可能在我醒来之前就已经飘到天幕的边缘了。在我修好拥光船后，我从没想过要去找她。我从没想过她可能还活着。”

“你有充分的理由，”帕斯卡尔说，“因为她并没有幸存下来。你现在可以质疑自己的所作所为，但当时直觉告诉你，她已经死了。而如果她没死的话，她早就该想出办法和你取得联系了。”

“我不知道。我永远也无法知道了。”

“那就不要再纠结了。否则你永远也逃不出过去的阴影。”

“对了，”西尔维斯特这时想起了法尔肯德说过的另一件事，“除了看守之外，你有没有和别人说过话？比如斯卢卡，或者和她类似的人？”

“斯卢卡？”

“那个把我们关在这里的女人。”西尔维斯特意识到，那些人几乎什么都没告诉她，“没时间详细解释了，我只能简单地说一下。据我所知，杀死你父亲的人是真路淹没派的，或者至少来自这个派系的一个分支。我们在曼特尔。”

“我就知道一定是在居维叶城之外的某个地方。”

“是的。还有，我从他们嘴里得知，居维叶城已经被攻击了。”他没有告诉她其他的事情，那就是这座城市的地表部分很可能已经无法住人。她没必要知道这件事，现在尤其不用知道，因为那是她唯一真正熟悉的地方。“我不太清楚现在那里是处于什么人的管治之下——是忠于你父亲的人，还是敌对的真路派组织。据斯卢卡说，你父亲获得居维叶城的控制权后，并没有张开双臂欢迎她。似乎她那边积累的怨恨足以让她安排那场刺杀行动。”

“她这仇可记得真久啊。”

“所以说，斯卢卡真的算不上这个星球上最冷静理智的人。其实，我觉得抓我们并不在她的计划之内，但现在她抓到了我们，于是她不知道该怎么办了。显然，我们太有价值了，不能随意丢弃……但与此同时——”西尔维斯特打住了，“不管怎么说，状况可能要发生变化了。给我修复眼睛的人告诉我，有传闻说，有人将要来到这个星球。”

“谁？”

“这也是我的疑问。但他没再说更多了。”

“让人忍不住去揣测的问题，不是吗？”

“如果说有什么事情有可能改变复生星的状况，那应该就是超空人的到来。”

“如果是雷米里欧德要回来的话，这也有点太快了。”

西尔维斯特点了点头。“如果真有飞船来，你满可以打赌，那不会是雷米里欧德。但还有谁会想和我们谈生意？”

“也许他们来此并不是想做生意。”

也许这是种傲慢的表现，但伏尔约娃就是压根没法容忍干等着别人完成她分内的事情，不管另外的做法是多么荒唐。她完全乐意——如果可以用乐意这个词来形容的话——让扈利坐到火控室中，尽最大努力，把挂在外头天上的秘藏武器打下来。她也愿意承认，利用扈利是唯一明智的选择。但这并不意味着她准备冷静地坐在一边，等待结果。伏尔约娃太了解自己了。她需要的是——她渴望的是——从另一个角度解决这个问题的方法。

“畜生。”她说道。因为无论她如何努力，脑海中都无法蹦出一个答案。每当她认为自己已经找到了一个办法，一个迂回控制武器的方法时，她脑海中的另一部分就抢先一步，沿着逻辑链在更前方发现了死胡同。从某种程度上来说，这证明了她的思维相当流畅：解决方案刚一出现在自己的脑海中，她就能对其进行批判。事实上，几乎在她清晰地意识到解决方案之前，批判就已经展开了。但是，这也让人觉得，好像她正在竭尽全力地毁掉自己的成功机会，简直令人抓狂。

而且现在还有这个畸变要处理。

她用这个词称呼它，因为这个词能体现出她混杂着不理解和厌恶的感受。每当她强迫自己的思维去研究这个问题时，她就会有这种感觉。问题就在于扈利脑子里发生的那不明所以的变化。而且，现在扈利已经沉浸在枪火空间的抽象精神景观中，这种畸变的影响必然会波及火控系统，进而会影响到伏尔约娃，因为那是她的手笔。她正通过手环上显示的神经读数密切关注着状况。毫无疑问，那女人的脑袋里头正刮着一场相当猛烈的风暴，而且这场风暴正在将混乱不堪、闪烁不定的触须伸进枪火空间。

伏尔约娃确信，这一切肯定是通过不知什么途径互相关联在一起的。火控系统的所有问题，从一开始就是互相关联的：纳戈尔尼的疯狂，那个所谓盗日者的事，以及后来秘藏武器的自我激活。扈利脑海中的风暴——畸变，也不知通过什么途径和这些事情联系在一起。但是，知道存在一个解决方案，或者至少是一个答案——一幅可以统一地解释一切的图景——也完全于事无补。

也许最令人恼火的是，即便在这样的时刻，她的一部分思维还在纠结于这个问题，而没有让自己完全投入眼前更紧迫的问题中。伏尔约娃觉得自己的大脑好像是由一屋子早熟的小学生组成的：个个都很聪明，而且只要他们能让自己的思维集中到一点，就能拥有惊人的洞察力。但有些学童根本心不在焉。他们正白日梦游般地盯着窗外，无视她反复要求专注于现下问题的主张，他们发现比起她打算分发的枯燥课业，自己沉迷其中的那些问题更具吸引力。

她的脑海里冒出了一个念头——一段回忆。这与她在飞船上安装的一套防火墙系统有关，那是按飞船时间来算，四十多年前的事情。她曾打算在对抗破坏性病毒入侵时，将它们作为最后的反制措施调用。她并没有想到真的会用到它们，更没想到要在这样的场合动用。

但同样地，她也没忘了它们。

“我是伏尔约娃，”她努力从记忆中拽出必要的命令，几乎是气喘吁吁地对着手环说道，“调用反叛乱协议。启动最强战备并发和反检查机制。打开全自动拒绝抑制模式。严重度，上调至拉姆达加强级别。默认紧急度，九级，末日状况。开启红色一级阿尔法安全限制。所有级别激活全部三人团权限；所有非三人团账号权限取消。”她屏住呼吸，希冀着这一连串咒语已经为她打开了沿途的大门，足以让她进入操控飞船的计算机矩阵核心。“现在，”她说，“检索并运行可执行代码‘帕尔西’。”然后她喃喃自语道：“而且要该死地快！”

“帕尔西”——“瘫痪”——是个能将她安装的防火墙封印的程序。这是她自己编写的，但那是很久以前的事了，她几乎已经想不起帕尔西的功能到底是什么，也不记得帕尔西可能会影响到飞船的多少地方。这是个赌博——她希望封锁强到足以给秘藏武器带来不便，但毋庸置疑，她更希望封锁不会妨碍她自己阻止这件武器行动的尝试。

“畜生，畜生，畜生……”

她的手环上，错误信息滚滚而来。它们告诉她——真是“很有帮助”啊——帕尔西试图进入和禁用的各种系统已经不在其职权范围内，它们已经超出了程序的干预范围——至少超出了大部分，尤其是飞船上的深层管理系统。如果帕尔西能正常运作的话，对飞船的影响就会类似于对人类的头部来一次猛击——大面积关闭所有非必需系统，全面退缩，进入静止休养状态。它会造成一些真正的伤害，但大多是表面上的，而且伏尔约娃能够在其他船员被唤醒之前，或是修复或是捏造谎言加以掩饰。但帕尔西现在造成的效果迥然不同。如果还是用人类的痛苦来打比方的话，那么这艘船现在遭遇的更像是一次轻度麻痹，只有表皮层失去了活动能力，而且只有一部分。这完全不符合伏尔约娃的计划。

但她意识到，这也将使船壳上的那些自动武器，那些不直接受制于火控系统的武器陷入瘫痪。之前就是它们炸毁了穿梭机。现在至少她可以再试一次同样的招数。当然，现在那件秘藏武器已经走得更远了，单纯进行阻挠已经不再是可行的选择。但如果她能把另一架穿梭机送入太空，无疑就会多出某些可能。

大约一秒钟之后，她的乐观想法就被打得粉碎，只余少许凄惨的残渣。也许帕尔西本来就是这样工作的，也许在这四十年间，飞船上不同的系统已经纠缠在一起，相互连接，所以帕尔西杀死了某些伏尔约娃从未想过要触及的部分……反正，无论出于什么原因，穿梭机都无法启动，它被防火墙屏蔽了。她不抱指望地试了下通常的三人团级别旁路命令，果然都没有用。这不足为奇：帕尔西在指令网络中设置了若干物理断点，它们是任何软件干预都无法越过的鸿沟。要让穿梭机上线，伏尔约娃就必须重新设置所有的断点；而要做到这一点，她就必须找到她四十年前绘制的安装布线图。保守地说，这也够她忙个几天的。

而她可用的时间只有几分钟。

她笔直坠入了与其说是绝望的深渊，不如说是没有尽头、没有终点的重力井。但在那宝贵的几分钟已经过去，坠落深处之后，她想起了一件事情。一件非常明显，她本应该早就想起的事情。

伏尔约娃开始奔跑。

扈利猛然摔回了火控室中。

她迅速检查了下各个监控时钟，证实了法兹尔对她的承诺：时间并没有真正流逝。那只是种幻觉。她确实觉得自己好像在气泡帐篷中度过了将近一个小时，而事实上整个经历只是在几分之一秒之前被放置到了她脑海中。她并没有经历那一切，虽然这状况几乎让人无法接受。然而她现在却无法放松——在记忆被触发之前，状况已经够疯狂了。紧迫的局势现在也没有丝毫改变。

秘藏武器现在一定快要可以发射了：它释放出的引力脉冲已经超出了飞船的探测能力，就像一个音调已经高到了超声波段的哨子。也许这个武器已经能开火了。其实是大小姐在引而不发？对她来说，扈利站在她这一边很重要？如果武器失效的话，扈利又将成为她唯一的行动手段。

“放弃吧，”大小姐说道，“放弃吧，扈利。你现在肯定已经明白了，盗日者是个外星造物！你在协助它！”

现在的她实在没那份精神压住声音，只在心中默念。

“是啊，我很愿意相信它是件外星造物。问题是，这样说起来，你又是什么呢？”

“扈利，我们没时间扯这些了。”

“抱歉，但我倒觉得现在是个把这些事说开的好时机。”在传达自己的想法的同时，扈利也一直没有放弃自己的斗争，虽然她心中有一部分已经为她在记忆中所看到的那些景象动摇，在恳求她放弃抵抗，让大小姐获得秘藏武器的完全控制权。“你在引导我，让我以为盗日者是西尔维斯特从天幕人那里带回来的。”

“不，你看到了事实，然后得出了唯一符合逻辑的结论。”

“那可不见得。”扈利又发掘出一些新的力量，不过仍然不足以让平衡倾斜，“一直以来，你都拼命地想让我和盗日者对着干。也许有正当理由，也许没有——也许他真是个邪恶的浑蛋——但无论如何，这都引出了一个问题。你怎么会知道的？你不可能会知道。除非你自己就是个外星人。”

“假设——姑且假设确实如此的话——”

一个新事物引起了扈利的注意。即便她正在激烈地战斗，这个新现象对她来说，也重要得足以让她暂时不再那么全神贯注，而是从扩展开来的思维边缘分出少许意识，来评估现在整个情况。

有新的参战者。

这个新来者并不存在于枪火空间。它不是另一个电子存在，而是一个实物，一个在这之前未出现在战场上，至少没被注意到的实物。在扈利察觉到它的那一刻，它离拥光船非常近。在她的评估中，靠得这样近是非常危险的。事实上，它近得似乎像飞船身上的一只寄生虫，紧贴其上。

它和一艘微型太空船差不多大，中心的主体从头到尾不超过十米。看上去像是一条有棱有角的肥大电鳐，身上还长着八条多关节的长腿。它正在船壳上行走。很神奇的是，摧毁穿梭机的防御系统并没有向它开火射击。

“伊利亚……”扈利轻声说道，“伊利亚，你不是真的想要——”然后她停了一小会儿。“噢，该死的。你就是那么想的，对吧？”

“何等愚蠢。”大小姐说道。

蜘蛛房已经脱离了船壳，它抱住飞船的八条腿同时松开了。由于飞船仍然处于减速之中，蜘蛛房似乎正在向前坠落，速度越来越快。伏尔约娃曾说过，正常情况下蜘蛛房会在这时发射出抓钩，以重新和飞船连接到一起。伏尔约娃肯定是关闭了这个功能，因为蜘蛛房一直在下坠，直到它自身的引擎点火启动。虽然扈利正通过许多不同的途径来感知这个场景，而且某些模式对于没有枪火空间植入物的人来说根本无从理解，但感知流中有一小部分用于转播船上的外部摄像机发来的光学信号。透过这部分通道，她看到助推器的火焰发出炽热的紫光，从蜘蛛房中段周围的小孔中喷射出来。电鳐状的主体贴近一座炮塔，伸出并没有抓住什么的长腿。光芒闪动，照亮了在调整坠落姿态、停止下坠，再度沿着飞船逆行而上的房间，也照出了在边上飞速划动、好似抽风的长腿。但伏尔约娃使用助推器并不是要将它带入能抓到船壳的范围。徘徊了几秒钟后，蜘蛛房朝外侧落去，加速冲向那件秘藏武器。

“伊利亚……我真的不认为……”

“相信我。”这位长官回应道。她的声音传到枪火空间当中，仿佛是来自半个宇宙之外，而不是在离扈利只有几千米的位置。“我有一个可以称之为计划的东西，如果你愿意放宽标准的话。或者至少是个方案，能让我出去参战。”

“最后那部分，我恐怕是不太喜欢。”

“如果你想知道我的感受，我可以告诉你，我也不太喜欢。”伏尔约娃停了一下，“顺便说一句，扈利，等这一切结束后——假设那之后我们都还活着的话，我得承认，在眼下看来，这点其实没什么保证……我真的觉得，我们应该专门留出些时间来聊一会儿。”

她现在肯定感觉相当恐惧。也许说话就是为了祛除这种恐惧。“聊什么？”

“聊聊这一切。火控室的整个问题。这也可能是一个机会，让你不再背负某些……令人不安的小秘密，我本该建议你更早与我分享的。”

“比如说？”

“比如，首先，说说你的真实身份。”

蜘蛛房迅速缩短自身和那件武器之间的距离，利用助推器减速，但尾部仍在喷火，保持与飞船相对静止，维持着一个 G 的加速度。即使张开长腿，蜘蛛房的体积也不到秘藏武器的三分之一。它现在看起来不像蜘蛛，更像一只无助的乌贼，而且即将消失在一条缓缓巡游的鲸鱼口中。

“这可不止要聊一会儿。”扈利说道。她现在感觉，对伏尔约娃真的没有必要再隐瞒什么，并且她觉得这样相当合理。

“很好。我要挂了，暂请见谅。我马上要尝试一个有些棘手、简直近乎不可能的把戏。”

“也就是自寻死路，”大小姐说，“你还看得挺开心的，是不是？”

“很开心——考虑到现在我完全无法左右任何事态发展，尤其如此。”

伏尔约娃将蜘蛛房定位在了秘藏武器凸出的尖顶附近，不过她离那东西还是太远了，那些四下舞动的机械腿无法抓住坑洼不平的表面。不管怎么说，这件武器现在正在移动——随着自身的助推器一阵阵地剧烈喷发，这东西正缓慢地、不规则地摇摆晃动，似乎想要躲开靠近它的伏尔约娃，但又被自身的惯性限制了行动，好像这件强大的地狱级武器害怕一只小小的蜘蛛一样。扈利听到了四声急促的爆鸣，几乎连成一片，无法分辨，犹如一把连发武器在打空弹仓。

她看着四条抓绳从蜘蛛房的主体中甩出，悄无声息地撞上了秘藏武器的尖头。这些抓绳是穿透式的，顶端在钻进目标几十厘米之后会张开，所以一旦目标被它们咬上，就再没有挣脱的可能。推进器的弧光照亮了抓绳后绷紧的拉索——蜘蛛房已经开始把自己的主体拖向那件武器，哪怕后者仍然在继续笨拙地闪躲着。

“太好了，”扈利说，“我已经准备好对那个鬼东西开火了。现在我该怎么办？”

“你有机会的话就开火，”伏尔约娃说，“如果你能把弹着点瞄得离我远些，我就可以赌一下我的运气——这个房间的装甲比你觉得的要厚实。”在沉默片刻之后她又说：“啊，很好。抓住你了，你这堆恶毒的垃圾。”

她用蜘蛛房的腿环抱住武器的尖端。这件武器似乎已经完全放弃了甩掉她的指望，而且理由或许相当充分：扈利觉得，尽管伏尔约娃进行了英勇的尝试，但她并没有取得什么成果。无论怎么看，蜘蛛房的到来都不会让秘藏武器受到太大阻碍。

与此同时，争夺船体武器控制权的斗争也再度白热化。偶尔，扈利感觉到战线略有移动，大小姐的系统一时之间步步败退，但后退的幅度始终细小得不足以让扈利进行瞄准和射击。而且，要说盗日者是在帮她，她也没有任何感觉，虽然这种“不存在”，或许只是他极度精妙地故意制造出来的。或许如果盗日者真的不在的话，她早就被彻底打垮了；而大小姐没了牵制的话，也早就释放出那件武器所拥有的威能了。不过眼下，这个区别感觉相对来说没那么重要。她刚刚才注意到伏尔约娃在做什么。蜘蛛房的推进器现在正在同步点火，顶着那个更大但更笨拙的武器所施加的推力奋力向前。

伏尔约娃正将这件武器拖向船外，向着最近的一片蓝白色光芒而去，那是拥光船的驱动射流。她要把这该死的东西带进联合体引擎所排出的炽热气体中，烧死它。

“伊利亚，”扈利说道，“你确定这样做没有……欠点考虑？”

“考虑？”这一次不会错，那女人确实发出了咯咯的笑声，尽管听起来像是在例行公事，“这是我做过的最欠考虑的事情，扈利。但现在我看不出有什么其他选择。除非你能让那些火炮该死地再快点上线。”

“我……正在努力。”

“好的，再多努力点，别再来烦我了。如果你还不知道的话，我现在告诉你：我这会儿心里有够多的事要烦。”

“我可以想象得到，她的一生都在眼前闪过的样子。”

“哦，你又来了。”扈利没有理会大小姐，因为她已经意识到，对方的插话是为了服务于一个奸猾的目的：分散她的注意力。这样看来，大小姐其实是在干扰战斗的进程，根本没像她所坚称的那样做个无所作为的旁观者。

还差不到五百米的距离，伏尔约娃就可以把秘藏武器拖进火焰中了。那家伙在奋力挣扎，推进器疯狂喷火，但它的总推力还不如蜘蛛房。扈利觉得，这是可以理解的。它的设计者在构想移动和定位设备所需的辅助系统时，这东西有一天会在角力比赛中自求多福的想法，多半并没有在他们的脑海中占据要津。

“扈利，”伏尔约娃说，“大约三十秒后，我就松开这畜生。假设我的计算没错的话，之后施加修正推力也已经无法阻止它飘进射流当中。”

“这很好，不是吗？”

“嗯，算是吧。但我觉得我应该警告你……”伏尔约娃的声音越来越小，有些模糊不清，受推进喷射流灼热能量的影响，信号的接收效果不太好了。她现在靠得太近了，近到对有机体来说通常不太明智的程度。“我刚刚才想到，即使我成功地摧毁了秘藏武器……爆炸后某些部分，也许是一些奇异物质，可能会沿着驱动射流逆流而上，进入推进核心。”她停顿了一下，这绝对是故意的，“如果发生这种情况，结果可能不是……最佳的。”

“噢，谢谢，”扈利说，“我好欣赏这样的发言，太鼓舞士气了。”

“该死的，”伏尔约娃又说话了，声音低沉而冷静，“我的计划中出现了一点小小的瑕疵。肯定是那件武器用某种防御性的电磁脉冲击中了蜘蛛房，要么就是来自引擎的辐射干扰了硬件。”那边似乎有声音，像是有人反复试着拍打控制台上的古董金属开关。“我的意思是，”伏尔约娃说，“我似乎无法挣脱。我被卡在这个浑蛋玩意身上了。”

“那就把那个该死的引擎关掉——你能做到的，对不对？”

“当然，你以为我是怎么杀死纳戈尔尼的？”但她的声音听起来并不乐观，“不行[①]——我被锁在了驱动器之外，一定是我运行帕尔西的时候堵住了我的访问路径……”她现在几乎有些口齿不清了，“扈利，这状况变得有点绝望了……如果你控制住了那些武器……”

大小姐现在说话的声音听起来很得意。“她死定了，扈利。而且以你现在的角度来发射的话，那些武器有一半会自动失效，以防它们对飞船造成损害。剩下的东西能烧焦秘藏武器的外壳就算是你走运了。”

她是对的，几乎在扈利毫无察觉的情况下，整片整片原本或许可用的军备都进入了安全自锁状态，因为她现在要求它们发射的方向，离飞船的关键组件太近了，近得危险。剩下的那些是火力最低的军备，几乎天然就无法造成任何

① 此处原文为俄语。

严重的破坏。

也许是察觉到了这一点，有某个东西做出了退让。

突然间，武器更多处于扈利的控制之下，而且她意识到，剩下的武器系统火力有限，这其实是对她有利的。她的计划改变了。她现在需要的是手术刀式的精准，而不是蛮力。

在这段停战期间，趁着武器被大小姐夺回之前，扈利放弃了之前的攻击目标，发布了重新瞄准的命令。她的指令具体到了极点。接下来，几件武器缓缓移动就位，行动艰涩，仿佛是被淹没在太妃糖浆中一般，最终让自己对准了她选定的弹着点。现在目标不是秘藏武器，而完全是另一件东西……

“扈利，”大小姐又开口说道，“我真的觉得你应该再考虑一下……”

但此时扈利已经开火了。

几团等离子喷向秘藏武器，但目标不是武器本身，而是和它连接在一起的蜘蛛房。射击干净利落地切断了它的八条腿，然后是它的四条抓绳。蜘蛛房晃荡着在膝盖处被骤然截断的八条腿，远离了引擎射出的致命长枪。

秘藏武器飘进了射流中，就像一只飞掠到白炽灯泡上的飞蛾。

之后一连串的事情发生在极为短暂的瞬间，快得扈利几乎无法理解，直到事后才明白过来。秘藏武器的表层物质在一毫秒内蒸发，在铺天盖地的金属蒸汽中一息间便蒸腾殆尽。无法判断接下来发生的事情是不是武器内部接触到射流导致的，又或者说，在毁灭之前的一瞬间，秘藏武器已经开始将自己的内部翻转出来了。

不管是哪种情况，事情的发展都没有完全按照建设者的意愿进行。

同时——或是近到无法区分之际——秘藏武器那已蒸发的外皮之下所剩的部分发生了一场拖长的引力爆发，犹如一个割裂时空的饱嗝。那件武器周边的现实时空构造正在遭遇非常可怕的冲击，但并非按照计划中的方式。在被引力凝结的等离子体能量团周围，闪现出一道弯曲的星光彩虹。彩虹在一毫秒的时间里是稳定的，接近一个完美的球形，但随后它开始摇晃，像一个即将破裂的肥皂泡一样不平衡地颤动着。又过了若干分之一毫秒后，它向内塌陷，速度呈指数上升，最后消失了。

接下来的一瞬间，那里什么都没有，连碎片都没有，只有和往常一样星辰斑斓的太空背景。

然后一丝光芒出现，波长在紫外线波段。这一线光明增强，胀大，膨胀成一个明亮的致命球体。等离子体浪潮向四周涌去，也撞击到了飞船，飞船剧烈震荡起来，即使火控室里装备着缓冲万向节支架，扈利还是感觉到了冲击力。数据涌入，告诉她——倒不是她特别想知道——爆炸并没有严重损害任何船壳上的系统，闪光导致的背景辐射短期峰值也在可容忍的标准之内。重力扫描忽然之间就恢复了正常。

时空在量子层面被穿透，被刺破，释放出了微乎其微的一丁点普朗克能量。这个微乎其微，是与通常在时空泡沫中翻涌的能量相比。但逾出平时的禁锢之外后，这点微不足道的能量释放已经剧烈得犹如在不远处发生了核弹爆炸。时空瞬间自我愈合，在任何真正的伤害发生之前就重新编织在一起，只留下少数过剩的磁单极子、低质量的量子黑洞，以及其他异常粒子或奇特粒子[①]作为证据，证明曾发生过异乎寻常之事。

秘藏武器完全未能正常发挥威力。

“哦，非常好，”大小姐说话的声音听起来极度失望，“我希望你能为自己的成就感到骄傲。”

但扈利此刻的注意力完全被一片虚空所吸引。一片正冲破枪火空间，向她疾驰而来的虚空。她试图及时抽身，断开链接，但她的速度完全不够快。

---

① 理论物理学中一些具有奇特性质的微观粒子，如磁单极子，四味夸克，奇异粒子，Q球等。

第十三章

2566年，环复生星轨道

“座椅。”伏尔约娃进入舰桥时说道。

一把椅子升起，殷勤地迎向她。她坐进椅子，扣好安全带，然后飞快地旋动座椅，远离舰桥的阶梯式墙壁，最终绕着占据房间中央的巨大全息投影球环行。

球体上显示的是复生星的景象，尽管乍看上去很容易以为它是古代木乃伊干枯的眼球，只不过被放大了几百倍。但伏尔约娃知道，这幅图像不仅仅是从飞船数据库中挖掘出的复生星形象的精确写照，它是实时成像的。甚至此刻，那些拥光船船壳外的摄像机都正指向下方在拍个不停。以任何标准来看，复生星都算不上一颗美丽的星球。除了两极满是污点的白色冰盖之外，它整体呈骷髅样的灰色，上面点缀着团团锈斑，赤道区附近还有几片零散的粉蓝色。较大的海洋水体仍然大多覆盖在冰层之下，至于那些暴露在外的水体，它们能免于结冰几乎可以肯定是由于人为升温。靠的要么是输热网络，要么是精心设计的新陈代谢过程。这里有云，但只是些飘忽不定的羽毛状物，而不是伏尔约娃熟悉的那种通常可以在行星天气系统中见到的巨大而复杂的结构。偶尔有些地方的白色云层会比较厚实，不再透明，但只是在那些定居点附近，看上去像是些小小的神经节。这些地方有蒸汽工厂在运作，它们将极地的冰转化成有用的水蒸气、氧气和氢气。很少有足够大的植被斑块，除非放大图像，把分辨率提升到一千以上；同样，也没有明显可见的人类存在的证据，只有每隔九十分钟，行星夜间侧转过来时，可以看到有定居点的灯光散落其上。即使放大以后，定居点也很难看清，因为它们往往是埋在地下的——行星首府是唯一的例外。通常情况下，除了天线、着陆场和流线型的温室外，几乎没有什么东西凸出在地表之上。至于行星首府……

嗯，那是最让人不安的地方。

“我们与佐佑木长官的联络窗口什么时候开通？”她的目光从其他船员的脸上掠过。众人的座位排列成一个松散的集群，在星球影像的暗淡光线下脸对着脸。

“五分钟，”赫加齐说，“再熬过五分钟，我们就会知道，关于我们那些新殖民地上的朋友，亲爱的佐佑木有些什么好消息要跟我们分享了。你确定你还能忍受等待的痛苦吗？”

“你要不要自己猜一下，猪猡？”

“这并不会太难，对不对？”赫加齐在笑，或者至少是非常努力地模仿这个姿态。考虑到他脸上镶着那么多嵌合体配件，这可绝非易事。“有趣的是，如果我没这么了解你的话，我会以为你对这些事情根本就没多少兴趣。”

“如果他还没有找到西尔维斯特……”

赫加齐举起一只带护手的胳膊。“佐佑木还没开始回报呢。急于揣测是毫无意义的……”

“那你是相信他能找到人了？”

“呃，也不是。我可没这么说。”

“要说我讨厌什么的话，”伏尔约娃冷冷地看着三人团的另一位成员，“那就是盲目的乐观。”

“噢，振作点吧。现在还好啦，事情完全可以更糟。”

是啊，她不得不承认，确实可以，而且已经发生了。而且，它们似乎决定按照某种恼人的规律继续降临到她头上。她最近遭遇了一连串不幸，而且让人吃惊的是，一次次新的厄运来临之际，居然总能进一步升级。状况已经恶化到了如此地步：她都开始怀念纳戈尔尼给她带来的不快之事了。如今看来，那不过是让她有些为难的事，她所要应对的只不过是个想要杀了她的人而已。想到这里她有些好奇——虽然并不太热切——会不会很快就会有一天，她会怀着憧憬回顾眼下的这段时光。

当然，纳戈尔尼带来的麻烦是个警兆。这点现在已经很明显了。当时她把整个事情看作完全孤立的事件，但实际上这只是最初的迹象，预示着未来那些更糟糕的事情，就像心口上预示着心肌梗死的杂音。她杀死了纳戈尔尼，但在下手的时候，对于导致后者精神失常的那些问题的根源毫无了解。接着她招募了扈利，而后那些问题与其说是再度出现，不如说是重申了一个更宏大的主题，就像一部可怖的交响乐进入了第二乐章。扈利看起来并没有发疯——目前为止还没有。但她成了疯狂的催化剂，一种更加可怕的疯狂，并且带有传染性。她头脑中出现的那些风暴，让伏尔约娃之前见过的任何怪事都相形见绌。然后又发生了秘藏武器暴走的事，那东西险些杀死了伏尔约娃，之后也许会杀死他们所有人，多半还会杀死许许多多复生星人。

“是时候给我些答案了，扈利。”在其他人复苏之前，她曾这样说道。

“什么答案，长官？”

“别再假装无辜了，”伏尔约娃说道，“我实在太累了，不想玩这套把戏了。而且我向你保证，无论如何我都会找到真相的。在秘藏武器危机当中，你已经暴露太多了。如果你指望我会忘了你说出的那些东西，那你可大错特错了。”

“比如？”她们身处一个老鼠成群出没的区域。伏尔约娃估计，这里不太可能处于佐佑木的监控之下。飞船上大概只有蜘蛛房里头比这里更加安全了。

她猛地把扈利推到墙上，力道大得让那个女人一时之间喘不过气来——让扈利知道，伏尔约娃那钢铁般的力量不容低估，而她也绝不是个太有耐心的人。“让我跟你讲清楚，扈利。我杀死了纳戈尔尼，你的上一任，因为他辜负了我。我成功地向其他船员隐瞒了他死亡的真相。别以为我不会对你这样做——如果你让我觉得有充分理由的话。”

扈利反手撑起身子，脸上恢复了几分血色。“你到底想知道什么？”

“你可以从告诉我你是谁开始。说之前预设我已经知道你是个潜入飞船的间谍。”

“我怎么可能是潜入飞船的探子？是你招募了我。”

“是啊，”伏尔约娃立刻做出了回答，因为她已经想通了这个问题，“当然，事情看起来让人觉得是这个样子……但那是假象，不是吗？你背后的不知什么机构，他们设法操纵了我的搜索程序，导致表面上看起来好像是我选择了你……而实际上我压根就无从选择。”伏尔约娃必须承认，她没有直接的证据来支持这个论点，但这是最简单的假设，能解释所有的事实。“那么，你要否认这点吗？”

“为什么你会认为我是个探子？”

伏尔约娃停顿了一下，点燃了一根烟。她在招募或者说发现扈利的空间站上，从老石人那里买来了一批香烟，这是其中的一根。“你看起来对火控系统所知太多。你似乎还对盗日者有所了解……这让我深感不安。”

“你在带我上船后不久就提到过盗日者，你不记得了吗？”

“是的，但你对它了解太深了，远不是从我这里得到的信息能解释的。事实上，有些时候，你对事情的全貌似乎比我了解得还多。”她停顿了一下，“当然，还不止于此。想想看你在低温休眠期间大脑中的神经活动……我本该更仔细地检查一番你带上飞船的那些植入装置。它们的功能显然不只表面上那些。你要不要试着解释下这些问题？”

“好吧……”扈利的语气变了。很明显，她已经放弃了用话术糊弄过去的指望。“但仔细听着，伊利亚。我知道你也有自己的小秘密——一些你非常不愿让佐佑木和其他人发现的事情。我已经猜到了纳戈尔尼的事，但还有和秘藏武器有关的那些事。我知道你不想把事情搞得众人皆知，否则你就不会不遗余力地掩盖整个事情了。”

伏尔约娃点了点头，她知道否认这些事实是徒劳的。或许扈利甚至对她跟船长打过的那些交道都有所了解。“你这话的意思是？”

“我是说，接下来我对你说的话，最好作为我们之间的秘密。这样不是很合理吗？”

“我刚说过，我可以杀死你，扈利。你其实在谈判中并不处于有利地位。”

“是的，你可以杀死我——或者至少有机会下手——但我怀疑，无论你怎么说，恐怕都没法像掩盖纳戈尔尼的死那样轻易地掩盖我的死了。损失一名火控官可以说是运气不好，两名看起来就显得过于粗心了，不是吗？”

一只老鼠窜了过去，溅了她们一身水。伏尔约娃恼怒地把烟头弹向那只小畜生，但它已经钻进墙上的一根管道，跑不见了。“所以你是说，我甚至不可以告诉其他人，我知道你是个探子？”

扈利耸了耸肩。“随你喜欢。但你觉得佐佑木会如何看待这个问题？一开始是谁犯下错误，让探子得以上船？”

伏尔约娃过了一会儿才回答：“你早就盘算过了，对不对？”

“我知道你迟早会想问我问题的，长官。”

“那么让我们从最显而易见的问题开始吧。你是谁，你在为谁工作？”

扈利长叹一声，语气很无奈。“你之前知道的很多情况都是真实的。我就是安娜·扈利，曾经是斯凯先手星的一名士兵……虽然比你以为的要早二十年。至于其他的……”她停了下，“你知道吗，我真的很需要喝点咖啡。”

“这里一点都没有。你得习惯这种状况。”

“好吧。我受雇于另一伙飞船船员。我不知道那些人的名字——从来没有直接联系过——但他们试图染指你的那些秘藏武器，已经有一段时间了。”

伏尔约娃摇了摇头。“不可能。没有其他人知道那些武器。”

“只是你愿意这么觉得。但你使用过某些秘藏武器，对吧？一定有幸存者，有目击者，而你压根不知道。渐渐地，流言出现，说你的船上有些非常可怕的玩意。也许没有人知道全貌，但有些人知道的那部分已经足以让他们想要从中分一杯羹了。”伏尔约娃沉默了。扈利说的这些令她震惊，就像发现她最私密的习惯被公开一样；但她不得不承认，这确实没有越过可能与不可能之间的边界。完全可以想象，消息走漏了。毕竟有船员离开过这艘飞船——并不总是自愿的，尽管那些离开的人不应该接触到任何敏感信息，当然也不应该接触到任何跟秘藏武器有关的信息，但总是有出娄子的可能。又或者，正如扈利所说，有人目睹了秘藏武器的使用，并活了下来，把消息传了出去。

“那帮飞船船员——你可能不知道他们的名字，但你知道他们的船叫什么吗？”

“……不知道。那样的话，他们岂不是大意得跟让我知道他们是谁没什么两样？不是吗？”

“这样的话，你到底知道什么？他们希望怎么从我们这里盗走那些武器？”

“这就是盗日者的作用所在。盗日者是一种军用病毒，你们上一次去黄石星系的时候，他们偷偷把它送上了你们的飞船。一个非常聪明、适应性很强的渗透软件。它被设计成像蠕虫一样潜入敌人的设施，对使用那些设施的人发动心理战，通过潜意识暗示让他们发疯。”扈利停了一小会儿，给伏尔约娃时间来消化这一信息，“但你本身的防御措施做得太好了。盗日者被削弱得很厉害，这套策略从未真正奏效过。所以他们继续等待时机。他们一直没找到第二个机会，直到将近一个世纪之后，你又回到了黄石星系。我就是第二条攻击线路：作为一名人类探子渗透上船。”

“最初的病毒攻击是如何进行的？”

“他们通过西尔维斯特把它带进来的。你们把他弄上船来修复你们的船长，那档子事他们全知道。他们在他不知道的情况下将软件植入他的体内，然后在他连上你们的医疗设备，修复船长的时候，病毒就感染了你们的计算机系统。”

伏尔约娃认为，这说法听起来有些可信，也引起了她深深的忧虑。这只是又一个太空飞船船员实施劫掠的案例，他们自己也经常这样干，只是这次动手的是别人。如果认为只有佐佑木这三人团有能力搞这种阴谋诡计，那也实在太自大了。

“那你的任务又是什么？”

“评估盗日者侵蚀你的火控系统的状况。如果可能的话，攫取这艘飞船的控制权。复生星对于这一目的就非常合适——足够偏僻，不属于任何太阳系警察管辖。如果强占飞船的行动成功，顶多也只会被少量殖民者观测到。”扈利叹了口气，“但请相信我，这个计划真的已经被彻底扔进了马桶。盗日者的程序是有缺陷的。它太危险了，变化适应的能力太强。它把纳戈尔尼逼疯时，太过引人注目了，但纳戈尔尼当时是它唯一能接触到的人。然后它就开始对秘藏武器本身动手脚……”

“那件暴走的武器。”

“是的。我也被那件事吓坏了。”扈利打了个冷战，“那时候我才知道，盗日者已经太强大了。我已经没有任何方法驾驭它了。”

接下来的几天当中，伏尔约娃又向扈利提出了更多问题，根据已知的事实从不同角度试探她的故事的真实性。当然，盗日者可能是某种渗透软件……哪怕它的狡猾和隐蔽程度高到了她这辈子都不曾听说过的程度。但这是否意味着她可以否定它的存在？不，当然不。毕竟，她确实知道这个东西的存在。事实上，扈利的故事是她遇到的第一个本身能讲通的解释。它解释了为什么她试图治愈纳戈尔尼的努力会失败。纳戈尔尼并不是被她的火控系统植入物所产生的某种微妙的组合效应弄疯的。他被逼疯的过程很单纯，就是被一个专门为此目的而设计的实体逼疯的。难怪他的病症那么难以解释。当然，这里仍然有个令人不安的问题没得到解释，那就是为什么纳戈尔尼的疯狂会以那样激烈的方式显露在外——所有那些噩梦般的鸟类肢体的癫狂草图，还有他棺材上的图案；但或许盗日者仅仅是将本来就存在的精神问题加以放大，任凭纳戈尔尼的潜意识描绘出与之相配的图像。谁又能肯定说不是这样呢？

神秘敌方船员的存在同样不能被轻易否定。船上的记录显示，在他们最近两次访问黄石星系的时间前后，另一艘拥光船嘉拉迪雅号都曾出现在附近。那些船员会不会就是将扈利送上船的幕后黑手?

就目前而言，这个解释是完全够好的了。有一点十分清楚。扈利说，这些信息都不能暴露给三人团的其他成员——这说得非常正确。佐佑木确实会将这一严重的安全漏洞完全归咎于伏尔约娃。他当然会惩罚扈利……但伏尔约娃多半也会遭到惩处。在近来他们关系这么紧张的情况下，佐佑木完全有可能试图杀死她，而且也完全有可能成功——他至少和伏尔约娃一样强大。失去他的首席武器专家，唯一对秘藏武器真正有所了解的人，并不会让那家伙大感不安。他无疑可能会这样认为：伏尔约娃已经证明了自己在这方面确实无能。但还有另一个原因，一个伏尔约娃完全无法否定的原因。不管秘藏武器身上到底发生了什么，有个事实无可回避：扈利救了伏尔约娃的命。

尽管这个想法十分可恶，但她确实欠这个探子的情。

在冷静地通盘考虑过之后，她唯一的选择就是继续装作并无此事。扈利的任务再怎么看都已经不再可行，她以后不会再试图劫夺飞船了。他们接下来要试着将西尔维斯特再次弄上船来，这个女人上船的秘密动机对此没有任何影响。而且在许多场合，他们也只需要扈利做一个普通船员。既然伏尔约娃知道了真相，既然扈利任务的最初目的已经被放弃，那么扈利肯定会竭尽全力适应分配给她的岗位。忠诚疗法是否有效基本上已经无足轻重，扈利将不得不表现得好像它们是有效的，然后这种伪装渐渐地将变得与真实无异。她甚至可能会在有机会离开这艘飞船时，也不再想要离开。毕竟，世上还有很多更糟糕的地方嘛。经过几个月或几年的主观时间，她会融入船员们的集体，而她过去的双重身份可以永远是一个只有她和伏尔约娃才知道的秘密。随着时间的推移，伏尔约娃甚至也可能将这件事几乎完全置之脑后。

最终，伏尔约娃成功地说服自己：渗透问题已经解决了。当然，盗日者仍然是个麻烦，但现在扈利将和她同心协力，向佐佑木隐瞒它的存在。与此同时，还有一些其他事也需要瞒着那位。伏尔约娃给自己定下了任务目标，要清除所有秘藏武器暴走事件发生过的证据。她本打算在佐佑木和其他人复苏之前完成这项工作，但事实证明这件事没那么简单。她首先要做的是修复拥光船本身，修补船身上被武器爆炸损伤的区域。主要是靠诱导自动修复程序，使其更快地工作，但她也必须确保所有那之前就存在的疤痕、撞击坑或未完全修复区域都得以精确复现。然后她必须侵入自动修复系统，清除安排修复工作的所有记录。她还必须修复蜘蛛房。虽然佐佑木和其他人理应不知道它的存在，但事先做好预防总比事后追悔莫及要好。这部分维修工作还算是最简单的。接下来，她必须消除帕尔西程序的全部运行痕迹，至少要做一个星期。

穿梭机的损失就更难隐瞒了。有段时间她考虑造一架新的：从船上各处分别收集一点点原材料，凑足所需。她只需要用掉飞船整体质量的九万分之一就够了。但这还是太危险了，而且她很怀疑自己真能做到让穿梭机老化得足够逼真，让它看起来旧得合情合理。她采取了一个更简单的选择，那就是篡改飞船的数据库，让飞船上的穿梭机看上去像是本来就少了一架。佐佑木可能会有所察觉——所有的船员都可能察觉——但绝对没有任何人能证实。最后，当然，她重新做出了那件秘藏武器。只是一个幌子，一个复制品，静静地趴在储藏室里，在佐佑木偶尔访问她的地盘时看着能唬人。她花了六天掩盖这些痕迹，一直在手忙脚乱地工作。第七天她休息了，并努力让自己平静下来，以防其他人揣测她之前在忙碌什么。第八天，佐佑木醒来，向她询问，在自己沉睡的这些年里，她都在做什么。

她说："哦，没什么特别值得一提的。"

他的反应难于揣摩——近来别的事情上佐佑木也往往这样。伏尔约娃觉得，即使她这次成功了，也不能再冒险犯错了。然而，尽管他们甚至还没有与殖民者取得联系，事情就已经渐渐超出了她的理解范围。她的思绪回到了她在本地恒星系的中子星附近探测到的中微子信号，以及从那时起就一直伴随着她的不安感上。这个信号源一直在那里，虽然一直都很弱，但经过仔细研究后，她得知这个信号不仅是在中子星附近的轨道上，而且是在环绕中子星的那颗月亮大小的岩石星球周围。几十年前对该太阳系进行调查时，它肯定还没有出现，这无疑表明它与复生星上的殖民地有关。但是，他们是怎么把它发射过去的？殖民者们似乎甚至没有进入近地轨道的能力，更别提把某种探测器送到他们所在太阳系的边缘了。甚至当初把他们带到这里的飞船也不见了。她本以为会在雷苏加姆附近的轨道上发现劳瑞恩号，结果那里完全不见飞船的踪迹。现在她脑海中一直担心殖民者可能会做出一些完全意想不到的事情，尽管没有这样的证据。她的烦恼本来就越积越重，如今更是百上加斤。

“伊利亚？”赫加齐说，“我们现在快准备好了。行星首府即将转出夜半侧。”

她点了点头。飞船上那些分散在船壳周围的高倍率摄像机将放大地表的一个位置，在城市边缘以外几千米的地方，聚焦于佐佑木出发前就已经确定并商定的那个点。如果没有遭遇不幸，他现在应该在那个地方等着，站到一片开阔的山丘顶上，面朝初升的太阳。准时抵达至关重要，但伏尔约娃并不怀疑佐佑木会出差错。

“拍到他了，”赫加齐说，“图像稳定正在逐步生成……”

“给我们看看。”

星球图像在首府附近打开了一个小窗，窗口迅速胀大。起初里面的景物并不清楚，只有个模糊的污点，隐约像是个站在岩石上的人。但图像很快就锐化清晰了，最后可以很清楚地分辨出那个人就是佐佑木。佐佑木穿着灰白色的大衣，而不是伏尔约娃最后看到他时他身上那套笨重的自适应性盔甲，大衣长长的后摆拍打在他套着靴子的腿上，证明山顶上有轻风嬉戏。衣服的领子高高拉起，笼住了他的耳朵，但他的脸却无遮无拦。

那张脸和他自己的有所不同。在离船之前，佐佑木的五官经过了巧妙的重塑。他们按照最初从黄石星来到复生星的那支探险队成员的基因图谱，得出了平均模型，这张脸相应地表现出了黄石星定居者们法中混血祖先的基因。哪怕佐佑木选择在大中午走在星球首府的街头，顶多也只会引得人们好奇一瞥。他在任何方面都不会暴露出自己是刚来的外人，甚至他的口音也不会。语言学软件分析了探险队成员带到这里的十几种黄石星方言，应用复杂的语汇统计模型将所有的表达模式糅合成一种新的方言，适用于作为整体的复生星全球。无论佐佑木选择与星球上哪里的居民交流，他的神情、背景故事和说话方式都会让那些人相信，他只是来自星球上某个偏远的定居点，绝非来自天外。

至少照他们的设想是这样的。

除了皮下植入装置之外，佐佑木没有携带任何可能暴露他身份的技术制品。在地表和轨道间进行通信的常规系统太容易被发现，而且如果他因某种原因被抓到，也很难解释。但现在他正在说话：反复念诵一个短语，同时飞船的红外传感器会检查他嘴部周围的血流，从中构建皮下肌肉和下颌运动的模型。将这些动作与记录在案的大量实际对话档案联系起来，飞船就可以开始推测他发出了什么声音。最后一步是导入语法、句法和语义模型，以确定佐佑木应该在说什么。这听起来很复杂——也确实很复杂——但伏尔约娃耳朵里听到的模拟声音异常地清晰而准确，和佐佑木的嘴唇动作之间也没有明显的时间差。

“我必须假定你们现在能听到我的话，”他说道，“记录下来，这是我在复生星表面登陆后的第一次报告。如果我偶尔偏离主题，或者表达方式不优雅，你们应该会原谅。我没有事先撰写报告，那样带来的安全风险太大：万一我在离开首府时被发现身上带着这么一份报告就糟了。这里的状况与我们预期的大不相同。”

确实如此，伏尔约娃想。殖民者——或者至少是他们中的一部分——肯定知道有艘飞船抵达了复生星附近。那些人曾偷偷地把一束雷达波打到了飞船上。但他们没有尝试与无限眷念号联系，就跟飞船也没有尝试与地面上的任何人联系一样。这也和那个神秘的中子源一样让她不安。这意味着心怀疑惧，隐藏自己意图的不仅仅是她。但她强迫自己现在不要去想这些，因为佐佑木仍在讲话。她不想错过他报告的任何内容。

“关于这颗殖民星，我要说的很多，”他说，“而这个时间窗口很短。因此，我将从你们无疑最为期待的消息开始。我们已经找到了西尔维斯特，现在的问题只剩怎么把他抓到我们手里了。”

斯卢卡坐在西尔维斯特对面，把咖啡灌进自己的喉咙。他们之间是一张黑色的椭圆形桌子。复生星清晨的阳光通过半闭的门窗照进房间，在她的皮肤上投出火红色的等高线。

“有些事我需要听听你的看法。”

“来访者？”

“真机灵。”斯卢卡给他也倒了杯咖啡，然后把手掌放到扶手上。西尔维斯特将身子深深沉入座位中，直到他处于比对方更低的位置。“满足我的好奇心吧，西尔维斯特博士，告诉我你到底听到了些什么消息。”

“我没听到多少消息。”

“那说说看更不会占用你太多时间。”

疲倦不堪，脑子有些迷糊，但西尔维斯特还是露出了一个微笑。一天之内，他第二次被斯卢卡的卫兵叫醒，在半睡半醒的状态下被拖出房间。他还能闻到帕斯卡尔的气息，他妻子的香气依旧笼罩着他。他有些好奇，此刻她是否还在曼特尔对面的某个牢房里睡觉。尽管他现在十分孤独，但知道妻子还活着，也没有受伤，这样的好消息让孤独感有所缓和。在他们相会之前的日子里，斯卢卡派来的人也是这么对他说的，但他那时候没有理由相信这些话是真的。毕竟，帕斯卡尔对真路派的人来说能有什么用，他自己的用处还多点；而且现在已经很清楚了，斯卢卡一直在考量让他活着的价值到底有多少。

然而现在情况明显有所变化。他被允许与帕斯卡尔暂时相聚，而且他相信机会之后还会再有。不知道这种发展是源于斯卢卡心底的几分人性，抑或是完全意味着别的什么。也许她在不久的将来可能需要他们中的一个，所以现在到了必须要着手赢得他们好感的时候了？

西尔维斯特大口喝下咖啡，清除残留的疲惫。“我只听说，可能有人会到访这颗星球。从那时起，我就得出了自己的结论。”

“我想你应该愿意与我分享一下你的结论。”

“也许我们可以先讨论一下帕斯卡尔的状况？”

斯卢卡的目光越过杯沿，看了看他，然后点了点头，动作严谨得像个发条木偶。“你想用知识的交流来换取——换取什么？放松对你们的羁押管制？”

“我觉得这完全合情合理。”

“那要看你的推测质量如何了。”

“对什么的推测？”

“这些来访者可能是谁。”斯卢卡朝着板条状的初升朝阳瞥了一眼，眼睛在红宝石色的强光中眯成了一条缝，“我很重视你的观点，天晓得这是为什么。”

“首先，你必须告诉我，你都知道些什么。”

“我们等会儿再说那个。”斯卢卡恶狠狠地笑着说，“首先我应该承认，我让你先天就处于不利地位。”

“怎么回事？”

“这些人如果不是雷米里欧德的船员，那会是谁？”

她这话就意味着，西尔维斯特与帕斯卡尔的所有谈话都被监控了，也意味着他们之间发生的所有事情都在监控中。这个消息对他的冲击没有他以为的那么大。显然，他一直都在怀疑这一点，只是他或许宁愿忽略自己的疑虑。

“很好，斯卢卡。是你命令法尔肯德提到来访者的，对吗？你真是太聪明了。”

“法尔肯德只是在完成自己的工作。那么，来的会是什么人？雷米里欧德已经有了与复生星做交易的经验。他回来再吃第二口不是很合理吗？”

“太早了。时间都不够他到达另一个太阳系，更何况推行贸易的各个环节也要花时间。”西尔维斯特从椅子的怀抱中挣脱出来，大步走到板条窗前。他透过铁制遮光板看着近处的方山，北面的山坡散放出冷冽的橙色光芒，仿佛即将迸发出火焰的一堆堆书册。他现在注意到，天空整体的色调是蓝色，而不再是深红色。应该是因为风中数百万吨的尘埃被清除掉了，取而代之的是水蒸气。或者，这可能是他的色彩感知能力受损导致的错觉。

他边用手指抚摸着玻璃，边开口：“雷米里欧德不会这么快回来。几乎没有哪个商人能比他更精明，例外寥寥无几。”

“那么来的会是谁？”

“我很担心来的会是那些例外。”

斯卢卡叫来一名助手，拿走了咖啡。桌面上空出来之后，她请西尔维斯特回到自己的座位上。然后她让桌子打印出一份文件，递给了西尔维斯特。

“你将要看到的信息是三周前到达我们这里的，来自东涅赫贝特耀斑观察站的一位联络员。”

西尔维斯特点了点头。他知道那些耀斑观察站的事。站点是他亲自推动建立的。许多小型观测站点，散布在复生星全球，监测恒星异常辐射的证据。现在阅读文字的感觉和尝试破译阿玛兰汀文字十分相似：每个词都得一个字母一个字母地爬梳，直到其含义出现在脑海中。加尔知道，大部分阅读过程到头来都是机械运动——眼睛沿着文字运动的生理学过程。他在西尔维斯特的眼睛中搭建了一些程序，以适应这种需要，但法尔肯德的天赋并不足以恢复所有这些功能。

不过，他还是看得清楚信息内容的：

东涅赫贝特的耀斑观测站探测到一个能量脉冲，亮度比以前看到的任何东西都要高得多。简而言之，出现了令人担忧的可能：孔雀六或许即将重现消灭阿玛兰汀人的爆发，那次被称为大灭绝的大规模日冕物质抛射。但更详细的检查表明，这次爆发并非来自恒星，而是来自几光时外的某个东西，位于这个太阳系的边缘。

对伽马射线闪光频谱的分析表明，它受到了多普勒频移的影响，很小，但确实可以测量得到，相应速度为光速的百分之几。无可避免的结论是：闪光来自一艘飞船，正处于星际巡航减速的最后阶段。

“发生了事故，”西尔维斯特说，无喜无悲，平静地接受了这艘飞船毁灭的消息，“引擎出现了某种故障。”

“我们也是这么猜的。”斯卢卡用指甲点了点那张纸，“几天后，我们知道事实肯定并非如此。那东西还在那里，信号微弱，但无可置疑。”

“这艘飞船承受住了那场爆炸？”

“或者别的什么。这时候我们从驱动火光中也确实探测到了蓝移①。减速仍在正常进行，就像爆炸从未发生过一样。”

“我想，对此你已经提出一套理论来解释了吧。”

---

① 是一个移动的发射源在向观测者接近时，所发射的电磁波（如光波）频率会向电磁频谱的蓝色端移动（即波长缩短）的现象。若向红色端移动，波长变长、频率降低，即为红移。——编者注

“只有半套。我们认为爆炸来自一种武器。对于是什么武器，我们没有头绪。但没有其他东西能释放出这么大的能量。”

“一件武器？”西尔维斯特试图让自己的声音继续保持完全平静，只流露出自然而然的好奇心，而屏蔽他真正感受到的情绪变化——主要是纯粹的恐惧。

“你不觉得很奇怪吗？”

西尔维斯特向前倾身，脊背上冷汗直冒。

“这些来访者，无论究竟是谁，我假定他们应该了解这里的状况。”

“你是说政治局势？不太可能。”

“但他们应该已经试图与居维叶城接触。”

“这就是有趣的地方。他们没发任何消息。一声不吭。”

“知道这事的都有谁？”

现在几乎连他都很难听见自己的声音，好像有人踩在了他气管上似的。

“殖民地上大约有二十个。可以进入天文台的人，在我们这里有十几个。还有少数人在复生星……居维叶城。”

“这不是雷米里欧德。”

斯卢卡让桌子重新吞进那张纸，清除上面的敏感内容。

“那么，来的是谁？你有什么看法吗？”

西尔维斯特有些好奇，自己现在的笑声听起来多么接近歇斯底里。“如果我的看法是正确的——我并不经常出错——这是个坏消息。不仅仅对我而言是个坏消息，斯卢卡。对我们所有人来说都是。”

“继续。”

“说来话长。”

她耸了耸肩。“我并没有要急着去哪里。你也是。”

“确实，我暂时也不会。”

“什么？”

“只是我的一个猜测。”

“别玩了，西尔维斯特。”

他点了点头。他知道，继续隐瞒其实已经没有意义了。他已经与帕斯卡尔分享了他最深的恐惧。而对斯卢卡来说，现在只是一个查缺补漏的问题，她从窃听中不难发现问题所在。西尔维斯特知道，如果自己拒绝的话，她也会找出办法来了解她想要的东西，要么从他这里榨出来，要么从帕斯卡尔那里——那就更糟糕了。

“这要追溯到很久之前了，”他说，“当年，我刚从天幕回到黄石星的时候。你还记得我那时失踪了一阵子，对不对？”

“你一直都没坦白当时发生了什么。”

“我被超空人绑架了，”西尔维斯特没停下观察对方的反应，一口气说了下去，“被带上了一艘在环绕黄石星的轨道上航行的拥光船。他们中的一员受伤了，他们想让我……我觉得，是想让我‘修复’他。”

“修复他？”

“那位船长，他是个极端嵌合体。”

斯卢卡打了个寒战。很明显，像大多数定居者一样，对于超空人社会中那些激进改造自己的边缘人群，她了解的一切基本限于那些生动的全息剧。

“他们不是普通的超空人。”西尔维斯特说。他发现自己没理由不利用一下斯卢卡的恐惧症。“他们在外太空待得太久了，离开我们所认为的正常人类生活太久了。即使按照一般的超空人标准，他们也太过与世隔绝，偏执，黩武好战……”

“但即便如此……”

“我知道你在想什么——即使这些人属于某种离经叛道的分支文化，他们又能有多坏？”西尔维斯特脸上展开一个居高临下的笑容，摇了摇头，“确实，我一开始也是这么想的。然后我对他们有了更多了解。”

“例如？”

“你提到了武器？嗯，他们有武器。他们有些武器可以轻轻松松摧毁这颗星球，只要他们乐意。”

“但他们不会无缘无故就动用它们吧。”

西尔维斯特笑了。“我想，等他们到达复生星时，我们会搞清楚到底会不会。”

“是啊……”斯卢卡说到最后一个字用的是降调，“实际上，他们已经到这里了。爆炸发生在三周前，但……嗯……意义并没有立即明确。在此期间，他们已经完成减速，转而进入了一条环绕复生星的轨道。”

西尔维斯特过了一会儿才控制住自己的呼吸节奏。他有些好奇，斯卢卡这样子逐段揭示真相在多大程度上是故意的。她是真的忽略了这个细节呢，还是有意跳过，再以精心设计的方式披露事实，弄得他一直晕头转向？

如果是这样的话，她已经取得了令人钦佩的成功。

“等一下，”西尔维斯特说，“刚才你说只有少数人知道这件事。但要看漏一艘围绕行星运行的拥光船恐怕不太容易吧？”

“比你想象得要容易多了。他们的飞船是这个太阳系中最黑暗的天体。当然，它在红外线波段还是有辐射的——这是必然的——但它似乎能够把发射频率调节到我们大气中的水蒸气波段上，这些频率的电磁波不会穿透大气到达地表。如果我们过去二十年当中没把这么多水排到大气中就好了……”斯卢卡沮丧地摇了摇头，“不过反正也没什么关系。现在没人太过注意天空。他们抵达时哪怕亮起霓虹灯也未必有人会注意到。”

“但事实恰恰相反，他们甚至没有宣告自己的存在。”

“更甚于此。他们竭尽全力不让我们知道他们到达了。除了那场见鬼的武器爆炸……”她走了会儿神，看着窗户的方向，然后又把自己的注意力拉回到西尔维斯特身上，“如果这些人是你以为的那些人，那你肯定对他们想要什么有所了解。”

“我觉得这倒是很容易。他们想要的是我。”

伏尔约娃仔细地听着佐佑木从地面上发回的报告的剩余部分。“从复生星传到黄石星的信息非常少，在第一次叛乱之后就更少了。我们现在知道，西尔维斯特挺过了那场叛乱，但在十年后的一次政变中被赶下台，那距离现在也有十年了。他被关进监狱——我也许可以补充一句，里面有些豪华设施，由新政权出钱——那些人把他看作一件有用的政治工具。这种情况对我们非常有利，因为那样西尔维斯特的行踪很容易推断。我们需要与之谈判的，也会是些对把他交给我们没有什么顾虑的人，这种状况真是太幸运了。然而，现在的状况却复杂太多了。”

佐佑木说到这里停顿了一下。伏尔约娃注意到他稍微转了一下身，让一个新的背景进入了画面中。随着他们飞过佐佑木的头顶，往南飞行，他们的视线角度正在改变，但佐佑木意识到了这一点，正在对他的站位进行必要的调整，以使他的脸始终处于飞船的视野中。如果有别人在山丘上，从他们眼里看去这家伙肯定很奇怪：一个沉默的身影，面朝天际，低声念着晦涩难明的咒语，缓慢地以脚跟为轴在转动，速度几乎如同钟表般精准。没人能够猜到他是在与一个轨道航天器进行单向交流，而不是沉醉于某种私人的疯狂仪式之中。

“正如我们一进入扫描范围就确定的那样，这里的首府居维叶城已被大型爆炸所摧毁。通过检查重建的程度，我们也能推断出，这些事件发生于殖民历史上的最近阶段。我在这里的调查已经确定，第二次政变——正是在当时使用了那些武器——发生在仅仅八个月前。然而，这次政变并不完全成功。旧政权仍然控制着居维叶城的残余部分，尽管他们的领导人热拉尔迪乌在骚乱中被杀。真路淹没派——那些要对袭击负责的人——控制了许多外围定居点，但他们似乎缺乏凝聚力，甚至可能已经陷入了派系争斗。在我来到这里的一周内，已经有九次针对城市的袭击，有人怀疑是内部破坏者：有真路派的渗透者在这片废墟中捣乱。”佐佑木停下来整理想法，伏尔约娃不知道这家伙会不会觉得自己与他提到的渗透者有某种淡淡的亲近关系。如果是这样的话，他的表情也丝毫没有透露这点。

“关于我自己的行动，我的首要任务当然是命令这套空天服自行拆解。用它来完成前往居维叶城的陆路旅行是很诱人的，但风险太大。然而，旅程比我担心的要容易，在郊区，我搭上了一帮从北方回来的管道技术人员，利用他们作为掩护进入居维叶城。他们一开始很怀疑，但伏特加很快就说服了他们，让我上了他们的车。我告诉他们，酒是在菲尼克斯蒸馏的，我就是从那个定居点来的。他们从未听说过菲尼克斯，但他们非常乐意为它干杯。”伏尔约娃点了点头。伏特加，连同别的满满一挎包小玩意，是在佐佑木离开前不久在船上制造的。

“现在人们大多生活在地下，在五六十年前挖掘的地下隧道中。当然，空气呼吸起来还算可以，但我向你保证，这个过程可并不怎么舒适，而且人们随时都可能缺氧。爬上这个山丘需要相当大的体力。”

伏尔约娃对自己笑了笑。佐佑木居然会承认这样的事情，登上山丘对他来说肯定接近于受刑了。

“他们说真路派的人获得了火星人的基因技术，”他继续说，“可以让人呼吸轻松，尽管我没有看到任何东西可以证明这一点。我的管道工朋友们帮我在一个外城矿工使用的宿舍里找到了一个房间，当然，这与我掩藏身份的故事完全吻合。我不会对那儿的住宿条件大加称赞，但它很适合我的目的——当然，那就是收集数据。在我的调查过程中，”佐佑木又补充道，“我了解到的许多说法相互矛盾，至少是模棱两可。”

佐佑木现在几乎已经转个一百八十度。太阳现在从他的右肩后侧照过来，让他的图像越来越难以解读。当然，飞船会直接切换到红外线视野，从他脸上不断变化的血管纹路中读出他的讲话。

“目击者说，西尔维斯特和他的妻子设法逃过了杀害热拉尔迪乌的暗杀企图，但他们此后再也没有出现过。那是八个月前了。我所接触的人，以及我截获的秘密数据来源，使我得出一个结论。西尔维斯特又成了某人的囚犯，只不过这次他被关在城外，可能是被真路派内部的某个小派别关押了。”

伏尔约娃现在很紧张。她可以看到这一切的结论了：局面经常会不可避免地导向那个结论。唯一不同的是，眼下，它源于她对佐佑木的了解，而不是对他寻找的那人的了解。

“与这里的官方代表——不管他们是谁——谈判是徒劳的，”佐佑木说，

“我怀疑他们能否把西尔维斯特交给我们，即使他们想把他交出来——当然他们也不会。那么，我们不幸地只有一个选择了。”

伏尔约娃啧啧不快。来了来了。

“我们必须制造一个局面，使得把西尔维斯特交给我们才最符合殖民地全体的利益。”佐佑木又笑了，牙齿在他的脸部阴影下闪闪发光，“不用说，我已经开始打下必要的地基了。”接下来的话，这家伙毫无疑问是直接对她说的。“伏尔约娃，你可以酌情做出必要的正式表态。”

通常情况下，她可能会因为如此准确地判断了佐佑木的意图而略感快慰。但现在不会。她所感受到的是一种缓缓水涨船高的恐怖，意识到隔了这么久之后，佐佑木准备再度要求她做出那种事情。而她心中最恐怖的部分来自，她知道自己很可能会照做。

“去吧，”伏尔约娃说，“它不咬人。”

“空天服我还是知道的，长官。”扈利说到这里停了停，朝着白茫茫的房间迈出了一步，“只是我本以为我再也不会看到这东西。更不要说真的穿上这么一件鬼玩意了。”

在舰桥之下六百层的地方，这间令人压抑的白色储藏室里，有四套空天服靠在墙边等着她们。这里的隔壁就是二号舱，等会儿进行课程训练的地方。

“听听这话说得，”在场的还有另两个女人，其中一个说道，“说得好像她要做的不仅仅是把这该死的东西穿上个几分钟而已。你又不是要和我们一起下去，扈利。所以，别把你自己吓尿啦。”

“谢谢你这个建议，萨迪奇，我会记住这话的。”

萨迪奇耸了耸肩——扈利觉得，她是嫌嘲讽一下都多余——然后走向指定给她的空天服，她的同伴苏拉·基亚瓦尔紧随其后。准备迎接使用者的这些空天服看上去就像些被开膛破肚，放干了血、清空了内脏，四肢大张地被钉在一张竖起来的桌面上的青蛙。现在的配置状况是让这些空天服最像人的一种：有着轮廓清晰的腿和伸出的手臂。“手”上没有手指，实际上，那看起来根本就不是手，只是一对流线型的脚蹼；但在必要的时候，这些空天服可以按照使用者的意愿伸出机械手或是手指。

扈利确实像她所说的那样，对空天服有所了解。斯凯先手星上，空天服是种罕见的进口货，只能从在这个饱受战争蹂躏的星球上停留的超空人贸易商那里购买。斯凯先手星上没人具备可以真正复制它们的技术能力，这意味着她所属阵营购买的那些设备价值连城：从神灵手里派发出来的强大图腾。

空天服对她进行了扫描，确定她的身体数据，然后对自己内部做了些调整，以精确地匹配她的身体轮廓。然后扈利任凭它向前走来，包裹住她，压抑住伴随这一过程产生的那点幽闭恐惧。几秒钟之后，空天服就自动锁紧，并向自己内部充入气凝胶，这样才能做出某些原本会压垮使用者身体的机动动作。空天服中的虚拟人格开始询问扈利可能希望改变的一些小细节，允许她定制武器套件并调整自动例程。当然，除了那些威力最低的武器之外，在二号舱中并没有实际布置其他武器，即将上演的战斗场景会将真实的身体动作和虚拟的武器运用无缝连接到一起。但这正是训练的要点所在。你必须以最严肃的态度对待全过程的方方面面，包括这套空天服为了方便消灭任何可能不幸撞进它的火力压制范围之内的敌人，向使用者提供的无限选择。

除了扈利本人之外，她们这伙还有三个人，但她是唯一不打算认真争夺地表行动资格的人。首先是伏尔约娃。虽然与扈利的谈话表明，她出生在太空中，但她不止一次访问过行星，并获得了一些适当的、近乎本能的条件反射，让她在去行星表面远足时生存的机会大增。这其中，最重要的就是要谦恭地尊重重力法则。萨迪奇的情况也是一样的。她出生在一个太空居民点，也可能是一艘拥光船，但去地上世界的次数也已经够多，学会了正确的行动方式。她瘦得像一把长刀，乍看起来好像只要在一颗大行星上迈出一步，就肯定得折断自己身上的某根骨头，但扈利从来没被这种假象欺骗。萨迪奇的身子就像一栋高楼，设计者是位建筑大师，他知道每个关节和支柱必须承载的精确引力，并以一名艺术家的骄傲，绝不容许存在额外的公差。总是和萨迪奇在一起的那个女人，基亚瓦尔，则又是另外一种状况。与她的朋友不同，她没有表现出太极端的嵌合体特征。她的四肢都是原装的。但她与扈利所认识的任何人类都不像。她的脸很圆，仿佛是为不知具体何地的水生环境而优化的。她那双眼睛有些像猫，但栅格状的红色眼球上没有瞳孔。她的鼻孔和耳朵是几道细沟，她的嘴是一条基本做不出表情的缝隙。当这个女人说话时，这条缝几乎纹丝不动，只会一直微微弯曲，像是个略微兴奋的表情。她没穿衣服。即使放空天服的这个房间温度相对较低，她也没有穿，但在扈利的眼中，她看起来也不是真的赤身露体。相反，她看起来就像是个光着身子，但被浸泡在某种无比柔韧并会快速干燥的聚合物中的女人。换句话说，她是个真正的超空人，种源不明，而且几乎肯定不是自然进化出来的。扈利曾听过一些传说，有人在类似木卫二的星球冰层下用生物工程培育出新的人类分支亚种。或者是鱼人，经过适应性改造，完全生活在被水淹没的航天器中。基亚瓦尔似乎就是由这些神话传说畸形混合而成的一个活生生的化身，但她也可能是个完全不同的存在。也许她在自己身上进行这些改造，只是出于一时的突发奇想。也许这些改造根本就没有目的，又或者它们是为了更重大的目的服务，为了完全伪装成另一个身份。不管怎么样，她了解地上的世界，而这——表面上看起来——是唯一重要的。

当然，佐佑木也了解地上世界，但他已经身在复生星了。如果到时候真的要回收西尔维斯特，在这个过程中他会扮演什么角色并不清楚。对于三人团的最后一人赫加齐，扈利知之甚少，但透过偶尔几次谈话所收集到的信息也足以知道，这个人从未踏足过任何一块未经人工改造的土地。难怪佐佑木和伏尔约娃安排赫加齐主要负责他们职权中偏向文职工作的那些方面，在行动时间到来时也不会让他——他本人也根本不希望——前往复生星球表面。

然后就是扈利了。她经验丰富，无可辩驳。与其他船员不同，她真真确确是在星球表面出生和长大的，而且曾参与过星球表面的军事行动，这点至关重要。有很大可能——她所听到的一切都让她对此深信不疑——她在斯凯先手星战争中的经历，比任何一名船员在飞船之外的经历都要危险得多。那些人在行星表面的短暂巡游只是购物之旅、贸易行为，或者是单纯的游览观光。从天而降，得意扬扬地观察地上蚍蜉短暂的生命。而扈利曾屡次置身险境，有时看起来她甚至不太可能活下来。然而她都挺过来了，甚至没受到严重损伤——她从来都是一个能力优秀的士兵，而且也十分幸运。

船上也没人在这个问题上持有异议。

“不是我们不想让你一起去，”在秘藏武器事件发生后不久，伏尔约娃曾这样说，“完全不是。我毫不怀疑，你使用空天服的能力不逊于我们中的任何一员，而且面对炮火你不可能会被吓呆。”

“嗯，那么……”

“但我不能再次冒失去火控官的风险。”她们当时是在蜘蛛房里讨论，但伏尔约娃还是压低了音量，“只需要有三个人下到复生星，这意味着我们不需要动用你。除了我之外，萨迪奇和基亚瓦尔也可以使用空天服。事实上，我们已经开始进行准备训练了。”

“那么至少让我参加训练。”

伏尔约娃举起一只手，显然是要拒绝这个建议。但刚把手举起来，她又同意了。“好吧，扈利。你可以和我们一起训练。但这并不意味着什么别的，明白吗？”哦，是的，她明白。现在扈利和伏尔约娃之间的情况不同了——自从扈利告诉伏尔约娃那个谎言，说自己是另一群船员派来的探子之后，她们之间就成了这样。大小姐很久以前就为那场特殊的小小交谈做好了准备，最终效果很好。这其中甚至包括狡猾地不提及嘉拉迪雅号——当然，它其实是完全无辜的——而让伏尔约娃自己做出推断，从而让她在这个过程中暗自感到几分心满意足。这是个简单的红鲱鱼策略，但重要的是，伏尔约娃觉得这个故事可信。伏尔约娃也接受了盗日者是人类设计的入侵软件的故事，于是目前她的好奇心似乎得到了满足。现在她们俩差不多扯平了，各自都有些需要瞒着其他船员的事，虽然伏尔约娃自以为掌握的那些关于扈利的信息和事实相去甚远。“我明白。”扈利说。

“不过，这还是很遗憾。”伏尔约娃笑了笑，“我感觉你一直很想见到西尔维斯特。当然，你会有机会的，只要等我们把他带上船……”

扈利笑了。“那也只好这样了，不是吗？”

二号舱和存放秘藏武器的那间舱室长得一样，只是房间里是空着的。

与存放武器的舱室不同，它被加压到标准大气压。这并非奢侈之行为。这个房间构成了拥光船中最大的可呼吸空气存储器，因此被当作一个蓄气池，在人类需要不穿宇航服进入飞船上那些通常处于真空状态的区域时，为那些地方提供空气。

通常情况下，引擎会提供模拟重力，沿着飞船的长轴方向，也是这个大致呈圆柱形的舱室的长轴方向。但现在引擎已经熄火——眼下飞船在环绕复生星的轨道上运行——模拟重力来自整个舱室的旋转。这意味着重力的作用方向与长轴成九十度，从舱室的中间径向朝外。

在房间中央附近，几乎没有任何重力。物体可以在那里自由飘浮几分钟，然后不可避免的微小初始飘移就会慢慢将它们推离中轴位置。此后，伴随舱室共同旋转的空气形成的风压会将它们拉得更快更低，越低风压也越大。但是，没有任何东西在室内会以直线方式“坠落”。至少在站在旋转舱壁上的人眼中看来是这样的。

她们从圆柱体的一端通过一道装甲蛤壳门进入室内。门内侧有爆炸的痕迹，还有弹丸的撞击坑。这个船舱内壁表面可以看到的地方，到处都有类似的风化陈迹；就扈利视线所及（空天服的视觉增强程序意味着，只要她乐意，想看到多远都行），舱内没有哪一平方米的蒙皮不曾饱受疮痍、伤痕累累，不知多少种武器在上面留下了凿过、砸过、撞过、熔化过或是腐蚀过的痕迹。墙壁可能原本是银色的。而现在它是紫色的，就像一个笼罩四周的巨大金属伤疤。这里的照明不是由固定的光源提供的，而是来自几十架自由飘浮的无人机，每架无人机都用泛光灯在房间的墙壁上打出一个光斑，亮度足以引发光化学作用。这些无人机不断地四下移动，就像一群激动的萤火虫。结果是舱室中任何一个影子都休想静止超过大约一秒钟，而且无论你朝哪个方向望去，顶多也就是一秒钟，就会有个刺眼的光源冲进视野，把其他景象都淹没在强光之中。

“你确定你能控制好这玩意吗？”门在她们身后锁上时，萨迪奇说道，“你不会想弄坏那套空天服的。弄坏了你就得掏钱付账，这你知道吗？”

“专心别弄坏你自己的吧。”扈利说。然后她切换到私聊频道，单独对萨迪奇讲话，“也许这只是我的妄想，但我感觉得到，你似乎不太喜欢我？”

“呵，你为什么会这样想？”

“我认为这可能与纳戈尔尼有关。”扈利停顿了一下。她忽然想起，私聊频道可能根本就不是私密的。但话说回来，她要说的对任何听众来说都是完全显而易见的。对伏尔约娃来说更是如此。“我不知道他到底遭遇了什么，只是知道你和他走得很近。”

“很近这个词并不适当，扈利。”

“那好吧，是恋人。我本来不想说的，怕冒犯你。”

“不用担心这个，小家伙。现在才担心早就太晚了。”

伏尔约娃的声音打断了他们的谈话。“你们三个，开始吧。下到舱壁上。”

三人服从了她的指令，用空天服略为放大了自己的力度，跳离盖在圆柱体末端的金属板。从她们进入这个地方的那一刻起，她们一直处于零重力状态，但现在，向墙壁、地板下降，获得圆周向速度的同时，她们感觉得到自己的重量在增加。这种变化很小，又被气凝胶给缓冲得更不易察觉，但它提供的小小提示已经足够让人们有上下分判的感觉了。

“我明白你为什么怨恨我。”扈利说。

“我也相信你明白。”

“我接替了他的岗位。占据了他的位置。在他……不管遭遇了什么之后。你突然就要面对我了。”扈利尽力让自己听起来冷静客观，好像她对这一切都无动于衷，“如果我是你，我想我也会有同样的感觉。真的，我很肯定会的。但这并不意味着这是正确的。我不是你的敌人，萨迪奇。”

“不要自欺欺人。”

“你指的是什么？”

“你压根就不明白这一切，连十分之一都不明白。”萨迪奇现在让她的空天服靠到离扈利很近的位置，天衣无缝的白色盔甲在房间坑坑洼洼的墙壁前显得分外醒目。扈利曾经见过一些虚无缥缈的白色鲸鱼的照片，这些鲸鱼生活在，或者曾经生活在——她不确定——地球的海洋中。这些曾被称为“大白鱼”[①]的家伙，此刻出现在她的脑海中。“听着，”萨迪奇说，“你认为我的头脑简单到这种地步，以至于我会仅仅因为你填补了鲍里斯留下的空间而憎恶你？不要侮辱我，扈利。”

“请相信我，我没这个意思。”

“如果我恨你，扈利，那也只会为了一个完全合适的理由。因为你属于她。”她吐出最后一个词时，像是带着纯粹的敌意发出一声喘息，“伏尔约娃。你是她的一件小点缀。我恨她，所以我自然恨属于她的私人财产。特别是那些她认为有价值的人。所以，当然了，如果我找到一种方法来伤害她的某件财产，你以为我会不下手吗？”

“我不是任何人的私人财产，”扈利说，“不是伏尔约娃的，不是任何人的。”随即她就讨厌起了居然如此激烈抗议的自己，然后开始讨厌将她的防御心理逼到顶峰的萨迪奇。“这也完全不关你的事。有件事你知道吗，萨迪奇？”

“我非常想听听看。”

“我听说，鲍里斯此人本来就算不上太正常。我还听说，伏尔约娃并没有把他逼疯，而是试图利用他的疯狂做些有建设性的事。”她感到自己的空天服在减速，轻柔地落脚到皱巴巴的墙壁上，“结果没有成功。倒也没啥大不了的。你们两个或许还真是天生一对。”

“是的，也许我们确实是的。”

“什么？”

“我不一定喜欢你刚才说的那些话，扈利。事实是，如果我们没有和同伴在一起，如果我们没有穿着空天服，我可能会花点时间来让你知道，我可以多么轻易地扭断你的脖子。我也许总有一天会这么做的。但有一点我不得不承认。你心里会有怨气。她的大多数傀儡通常都会完全失去这种能力，只要在那之前没先被她用那张杀人椅弄死。”

① 原文为俄语。原指白色大鳇鱼，后也指白色鲸豚类。

“你是说你之前对我的判断有所不公？如果我的口气听起来不怎么感激，尚请见谅。”

“我是说也许你并不像她以为的那样完全属于她。”萨迪奇笑了，“这不是恭维，小家伙，这只是个观察结论。一旦她意识到这一点，对你来说状况可能会更糟。这也并不意味着你已经不在我的垃圾清单上。”

扈利本想回答，但不管她想说什么，都被伏尔约娃堵了回去。后者再次通过空天服里的公共频道说话，她在靠近舱室中央的位置，居高临下地对她们三个人发布指令。“这次演习没有具体安排，”她说，“至少你们不需要知道。你们唯一的任务就是在演习结束前保住性命。这就是全部内容了。演习十秒后开始。在演习过程中，我将不会回答问题。”

扈利听着这些话，没有任何不必要的担心。在斯凯先手星上有许多没有具体安排的练习，在火控系统中她也做过很多次。这只是意味着，这场演习的深层目的被掩盖了，要不然就是它是一次字面意义上的“混乱”演习，旨在反映一次行动出现严重失误之后可能出现的混乱局面。

她们从热身练习开始。伏尔约娃从高处看着她们，与此同时各式各样的无人机标靶从之前隐藏在舱室墙壁中的活门里纷纷涌出。这些标靶算不上什么挑战。至少，一开始不是。在开始时，空天服还留有足够的自主权，可以在穿戴者注意到之前就探测到标靶并做出反应，穿戴者所需要做的仅仅是发出同意杀戮的命令。但任务逐渐变得越来越困难。标靶不再只是被动挨打，而是开始反击——通常只是无差别开火，但火力不断增强，因此即使是大范围乱射也会构成威胁。它们还变得越来越小，越来越快，从活门里蹦出来的频率也越来越高。而且，在敌人造成的威胁越来越大的同时，空天服的功能也在被逐步关闭。到第六或第七轮时，空天服的大部分自主程序都已经出了娄子，而且每套空天服环绕自身的传感器网络也都濒临瓦解，因此穿着者不得不越来越多地依靠自己的视觉提示。然而，尽管演习的难度增加了，但扈利经常经历类似的场景，所以她丝毫没有失去冷静。参与者必须记住空天服还留有多少功能：只要空天服还有武器、动力，可以飞行，就还能使用。

她们三人在起初阶段的演习中没有进行交流，各人都太专注于寻找自己的心灵极限所在了。最终，那种感觉就像是运动中突破极点，进入了一个稳定的状态，超越了起初看似正常表现所能达到的极限。达到这种状态的感觉有点像进入恍惚出神的状态之中。有些集中注意力的技巧对此有所帮助：通过背诵咒语来诱导这种转变。这从来不是一个有意愿，然后达成意愿的问题，更像是攀上某个很难抵达的窗台。但一个人成功做到并且反复成功之后，就会发现自己的动作变得更加流畅，而窗台似乎也不再那么高，不再那么遥不可及。但它永远也不能轻松抵达，永远都要耗费许多精神去努力。

就在攀升到这种状态的半途中，扈利隐约间感觉自己似乎看到了大小姐。

甚至连惊鸿一瞥都算不上，那只是她意识的边缘在一瞬间感觉到在舱室中还有另一个形体，那外形可能就是大小姐。但这种感觉很快就消失了，就像来时一样突兀。

那真的会是她吗？

自从火控室那次事件之后，扈利就再也没有看到大小姐或听到她的声音。大小姐最后一次与她交流是在扈利帮助伏尔约娃完成秘藏武器的工作之后，主要只是在抱怨。当时大小姐警告扈利，她在火控系统待了这么久，已经把盗日者带到了自己身上。而且，在扈利试图离开枪火空间的那一刻，她确实感到有什么东西在向她冲来。就像是个越来越大的影子朝她逼近，但当影子似乎将她吞噬的那一刻，她却没有任何感觉。仿佛那影子上开了一个洞，她毫发无损地从中间穿了过去。但她很怀疑事实是否真的如此。几乎可以肯定，真相不那么容易被接受。扈利不想考虑那个影子是盗日者的可能性，但这种推论她无法忽视。如果接受这种可能，那么她同时就不得不接受另一个可能，那就是盗日者现在已经成功地将更大一部分的自己隐藏到了她的头脑之中。

得知那东西有一小部分随着大小姐的猎犬回来已经够糟了。但是，那时候事态至少还在控制之中。大小姐的能力还足以遏制住那家伙。而现在，扈利不得不接受这样的事实：一块更大的盗日者碎片已经跑进了她的体内。从那时起，大小姐就奇怪地缺席了，直到这次无声的半瞥。或许她根本什么都没看到，这都不如她想象力所臆造出的幻象。任何正常人都会把它当作视野边缘的一点光影幻觉。

如果那真的是她……在消失了这么久之后，这次出现意味着什么？

最终，第一阶段的练习结束了，空天服的部分功能被恢复了。不是所有的功能，但足以让她们三个人知道，预定的一个阶段已经全部完成，从现在开始将会有新的规则。

“好吧，”伏尔约娃说，“我还见过更糟的表现。”

“我很希望能把这话当作一种表扬，”扈利开口说话，希望借此赢得她同伴的几分隐约的好感，“但伊利亚的缺点在于，她这种话的意思总是字面上的。”

“你们中总算是至少有一个人能听懂我的话，”伏尔约娃说道，“但别让它占据你太多心思，扈利。特别是训练即将动真格之际。”

在密室的远端，另一扇蛤壳门正在缓缓打开。由于光线不断变化，扈利眼中所看到的更像是一系列强光饱和的静止图像，而不是实际的运动。有些东西正在从门里冒出来：一大群正在散开的椭圆形物体，每个可能有半米长，看起来像是白色的金属制品，表面有各种突起，到处都是枪口、姿态控制喷口和其他孔隙。

哨兵无人机。她在斯凯先手星上就知道它们——或类似的东西。人们也管这种东西叫作“猎狼犬”，因为它们攻击凶猛，而且总是会成群结队行动。虽然它们在军事上的主要用途是打击士气，但扈利很清楚它们还能做什么，而且她知道，穿着空天服也并不能保证安全。猎狼犬天生凶残，没有太高的智慧。它们携带火力相对较小的武器，但它们数量众多，而且，更重要的是，它们会集群行动。一群猎狼犬会朝着同一个人集火，只要它们的集群处理器认为这种行动在战术上是有利的。正是这种专注使它们变得非常可怕。

但不止于此。在喷涌而出的无人机群中夹杂着几个略大些的东西，它们的外表也像是白色的金属，但体形不像猎狼犬那样是球对称的。在骤亮骤暗的光线中很难看清楚它们，但扈利觉得自己知道那些是什么。是另外几件空天服，而且不太可能是友军。

猎狼犬和敌方空天服现在正从中轴线位置落下，朝三个等待的受训者定向移动。自另一扇门打开以来，已经过了大约两秒钟。不过当扈利的头脑轻松地切换到战斗所需的快速思考模式时，这段时间似乎要更长些。空天服的许多高级自动功能被禁用，但它的目标搜索程序仍可操作，所以她命令空天服锁定猎狼犬，并不会真的开火，但对所有无人机保持关注。她知道她的空天服会与它的两个伙伴商议。在它们之间制定精细到每一瞬间的策略，将目标分配给彼此，但这个过程对穿戴者来说基本上是看不见的。

见鬼，伏尔约娃跑哪儿去了？

她有没有可能已经从舱室的一端移动到另一端，然后及时混进敌方那堆空天服中？是的，有可能。穿着空天服做出的机动动作，至少在这种较小的尺度上，完全可能如此迅速，以至于一个人看上去似乎从一个点上瞬间消失，一眨眼之后又出现在数百米之外。但是扈利看到的敌方空天服肯定是从另一扇门进来的，这就需要伏尔约娃离开舱室，通过正常的飞船走廊和通道到达另一端。即使穿着空天服，即使事先输入了行动线路，扈利也很怀疑是否有人能如此迅速地完成这段路程，而没有在途中变成一摊烂泥。但是，也许伏尔约娃有一条捷径，一条无障碍通道，她可以在里面更迅速地移动……

该死。

扈利被击中了。

猎狼犬正在开火。从无人机椭球外壳上半球那些排列紧密，看着有些恶心的眼睛里射出两束并排的激光，击中了她。现在它们的变色迷彩已经适应了舱壁的金属颜色，让自己变成了些紫色的菱形药片，来回跃动于清晰与模糊之间。她的战衣外皮变成了银色，化成一面完美的光学镜面，抵御了大部分激光能量，但最初的几次攻击还是对空天服的完整性造成了损害。她会因此而失分的——她一直忙于琢磨伏尔约娃消失的事情，没有注意到攻击。当然，像这样转移她们的注意力，几乎可以肯定伏尔约娃是故意的。她环顾四周，确认了空天服读数告诉她的情况：她的战友们都还活着。萨迪奇和基亚瓦尔在她的侧翼，看上去就像是两团人形的水银泡，但她们并没有受伤，正在还击。扈利设置了自己的冲突升级协议，以保持先敌一步发起攻击，但并不直接消灭对方。她的空天服上长出了低当量激光器，从两边肩头弹出，支在炮塔上旋转。她看着光束在她面前汇聚，戳向前方，每次能量爆发都在空气中留下一道淡紫色的等离子光环。那些飞来飞去、闪闪发光的紫色猎狼犬被击中时，往往随即从空中坠落，在地上弹来弹去，或是直接炸成一簇炽热的火花。

现在待在这船舱里而没穿上一件空天服，那可实在是非常不明智。

“你太慢了，”萨迪奇在空天服公共频道上说道，边说边继续攻击，“如果这是实际作战，你已经被炸成墙上的烂糊糊了，还得我们拿水把你冲下来。”

“你近距离目睹过几次军事行动，萨迪奇？”

之前几乎一言未发的基亚瓦尔这时候插了进来。“我们都见过的，扈利。”

“是吗？那你们有没有靠近过敌人，近到能听见他们哭喊求饶？”

“我的意思是……妈的。”基亚瓦尔刚刚挨了一下。她的衣服瞬间抽动起来，在一系列不正确的变色迷彩模式中闪动：太空黑，雪白，然后是色彩缤纷的热带植物。这让基亚瓦尔看起来好像成了一扇门，通向某个遥远行星上一片热带丛林的中央。

她的衣服磕磕绊绊了一阵，然后恢复了明亮的光泽。“我很担心对面那些空天服。”

“那就是它们的作用。为了让你担心，然后你就会把事情搞砸。”

“我们把事情搞砸还需要外力协助？这话真新奇。”

“闭嘴吧，扈利。专注于该死的战斗。”她照做了。这倒是很容易。

发动攻击的猎狼犬约三分之一已经被击落，没有新的队伍出现在舱室顶端仍然敞开的大门里。但是对面那些空天服——扈利看到的一共有三件，到刚刚为止，除了在门洞口附近徘徊外，什么都没做；现在它们正开始缓缓朝地板移动，不时从脚后跟上喷出针尖大小的反冲火焰，修正自己的降落过程。与此同时，它们都呈现出与被打得坑坑洼洼的壁板相匹配的颜色和纹理。如果有哪件空天服当中有人，你也无法分辨出来。

“这是演习安排的一部分。那些空天服——它们一定意味着什么。”

“我说了，闭嘴，扈利。”

但扈利继续往下说：“我们是在执行任务，对吗？我们必须假定是这样。我们必须给这见鬼的演习安排一些情节，要不然我们根本不知道谁是该死的敌人！”

“好主意，”萨迪奇说，“让我们安排一次会议吧。”

但现在，猎狼犬和回击它们的空天服都在使用粒子束了。也许激光是真的——这还在可能的范畴之内——但看起来可以肯定，任何威力明显要更强大些的武器都只是虚拟的。毕竟，如果演习的结局是她们当中某个人在舱壁上炸了一个洞，把所有的空气都排入太空，那可不怎么美妙。

“我们不妨假设，”扈利说，“我们知道我们该死地到底在扮演什么角色，以及我们为什么在这地方——无论这碰巧是什么地方。下一个问题是，我们认识穿着另外三套空天服的那些浑蛋吗？”

“这对我来说太高深了。”基亚瓦尔边说边跳到一边，吸引敌人的火力。

“如果我们进行这样的对话，”扈利继续往下，执着地无视试图插话的萨迪奇，“那么我们必须假设我们不知道他们是谁。他们是有敌意的。这意味着我们应该先射杀这些人渣，抢在他们对我们做出想要做的事情之前。”

“我认为，在关键时刻你该死地就会高高在上地扯淡，扈利。”

“是的，好吧，正如你好心指出的，我是那个无论如何都不会下去的人。”

“对此深表赞同。”

“呃……各位……”这是基亚瓦尔，她注意到了一件事，扈利和萨迪奇则在片刻之后才反应过来，“我不喜欢眼前的这幅景象。”

她看到的是对面那三套空天服的手腕正在变形，每一件都在伸出一个尚未成形的武器。这个过程快得令人不安，就像一个派对气球在你眼前膨胀成一个动物的形状。

“射杀这些浑蛋，”扈利说话的声音分外冷静，几乎把她自己都吓了一跳，

“集火攻打最左面的空天服。用最低当量加反物[1]脉冲模式，锥形扩散，横向交叉扫射。”

“什么时候开始轮到你发……”

“该死的，赶紧动手，萨迪奇！”

但萨迪奇其实已经在开火了，基亚瓦尔也是。她们三人现在分开站立，彼此相隔十米，把她们空天服的火力朝着敌人倾泻。加速反物质脉冲是虚拟的……当然了。如果是真的，舱内根本就不会有立足之地了。

强光骤闪。这道光太明亮了，刺得扈利感觉它仿佛伸出了鸟爪般的手指，直戳进她的眼睛里。这感觉太真切了，不可能是正常的模拟……冲击太强了。爆炸产生的喧闹声波随之击中了她，力度相比之下似乎很温和，但冲击力仍然足以把她抛向后方，摔在斑驳的舱壁上。碰撞的感觉像是在昂贵的酒店房间里猛地跳到床垫上。有那么一瞬间，她的空天服失去了知觉。即便当她的视野开始恢复清晰时，她能看到的读数也要么卡死不动，要么变成一团意义不明的糨糊。那些数字就这么让人痛苦万状地晃动了几秒钟，然后空天服的应急思维艰难地上线了，尽可能地恢复了一些功能。一个较为简单——但至少能看得懂——的显示屏恢复了活动，详细向她说明了哪些部分还在，哪些部分已遭破坏。主要的武器大多已经完蛋。空天服的自主性下降了百分之五十，管理人格正在坠入普通自律机器的水平。有三处关节的伺服辅助装置基本失效。飞行能力受损，至少在修复程序开始工作之前是飞不起来了。它们可以搞出巧妙的旁路方案来解决问题，但得花上至少两个小时。

哦，还有——按照生物医学数据显示——她现在失去了一侧上肢肘部以下的部分。

她挣扎着坐了起来——虽然每一种本能都告诉她，要花时间来保证安全和评估周围的环境——她必须要看一下那被打掉的肢体。她的右臂就在医学数据所显示的地方戛然而止。断面上是一团烧焦的骨肉，和金属混合在一起。残肢

① “加速反物质”的简称。

上方一点的那些气凝胶本该在冲击下凝聚封闭，以防止失压和失血，但这种细节问题的缺失她只能将就了。当然，没有疼痛——换个角度看，模拟在这点上是完全真实的，空天服会让她的痛觉中枢暂且关闭。

评估，评估……

爆炸让她完全迷失了方向。她转头环顾，但空天服的头部铰链被卡住了。周围突然出现了大量的烟雾，在舱室本身排出的空气中形成一个个旋涡。空中无人机提供断断续续的照明，现在看起来像是忽亮忽暗的频闪灯。对面有两件空天服残骸，遭到了彻底破坏，那样子大概表明它们曾被加速反物质脉冲集火击中。但这两件衣服被破坏得太厉害了，她无法判断里面是否有——或者说曾经有——操作者。第三件空天服损坏程度较轻，也许只是像她自己的空天服一样暂时动弹不得，靠在十或十五米外伤痕累累的弯曲舱壁上。猎狼犬群已经离开了，或者是被摧毁了，无法判断到底是哪种情况。

“萨迪奇？基亚瓦尔？”

一片寂静。她甚至连自己的声音都听不清楚，当然也没有任何像是回应的声音。她这才发现，空天服内置的通信系统也被破坏了，她在此之前一直没注意到一个损伤细节报告。情况不妙啊，扈利。非常不妙。

现在她对敌人是什么人毫无头绪。

被毁坏的空天服手臂正在自我修复，烧焦的部分脱落到地面上，与此同时周围的外皮向前爬行，包裹住残肢。哪怕扈利以前在斯凯先手星的模拟场景中见过很多次了，看着这种情形还是有些恶心。更让人厌恶的是，她知道自己身上的伤口不可能立即得到修复，必须等到她被用救护直升机送出战区之后。

这时对面那件损坏较轻的空天服开始动了，从壁上爬起，让自己恢复站姿，就像她正在做的那样。对面这件空天服还有完整的四肢，从各种孔隙中伸出许多剑拔弩张的武器。它们正在锁定扈利，就像十几条在准备攻击的毒蛇。

“对面的是谁？”她脱口问道。然后她才想起通信已经中断，很可能再也不会恢复了。她眼角的余光看到另一边，从片片缓缓飘动的煤黑色烟雾中出现了另外两件空天服。那是谁？是原来和猎狼犬一起下来的那三件中剩下的，还是她的战友？

那件独自在对面，伸出武器的空天服正向她靠近；非常缓慢，就好像她是一颗随时可能爆炸的炸弹。它停了下来，一动不动。它的表层正试图模仿舱壁的背景颜色和烟幕的组合，但只取得了部分成功。扈利有些好奇她自己的衣服做得怎么样。她的面罩是不透明的还是透明的？从里面完全看不出来，缩减后的读数当中也看不出来。如果拿着武器的人看到里面有一张人脸，那是会激起他的杀意，还是会让他停手不发？扈利已经让自己还能用的武器锁定在对面的身影上，但她没有看到任何迹象，完全无从分辨自己的武器朝向的是敌人还是沉默的友军。

她采取了行动，举起自己那只完好的胳膊，指了指自己的脸，示意要求对方把面部护甲变成透明的。

对面的空天服开火了。

扈利被炸回到墙上，腹部仿佛遭到一个无形木桩重重轰击。她的空天服开始尖叫，各种乱七八糟毫无意义的信息在她的视野中飞快滚动。就在她撞到墙上之前，响起了另一阵轰鸣。是她那些可用的武器疯狂还击的爆裂声，被压缩成了一片。

该死的，这可真的很疼，扈利想道。她本能地觉得，这感觉可不像是模拟的。

她挣扎着又站了起来，攻击者的又一次攻击随即猛地擦身而过，第三记则击中了她的大腿。她踉踉跄跄地向后倒去，两只胡乱挥动着的手臂出现在视野范围内。

她的手臂出问题了。或者，更准确地说，在本应出问题的地方没有出问题。它们都完好无损。没有任何迹象表明其中一只刚刚被炸断。

“见鬼，”她说，“这该死的是怎么回事？”

攻击还在继续，每一次爆炸都把她炸向后方。

“我是伏尔约娃。”一个声音说，她现在听起来毫不冷静超然了，“所有人，好好听我说！演习出了问题！我希望你们所有人停止射击——”

扈利又撞到了船舱隔板上，这次的力度足以让她隔着气凝胶垫也感觉得到，就像是有人在她脊背上猛拍了一把。她感觉大腿受伤了，而空天服没有采取任何措施来缓和这种不适感。

她觉得，这件空天服已经停止运作了。

这些武器攻击现在是真实的。或者至少那些对她的空天服发动的攻击是真的。

“基亚瓦尔，”伏尔约娃说，“基亚瓦尔！你必须停止射击！你会杀死扈利的！”

但是基亚瓦尔——扈利估计对面的攻击者就是她——没有听；又或者是听不到；还有种更可怕的可能，她没有能力停止。

“基亚瓦尔，”这位三人团成员再次发话，“如果你不停下来，我将不得不解除你的武装！”

但是基亚瓦尔没有停下来。她继续开火，每一次攻击都让扈利感觉像是惨遭鞭挞。她在攻击中挣扎扭动，拼命在遍布疮痍的合金舱壁上攀爬，想要逃到外面的安全地带。

然后伏尔约娃从舱室中央降下——显然她一直都在那里，只是别人看不见。她边降低高度，边朝基亚瓦尔开火。起初是用她拥有的威力最小的武器，但火力不断增加。基亚瓦尔发动了反击，将部分火力转而向上，指向正在下降的三人团成员。有几发攻击打中了伏尔约娃，在她的空天服上凿出黑色的瘢痕，从柔软的外覆层上削下了若干碎片，在空天服试图伸出更多武器部署攻击之际，将它们一一切断。但伏尔约娃始终压住受训者一头。基亚瓦尔的空天服被打得残缺不全，开始萎靡不振。它的武器纷纷失灵，打不中目标，向着舱内四面八方胡乱射击。

最终——从她第一次开始向扈利射击算起，绝对还没超出一分钟——基亚瓦尔坠落到了地上。她的空天服上被击中的部位被炸成了一片焦黑，其他地方成了一团由纠结而迷幻的色块和快速变形的超几何纹理组成的褥子，上面还有些冒出来一半的武器和设备。她的四肢在狂乱地舞动。肢体的末端已经完全暴走了，向外冒出——然后速度减慢为长出——各种操作器，以及大小类似婴儿、只略具形状的人手。

扈利站起身来，尽管大腿对这个动作发出了强烈抗议，但她忍住了疼痛，没有惨叫一声。空天服现在成了一团僵死在她身上的负重，但她还是设法走动起来，哪怕步履蹒跚，至少是走到了基亚瓦尔躺着的位置。

伏尔约娃和另一个穿着空天服的人——那一定是萨迪奇——已经在那里了，她们俯身看着地上空天服的残骸，试图从上面显示的医疗诊断数据中分辨出些有意义的信息。

“她已经死了。”伏尔约娃说。

第十四章

2566 年，复生星，北涅赫贝特，曼特尔城

在新来的访客们宣示自己存在的那天，西尔维斯特是被一束冷酷的白光刺醒的。他举起胳膊摆出祈祷的姿势，等待着自己的眼睛完成程序初始化运行。在这样的时候跟他说话几乎是毫无意义的。斯卢卡显然意识到了这一点。由于许多原有的功能已经消失，这双眼睛现在需要比以往更长的时间才能完成启动。在检查到严重受损的模块时，西尔维斯特听到一连串迟来的机械报错和报警声，感觉到若有若无的轻微刺痛。

他隐约察觉到在他身边的帕斯卡尔也从床上坐了起来，把床单拉在自己胸前围着。

“该起床啦，”斯卢卡说，“你们俩都起来。我到外面等你们穿好衣服。”

他们二人手忙脚乱地穿上了衣服。斯卢卡在房间外头耐心地等着，有两名警卫和她站在一起，身上都看不到武器。西尔维斯特和他的妻子被护送到曼特尔的公共食堂，那里聚集着一群值早班的真路派淹没派，围在一面长椭圆形的幕墙前。食堂桌上满是没动过的一瓶瓶和一份份早餐。西尔维斯特不知道发生了什么，但他猜测肯定是足以扼杀任何正常食欲的事情。屏幕上的内容显然是关键所在。他能听到一个声音在说话，被放大得有些刺耳，从扩音器里发出的声音往往如此。周围有太多的人都在交头接耳，背景杂音让他只能从那些话里捕捉到一个显得特别突出的词。不幸的是，这个词听起来正是他自己的名字。屏幕里那人正以高得过分的频率不断嚷嚷着他的名字。

他挤向前排时，发现从旁观者当中感受到的尊重胜过这几十年来任何时刻所体会过的。但这会不会只是对死囚的怜悯？

帕斯卡尔站到了他身边。“你认得那个女人吗？”她问道。

“什么女人？”

“在屏幕里。你就站在她正前方。”

西尔维斯特看到的只是一块长椭圆形的银灰色像素点阵。

“我的眼睛看不了视频，”他这话既是对帕斯卡尔说的，也是对斯卢卡说的，“而且我完全听不清那里头说的什么鬼。也许最好由你来告诉我，我漏掉了什么。”

法尔肯德从人群中冒了出来。“如果你愿意，我可以给你接通神经回路。只需要一小会儿。”他推着西尔维斯特离开围观的人群，走向公共食堂一角的一个小包间，帕斯卡尔和斯卢卡紧随其后。在包间里法尔肯德打开了自己的工具箱，取出几件闪烁银光的器械。

“接下来你会告诉我这一点也不疼吗？”西尔维斯特说。

“我可完全没这个打算，”法尔肯德说道，“毕竟，那并不完全符合事实，不是吗？”然后他勾了勾手指：也许是对他的某个助手，也许是对帕斯卡尔。西尔维斯特无法确定，现在他的视觉能力实在有限，无法辨别。“给这人来一大杯咖啡。那会让他不再想着这些。反正我觉得，等他能够看清那个屏幕时，他还会需要些更够劲的玩意。”

“那么糟糕？”

“我恐怕法尔肯德并没有在开玩笑。”斯卢卡说。

“天哪，你们是不是都挺享受这事的啊。”法尔肯德的探查带来的第一波疼痛就让西尔维斯特咬住了自己的嘴唇，不过这场小手术继续进行的过程中疼痛并没有再加剧。“你们不打算将我从茫然无知的苦境中解放出来吗？毕竟，这件事似乎很重要，重要到需要把我喊醒。”

“那些超空人已经宣示了他们的存在。”斯卢卡说。

“这点我自己也推断得出来。他们做了什么？在居维叶城市中心直接降下一架穿梭机？”

“没那么突兀。但接下来的发展可能会比那更糟糕。”

有人把一杯咖啡推到他手里。法尔肯德暂且松开了对西尔维斯特的压制，让他喝了一口。咖啡味道酸涩，而且都快凉了，但也足以促使他一点点恢复机敏。他听到斯卢卡在说：“我们屏幕上显示的是一段重复的视频信息，这段信息不断反复发送了大约三十分钟。”

“从飞船上发送过来的？”

“不是。看起来他们成功地直接切进了我们的通信卫星环带，用我们日常传输的信息捎带上他们的信号。”西尔维斯特点了点头，随即就后悔自己做了这个动作。“那么他们仍然会为被探测到而紧张。”又或者，他们只是想重申他们对我们拥有绝对的技术优势。他们有能力进入和操控我们现有的数据系统。他在心中默默想道。这种可能性似乎更大：这感觉上确实是傲慢的超空人做事的方式，而且特别符合那一群超空人船员做事的方式。既然可以焚烧一整片灌木丛，让当地土著留下深刻印象，那有什么理由要用平凡的方式宣布自己的存在？但他并不需要到现在才确定自己认识这些人。自从那艘飞船进入这个太阳系，他就对此确信无疑。

“下一个问题，”他说道，“这条信息是发给谁的？他们是否还以为这颗星球上有某个政府，他们只要与其交涉就好？”

“不，”斯卢卡说，“信息是面向复生星全体公民的，无分政治或文化归属。”

“非常民主。”帕斯卡尔说道。

“事实上,”西尔维斯特说,“我相当怀疑民主和这事能有什么关系,在我已经知道和我们打交道的人是谁这种情况下。”

“说到这个问题,”斯卢卡说,“我一直不太满意,你从来没有给我好好解释过为什么这些人可能会——”

西尔维斯特打断了她的话:“在我们进行任何详细分析之前,你不觉得该让我亲眼看一下这个信息吗?尤其是这件事似乎还涉及我个人利益的情况下。”

“好了。”法尔肯德抽身后退,啪的一下干净利落地关上了自己的工具箱。“我就说这花不了一会儿。现在你可以直接看到屏幕了。”外科医生笑着说,“现在,给我个面子,千万不要杀死信使,好吗?”

“让我先看看信息内容,”西尔维斯特说,“然后再做决定。”

事情比他之前担心的还要糟糕得多。

虽然现在旁观者已经不情不愿地分头去曼特尔其他地方上班了,人群已经没那么密集,但他还是得使劲挤到前面去。现在听清里面说的话要容易多了,他听着那个女人重复着那些几分钟前就在循环播放的句子,听到了同样抑扬顿挫的语调。那么这条信息并不长。这本身就是个不祥之兆。谁会跨越若干光年的星际空间,然后用几句坦白简短的话语来宣布他们到达了这个殖民地?只有那些毫无兴趣取悦殖民地居民,而且要求也极其明确的人。这种怀疑再一次与他所知的那帮应该是为他而来的船员完全一致。那帮人从来都不怎么健谈。

他仍然看不清那张脸,但那声音已经越过岁月向他低语。当那脸在视野中出现时——当法尔肯德完成神经链接时——他就想起了这个人。

“她是谁?”斯卢卡问道。

“她的名字——当我们最后一次见面时用的名字——是伊利亚·伏尔约娃。”西尔维斯特耸了耸肩,“可能是真名,也可能不是。我所确实知道的是,无论她接下来会做出什么威胁,她都完全有能力实施。”

“而她是——什么职位?船长?”

“不，”西尔维斯特心不在焉地答道，“不，她不是。”

那女人的长相并不显眼。几乎毫无变化的苍白肤色，黑色短发，面部结构介于精灵和骷髅之间，狭长而倾斜的双眼深陷其中，眼神中几乎毫无同情心。她几乎没有任何变化。但超空人们理当如此。从他们最后一次见面算起，对西尔维斯特而言已经过了几十年。然而对伏尔约娃来说可能只过了几年，十分之一或者二十分之一的时间。对她来说，他们最后一次见面相对来说没那么远。而对西尔维斯特来说那感觉就像一件尘封史册已久的事情。当然，这对他不利。对伏尔约娃来说，他的举止——他的行为模式中相对来说可以预测的方面——在她的脑海中依旧鲜活。他是一个不久前才遇到过的对手。而西尔维斯特则不然，他直到刚刚几乎都没有认出伏尔约娃的声音，而且当他试图回忆在之前的会面中，对方对他是否多多少少有几分同情心的时候，他的记忆无能为力。当然，那些记忆回头都会恢复的，但回忆这样迟钝确实赋予了伏尔约娃无可置疑的优势。

有件事真的很奇怪。他曾以为——也许是愚蠢地以为——宣布这一消息的会是佐佑木。当然，不会是真正的船长，要不然他们何必跑来找他？船长一定是又病了。

可现在不是，那么佐佑木跑哪儿去了？

他强迫自己的头脑忽略这些问题，集中精力听伏尔约娃说什么。

只要重复听个两三遍，他就能把伏尔约娃的全部独白都记在脑子里，而且差不多敢说自己可以一字不落地把这段话照说一遍。这段话真是相当简短。这些超空人很清楚自己想要什么。他们也很清楚要如何达到目的。“我是拥光船无限眷念号三人团的一员，伊利亚·伏尔约娃。”她这样介绍自己。没有先寒暄一下，甚至没有例行公事地为他们能穿越茫茫太空抵达复生星，对命运女神们表示一下感谢。

西尔维斯特了解伊利亚·伏尔约娃的作风，她向来就没有这种雅兴。他一直觉得这女人实在寡言少语。她更乐意去照料她那些可怕的武器，而不是去参加日常社交或者任何类似的活动。西尔维斯特不止一次听到其他船员开玩笑说——那些人几乎是从不开玩笑的——伏尔约娃更喜欢与居住在船上的那些老鼠为伍，而不是与她的人类船员同伴在一起。

也许他们并不是真的在开玩笑。

“我正在太空轨道上对你们讲话，”她继续说道，“我们已经研究了你们的技术发展状况，判定你们对我们不构成军事威胁。”这时候她停顿了一下，然后继续往下说。西尔维斯特感觉，这听起来就像是个学校老师在警告学生，不让他们有轻微的不服从行为，比如凝视窗外，或者没有把他们的平板电脑放好。“然而，一旦我们认为出现了试图蓄意对我们造成损害的行为，我们将进行报复，其程度会极不对称。”说到这里的时候，她几乎要露出笑容，“与其说是以眼还眼，不如说是以城还眼。我们完全有能力从轨道上摧毁你们任何一个定居点，或是所有定居点。”

伏尔约娃倾身向前，她那双狮子般的灰色眼睛似乎要填满整个屏幕。“更重要的是，如果有必要的话，我们也有这样做的决心。”伏尔约娃再次让自己有些过度夸张地停顿了一下。她无疑意识到，说到这里她应该完全吸引了听者的注意力。“只要我愿意，要不了几分钟就能办到。别以为我过后会为此良心不安睡不着。”

西尔维斯特已经知道接下来的发展了。

“但让我们姑且撇开这些俗事，至少暂时撇开。”说到这里她真的笑了，尽管这个笑容冰冷得跟冷冻休眠程度差不多，“你们无疑想知道我们为什么会来到这里。”

“我可并不想。”西尔维斯特说话的声音刚好够让帕斯卡尔听到。

“我们要找一个人，他就在你们中间。我们想找到他的愿望是如此强烈，如此迫切，以至于我们决定绕过通常的……”伏尔约娃的笑容再次出现，这次更加冰冷，好似幽魂，“……外交渠道。这个人的名字是西尔维斯特。我应该不需要做进一步解释了，只要他的名声在我们上次见面后没有变弱太多。”

“没有变弱，或许有些败坏。”斯卢卡评论道。然后她对西尔维斯特说：“你必须告诉我更多你和她之前那次会面的详情，你明白的。反正也不会对你有任何伤害。”

“但了解那些事也不会对你有任何一星半点的好处。”西尔维斯特说完，随即把注意力转回到广播上。

“通常情况下，”伏尔约娃说，“我们会与有关当局建立对话渠道，并进行谈判，要求将西尔维斯特移交给我们。在这里我们原本大概也会这么做。但是，从轨道上对你们星球的主要定居点——居维叶城——进行的粗略扫描让我们确信，这种方法注定要失败。我们推测，那里不再有任何值得我们与其沟通的势力。而且恐怕我们是没有耐心与行星上各个争吵不休的派别讨价还价的。”

西尔维斯特摇了摇头。“她在撒谎。无论我们处于什么状况，他们都根本不打算谈判。我了解这些人。他们是些恶毒的人渣。”

“你一直在跟我们这样说。”斯卢卡说。

“所以，我们的选择相当有限，”伏尔约娃继续说，“我们想要西尔维斯特，而我们的情报已经证实他并没有……这话该怎么说——处于自由状态？”

“从轨道上就知道这么多？”帕斯卡尔问道，“要我说，这情报工作可做得真好。”

“好过头了。”西尔维斯特说道。

“那么，”伏尔约娃又说话了，“下面我说说事情会如何进行。在二十四小时内，西尔维斯特应当通过无线电频段广播向我们表明他的存在和位置。要么他不再躲藏，要么那些关押他的人让他自由。当中的过程细节随你们。如果西尔维斯特死了，那么必须提供无可辩驳的证据作为替代。当然，我们是否接受这种证据将完全由我们决定。”

“这样说起来，幸好我没死。不然我很怀疑你们能有什么办法说服伏尔约娃。”

“她那么固执？”

“不只是她，整群船员都这样。”

但伏尔约娃还在说：“二十四小时，就这样。我们将时刻监听。如果我们什么都没听到，或者怀疑有任何形式的欺骗，我们就会采取惩罚措施。我们的船有某些强大的能力，如果你怀疑我们，可以问问西尔维斯特。如果我们到了明天还没有收到他的消息，我们将使用这种能力来对付你们星球表面一个较小的居民点。我们已经选定了目标，而且攻击的性质将使那片居民区中的居民无一幸存。清楚了吗？没人能幸存。那之后再过二十四小时，如果我们仍然没有听到那位行踪隐秘的西尔维斯特博士的任何消息，我们就会将行动升级，攻击一个更大的目标。接下来再过二十四小时还没有消息，我们就会摧毁居维叶城。”说到这里，伏尔约娃又短暂地露出了笑容，“不过似乎你们在那里已经完成了一件了不起的破坏工作。”

信息到此结束，然后重播，又从伏尔约娃唐突的自我介绍开始。西尔维斯特在任何人敢于打断他的注意力之前，又完整地听了两遍。

“他们不会真的这么做的，”斯卢卡说，“肯定不会的。”

“这太野蛮了，”帕斯卡尔加了一句，引得囚禁他们的斯卢卡大点其头，“不管他们多么需要你，他们不可能真打算做她说的那种事。我的意思是，摧毁整个定居点？太过了。”

“这你们可就错了，”西尔维斯特说，“那帮人以前就做过这种事。而且我毫不怀疑他们还会再做。”

伏尔约娃私心里其实并不真正确定西尔维斯特还活着，但那男人可能已经不复存在的事，她会小心翼翼地避免去思考，因为行动失败的后果实在是太不愉快了，还是不想为妙。策划任务的人主要是佐佑木，而不是她自己，但这无关紧要。如果失败了，那家伙就会严厉地惩罚她，就像是伏尔约娃策划了整个行动一样，就像是她把他们带到这个令人沮丧的地方一样。

她并不指望在最初的几个小时，事情就会有所进展。那太乐观了。首先要假定囚禁西尔维斯特的人那会儿醒着，然后他们还得立即得知她的警告。现实地说，在消息沿着指挥系统传递给合适的人之前，可能还需要一小段时间。核实消息还需要更多时间。但一个又一个小时过去，时间过去十几个小时，然后过去了大半天，于是她被迫得出结论，她先前的威胁必须要实现。

当然，殖民者也并非完全在保持沉默。十个小时前，一个不知名的团体带着一具遗骸前来，他们声称那就是西尔维斯特。他们把遗骸放在一座平顶山丘的山顶，然后退回到飞船的传感器无法窥视的山洞中。伏尔约娃派了一架无人机去检查遗骸，它的基因与西尔维斯特最后一次访问飞船后保留的组织样本相比，虽然十分接近，但并不完全一致。为此惩罚那帮殖民者的想法颇具吸引力，但伏尔约娃深思熟虑之后决定不采取这种行动：那些人的行为完全是出于恐惧，除了他们自己——以及其他人——维持生存之外，他们从中不可能获取任何个人利益，而且她不想吓住其他任何会站出来的派别。同样，当两个独立行动的个人宣布自己就是西尔维斯特时，她也没有动手，因为很明显，那两人其实并没有在说谎，而是真的相信自己就是西尔维斯特本人。

不过，到现在这个时候，已经没时间再留给骗局了。“我真的相当惊讶，”她说道，“我以为到不了这时候，那些人就该把他交出来了。但很明显，在这场对局中有一方严重低估了另一方。”

“你现在不能退缩。”赫加齐说。

“当然不能。”伏尔约娃说这话时语气惊讶，就好像手下留情的想法从来就没出现在她脑海中似的。

“不，你必须退让一下，”扈利说，“你不能真的这么做。”这之前她已经快一整天没说话了。也许她很难忍受自己现在为之工作的这个怪物：以前还挺不错的伏尔约娃，忽然间变成了暴虐的化身。不产生这样的感觉才怪。伏尔约娃审视自己时，她看到的也确实是个可怕的怪物，虽然这并不完全是事实。

“威胁一经发出，”伏尔约娃说，“如果要求未被满足，实现威胁才符合所有人的利益。”

“如果他们是无力满足要求呢？”扈利说。

伏尔约娃耸了耸肩。“那是他们的问题，不是我的。”

她打开自己与复生星之间的链接，念出她的发言稿——重申了之前提出的要求，并表示她对他们仍然没把西尔维斯特带出来深感失望。她有些怀疑自己的语气听起来有多少说服力，怀疑殖民者是否真的相信她的威胁。然后她忽然间灵机一动。她解开手环，低声说出指令，让它接受第三方的有限输入，而不是去伤害第三方。

她把手环递给扈利。

“你想拯救自己良心的话，请便。”

扈利仔仔细细地检查这个装置，好像它可能会突然伸出毒牙，或者向她的脸吐出毒液似的。最后她把它举到嘴边，而并没有把它戴到手腕上。

“说吧，”伏尔约娃说，“我是认真的。你想说什么就说什么——我向你保证，不会有半点用处的。”

“对殖民地居民说话？”

“当然——如果你认为自己比我更能说服他们的话。”

扈利一时之间沉默不语。然后她开始踌躇不决地对着手环说话。“我的名字是扈利，”她说，“无论如何，我想让你知道我不是这些人中的一员。我不同意他们的做法。”扈利瞪大双眼，惊恐地扫视着舰桥，似乎觉得自己下一刻就会因此受到惩罚。但其他人对她所说的话毫无兴致。

“我是被雇来的，”她说，“我从前不了解这些人。他们想要西尔维斯特。他们没有说谎。我看到过他们在这艘船上装备了什么样的武器，而且我认为，他们会动用那些武器。”

伏尔约娃装出一副无动于衷的冷漠面孔，仿佛这一切完全没有出乎她的预料，实在无聊得厉害。

“我很遗憾，你们没有人把西尔维斯特带过来。我想，在说要为此惩罚你们的时候，伏尔约娃是认真的。我想说的是，你们最好相信她。而且，如果你们中的一些人现在能把他带出来，也许还为时不晚……”

“够了。”

伏尔约娃拿回了手环。“我会把最后期限延长一个小时。只有一个小时。”

但那一小时也过去了。伏尔约娃对她的手环说出了密码指令，在复生星的北半球高纬度地区弹出了一个瞄准器。红色的十字线像一条凶恶的鲨鱼般缓缓逡巡，直到最终锁定这个星球北部冰帽附近的一个特定地点。然后十字线的红色脉动着加深，同时若干数据图表告诉伏尔约娃，飞船的轨道压制控件——几乎是它所能动用的威力最弱的武器系统——现在已被激活，打开保险，瞄准目标，准备开火。

然后她继续对当地居民讲话。

“复生星的人们，”伏尔约娃说道，“我们的武器刚刚对准了小定居点菲尼克斯。它位于居维叶城北纬五十四度，西经二十度的地方。再过不到三十秒，菲尼克斯及其周边地区将不复存在。”

这女人用舌尖润了润嘴唇，然后继续往下说：“这将是我们二十四小时内的最后一次公告。在那之前，你们必须让西尔维斯特现身，否则我们会升级，攻击更大的目标。我们从菲尼克斯这样的小目标开始进攻，已经算是你们走运了。”

扈利意识到，伏尔约娃宣告这些话的腔调就像是一位老师，在耐心地解释为什么她即将施加给学生的惩罚既符合他们自身的利益，又完全是他们咎由自取。她没有直接说“此举痛在我心，尤甚于伤在你身”，但如果她说出这种话，扈利也一点都不会感到惊讶。事实上，她都不知道伏尔约娃现在做什么还能让她有半点惊讶。她似乎不只是误判了这个女人，而是把她归类到了完全错误的物种。不仅仅是伏尔约娃，整个船员组都是一样的。扈利感到一阵强烈的厌恶，想到她最近竟敢把自己想成是他们的一员就觉得不寒而栗。感觉就好像那些人纷纷摘下了脸上的面具，露出了邪恶的真面目。

伏尔约娃开火了。

有那么一刻——意味深长的久久一刻——什么都没有发生。扈利开始自我安慰，也许整个事情到头来都是唬人的骗局。但这种希望只能持续到舰桥的墙壁颤抖起来为止。整艘飞船仿佛成了一艘在行进中和一座冰山发生剐蹭的古代海轮。扈利感觉不到这种运动，因为铰接式座椅的吊杆自动移动起来，减弱了振动。但她毫不怀疑自己确实看到了飞船在颤抖。几秒钟后，她听到了隆隆巨响，犹如远方雷鸣。

船身外的武器已经发射。

在复生星的投影图像上空，那些武器读数再度出现，但发生了一些变化，反映出武器在使用之后的状况。赫加齐查看了自己座位上显示的读数，他的目镜在接收信息时发出嘁里咔嚓的响声。

“压制组件已发射完毕，”他说话声音短促，没有重音，“目标系统确认正确命中。”然后，他以威严而缓慢的姿态将目光转向星球投影。

扈利的视线跟着他转了过去。

在复生星北部极冠的边缘附近，在之前什么都没有的位置，出现了一个微小的红热斑点，就像这世界的外壳上睁开了一只丑陋的鼠目。现在它正像一根刚从火炉中拔出来的热针般逐渐变暗，但眼下仍然亮得刺眼。它变暗主要不是由于自身的冷却，而是由于它逐渐被抬升的行星碎片形成的巨大帐幕所笼罩。在越来越浓稠的黑色风暴中偶尔会打开些稍纵即逝的窗口，扈利透过它们能看到闪电的卷须在舞动，它们明亮的光焰让周围数百千米的景观闪闪发光。一个近乎正圆形的冲击波面正从攻击的中心点向外飞驰。扈利得通过空气折射率的微妙变化才能观察到它的运动，就像浅水中的涟漪让下面的岩石在一瞬间仿佛流动起来一样。

“初步战情报告现在进来了，”赫加齐的语声听起来依旧像一个百无聊赖的辅祭在背诵最枯燥的经文，“武器效能：正常。目标被完全消灭的概率为百分之九十九点四。百分之七十九的概率两百千米范围内无人幸存，除非他们躲在一千米厚的装甲后面。”

“在我看来这个概率已经够了。”伏尔约娃说。她又打量了一会儿复生星表面的伤口，显然对自己造成的行星级破坏感到心满意足。

第十五章

2566年，北涅赫贝特，曼特尔城

“他们只是唬人的。”斯卢卡说道。就在此时，人造的晨曦骤然照亮了东北方向的地平线，把那个方向沿途的山脊和峭壁全都化为锯齿状的黑色切口。光芒耀眼，亮得像是镁光灯，边缘是紫色的。它让西尔维斯特的视觉在全部频带上都陷入超载，在灼烧过的地方留下失去知觉的空洞。

“要不要重新猜一下？”他问道。

一时之间，斯卢卡似乎失去了回答的能力。她只是盯着那个光团，它的光辉和它所代表的暴行让她陷入了迷茫。

“他告诉过你，那些人会这么做的，”帕斯卡尔说道，“你应该听他的。他了解这些人。他知道他们怎么说就会真的怎么做。”

“我从来没想到他们真会这样。”斯卢卡说。她的声音轻得仿佛是在自言自语。尽管有强光照耀，但这个夜晚全然一片死寂，连复生星上的风都没了一贯的喧嚣。“我还以为他们的威胁凶残过头了，不必当真。”

“对他们来说，没什么会凶残过头。”西尔维斯特的眼睛现在已经恢复了正常，足以让他读懂和他并肩站在曼特尔台地顶上的这女人的表情，“从现在开始，你最好把伏尔约娃说的每个字都当真。她说的是认真的。二十四小时之后她会再来一次这样的攻击，除非你把我交出去。”

斯卢卡仿佛压根没听到他的话。“或许我们该下去了。”她只说了这么一句话。

西尔维斯特表示同意，不过在回到平顶山内部之前，他们花了些时间，大致测算了下闪光传来的方位。“我们知道它发生的时间，”西尔维斯特说，“我们也知道方向。当压力波传来时，我们就会知道它的距离有多远。现在复生星上的定居点分布得还是很散，所以我们应该能确定到底是哪个。”

“她已经报出了那地方的名字。”帕斯卡尔说。西尔维斯特点了点头。

“是的，不过尽管我会相信伏尔约娃发出的任何威胁，但我同时也知道，她说的话都不可相信。”

“我对菲尼克斯这地方一无所知，”他们搭乘载货电梯下去的途中，斯卢卡开了口，“我觉得，近来大部分的定居点我都该知道的。不过话说回来，这几年我并不完全位于政府核心。”

“她会从小目标开始，”西尔维斯特说道，“否则她就没了升级的空间。我们可以假设菲尼克斯是个软目标，一个科学考察站或地质站，殖民地其他地方在物质上并不依赖于那里。换句话说，损失的只有人。”

斯卢卡摇了摇头。“我们说话当中默认他们已成过去，甚至从来没有讨论过现在的他们怎么样了。就好像他们存在的唯一理由就是为了被杀死。”

西尔维斯特感到生理性不适，恶心得接近真的要哇哇呕吐。他认为，这是他这辈子头一回因外部事件，因为一件自己没有直接涉入其中的事情而产生这种感觉。甚至在卡琳娜·勒菲弗死去的时候他也没有这种感觉。他本不该犯下这样的错误——不，过失。虽然他曾与斯卢卡争辩说，船员会将他们的威胁付诸实施，但他的某些部分坚持认为，最终他们不会的。他错了，斯卢卡和其他人道主义者是正确的。也许，如果他处于斯卢卡的位置，他也会忽略这个警告，不管在攻击前他有多么肯定的感觉。轮到你出牌的时候，牌的样子总是不一样，装着微妙的不同的可能性。

三个小时后，压力波到了。这时候它的强度已经只是一阵大风，但在如此寂静的夜晚，这样一阵大风显得极为突兀。波面过去之后，空气动荡不安，时不时就突然飓风大作，仿佛一场狂风暴雨即将来临。冲击抵达的时间表明，袭击地点距离这里接近五千六百千米（地震数据也证实了这一点）。目测方位几乎是正东北方向。他们在守卫监视下退回到斯卢卡的议事厅，用浓咖啡驱走自己的睡意，从曼特尔的档案库中调出了全球殖民点分布图。

西尔维斯特烦躁不安地又啜了一小口咖啡。

“可能就像你说的，他们打中的是个新居住点。这些地图是最新的吗？”

“差不多，”斯卢卡说，“它们最后更新是在一年前居维叶城的中央制图局，那时候这里的局势还没有变得太严峻。”

西尔维斯特看着斯卢卡的桌子上方投影出的地图，它看起来就像一张朦朦胧胧的立体地形图，蒙在桌子上方。地图显示了方圆两千千米的区域，即使他们对方位的估计再粗糙，被摧毁的殖民点也应该被容纳其中。

但哪里都没有菲尼克斯的踪影。

“我们需要更新些的地图，”他说，“这地方有可能是去年才建立起来的。”

“这事情可不好搞定。”

“那你最好想出个好办法。在接下来的二十四小时内你就必须做出决定。可能是你一生中最重要的一个决定。”

“别自作多情了。我已经决定把你交给他们了。”

西尔维斯特耸了耸肩，仿佛这话对他毫无影响。“即便如此，你还是应该查明事实。你要和伏尔约娃打交道。如果你不能确定她的威胁是真的，你可能会忍不住说她是在唬人。”

斯卢卡盯着他，久久不语。

“我们确实仍和居维叶城之间保持着数据连接，通过通信卫星腰带的残余部分。但只是理论上的。自从穹顶被炸毁后就几乎没有使用过。打开连接会十分危险——沿着数据痕迹可以回溯到我们这里。”

“要我说，现在谁都犯不着担心这种问题。”

“他说得对，”帕斯卡尔说道，“在现在这种状况下，谁还会在乎居维叶城的一个小小安全漏洞？要我说，只要能把地图更新，那就值得了。”

“需要多长时间？”

“一个小时。嗯，两个小时。怎么，你打算要去什么地方吗？”

“没有，”西尔维斯特看起来一副笑不出来的样子，“但可能会另有他人替我做出决定。”

他们在等待地图完成修订时又去了趟地表。在东北方天空的低处看不到任何星星，只有一片朦胧的虚无，仿佛地平线上蹲着个巨人，身影若隐若现。那肯定是一堵高高耸立的尘埃之壁，正朝着他们步步逼近。“它会笼罩全世界，长达好几个月，”斯卢卡说，“就像巨型火山爆发后一样。”

“风力越来越强了。”西尔维斯特说。

帕斯卡尔点了点头。“他们是故意这样的吗？改变离攻击地点这么远的位置的天气？如果他们使用的武器会导致放射性污染怎么办？”

“不一定，”西尔维斯特说，“动能武器也足够达到这样的效果。我了解伏尔约娃，她不会做任何超出绝对必要范畴的事。但你担心辐射是对的。那件武器很可能在岩石圈上打穿了一个洞。天晓得从地壳中释放出了什么。”

“我们不该在地表待太久。”

“同意——这可能适用于整个殖民地。”

斯卢卡的一个助手在出口处现身。

“你拿到地图了吗？”她问道。

“再给我们半个小时，”那人说道，“我们已经拿到了数据，但那是重度加密的。不过有居维叶城的消息。我们刚刚接收到的，公开播报的。”

“继续。”

“似乎飞船拍下了，呃，攻击结果的照片。他们把照片传到了那边，现在已经传遍了整个星球。”助手从口袋里拿出一个破旧的平板电脑，屏幕上映出他的五官，像是个丁香色的浮雕。“我把图像带来了。”

“你最好给我们看看。”

助手把平板电脑放在了山丘被风吹得光滑的表面上。“他们肯定用了红外线摄影。”他说道。

这些照片令人又敬又畏。熔岩还在火口内外蜿蜒而行，还有几十座突然诞生的小火山也在像喷泉般往外喷吐熔岩。居住点的所有痕迹都被抹去了，完全被巨大的锅状火口所吞噬——一口直径肯定有一两千米的大锅。在其中心附近有大片的玻璃状光滑地带，就像凝固的焦油，黑得犹如暗夜。

“有那么一瞬间，我希望我们是错的，”斯卢卡说，“我希望闪光，甚至压力波——我希望它们是以某种方式伪造出来的，就像戏剧效果一样。但我看不出如果不真的在地上炸出一个大洞，他们要怎么伪造出这个东西。”

“一会儿就知道了。”助手说道，“我想我现在没什么不能说的吧？”

“这关系到西尔维斯特的切身利益，”斯卢卡说，“所以他也不妨听听。”

“居维叶城有架飞机正向袭击现场飞去，他们很快就能确认这个图像是不是捏造的。”

当他们回到地下时，地图已经制作完成，取代了曼特尔档案中的过时版本。他们再次退到斯卢卡的会议室查看资料。这次地图上附带的资料显示，它在几周前刚刚更新过。

“他们这工作也做得太好了，”西尔维斯特说，“城市就在周围崩溃之际，他们还能继续完成制图工作。对他们的敬业精神，我深感钦佩。”

“不用管他们的动机为何，”斯卢卡用手指轻抚着房间两侧安装在基座上的球体，好像要把自己固定在其中一颗星球上，那颗星球似乎正不断旋转，已经无可挽回地脱离她的控制，“我所关心的只有一件事，只要菲尼克斯——不管他们叫它什么——在地图上就行。”

“它确实在的。”帕斯卡尔说道。

她的手指穿透了投影出的地面，直指荒无人烟的东北山脉中一个带有标签的小圆点。“在偏远的北方只有这一个定居点，”她说，“也是唯一一个方位大致符合的定居点。而且它就叫菲尼克斯。”

“你们对于这个地方还知道什么？”

斯卢卡的助手——一名小个子，下巴上留着山羊胡，嘴唇上也留着小胡子，上下的胡须都打理得油光水滑——对着挂在他袖子上的平板电脑轻声说话，指示地图以那个定居点为中心放大。一串人口统计图标在桌面上方弹出。“不多，”他说，“那里只有些用管道连接的多户地表棚屋。几个地下工场。没有地面交通，不过确实有块停机坪。”

“人口状况？”

“我觉得用人口这个词都不太合适，”那人说，“只有一百多人，大约有十八个家庭单位。看样子，大部分都来自居维叶城。”他耸了耸肩。“实际上，如果她心目中对殖民地造成打击就是这样而已，那我觉得我们承受得来。一百多人——嗯，这是个悲剧。但我很惊讶，她没有冲着一个人口更多的目标下手。事实上，我们甚至没有人知道这个地方的存在。你不觉得这几乎让整个行为毫无效果吗？”

“极度无能的玩意。”西尔维斯特说话时不由自主地点了点头。

“什么？”

“人类感觉悲伤的能力。一旦死者人数超过几十人，它就无法再提供适当的情绪反应；而且它甚至都不是稳定在高位——它干脆自暴自弃，将自己的输出设置为零。承认吧，我们当中没人对这些人有半点感觉。”西尔维斯特看着地图，不知道伏尔约娃提前那么几秒钟向他们发出警告之后，居民会是什么样子。他不知道他们中是否有人会不辞辛劳地离开自己的住所，面向天空，以便加快即将到来的毁灭——虽然差别微不足道。“但我确实知道了一件事。我们获得了所需的全部证据，足以证明她是个言出必行的女人。而这意味着，你必须让我去他们那里。”

“我不愿意失去你，”斯卢卡说，“但在这件事上，我又没有什么选择。当然，你是想要联系他们了吧。”

“自然，”西尔维斯特说，“当然了，帕斯卡尔也会和我一起去。但在那之前我希望你先帮我做件事。”

“帮你个忙？”斯卢卡听起来被逗乐了，就好像她听到了最没想到会从这个男人嘴里说出的话，“好吧，既然我们已经成为如此亲密的朋友，那我到底能为你做些什么呢？”

西尔维斯特笑了笑。“实际上，主要不是你能为我做什么，而是法尔肯德医生能做些什么。你看，事情和我的眼睛有关。”

伏尔约娃的座椅挂在吊杆尽头，悬浮在空中。这位三人团成员从那里居高临下地观察着自己在下面星球上亲手完成的“杰作”，舰桥的投影球成像非常清晰而精确。在最近十个小时当中，她观察到从裂口的中心处向外延伸出黑色的气旋卷须，这证明该地区的气象正朝着一个动荡激烈的新局面转化，同时意味着星球上其他地方的天气也是如此。按照从当地摘录的数据，复生星的殖民者将这种现象称为“剥皮风暴”，因为空气中的尘砾能冷酷无情地剥掉动物的外皮。这景象看起来赏心悦目，就像是在观看对某种陌生动物进行的解剖。虽然，对于行星世界，她的经验比许多船员都更为丰富，但总会有地方让她大为惊奇，并且心绪不宁。令她不安的是，仅仅在星球的表皮上戳穿一个小洞，居然会产生这么大的影响——不仅影响到她攻击的地点附近，还远及数千千米以外的地方。她知道，最终这颗星球上任何地方都会多多少少受到她这次行动的影响。那些她造成的尘埃最终会沉淀下来：一层发黑的细粉，带有微弱放射性，相当均匀地沉积在全球，形成一张网膜。在温带地区，它很快就会被殖民者运作的气候工程冲刷掉——假如那些工程还在运作的话。但在北极地区压根没有降雨，所以那些细小的粉尘在未来的许多个世纪里，都不会受到任何干扰。最终，其他的沉积物会覆盖其上，这些放射性尘埃将不可逆转地成为这个星球地质记忆的一部分。伏尔约娃默默沉思：或许，再过一两百万年，别的生命会来到复生星，它们和人类一样，会有某种好奇心。它们会想了解这颗星球的历史。在这样做的时候，它们会采集岩芯样本，深入探寻复生星的过去。毫无疑问，亟待它们解答的谜团远远不只那层沉积的尘埃，尽管如此，它们还是会对此详加研究，哪怕花的时间不长。而且她毫不怀疑，对于那层尘埃的来源，那些设想中的未来调查者会得出完全错误的结论。它们永远也不会想到，这些尘埃是一次有意为之的行动所导致的……

伏尔约娃在过去三十个小时里只睡了几个钟头，但精神紧张状态下她的精力仿佛是无限的。当然，在不久的将来某个时候，她会为此付出代价，但现在她觉得自己就像在全速飞驰，冲劲满满，不可阻挡。然而，当赫加齐把椅子转到她旁边时，她并没有立即警觉起来。

“有什么事？”

“我收到了信号。很有可能就是我们要找的那家伙。”

“或者是冒充他的人。”赫加齐进入了断断续续的恍惚出神状态，伏尔约娃知道，这意味着他正与这艘飞船进行深度交互，“无法追踪他使用的通信路线。信号来自居维叶城，但你尽可以打赌，西尔维斯特本人并不真的在那里。”

她没有提高音量，哪怕舰桥室此刻只有他们两个人。

“他说了什么？”

“他只是在要求和我们对话。反复重复。”

扈利听到脚步声在寸许厚的淤泥中荡漾。船长所在的这层到处都被这些淤泥所覆盖。

她没有一个能解释自己为什么会来到这里的答案，至少理性上找不到。也许这才是问题的关键所在：现在她不再信任伏尔约娃——她曾以为可以信任的那个人，而大小姐如今还是毫无声息，她在那次对秘藏武器发动攻击后一直这样，于是扈利不得不投向非理性。船上剩下的唯一一个没有多多少少背叛她，或是让她憎恶的人，是一个她永远都没法指望能取得答案的人。

她几乎立刻就知道这脚步声并不属于伏尔约娃。但这脚步声有明显的朝向，说明这个人很清楚自己要去的地方，而并非仅仅是偶然逛到了这个区域。扈利从淤泥中站起身来。她的裤子后面被这些东西打湿了，冷冰冰的，但黑色的布料让人基本上看不出被浸湿的部分。

“别紧张。”那人说道。她穿着长靴，漫不经心地转过拐角出现，大步涉过地上的淤泥。女人随意摆动的手臂上闪动着金属的光芒，色彩缤纷的全息图案熠熠生辉，和金属配件交织在一起。

“萨迪奇，”扈利确定了来者的身份，“见鬼，你怎么会……”

萨迪奇抿着嘴唇，似笑非笑地摇了摇头。“我怎么会找到这里来的？很简单，扈利。我跟着你来的。一旦我看到你前进的大致方向，事情就很清楚了，你一定是要到这里来。所以我就跟着你来了，因为我估计，我们俩可以在这儿私下聊聊。”

“聊什么？”

“聊聊这里的局面，”萨迪奇大手一挥，“这艘船上的。更确切地说，是这该死的三人团。你不可能不知道我对他们中的一个人心怀怨恨。”

“伏尔约娃。”

“是的，我们共同的朋友伊利亚。”萨迪奇设法让这个女人的名字听起来像一句特别不雅的脏话，“你知道的，她杀了我的爱人。”

“我明白，这里有些……龃龉。”

“龃龉，哈。这词可用得真好。把一个人给变成了精神病，你管这叫龃龉，扈利？”说到这里她停了下来，往前靠近了一点，但对中间融成一团，看上去像是个天使的船长，仍然保持着敬而远之的距离。“也许，我应该叫你安娜，毕竟现在我们之间……嗯，关系更亲近了些。”

“怎么叫我随你的便。这并不会改变什么。或许现在我确实是发自内心地厌恶她，但这并不意味着我就要背叛她。我们甚至就不该有这样的对话。”

萨迪奇若有所思地点了点头。“她的忠诚疗法对你真的很有效，是吗？你看，佐佑木他们并没有你想象得那么无所不知。你可以把一切都告诉我的。”

“我还有很多别的事要忙。”

“比如说？”萨迪奇戴着手套的双手优雅地放在窄小的臀部上，手肘向外，犹如一张挺拔的长弓。这女人有种纤细的美，生长在太空的人类往往如此。她的生理结构像个鬼魂；如果不是她皮下的骨骼肌肉被嵌入了强化结构，在正常的重力下她能不能行动都值得怀疑。但现在，在那些皮下增强装置的辅助下，萨迪奇无疑比任何一个没有植入增强装置的人都更加强壮和快速。她脆弱的表象让这种力量加倍危险。这女人就像是个由锋利得犹如剃刀的纸张折叠而成的褶纸人形。

“我不能告诉你，”扈利说，“但我和伊利亚，我们之间有些共同的秘密。”她说完的瞬间就在后悔了，但她当时确实想打消眼前这个超空人自以为是的优越感。“我的意思是——”

“听我说。我相信，你这种感觉正是她所希望的。但你扪心自问，扈利。你记忆中的东西有多少是真实的？有没有可能是伏尔约娃篡改了你的记忆？她在鲍里斯身上就试过这种做法。她想通过消除他的过去来治好他，但那没用。那些声音仍然让他穷于应付。你也是这样吗？你脑子里新近有没有冒出什么声音来？”

“就算有的话，也跟伏尔约娃没有任何关系。”扈利说道。

“所以你是承认有了。”萨迪奇故作淡然地一笑，就像是名身强体健的女学生，确认自己取得了比赛的胜利，但又希望自己看起来不要太骄傲，“好吧，反正不管你承不承认，都不重要。事实是你对她已经心灰意冷了。你对整个三人团都心灰意冷。你不可能骗自己说，你喜欢他们刚才的所作所为。”

“我不确定我是否真的明白他们刚才做了什么，萨迪奇。有几件事我脑子里还没搞清楚。”扈利感到裤子被打湿的布料冷冰冰地紧贴在她屁股后面，“事实上，就是因为搞不清楚我才会来这里。来寻求平静和安宁。让我的脑袋清醒一下。”

“以及看看能不能从他那里寻求智慧的指引？”萨迪奇朝船长点了点下巴。

“他已经死了，萨迪奇。这里可能只有我愿意承认这件事，但这是不折不扣的事实。”

“也许西尔维斯特能治好他。”

“就算西尔维斯特能，佐佑木会愿意让他被治好吗？”

萨迪奇了然地点了点头。“当然，当然。我完全明白。但你听着。”她的音量降低到犹如私下密谋，窃窃低语，虽然这里可能存在的偷听者只有那些鬼鬼祟祟的老鼠，“他们已经找到西尔维斯特了——在我下来之前我刚听到的。”

“找到他了？你是说他在这里？”

“不，当然不是。他们刚刚取得联系。他们甚至还不知道他在哪里，只知道他还活着。还得想办法把那个浑蛋弄上船。这当中需要你的参与。事实上，我也要参与其中。”

“你的意思是？”

“我不会假装自己明白在训练室里到底发生了什么，扈利。或许她只是崩溃了，虽然我比这艘船上的任何人都了解她，而我认为她其实并不是那种会崩溃的类型。无论如何，那给了伏尔约娃除掉她的借口，我真没想过那女人居然这么恨她……”

“那不是伏尔约娃的错……”

“随便你，”萨迪奇摇摇头，“那并不重要——就眼下而言。但结果是，她需要你来完成任务。你和我，扈利，也许还有那个婊中魁首本人，得下去把那人接回来。”

“你眼下还没法知道是不是那样。”

萨迪奇摇了摇头。“理论上说我确实不能。但如果你像我一样在这艘船上待了这么久，你就会知道那么一两条绕过通常渠道的路径了。”

一时之间，周围只有沉默，偶尔远处的管道有滴水声传来。漏水的地方应该在被淹没的走廊上，离这边有一段距离。

“萨迪奇，你为什么要告诉我这些？我还以为你对我十分厌恶。”

“也许我确实讨厌你，”那女人说，“曾经是。但现在，我们需要所有能获得的盟友。我想你可能会喜欢提前得到预警。特别是，如果你之前就有所察觉的话，那现在你就知道该相信谁了。”

伏尔约娃对她的手环发出命令。“无限眷念号，我要你把即将听到的声音与船上对西尔维斯特的记录进行关联比对。如果你不能确认二者匹配，立即通过保密显示告诉我。”

西尔维斯特的声音突然响起，中气十足：“……如果你在监听我的话。重复一遍，我需要知道你是否在监听我。我要求你给我答复，蠢货。该死的，我要求你给我答复！”

“这就是他，没错了，”伏尔约娃大声说话，盖过了男人的声音，“这种狂妄的语气我一耳就能听出来。最好能让他闭嘴。我估计我们仍然没能锁定他的位置？”

“抱歉。你只能对整个殖民地发表讲话，并假设他有办法收听到你的话。”

“我相信他不会忽略这个细节的。”伏尔约娃瞅了眼自己的手环，看到飞船到目前为止还不能推翻她所听到的声音属于西尔维斯特的假说。这当中留出了一定的误差空间，因为之前登上飞船的西尔维斯特和他们现在要找的西尔维斯特不同，是个年轻得多的版本，所以声音预计不会匹配得完美无缺。但即便考虑到这点，现在看起来这种可能性也越来越大了：他们这回确实找到那家伙了，这次并不是另一个不幸的冒牌货站出来试图“拯救”殖民地。“好吧，给我接通。西尔维斯特？我是伏尔约娃。如果你听到了，请告诉我。”

他的声音现在更清晰了。“该死的，来得真是时候。”

“我想，我们应该就当他说了‘是’了。”赫加齐说道。

“我们需要讨论一下接应你的运输流程。我相信，如果能在安全频道上进行讨论的话，会方便很多。如果你把你现在的位置告诉我，我们可以让传感器对那个地区进行一次详细扫描，直接接收信号源，避免使用居维叶城的中继器。”

“现在你们为什么需要这样？是不是有什么事情想让我知道，但不想弄得殖民地尽人皆知？”西尔维斯特停顿了一下，不过伏尔约娃在心中默默给他补上了一个冷笑，“毕竟到目前为止，你们把他们卷入其中的节奏可一直不怎么慢啊。”又一次停顿。“顺便说一句，跟我打交道的居然是你而不是佐佑木，这让我有些困惑啊。”

“他这会儿不方便，”伏尔约娃说道，“把你的位置给我。”

“抱歉，那是不可能的。”

“你得表现得更好些才行啊。”

“我为什么要费这个事？所有的火力都在你们手上。你们自己想办法解决。”

赫加齐挥了挥手，示意伏尔约娃切断音频连接。“也许他不能透露自己的位置。”

“不能？”

赫加齐用一根精钢食指敲打着自己的钢铁鼻梁。“囚禁他的人可能不允许他透露。他们准备放他走，但是他们不想暴露自己的位置。”

伏尔约娃承认赫加齐的建议很可能接近事实。她点点头，重新建立连接。“好吧，西尔维斯特。我想我明白你的困境了。我提出一个折中方案。前提是你可以在附近移动。我猜，你的，呃，东道主无疑可以很快做出适当安排？”

“如果你要问的是交通工具的话，我们有。”

“这样的话，你还有六个小时的时间，有足够的时间去到够远的地方，这样等你坦白你的方位时，就不会泄露你现在所在的位置。但如果六个小时后还没有你的消息，我们就会提前攻击下一个目标。所有相关人士都听清楚了吗？”

“哦，是的，”西尔维斯特酸溜溜地答道，“完全清楚。”

“还有一件事。”

“嗯？”

“把加尔文带上。”